Guerra das Rosas

TRINDADE

OBRAS DO AUTOR PUBLICADAS PELA EDITORA RECORD

O livro perigoso para garotos (com Hal Iggulden)
Tollins – histórias explosivas para crianças

Série *O Imperador*

Os portões de Roma
A morte dos reis
Campo de espadas
Os deuses da guerra
Sangue dos deuses

Série *O conquistador*

O lobo das planícies
Os senhores do arco
Os ossos das colinas
Império da prata
Conquistador

Série *Guerra das Rosas*

Pássaro da tempestade
Trindade
Herança de sangue
Ravenspur

CONN IGGULDEN

Guerra das Rosas

TRINDADE

Tradução de
MARIA BEATRIZ DE MEDINA

2ª edição

EDITORA RECORD
RIO DE JANEIRO • SÃO PAULO
2020

CIP-BRASIL. CATALOGAÇÃO NA FONTE
SINDICATO NACIONAL DOS EDITORES DE LIVROS, RJ

I37t
2ª ed.

Inggulden, Conn, 1971-
 Trindade / Conn Inggulden; tradução de Maria Beatriz de Medina. – 2ª ed. –
Rio de Janeiro: Record, 2020.
 (Guerra das Rosas; 2)

 Tradução de: Trinity (War of the Roses, vol. 2)
 ISBN 978-85-01-40461-9

 1. Ficção inglesa. I. Medina, Maria Beatriz de. II. Título. III. Série.

15-25158

CDD: 823
CDU: 821.111-3

Título original:
TRINITY (War of the Roses vol. 2)

Copyright © Conn Iggulden, 2014

Mapas e Linhas de Sucessão Real da Inglaterra impressos no verso da capa copyright ©Andrew Farmer, 2014

Texto revisado segundo o novo Acordo Ortográfico da Língua Portuguesa.

Todos os direitos reservados. Proibida a reprodução, no todo ou em parte, através de quaisquer meios. Os direitos morais do autor foram assegurados.

Direitos exclusivos de publicação em língua portuguesa somente para o Brasil adquiridos pela
EDITORA RECORD LTDA.
Rua Argentina, 171 – Rio de Janeiro, RJ – 20921-380 – Tel.: 2585-2000, que se reserva a propriedade literária desta tradução.

Impresso no Brasil

ISBN 978-85-01-40461-9

Seja um leitor preferencial Record.
Cadastre-se no site www.record.com.br e receba informações sobre nossos lançamentos e nossas promoções.

Atendimento e venda direta ao leitor:
sac@record.com.br

EDITORA AFILIADA

A Victoria Hobbs, que ataca moinhos de vento
— e os derruba.

Agradecimentos

Sou extremamente grato à equipe de Michael Joseph, da editora Penguin, por produzir livros tão bonitos — e depois convencer os outros a "experimentar um pouquinho de Idade Média". Se você pegou este livro para ler, também lhe agradeço. Por fim, tenho de mencionar meu filho Cameron, que me ajudou a encontrar o título na última hora.

CI

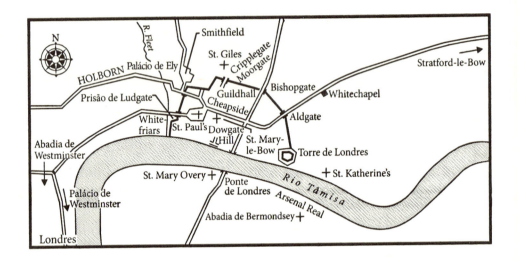

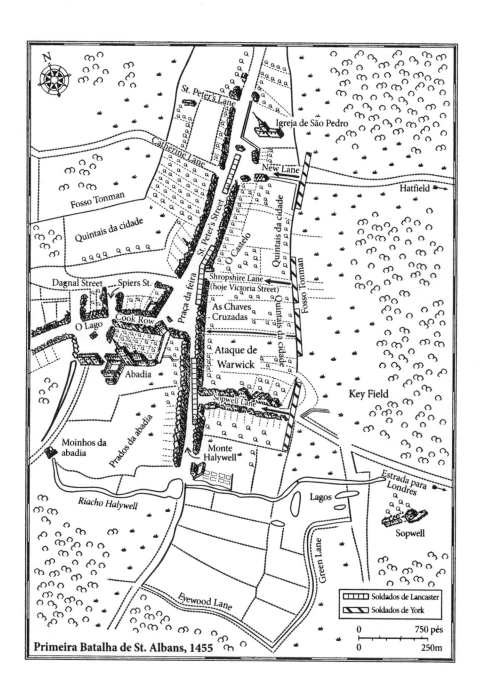

Linhas de sucessão ao trono da Inglaterra

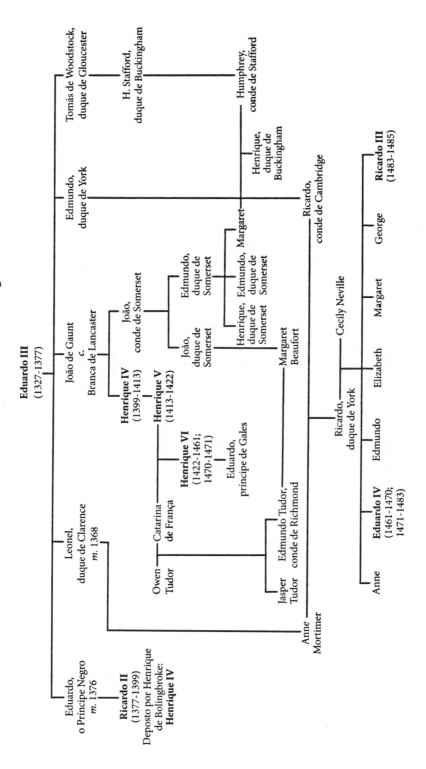

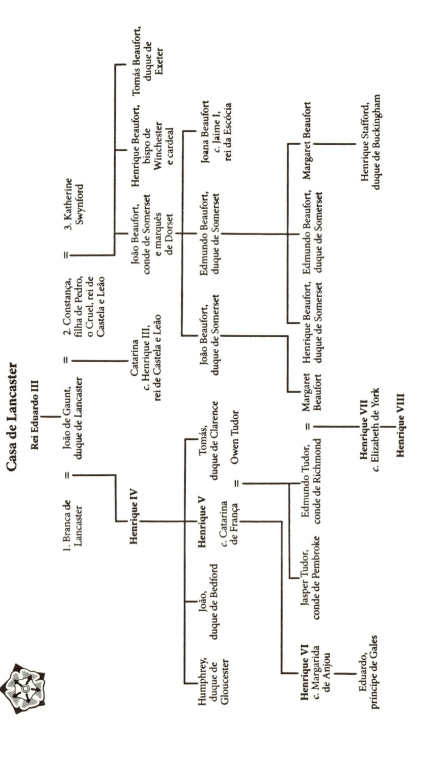

Casa de York

Rei Eduardo III = Filipa

Eduardo, o Príncipe Negro

Leonel, duque de Clarence = Elizabeth de Burgh

João de Gaunt, duque de Lancaster

Edmundo de Langley, duque de York = Isabel de Castela

Tomás de Woodstock, duque de Gloucester

Dois outros filhos e cinco filhas

Filipa = Edmundo Mortimer, conde de March

Roger, conde de March = Eleanor Holland

Anne Mortimer = Ricardo, conde de Cambridge

Edmundo, conde de March

Ricardo, duque de York = Cecily Neville

Ricardo, conde de Cambridge

Eduardo, duque de York

Anne Mortimer, filha do conde de March =

Cecily Neville = Ricardo, duque de York

Eduardo IV = Elizabeth Woodville

Edmundo, conde de Rutland

Elizabeth c. João de la Pole, duque de Suffolk

Margaret c. Carlos, duque de Borgonha

George, duque de Clarence c. Isabel Neville

Ricardo III c. Anne Neville

Eduardo, conde de Warwick

Margaret, condessa de Salisbury

Eduardo

Elizabeth

Eduardo V

Ricardo, duque de York

Catarina

Várias outras crianças

Casa de Neville

Ralph Neville = Joana Beaufort, filha de João de Gaunt

Ricardo, duque de York = Cecily Neville

Ricardo, conde de Salisbury = Alice, filha de Tomás Montacute, conde de Salisbury

Edmundo, conde de Rutland

Eduardo IV

George, duque de Clarence

Ricardo III

Ricardo, conde de Warwick e Salisbury, "O Influente" = Alice, irmã e herdeira de Henrique Beauchamp, conde e duque de Warwick

João, marquês de Montacute

George, arcebispo de York

George, duque de Clarence = Isabel

Anne = Eduardo, príncipe de Gales

= **Ricardo III**

Casa de Percy

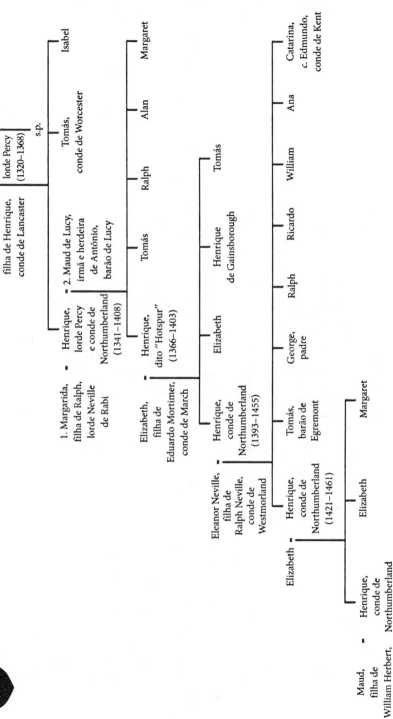

Casa de Tudor

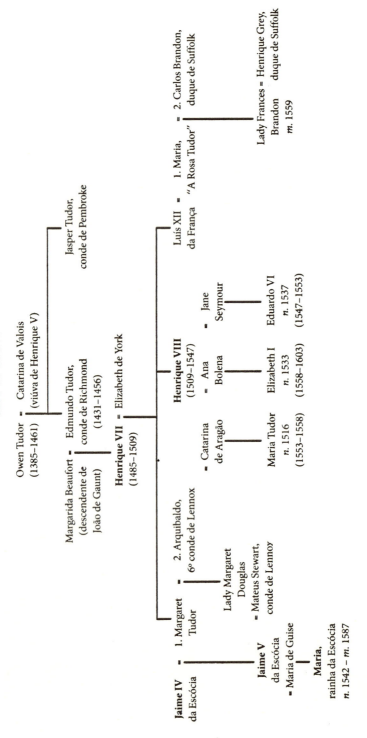

Lista de personagens

Mestre Allworthy	Médico real de Henrique VI
Alphonse	Serviçal mudo do visconde Michel Gascault
Margarida de Anjou/Rainha Margarida	Filha de Renato de Anjou, esposa de Henrique VI
James Tuchet, barão de Audley	Soldado veterano e comandante dos Galantes da Rainha
Saul Bertleman (Bertle)	Mentor de Derihew Brewer
Derihew (Derry) Brewer	Espião-mor de Henrique VI
Humphrey Stafford, duque de Buckingham	Partidário de Henrique VI
Carter	Cavaleiro do séquito de Ricardo Neville, conde de Salisbury
Carlos VII	Rei da França, tio de Henrique VI
João Clifford, barão de Clifford	Filho de Tomás de Clifford
Tomás de Clifford, barão de Clifford	Partidário de Henrique VI
William Crighton, lorde Crighton	Nobre escocês que organizou o casamento de Jaime II com Maria de Gueldres

Ralph Cromwell, barão de Cromwell	Camareiro da residência de Henrique VI
Maud Cromwell (nascida Stanhope)	Sobrinha e herdeira do barão de Cromwell
Sir Robert Dalton	Espadachim e parceiro de lutas de Eduardo, conde de March
Andrew Douglas	Nobre escocês e aliado de Henrique VI
Tomás Percy, barão de Egremont	Filho de Henrique Percy, conde de Northumberland
Henrique Holland, duque de Exeter	Genro de Ricardo, duque de York
John Fauceby	Médico real de Henrique VI
William Neville, lorde Fauconberg	Irmão do conde de Salisbury
Sir John Fortescue	Juiz-mor do Tribunal do Rei
Fowler	Soldado na Batalha de St. Albans
Visconde Michel Gascault	Embaixador francês na corte inglesa
Sir Howard Gaverick	Cavaleiro vassalo a serviço do conde de Warwick
Mudo Godwin	Monge franciscano
Edmundo Grey, barão Grey de Ruthin	Partidário de Henrique VI
Maria de Gueldres	Esposa de Jaime II da Escócia
William Hatclyf	Médico real de Henrique VI
Henrique VI	Rei da Inglaterra, filho de Henrique V
Hobbs	Sargento de armas, Windsor
Escudeiro James	Batedor do exército de Henrique VI na Batalha de St. Albans
Jameson	Ferreiro e parceiro de lutas de Eduardo, conde de March

Eduardo Plantageneta, conde de March	Filho de Ricardo, duque de York
João Neville	Filho do conde de Salisbury, irmão de Warwick
João de Mowbray, duque de Norfolk	Partidário de Henrique VI
Henrique Percy, conde de Northumberland	Líder da Casa de Percy e defensor da fronteira com a Escócia
Eleanor Neville, condessa de Northumberland	Esposa de Henrique Percy, irmã do conde de Salisbury
William Oldhall	Chanceler e partidário de Ricardo, duque de York
Jasper Tudor, conde de Pembroke	Meio-irmão de Henrique VI
Irmão Peter	Frade franciscano
Rankin	Criado pessoal de Ricardo Neville, conde de Salisbury
Edmundo Tudor, conde de Richmond	Meio-irmão de Henrique VI
Edmundo Plantageneta, conde de Rutland	Filho de Ricardo, duque de York
Ricardo Neville, conde de Salisbury	Líder da Casa de Neville, neto de João de Gaunt
Alice Montacute, condessa de Salisbury	Esposa de Ricardo Neville, conde de Salisbury
Thomas de Scales, barão de Scales	Comandante da guarnição real da Torre de Londres
Michael Scruton	Sargento-cirurgião de Henrique VI
Edmundo Beaufort, duque de Somerset	Partidário de Henrique VI
Henrique Beaufort, duque de Somerset	Filho de Edmundo Beaufort, partidário de Henrique VI

William de la Pole, duque de Suffolk	Soldado e cortesão que arranjou o casamento de Henrique VI e Margarida de Anjou
Wilfred Tanner	Contrabandista e amigo de Derry Brewer
Sir William Tresham	Orador da Câmara dos Comuns
Andrew Trollope	Capitão da guarnição do conde de Warwick em Calais
Trunning	Mestre de armas de Henrique Percy, conde de Northumberland
Owen Tudor	Segundo marido de Catarina de Valois (viúva de Henrique V)
Ricardo Neville, conde de Warwick	Filho do conde de Salisbury, mais tarde conhecido como o Influente
Eduardo de Westminster	Príncipe de Gales, filho de Henrique VI depois de seu casamento com Margarida de Anjou
Ricardo Plantageneta, duque de York	Líder da Casa de York, bisneto de Eduardo III
Cecily Neville, duquesa de York	Esposa de Ricardo, duque de York, neta de João de Gaunt

Prólogo

O visconde Michel Gascault com certeza não era um espião. Teria rejeitado tal designação com desdém se a ouvisse sendo usada a seu respeito. Naturalmente, não seria preciso dizer que o embaixador francês na corte inglesa contaria qualquer coisa de interesse ao seu monarca quando voltasse. Também era verdade que o visconde Gascault tinha considerável experiência tanto nos palácios reais da Europa quanto no campo de batalha. Ele sabia o que o rei Carlos da França gostaria de saber e, com isso em mente, anotava cuidadosamente tudo o que acontecia à sua volta, por menor que fosse. Espiões eram homens imundos, de origem vil, dados a se esconder em portais e sibilar senhas secretas entre si. O visconde Gascault, *d'un autre côté* — "por outro lado", diriam nestas terras —, era um cavalheiro da França, tão acima desse tipo de coisa quanto o Sol em relação à Terra.

Esses pensamentos e outros semelhantes eram tudo o que tinha para se entreter nas horas de ociosidade. Com certeza mencionaria ao rei Carlos que fora ignorado durante três dias inteiros, deixado sem ter o que fazer numa câmara suntuosa do Palácio de Westminster. Ele notara que os serviçais enviados para cuidar de sua pessoa sequer estavam bem lavados, embora o atendessem prontamente. Um deles decididamente fedia a cavalo e urina, como se seu trabalho habitual fosse nos estábulos reais.

Ainda assim, as necessidades corporais de Gascault eram atendidas, ainda que as de sua embaixada não o fossem. Todos os dias começavam com seus próprios criados vestindo-o com os trajes e as capas mais vistosos que possuía, escolhidos entre as vestimentas comprimidas nos baús enormes que havia trazido da França. Ainda não fora forçado a repetir uma combinação de cores, e, se ouvisse um dos ajudantes de cozinha ingleses chamá-lo de "Pavão Francês", não se incomodaria. As cores vivas o deixavam de bom humor, e ele tinha pouquíssima coisa para passar o tempo. Não gostava de pensar na comida que lhe serviam. Era bastante claro que haviam contratado um cozinheiro francês; e igualmente claro que o homem não tinha amor pelos compatriotas. Gascault tremeu ao se lembrar de algumas coisas moles que surgiram à sua mesa.

As horas se arrastavam como um funeral, e fazia tempo que lera cada detalhe de seus documentos oficiais. À luz de um candeeiro, recorreu enfim a um livro de cor parda em seu poder, todo marcado com suas anotações e comentários. *De Sacra Coena*, de Berengarius, havia se tornado um dos favoritos de Gascault. Obviamente o tratado sobre a Última Ceia fora banido pela Igreja. Qualquer discussão que enveredasse pelos mistérios do corpo e do sangue chamaria atenção dos cães de guarda papais.

Fazia tempo que Gascault adotara o hábito de procurar livros destinados ao fogo para acender as chamas de seus pensamentos. Ele esfregou o envoltório com as mãos. A capa original havia sido arrancada e totalmente queimada, é claro, e as cinzas cuidadosamente esfareladas para que nenhuma mão curiosa pudesse sequer imaginar o que tinham sido. O couro áspero e manchado era uma triste necessidade numa época em que os homens sentiam tanto prazer em denunciar uns aos outros aos seus senhores.

A convocação, quando por fim veio, interrompeu a leitura. Gascault estava acostumado ao sino retumbante que tocava a cada meia hora, acordando-o do sono e atrapalhando sua digestão, pelo menos tanto quanto os pobres pombos que jaziam tão moles no prato do jantar. Ele não contara, mas sabia que era tarde quando o criado-cavalariço, como o chamava, entrou correndo na sala.

— Visconde Gas-cart, o senhor foi convocado — avisou o menino.

Gascault não pareceu se irritar com o modo como o garoto trucidara um nome tão honrado. Sem dúvida, era uma pessoa simplória, e o bom Deus esperava misericórdia por esses pobres coitados, postos entre seus melhores para aprender a compaixão; ao menos, era o que a mãe de Gascault sempre dizia. Com cuidado, ele pousou o livro no braço da cadeira e se levantou. Alphonse, seu mordomo, estava apenas um passo atrás do garoto. Gascault deixou os olhos vagarem de volta ao livro, sabendo que seria sinal suficiente para que seu criado o protegesse de outras mãos em sua ausência. Alphonse fez um breve aceno com a cabeça, curvando-se enquanto o menino cavalariço fitava, confuso, a comunicação muda entre os dois homens.

O visconde Gascault afivelou a espada e permitiu que Alphonse lhe pusesse a capa amarela em volta dos ombros. Quando seu olhar voltou mais uma vez à cadeira, o livro tinha de alguma forma sumido. É verdade, seu criado era a personificação da discrição, e não só porque lhe faltava a língua. Gascault inclinou a cabeça em agradecimento e seguiu atrás do menino, atravessando os cômodos externos até o corredor gélido mais adiante.

Um grupo de cinco homens o aguardava. Quatro deles, evidentemente, eram guardas, com o tabardo real sobre a cota de malha. O último usava capa e túnica sobre as calças apertadas, com o tecido tão espesso e tão bem-feitas quanto as suas.

— Visconde Michel Gascault? — perguntou o homem.

Gascault notou a pronúncia perfeita e sorriu.

— Tenho essa honra. Estou a serviço de...?

— Ricardo Neville, conde de Salisbury e lorde chanceler. Devo me desculpar pela hora tardia, mas o senhor é aguardado nos aposentos reais, milorde.

Gascault acertou o passo ao lado do homem com facilidade, ignorando o estrépito dos guardas atrás deles. Em sua carreira, conhecera coisas mais estranhas que uma reunião à meia-noite.

— Para ver o rei? — indagou maliciosamente, observando o conde com atenção. Salisbury não era jovem, embora parecesse musculoso e saudável aos olhos do francês. Não seria bom revelar até que ponto a corte da França sabia dos problemas de saúde do rei Henrique.

— Sinto informar que Sua Alteza Real, o rei Henrique, sofre de uma febre, uma doença passageira. Espero que o senhor não se ofenda, mas esta noite vou levá-lo ao duque de York.

— Milorde Salisbury, sinto *muitíssimo* em saber disso — respondeu Gascault, deixando as palavras escapulirem.

Ele percebeu os olhos de Salisbury se apertarem um pouco e teve de sufocar um sorriso. Ambos sabiam que havia famílias na corte inglesa com laços fortes com a França, por sangue ou por títulos. A ideia de que o rei francês não conhecesse cada detalhe do colapso do rei Henrique era um jogo entre eles, nada mais. O rei inglês estava quase sem sentidos havia meses, num estupor tão profundo que não podia ser trazido de volta à consciência. Não era à toa que seus lordes haviam nomeado um dos seus como "protetor e defensor do reino". Ricardo, duque de York, era rei em tudo, menos no título, e, na verdade, o visconde Gascault não tinha interesse em se encontrar com um rei perdido em sonhos. Fora enviado para avaliar o poderio da corte inglesa e sua disposição para defender seus interesses. Gascault permitiu seu prazer faiscar nos olhos apenas um instante antes de sufocar a emoção. Se relatasse que estavam fracos e perdidos sem o rei Henrique, bastaria sua palavra para trazer cem navios da França para atacar e queimar todos os portos ingleses. Os ingleses fizeram o mesmo com a França por tempo suficiente, recordou a si mesmo. Talvez finalmente tivesse chegado a hora de receberem o que lhes era devido.

Salisbury conduziu o pequeno grupo por uma extensão de corredores infindável, então subiu dois lances de escada até os aposentos reais no andar de cima. Mesmo em hora tão avançada, o Palácio de Westminster estava claro, com lâmpadas acesas a cada poucos passos. Mas Gascault conseguia sentir um cheiro de umidade no ar, um fedor de mofo antigo por causa da proximidade do rio. Quando chegaram à última porta guardada, ele teve de controlar o desejo de endireitar mais uma vez a capa e a gola. Alphonse não o teria deixado partir com algo fora do lugar.

Os soldados foram dispensados, e a porta foi aberta por guardas no interior da sala. Salisbury estendeu a mão para permitir ao embaixador que entrasse antes dele.

— O senhor primeiro, visconde.

Seus olhos eram argutos, percebeu Gascault ao fazer uma reverência e entrar. Salisbury não perdia nada, levando o visconde a se lembrar de ser cauteloso com ele. Os ingleses eram muitas coisas: venais, irritadiços, gananciosos, toda uma série de pecados. Mas ninguém jamais os chamara de estúpidos, em toda a história do mundo. Ah, se Deus permitisse que o fossem! O rei Carlos teria nas mãos suas cidades e seus castelos numa única geração.

Salisbury fechou a porta delicadamente, e o visconde Gascault se viu numa sala menor do que esperava. Talvez fosse adequado a um "protetor e defensor" não se permitir os atavios de uma corte real, mas o silêncio daquele cômodo fez o francês sentir um frio na espinha. As janelas estavam negras por causa da noite lá fora, e o homem que se levantou para cumprimentá-lo se vestia da mesma cor, quase perdido nas sombras das lâmpadas baixas ao avançar.

Ricardo, duque de York, estendeu a mão, convidando Gascault a avançar mais na sala. O francês sentiu um arrepio na nuca causado por um medo supersticioso, embora não demonstrasse indícios de desconforto. Ao dar um passo à frente, olhou para trás, e não viu nada mais estranho do que Salisbury observando-o intensamente.

— Visconde Gascault, sou York. É um prazer lhe dar as boas-vindas, e fonte de grande pesar ter de mandá-lo para casa tão cedo.

— *Milorde?* — questionou Gascault, confuso.

Ele se sentou onde York indicou e tentou se recompor enquanto o inglês se acomodava do lado oposto de uma mesa larga. O queixo do duque era quadrado e bem barbeado, embora o homem parecesse bastante magro em suas roupas pretas. Enquanto o visconde o encarava, York afastou o cabelo da testa com uma das mãos. Ele inclinou a cabeça para fazê-lo, mas seus olhos não se desviaram dos de Gascault.

— Temo não ter compreendido, milorde York. Desculpe-me, ainda não aprendi o termo correto para me dirigir a um protetor e defensor.

Gascault olhou ao redor, atrás de algum sinal de vinho ou comida, porém não havia nada à vista, apenas o dourado profundo do carvalho da mesa, estendendo-se à sua frente.

York o olhou sem piscar, franzindo o cenho.

— Fui lugar-tenente do rei na França, visconde Gascault. Tenho certeza de que lhe disseram isso. Lutei em solo francês e perdi propriedades e títulos para seu rei. Tudo isso o senhor sabe. Só o menciono para lhe recordar que também conheço a França. Conheço seu rei... e, Gascault, eu o conheço

— Milorde, só posso supor...

York continuou sem se interromper, como se Gascault não tivesse falado.

— O rei da Inglaterra dorme, visconde Gascault. Chegará a acordar? Ou morrerá no leito? É o que se comenta em todas as feiras daqui. Não duvido que seja o assunto de Paris também. Será a oportunidade para a qual seu rei se planejou e pela qual tanto esperou? Os senhores, que não são suficientemente poderosos para nos tomar Calais, sonhariam com a Inglaterra?

Gascault fez que não, a boca aberta para começar a negar. York ergueu a mão.

— Convido-o, Gascault. Lance seus dados. Aproveite a oportunidade enquanto o rei Henrique cochila. Eu voltaria a pisar em terras que já foram minhas. Marcharia mais uma vez com um exército sobre terras francesas, se tivesse a oportunidade. *Por favor*, pense no meu convite. O canal da Mancha é apenas uma linha. O rei, apenas um homem. Um soldado, bem, se for um soldado inglês, ainda é um homem, não é? Pode falhar. Pode cair. Venham contra nós enquanto nosso rei dorme, visconde Gascault. Escalem nossas muralhas. Ponham os pés em nossos portos. Darei as boas-vindas, assim como nosso povo dará as boas-vindas a todos os senhores. Serão boas-vindas rudes, garanto. Somos um povo rude. Mas temos dívidas a pagar, e somos generosos com nossos inimigos. Para cada golpe que recebemos, damos três, e não poupamos despesas. Está me entendendo, visconde Gascault? Filho de Julien e Clémence. Irmão de André, Arnaud e François. Marido de Elodie. Pai de dois filhos e uma filha. Devo citar os nomes deles, Gascault? Devo descrever o lar de sua família, com as ameixeiras rubras que ladeiam o portão?

— Basta, *monsieur* — pediu Gascault em voz baixa. — O que diz está bastante claro.

— Eu me pergunto se está realmente claro — continuou York. — Ou eu deveria enviar uma ordem que voe mais depressa do que o senhor consiga cavalgar, mais depressa do que consiga navegar, para que compreenda o que quero dizer tão bem quanto pretendo ao retornar ao seu lar? Estou disposto, Gascault.

— Por favor, não, milorde — respondeu Gascault.

— Por favor? — indagou York. Seu rosto estava rígido, escurecido pelas lâmpadas que minguavam, como se sombras se esgueirassem por seu maxilar. — Decidirei após a partida do senhor. Há um navio à sua espera, Gascault, e homens que o levarão até a costa. Quaisquer que sejam as notícias que transmitirá ao seu rei, desejo-lhe toda a sorte que merece. Boa noite, visconde Gascault. Vá com Deus.

Gascault se levantou com as pernas bambas e seguiu até a porta. Salisbury manteve a cabeça baixa ao abri-la, e o francês respirou fundo de medo ao ver os guardas reunidos do outro lado. Na obscuridade, tinham um aspecto ameaçador, e ele quase gritou quando o deixaram sair e se viraram para acompanhá-lo.

Salisbury fechou a porta delicadamente.

— Acho que eles não virão, pelo menos não este ano — comentou. York fez um muxoxo.

— Juro que estou dividido. Temos os navios e os homens, se me seguirem. No entanto, eles esperam como cães para ver se Henrique acorda.

A princípio, Salisbury não respondeu. York notou a hesitação e deu um sorriso cansado.

— Ainda não é muito tarde, eu acho. Mande chamar o espanhol também. Repetirei a ele a minha fala.

PARTE I

Fim do verão de 1454

Aos esmagados pela lei, só resta a esperança no poder.
Se as leis forem suas inimigas, serão inimigos das leis.

Edmund Burke

1

Com a luz ainda fria e cinzenta, o castelo ganhou vida. Cavalos foram tirados de suas baias e esfregados; cães latiam e brigavam entre si, enxotados a pontapés por aqueles que os encontravam no caminho. Centenas de rapazes se ocupavam reunindo tachas e armas, correndo pelo pátio principal com braçadas de equipamento.

Na grande torre, Henrique Percy, conde de Northumberland, fitava pela janela o terreno movimentado em torno da fortaleza. As pedras do castelo estavam mornas com o calor de agosto, mas mesmo assim o velho usava capa e manto de pele sobre os ombros, segurando-os com força junto ao peito. Ele ainda era alto e largo, embora a idade o tivesse curvado. Sua sexta década trouxera dores e rigidez nas articulações que dificultavam os movimentos e causavam mau humor.

O conde observava com raiva através do vidro da janela. A cidade despertava. O mundo se erguia com o sol, e ele estava pronto para agir após aguardar tanto tempo. Observou os cavaleiros de armadura se reunirem, os criados lhes passarem escudos que tinham sido pintados de preto ou cobertos de aniagem amarrada com barbante. As cores azul e amarelo dos Percys não estavam à mostra em lugar nenhum, bem escondidas para que os soldados que aguardavam sua ordem tivessem uma aparência sombria. Por algum tempo, seriam homens cinzentos, cavaleiros andantes sem casa nem família. Homens sem honra, quando a honra era uma corrente que os unia.

O velho fungou, esfregando o nariz com força. O ardil não enganaria ninguém, mas, quando a matança acabasse, ele ainda seria capaz de afirmar que nenhum cavaleiro ou arqueiro Percy participara. O mais importante é que quem poderia vociferar contra ele estaria frio no chão.

Enquanto ficava ali, mergulhado em pensamentos, ele ouviu o filho se aproximar, as esporas dos calcanhares do rapaz batendo e chocalhando no assoalho de madeira. O conde olhou em volta, sentindo o velho coração bater forte de expectativa.

— Que Deus lhe dê um dia bom — saudou Tomás Percy, curvando-se.

Ele também permitiu que seu olhar vagasse pela janela até a agitação no pátio do castelo lá embaixo. Tomás ergueu uma sobrancelha numa pergunta calada, e o pai grunhiu, irritado com os passos de criados por todo lado.

— Venha comigo.

Sem esperar resposta, o conde saiu pelo corredor, a força de sua autoridade puxando Tomás. Ele chegou à porta de seus aposentos particulares e quase arrastou o filho para dentro, batendo a porta. Enquanto Tomás observava de pé, o velho andou desajeitado pelos cômodos, batendo as portas pelo caminho. Sua desconfiança ficava evidente no rubor que se aprofundava no rosto, a pele ainda mais escura com uma mancha de veias rompidas que se estendia pelas bochechas e pelo nariz. O conde nunca empalidecia com aquele aspecto marmóreo. Se tivesse sido obtido com a bebida forte do outro lado da fronteira escocesa, combinaria muito bem com seu estado de espírito. A idade não amolecera o velho, embora o tivesse secado e enrijecido.

Convencido de que estavam a sós, o conde voltou ao filho, que ainda aguardava pacientemente com as costas voltadas para a porta. Tomás Percy, barão de Egremont, não era mais alto que o pai já fora, mas, sem a curvatura da idade, conseguia olhar por cima da cabeça do velho. Com 32 anos, Tomás estava no auge de sua masculinidade, o cabelo preto e os antebraços grossos de músculos e tendões conquistados em mais de seis mil dias de treinamento. Enquanto ficava ali, parecia quase reluzir de saúde e força, a pele avermelhada sem marcas de doença ou cicatriz. Apesar dos anos que os separavam, ambos tinham o nariz dos Percys, aquela grande cunha que podia ser vista em dúzias de sítios e aldeias em torno de Alnwick.

— Pronto, estamos a sós — concluiu o conde, finalmente. — Ela tem ouvidos por toda parte, a sua mãe. Não posso sequer conversar com meu próprio filho sem que o pessoal dela lhe conte cada palavra.

— Então, o que houve? — perguntou o filho. — Vi os homens juntando arcos e espadas. É a fronteira?

— Hoje, não. Aqueles malditos escoceses estão tranquilos, embora eu não duvide de que os Douglas estejam farejando minhas terras, como sempre. Eles virão no inverno, quando passarem fome, para roubar minhas vacas. E vamos mandá-los correndo de volta quando vierem.

O filho escondeu a impaciência, sabendo muito bem que o pai poderia resmungar sobre os "ardilosos Douglas" durante uma hora se lhe desse a oportunidade.

— Mas os homens, pai. Eles cobriram nossas cores. Quem nos ameaça a ponto de ser enfrentado por cavaleiros sem senhor?

O pai se aproximou dele, estendeu a mão ossuda e a enfiou na borda de couro do peitoral para puxá-lo para mais perto.

— Os Nevilles de sua mãe, garoto, sempre e *para sempre* os Nevilles. Para onde quer que eu me vire em minha angústia, lá estão eles, no meu caminho! — O conde Percy ergueu a outra mão enquanto falava, mantendo-a erguida com os dedos unidos como um bico. Golpeou o ar com ela, próximo do rosto do filho. — Em número tão grande que nunca se consegue contar. Casados com todas as linhagens nobres! Com todas as casas! Os malditos escoceses estão rasgando meu flanco, atacando a Inglaterra, queimando aldeias em minha própria terra. Se eu não resistisse a eles, se numa única estação eu deixasse de matar os jovens que mandam para me testar, os escoceses viriam para o sul como se uma represa se rompesse. E então, onde a Inglaterra estaria, sem os braços dos Percys para servi--la? Mas os Nevilles não se preocupam com isso. Não, eles entregam seu peso e sua riqueza a York, aquele *filhotinho*. *Ele* ascende, mantido lá no alto por mãos Nevilles, enquanto nossos títulos e propriedades são roubados.

— Guardião da Fronteira Oeste — murmurou o filho, cansado. Já ouvira muitas vezes as queixas do pai.

O olhar raivoso do conde Percy se intensificou.

— Um dentre muitos. Um título que deveria ser de seu irmão, com 1.500 libras por ano, até que Salisbury, aquele *Neville*, o recebeu. Engoli isso, garoto. Engoli que ele se tornasse chanceler enquanto meu rei dorme e sonha e a França foi perdida. Engoli tanto deles que acho que estou empanturrado.

O velho havia puxado o filho para tão perto que seus rostos quase se tocavam. Henrique deu um beijo rápido na bochecha de Tomás e o soltou. Por um hábito antigo, verificou o quarto ao redor deles outra vez, embora estivessem sozinhos.

— Você tem o bom sangue Percy, Tomás. Com o tempo ele expulsará o sangue de sua mãe, como expulsarei os Nevilles sobre a terra. Eles me foram entregues, Tomás, entende? Pela graça de Deus, me deram a oportunidade de tomar de volta tudo o que roubaram. Se eu fosse vinte anos mais jovem, pegaria Golpe de Vento e eu mesmo os comandaria, mas... esses dias ficaram para trás. — Os olhos do velho estavam quase febris enquanto fitava o filho. — Você tem de ser meu braço direito nisso, Tomás. Você tem de ser minha espada e meu mangual.

— É uma honra — murmurou Tomás, a voz falhando.

Como mero segundo filho, chegara à idade adulta tendo pouca afeição do pai. Henrique, o irmão mais velho, estava longe, com mil homens, do outro lado da fronteira da Escócia, para atacar, queimar e enfraquecer os clãs selvagens. Tomás pensou nele e soube que a ausência de Henrique era a verdadeira razão para o pai tê-lo chamado. Não havia mais ninguém para enviar. Embora ter conhecimento disso o deixasse amargurado, não podia resistir à oportunidade de demonstrar seu valor ao único homem a quem permitia julgá-lo.

— Henrique está com nossos melhores galos de briga — disse o pai, repetindo seus pensamentos. — E preciso manter algumas mãos fortes em Alnwick, para o caso do ardiloso Douglas escapar de seu irmão e vir para o sul roubar e estuprar. O maior prazer daquele sujeitinho é tomar o que é meu. Juro que ele...

— Pai, não falharei — interrompeu Tomás. — Quantos mandará comigo?

O pai parou, irritado com a interrupção, os olhos afiados de censura. Por fim, relaxou e fez que sim.

— Setecentos, mais ou menos. Duzentos homens de armas, embora os outros sejam oleiros, ferreiros e homens comuns com arcos. Você *terá* Trunning e, se tiver juízo, deixará que ele o aconselhe... e lhe dará ouvidos. Ele conhece a terra em torno de York e conhece os homens. Talvez, se você não tivesse passado tantos anos de sua juventude com bebida e meretrizes, eu não duvidasse de sua capacidade. Psiu! Não me leve a mal, garoto. Tem de haver um filho meu nessa empreitada, para dar coragem aos homens. Mas eles são *meus* homens, não seus. Siga Trunning. Ele não lhe dará maus conselhos.

Tomás corou, sua própria raiva aumentando. A ideia dos dois velhos planejando algo juntos criou tamanha tensão em seu corpo que o pai notou.

— Entendeu? — ralhou o conde Percy. — Dê ouvidos a Trunning. É a minha ordem.

— Entendi — respondeu Tomás, esforçando-se para esconder o desapontamento.

Por um instante, havia pensado que o pai lhe confiaria o comando em vez de pôr o irmão ou outro homem acima dele. Sentiu a perda de algo que nunca tivera.

— O senhor vai me dizer para onde devo cavalgar ou devo perguntar isso a Trunning também? — indagou Tomás.

Sua voz estava tensa, e a boca do pai se franziu em resposta, com divertimento e desdém.

— Eu disse para não me levar a mal, garoto. Você tem um bom braço direito e é meu filho, mas nunca comandou, não além de algumas escaramuças. Os homens não o respeitam como respeitam Trunning. Como poderiam? Ele luta há vinte anos, tanto na França quanto na Inglaterra. Vai deixá-lo a salvo.

O conde aguardou algum sinal de que o filho aceitara a situação, mas Tomás o olhava com raiva, ferido e zangado. O conde Percy balançou a cabeça e continuou:

— Há um matrimônio Neville amanhã, Tomás, lá em Tattershall. O clã de sua mãe estendeu a mão para trazer mais um para seu domínio. Aquele frangote presunçoso do Salisbury estará lá para ver o filho se casar. Eles estarão em paz, contentes de levar a nova noiva de volta às suas terras, à mansão de Sheriff Hutton. Meu homem me contou tudo, arriscando a pele para vir a mim a tempo. Saiba que ele foi bem pago por isso. Agora, escute. Eles estarão a cavalo e a pé, uma alegre festa de casamento que se transformará num banquete num lindo dia de verão. E você estará lá, Tomás. Você os caçará e não deixará ninguém vivo. Essa é minha ordem, entendeu?

Tomás engoliu em seco enquanto o pai o observava. O conde de Salisbury era irmão de sua mãe, os filhos dele, seus primos. Tomás pensara que avançaria sobre algum ramo mais fraco da árvore Neville, não sobre a própria raiz e a cabeça do clã. Se cumprisse a ordem, criaria mais inimigos de sangue num só dia do que em toda a vida até então. Mesmo assim, fez que sim com a cabeça, incapaz de confiar na voz. A boca do pai se torceu de azedume ao ver novamente a fraqueza e a indecisão do filho.

— O garoto de Salisbury vai se casar com Maud Cromwell. Você sabe que o tio dela ocupa terras dos Percys e recusa minha reivindicação por elas. Ele parece achar que pode dar *minhas* propriedades como dote aos Nevilles, que agora são tão fortes que serei forçado a abandonar meus casos e processos contra ele. Estou enviando você para fazer justiça. Para lhes mostrar a autoridade que Cromwell desdenha ao buscar uma sombra maior para se esconder! Agora escute bem. Leve meus setecentos e mate todos, Tomás. Garanta que a sobrinha de Cromwell esteja entre os mortos, para que eu possa invocar seu nome na próxima vez que encontrar o tio choroso na corte do rei, entendeu?

— É claro que entendi! — declarou Tomás, endurecendo a voz.

Ele sentiu as mãos tremerem enquanto olhava furioso para o pai, mas não suportaria o desprezo do velho caso recusasse. Trincou os dentes, a decisão tomada.

Uma batida soou na porta atrás de Tomás, fazendo os dois homens se assustarem como culpados de uma conspiração. Tomás se afastou para deixar a porta se abrir e empalideceu ao ver a mãe ali parada.

O pai se recompôs e inflou o peito.

— Agora vá, Tomás. Traga honra para sua família e seu nome.

— *Fique*, Tomás — retrucou a mãe rapidamente, a expressão fria.

Tomás hesitou, depois baixou a cabeça, passou por ela e saiu a passos largos. Sozinha, a condessa Eleanor Percy se virou rapidamente para o marido.

— Vejo seus guardas e soldados se armando e escondendo as cores dos Percys. Agora meu filho corre de mim como um vira-lata açoitado. Então vai me forçar a perguntar? Que plano imundo andou cochichando no ouvido dele desta vez, Henrique? O que você fez?

O conde Percy respirou fundo, seu triunfo evidente.

— Então você não estava escutando atrás das portas como uma criada? Fico surpreso — comentou ele. — O que *fiz* não é da sua conta.

Enquanto falava, Henrique se moveu para passar por ela e chegar ao corredor lá fora. Eleanor se pôs no caminho para detê-lo e ergueu a mão contra o peito do marido. Em resposta, o conde a agarrou com crueldade, apertando os dedos da condessa até ela gritar. Torceu com mais força, controlando-a, a mão em seu cotovelo.

— Por favor, Henrique. Meu braço... — disse ela, ofegante.

Com isso, ele torceu com mais força, fazendo-a dar um grito agudo. No corredor, ele avistou um criado se aproximando às pressas, e deu um violento chute para bater a porta. Enquanto a esposa gemia, o velho a curvou para a frente, quase até se dobrar, segurando com força a mão e o braço dela.

— Fiz apenas o que seus Nevilles fariam comigo se eu estivesse à mercê deles — explicou no ouvido de Eleanor. — Acha que eu permitiria que seu irmão se elevasse acima do nome Percy? Chanceler do duque de York, agora ele ameaça tudo o que sou, tudo o que devo proteger. Você entende? Aceitei-a para me dar filhos, uma fértil noiva Neville. Bem, isso você fez. Agora não ouse me perguntar sobre os assuntos de minha casa.

— Você está me *machucando* — disse ela, o rosto contraído de raiva e dor. — Você vê inimigos onde não há nenhum. E, se for atrás de meu irmão, ele o matará, Henrique. Ricardo o matará.

Com um grunhido de ofensa, o marido a jogou do outro lado do quarto, fazendo-a cair na cama de braços abertos. Ele se lançou sobre a condessa antes que a mulher conseguisse se levantar, rasgou seu vestido e urrou com o rosto vermelho de fúria enquanto puxava o tecido e desnudava sua pele. Eleanor lutava e soluçava, mas, em sua raiva, ele estava infernalmente forte e ignorava as unhas dela que deixavam vergões rubros em seu rosto e braços. Henrique a segurou com uma das mãos, expondo a linha longa e pálida das costas, ao mesmo tempo que puxava o cinto das calças e o dobrava num açoite curto.

— Você não falará *comigo* dessa *maneira* em minha própria *casa*.

Ele lhe deu um golpe atrás do outro, com estalos tão altos quanto os gritos desesperados da condessa. Ninguém apareceu, embora o conde batesse e batesse até ela ficar imóvel, sem mais lutar. Sangue escorria de longos vergões vermelhos, manchando o tecido fino, enquanto Henrique arfava para recuperar o fôlego, grandes gotas de suor pingando da testa e do nariz sobre a pele de Eleanor. Com soturna satisfação, o conde colocou o cinto nas calças novamente e deixou a esposa chorando sobre a colcha.

Os criados abriram a porta do pátio de manobras quando Tomás Percy, barão de Egremont, saiu. O ruído de centenas de homens sob o céu azul o envolveu, fazendo seu coração bater mais rápido. Com um olhar irritado, viu que membros de seu próprio séquito já estavam lá, subornados pelo pai e esperando pacientemente por ele. Traziam suas armas e armadura, enquanto outros cuidavam de Balion, o grande cavalo de batalha negro que comprara por um preço absurdo no ano anterior. Parecia que o pai não tivera dúvidas sobre o resultado da conversa. Tomás franziu a testa ao se aproximar do grupo em meio à massa de homens em movimento, absorvendo a total complexidade da cena. Muito acima deles, podia ouvir a mãe berrar como uma porca sacrificada, sem dúvida enquanto o velho a surrava de novo. Tomás se sentiu apenas irritado por ela se intrometer assim em seus pensamentos. Foi forçado a olhar para baixo para não suportar a intimidade indesejada dos olhos dos outros. A cada novo gemido, eles sorriam ou faziam caretas, e a raiva de Tomás só aumentava. A ascensão da família Neville *consumia* seu pai, arruinava o velho com suspeitas e ataques de fúria, enquanto o conde deveria estar gozando anos de tranquilidade e entregando aos filhos a administração das propriedades. Quando os sons finalmente morreram, Tomás ergueu os olhos para a janela dos aposentos particulares do pai. Era típico do velho pôr seus planos em ação durante dias ou semanas sem sequer se dar ao trabalho de contar ao próprio filho o que pretendia.

Com movimentos rápidos e precisos, Tomás removeu o peitoral de couro e a capa, despindo-se no pátio até ficar só de calças e túnica, já mostrando manchas escuras de suor. Não havia recato ali, e dezenas de rapazes brincavam e gritavam uns com os outros enquanto pulavam com uma bota de armadura ou pediam aos gritos algum equipamento que fora parar junto de outra pessoa. Com paciência, Tomás se sentou num banco alto, e os criados se esforçavam para prender o pelote acolchoado e afivelar cada uma das partes da armadura pessoal. Ela se encaixava bem nele e, embora os riscos e as marcas viessem do pátio de treinos e não de batalhas, ainda assim era um bom conjunto e bem gasto. Quando levantou os braços para que lhe afivelassem o peitoral, ele olhou com raiva para as marcas do polimento, o metal tornado fosco por alguma moça da cozinha que trabalhou nele como se fosse uma panela. O escudo azul e amarelo tinha sido obliterado, e ele esticou o pescoço para ver a espada, pronta para lhe ser entregue. Então praguejou em voz baixa ao ver que a bela insígnia de esmalte fora arrancada da guarda. Ordem do pai, é claro, mas Tomás usava aquela espada desde o décimo segundo aniversário e doía vê-la avariada.

Peça por peça, a armadura foi vestida, até ele se levantar com a sensação maravilhosa de força e invulnerabilidade que ela lhe dava. Lorde Egremont pegou o elmo que o mordomo lhe estendia com reverência. Enquanto o enfiava na cabeça, ouviu a voz do mestre de armas do pai ecoar pelo pátio de manobras.

— Quando o portão se abrir, *partimos* — berrou Trunning aos homens reunidos. — Preparem-se, porque ninguém vai dar meia-volta como uma dama de companhia que perdeu a luva. Nada de criados pessoais além dos que tiverem montaria, souberem usar espada ou arco e acompanharem o ritmo. Carne seca e aveia crua, um pouco de cerveja e vinho e nada mais! Provisões para seis dias, mas com leveza, senão ficarão para trás.

Trunning parou, o olhar varrendo homens e cavaleiros ao se preparar para dar mais algumas instruções. Ele avistou o filho de Percy e se deslocou no mesmo instante para ficar ao seu lado. Tomás sentiu uma breve satisfação ao olhar de cima para o mestre de armas, mais baixo que ele.

— O que foi, Trunning? — perguntou, mantendo a voz deliberadamente fria.

A princípio, Trunning não respondeu, apenas permaneceu ali parado, observando-o e mascando o bigode branco que caía sobre o lábio. O mestre de armas do pai treinara ambos os filhos de Percy na tática e no uso de armas, e havia começado tão cedo que Tomás não conseguia se lembrar de uma época sem sua presença, gritando com raiva por algum golpe medíocre ou exigindo saber quem lhe ensinara a segurar o escudo "como uma donzela escocesa". Sem forçar a memória, Tomás se lembrava de cinco ossos quebrados com o passar dos anos pelo homenzinho de cara vermelha: dois na mão direita, dois ossos dos antebraços trincados e um pequeno osso do pé que Trunning pisara numa luta. Cada um deles significara semanas de dor e talas e um desdém abrasador a cada gemido que dera quando as talas foram enfaixadas. Não que Tomás odiasse ou mesmo temesse o homem de seu pai. Ele sabia que Trunning era intensamente leal à casa de Percy e Northumberland, como um cachorro selvagem velho. Mas, apesar de todas as diferenças de condição, Tomás, lorde Egremont, não conseguia imaginar que aquele homem algum dia o aceitaria como um igual, muito menos como seu superior. O próprio fato de o pai ter colocado Trunning no comando do ataque era prova disso. Aqueles dois velhos canalhas eram farinha do mesmo saco, sem uma gota de bondade ou misericórdia. Não admirava que se dessem tão bem.

— Seu pai lhe falou? Explicou como vai ser? — perguntou Trunning, finalmente. — Explicou que é para observar minhas ordens em tudo para que eu o traga para casa são e salvo, com alguns arranhões novos nessa sua bela armadura?

Tomás reprimiu um arrepio ao ouvir a voz do outro. Talvez em consequência de tantos anos urrando por campos e ruas com os homens que treinava, Trunning estava sempre rouco, as palavras misturadas aos chiados profundos da respiração.

— Ele me disse que você comandará, Trunning, é verdade. Até certo ponto.

Trunning piscou com indolência, avaliando o outro.

— E que ponto seria esse, meu nobre lorde Egremont?

Consternado, Tomás sentiu o coração bater forte e a respiração se apressar. Ele torceu para o mestre de armas não sentir sua tensão, embora fosse quase certo que sentiria, conhecendo-o havia tanto tempo. Ainda assim, falou com firmeza, decidido a não permitir que o homem de seu pai mandasse nele.

— O ponto em que discordarmos, Trunning. Cabe a mim guardar e proteger a honra da casa. Você pode dar ordens para marchar, atacar e assim por diante, mas eu ponderarei a política, as metas do que vamos fazer.

Trunning o encarou, inclinando a cabeça e esfregando um ponto acima do olho direito

— Se eu disser ao seu pai que o senhor está irritado, ele o fará servir o rancho, no máximo — declarou, com um sorriso desagradável. Ficou surpreso quando o jovem se virou para encará-lo, inclinando-se para baixo.

— Se contar histórias ao velho, eu *ficarei* aqui. Veja até onde consegue se afastar dos portões sem um filho da família Percy à frente. E então, Trunning, você terá transformado Egremont em inimigo. Agora lhe disse meus termos. Faça como quiser.

Tomás deliberadamente se virou para os criados, pedindo-lhes que ajustassem e pingassem uma gota de óleo na viseira. Sentia o olhar de Trunning, e o coração continuava disparado, mas estava seguro de si naquela única questão. Não se virou quando o mestre de armas saiu batendo os pés, nem mesmo para ver se Trunning entraria no castelo para se queixar ao seu pai. Lorde Egremont baixou a viseira para esconder a expressão. O pai e Trunning eram ambos velhos e, apesar de toda a sua maldade e força, os velhos acabam partindo. Tomás levaria os arqueiros e os espadachins para a festa de casamento do tio, com ou sem Trunning, não importava. Ele olhou de novo para o pequeno exército que o pai convocara a servir aos Percys. Centenas não passavam de homens da cidade, convocados pelo senhor feudal. Mas, quer trabalhassem como ferreiros, quer como açougueiros ou curtidores, todos haviam treinado com arcos ou machados desde os primeiros anos de vida, desenvolvendo habilidades que os tornariam úteis para homens como o conde Percy de Alnwick. Tomás sorriu consigo mesmo, erguendo a viseira outra vez.

— Formem-se junto ao portão! — berrou para eles. Com o canto do olho, viu a forma magra de Trunning se virar de repente, mas Tomás o ignorou. Os velhos se vão, disse a si mesmo, com satisfação. Os jovens vieram para dominar.

2

Derry Brewer estava de péssimo humor. Chovia a cântaros, a água batucando no alto da cabeça tonsurada. Ele nunca percebera como uma boa cabeleira realmente absorvia a chuva. Com a careca tão cruelmente exposta, o pavoroso batucar fazia o crânio doer e as orelhas coçarem. Para aumentar o desconforto, vestia um hábito castanho encharcado que, molhado, batia nas canelas nuas, irritando a pele. A cabeça fora raspada por mãos bastante habilidosas naquela manhã mesmo, por isso a sensação ainda era nova e dolorida, deixando-a terrivelmente exposta aos elementos. Os monges que se arrastavam junto dele eram todos tonsurados, os círculos brancos de couro cabeludo cintilando molhados na obscuridade. Até onde Derry sabia, nenhum deles havia comido nada desde o amanhecer, embora tivessem andado e cantado o dia inteiro.

As grandes muralhas do castelo real estavam à frente, no alto da Peascod Street, e eles tocavam a sineta pedindo esmolas e rezavam em voz alta, os únicos idiotas que ficavam ali na chuva quando havia onde se abrigar. Windsor era uma cidade rica; o castelo ao qual servia ficava a pouco mais de trinta quilômetros de Londres apenas, assim como uns seis outros em torno da capital, todos a um dia de marcha. A presença da família do rei trouxera da capital alguns dos melhores ourives, joalheiros, comerciantes de vinhos e mercadores de tecidos, ansiosos para vender suas mercadorias. Com o próprio rei na residência, mais de oitocentos homens e mulheres a seu serviço aumentavam a multidão e faziam o preço de tudo subir, do pão e do vinho às pulseiras de ouro.

Com seu azedume, Derry supôs que monges franciscanos também seriam atraídos pelo fluxo de moedas. Ele ainda não tinha certeza se seus companheiros sujos eram algo além de mendigos espertos. Era verdade que o irmão Peter admoestava as multidões pela ganância e iniquidade, mas todos os outros monges levavam tanto facas para vender quanto pratos de mendigo. Um infeliz de ombros largos parecia resignado em seu papel de carregador de uma grande mó. Mudo Godwin andava com ela às costas, amarrada com cordinhas, e tão curvado que mal conseguia se erguer para ver aonde ia. Os outros diziam que ele suportava o peso como penitência por algum pecado antigo, e Derry não ousou perguntar qual fora.

Nos intervalos entre as missas diurnas na abadia, o grupo parava e rezava, aceitando oferendas de água ou cerveja caseira que lhes eram levadas quando montavam o pedal e faziam a mó girar para afiar facas e abençoar os que lhes entregavam uma moeda, por menor que fosse. Derry sentiu uma pontada de culpa pela bolsa de couro cheiinha que levava escondida junto à virilha. Tinha ali prata suficiente para que todos comessem até explodir, mas, se a mostrasse, desconfiava de que o irmão Peter a daria a alguém que nada merecia e deixaria os monges passarem fome. Derry inflou as bochechas, limpando a chuva dos olhos. Ela escorria pelo rosto numa torrente constante, de modo que tinha de piscar em meio a um borrão.

Parecera uma boa ideia se juntar a eles quatro noites atrás. Em consequência de seu humilde comércio, o grupo de quatorze monges estava bem armado. Eles também estavam acostumados a passar a noite na estrada, onde ladrões tentariam roubar até quem nada tinha. Derry se escondia no estábulo de uma taverna barata quando ouviu o irmão Peter falar de Windsor, onde iriam rezar pela recuperação do rei. Nenhum deles se surpreendeu quando outro viajante quis fazer o mesmo; afinal, a alma do rei estava em perigo e o reino inteiro era acossado por homens violentos.

Derry suspirou, esfregando o rosto com força. Soltou um espirro explosivo e se segurou ao abrir a boca para não xingar. Naquela manhã, o irmão Peter dera com o cajado num moleiro que berrara uma blasfêmia no meio da rua. Fora um prazer para Derry ver o dócil líder do grupo utilizar uma ira que lhe daria algum renome nos ringues de luta de Londres. Eles deixaram o moleiro na estrada, as orelhas sangrando com a surra recebida, a carroça virada e todos os sacos de farinha rasgados. Derry sorriu com a lembrança, olhando de relance para o irmão Peter, que tocava a sineta a cada décimo terceiro passo, de modo a ecoar nas muralhas de pedra no alto do morro.

O castelo assomava na chuva, não havia outra maneira de descrevê--lo. As muralhas imensas e as paredes curvas nunca tinham sido invadidas nos séculos decorridos desde que as primeiras pedras foram depositadas. A fortaleza do rei Henrique repousava acima de Windsor, quase uma cidade dentro da outra, lar de centenas de pessoas. Derry olhou para cima, os pés doídos nas pedras do calçamento.

Estava quase na hora de abandonar o grupinho de monges, e Derry pensou na melhor maneira de abordar o assunto. O irmão Peter se espantara quando o homem pediu para ser tonsurado como os outros. Embora aceitassem a tonsura como desaprovação da vaidade, não havia nenhuma necessidade de Derry adotar seu estilo. Fora preciso todo o seu talento de persuasão para o velho permitir que ele fizesse o que queria com a própria cabeça.

O jovem monge que levara a navalha ao cabelo espesso de Derry havia conseguido cortar o couro cabeludo dele duas vezes e arrancar um pedaço de pele do tamanho de uma moedinha bem no cocuruto. Derry tinha suportado tudo quase sem um grunhido de reclamação e, finalmente, recebera do irmão Peter um tapinha satisfeito nas costas.

No aguaceiro, Derry se perguntava se tinha valido a pena. Já estava magro e enfraquecido. Com o velho hábito, poderia ter passado com a cabeça intacta, mas era um jogo perigosíssimo, e os homens que o caçavam já haviam demonstrado mais de uma vez sua determinação e implacabilidade. Com um suspiro, ele novamente disse a si mesmo que valera a pena pagar aquele preço, embora não conseguisse se lembrar de ter sentido tanto desalento na vida.

Ser inimigo jurado de Ricardo Plantageneta, duque de York, não era algo que teria escolhido para si. Quando se recordava de suas negociações, Derry achava que poderia ter sido mais conciliador. O homem que o treinara teria lhe metido o dedo na cara e reprovaria o orgulho que havia exibido. O velho Bertle o teria repreendido durante horas, dizendo que os inimigos nunca deviam ver sua força, *nunca*. Derry quase conseguia ouvir a voz exasperada do velho enquanto se esforçava para subir o morro. Quem acredita que somos fracos não manda assassinos inabaláveis de Londres atrás de nós. Não paga com prata qualquer boateiro atrás de notícias de nosso paradeiro. Não oferece um prêmio pela sua cabeça, Derry!

Se virar franciscano por algum tempo lhe salvara o pescoço ou simplesmente o fizera perder alguns dias, ele nunca saberia. Sem dúvida era verdade que Derry passara por grupos de homens de aparência hostil enquanto caminhava com os monges, homens que riram, zombaram e deram as costas quando o irmão Peter lhes pediu uma moeda. Qualquer um ou dezenas deles poderiam estar sendo pagos por York, Derry não tinha como saber. Mantivera os olhos no chão, caminhando junto aos outros.

A chuva parara por algum tempo, embora trovões retumbassem perto e nuvens escuras ainda corressem no céu. O irmão Peter escolheu aquele momento de paz para pôr uma das mãos no badalo da sineta e erguer a outra para deter o grupo tiritante.

— Irmãos, o sol está se pondo e o chão está molhado demais para dormirmos ao ar livre esta noite. Conheço uma família do outro lado da cidade, a pouco mais de um quilômetro, no alto do morro do Castelo. Ela permitirá que usemos o estábulo para dormir e comer em troca de bênçãos sobre sua casa e de poder rezar conosco.

Os monges se alegraram visivelmente com suas palavras. Derry percebeu que havia desenvolvido pelo menos um fiapo de respeito pela vida esquisita que levavam. Com exceção da massa taurina de Mudo Godwin, nenhum deles parecia forte. Ele desconfiava de que um ou dois consideravam a vida mendicante melhor do que o trabalho, mas eles levavam sua pobreza a sério, numa época em que todos os outros homens trabalhavam para sair daquele estado miserável. Derry pigarreou, sufocando a tosse que desenvolvera com o frio e a umidade.

— Irmão Peter, posso trocar uma palavra com o senhor?

O líder do pequeno grupo se virou imediatamente, com expressão plácida.

— É claro, Derry.

Os lábios do velho estavam azuis. Derry pensou de novo na bolsa gorda enfiada no lugar quentinho junto aos testículos.

— Eu... É... Eu não vou com os senhores — avisou Derry, olhando para os próprios pés para não ver o desapontamento que sabia que surgiria no rosto do monge. — Há um homem com quem preciso me encontrar no castelo. Ficarei algum tempo por lá.

— Ah — respondeu o irmão Peter. — Bem, Derry, vá pelo menos com a bênção de Deus.

Para surpresa de Derry, o velho estendeu a mão e a colocou sobre a pele machucada do cocuruto, baixando sua cabeça com uma pressão suave. Ele aguentou, estranhamente comovido com a fé do velho, enquanto o irmão Peter clamava a são Cristóvão e são Francisco para guiá-lo em suas viagens e dificuldades à frente.

— Obrigado, irmão Peter. Foi uma honra.

Então o velho lhe sorriu, deixando a mão pender.

— Só espero que aqueles que deseja evitar se ofusquem com o sol, Derry. Rezarei para que fiquem tão cegos quanto Paulo de Tarso quando você passar por eles.

Derry piscou para ele, surpreso, fazendo o irmão Peter dar uma risadinha.

— Poucos que se unem a nós insistem numa tonsura com apenas um ou dois dias na estrada, Derry. Ainda assim, ouso dizer que não lhe fez mal, apesar da rudeza do irmão John com a lâmina.

Derry o fitou, divertido apesar do desconforto.

— Eu realmente me perguntei, irmão, por que alguns dos senhores têm um círculo de no máximo uns três dedos na cabeça, enquanto parece que me rasparam até as orelhas.

Os olhos escuros do irmão Peter faiscaram.

— Essa decisão foi minha, Derry. Achei que, se um homem estava tão ansioso para ter uma tonsura, talvez devêssemos cumprir seu desejo ao máximo. Perdoe-me, filho, se puder.

— É claro, irmão Peter. O senhor me trouxe até aqui são e salvo.

Num impulso, Derry levantou o hábito, enfiou a mão profundamente entre as dobras e tirou a bolsa. Apertou-a nas mãos do irmão Peter, dobrando os dedos dele sobre o couro úmido.

— Isso é para o senhor. Há o bastante aí para sustentar todos vocês por um mês ou mais.

O irmão Peter sopesou a bolsa, pensativo, e a estendeu de volta.

— Deus provê, Derry, sempre. Pegue-a de volta, embora sua bondade seja comovente.

Derry fez que não, recusando com as mãos erguidas.

— É sua, irmão Peter, por favor.

— Tudo bem, tudo bem — aceitou o velho, guardando-a. — Tenho certeza de que encontraremos uso para ela, ou alguém com mais necessidade que nós. Vá com Deus, Derry. Quem sabe, talvez chegue um tempo em que decida andar conosco por mais do que apenas alguns dias. Rezarei por isso. Venham, irmãos, está começando a chover outra vez.

Cada um do grupo foi até Derry lhe dar um aperto de mão e desejar boa sorte, até Mudo Godwin, que esmagou sua mão com o grande punho e lhe deu uns tapinhas no ombro, ainda curvado sob o peso da mó nas costas.

Derry ficou sozinho na rua, no alto do morro, ao lado do castelo, observando o grupo de monges descer o caminho devagar. Era verdade que a chuva voltara a cair, e ele tremeu, virando-se na direção da guarita da fortaleza real. Tinha uma forte sensação de estar sendo observado, e se moveu com passos rápidos, seguindo para o abrigo das muralhas e se aproximando da silhueta escura do guarda a postos. Derry apertou os olhos na obscuridade ao se aproximar. O homem estava molhado até os ossos, assim como Derry, ali de pé sob qualquer condição climática, com a alabarda e a sineta para dar o alarme.

— Boa noite, meu filho — saudou Derry, erguendo a mão para fazer o sinal da cruz no ar.

O guarda olhou para ele.

— O senhor não tem permissão de pedir esmolas aqui, padre — disse o guarda com rispidez. — Sinto muito — acrescentou, depois de pensar um instante.

Derry sorriu, os dentes surgindo brancos no rosto queimado de sol.

— Avise seu capitão. Ele há de querer descer para me ver.

— Ah, na chuva ele não vai, não, padre, essa é a pura verdade — respondeu o outro com desconforto.

Derry olhou rapidamente para um lado e para o outro da rua. Não havia ninguém por ali, e ele estava cansado e com muita fome.

— Diga-lhe "vinhedo" e ele virá.

O guarda o observou desconfiado e, por algum tempo, o fitou enquanto Derry aguardava, tentando exibir o máximo possível de confiança. Após um tempo, a força de vontade do guarda se esvaiu e ele encolheu os ombros, dando um assovio agudo. Uma porta se abriu atrás dele, e Derry ouviu uma voz praguejar com a chuva e o frio que entraram.

O homem que saiu usava um belo bigode, já se desfazendo na chuva. Estava no processo de limpar as mãos com um pano, com vestígios despercebidos de ovo fresco nos lábios. Ele ignorou o monge em pé na chuva e se dirigiu ao guarda.

— O que foi?

— Esse monge, senhor. Pediu que eu o chamasse.

Derry sentiu seu temperamento se inflamar quando o capitão da guarda continuou ignorando sua presença. Falou depressa, embora o tiritar dos dentes dificultasse formar as palavras.

— Estou com frio, molhado e faminto, Hobbs. A palavra é "vinhedo" e a rainha há de querer me ver. Me deixe entrar.

O capitão Hobbs abriu a boca para responder irritado por ser tratado nesse tom, quando percebeu que tinham usado seu nome, além da palavra que, algumas semanas antes, lhe disseram que não esquecesse. Então ficou imóvel, seus modos se alterando no mesmo instante. Ele olhou com mais atenção para o monge imundo em pé à sua frente.

— Mestre Brewer? Bom Deus, homem, o que aconteceu com sua cabeça?

— Estou disfarçado, Hobbs, se não notou. Agora pode me deixar entrar? Meus pés estão doendo e estou prestes a morrer de frio bem aqui.

— Sim, senhor, é claro. Vou levá-lo à rainha. Sua Alteza perguntou pelo senhor faz poucos dias.

A chuva caía com mais força, tamborilando no pobre guarda, quando o deixaram para trás e entraram num lugar quente.

Por mais cansado e maltrapilho que estivesse, Derry não pôde deixar de notar a aura de silêncio que aumentava conforme Hobbs o conduzia aos aposentos do rei. Os criados andavam sem fazer o barulho costumeiro, falando em sussurros, se é que falavam. Quando Hobbs chegou à porta certa e deu outra senha aos dois homens que faziam sua guarda, Derry teve certeza de que não houvera melhoras na saúde do rei. Tinham se passado uns quatorze meses desde que o rei Henrique caíra num estupor tão profundo que não podia ser despertado. O verão do ano de 1454 chegara ao fim sem que houvesse um rei no trono de Londres, apenas o duque de York governando em seu cargo de "protetor e defensor do reino". A Inglaterra tinha uma longa história de regentes de crianças reais — o próprio Henrique precisou de bons homens para governar em seu nome quando herdou o trono ainda menino. Ainda assim não havia precedente para a loucura, herdada, sem dúvida, da mãe de Henrique e da mácula de sua linhagem real francesa.

Derry suportou uma revista meticulosa de sua pessoa. Quando os guardas se convenceram de que não levava armas, ou pelo menos não encontraram nenhuma, anunciaram-no e abriram a porta dos cômodos interiores.

Ele entrou rapidamente, tendo uma visão do jantar da rainha com o marido. À primeira vista, o rei Henrique parecia estar sentado normalmente, fazendo que sim com a cabeça acima de um prato de sopa.

Derry avistou as cordas que o prendiam à cadeira para que não caísse, assim como o criado que ergueu os olhos quando ele entrou, segurando uma colher de sopa para alimentar seu senhor. Ao se aproximar, Derry viu que Henrique usava um babador que recebera tanta sopa quanto a que entrara nele. O caldo substancioso pingava dos lábios moles do rei e, quando se ajoelhou e baixou a cabeça, Derry escutou sons suaves e engasgados saindo de Henrique.

O capitão Hobbs não atravessara a soleira. A porta se fechou atrás de Derry, que viu a jovem rainha se levantar da cadeira com uma expressão de horror no rosto.

— Ah, sua *cabeça*, Derry! O que você andou fazendo?

— Vossa Alteza, preferi vir até a senhora sem que cada passo de meus movimentos fosse observado e revelado. Por favor, não foi nada. Sem dúvida voltará a crescer, ou assim me disseram. — Ele notou, exasperado, que a rainha parecia lutar para não rir.

— Parece um ovo, Derry! Não lhe deixaram praticamente cabelo nenhum!

— Pois é, Vossa Alteza, o franciscano que brandia a navalha foi meticuloso demais.

Quando se levantou, ele sentiu que cambaleava de leve, com a combinação da fome e do calor da sala provocando uma onda de fraqueza.

A rainha notou sua fragilidade e o sorriso lhe sumiu.

— Humphrey! Ajude mestre Brewer a se sentar antes que caia. Depressa, ele está quase desmaiando.

Derry, zonzo, se virou para olhar para o homem a quem ela se dirigira, sentindo-se seguro sob os braços e deixado numa cadeira de madeira larga. Piscou, tentando recobrar a consciência que se dispersara de repente. Aquela fraqueza era embaraçosa, principalmente considerando que ele sabia que o irmão Peter ainda estava lá fora, na chuva, seguindo para seu estábulo e local para dormir.

— Estarei bem num instante, Vossa Alteza — disse Derry. — Passei muito tempo na estrada.

Ele não disse que havia sido caçado, forçando sua inteligência e seus contatos ao máximo só para se manter à frente dos homens que o procuravam. Fora avistado e perseguido três vezes no mês anterior, duas delas na semana anterior a qual se juntara aos monges. Sabia que chegaria o momento em que as pernas falhariam ou que não conseguiria encontrar um lugar seguro para se esconder. Os homens do duque de York fechavam a rede ao seu redor. Ele já quase sentia o cordão áspero na garganta.

Derry ergueu o olhar para agradecer ao homem que o ajudara, e seus olhos se arregalaram ao reconhecer o duque de Buckingham. Humphrey Stafford era grande e corado, um homem de apetites enormes. Manuseara Derry com facilidade, como se fosse uma criança, e o espião-mor só conseguia pensar no peso que tinha perdido na estrada.

O duque se inclinou para espiá-lo, seu grande nariz inchado se torcendo de desagrado.

— Quase morto de cansaço — anunciou Buckingham, que, para desconforto de Derry, inclinou-se ainda mais e o farejou. — Seu hálito está doce, Vossa Alteza, como algo podre. Seja lá o que ele tem a dizer, é melhor que fale agora, antes que morra aqui mesmo.

Derry franziu os olhos para o rosto que assomava sobre ele.

— Vou sobreviver, milorde. Geralmente sobrevivo.

Em momento nenhum eles olharam diretamente para o rei Henrique, sentado mudo à mesa, sem ver nem sentir. Derry arriscou uma olhada sob o cenho franzido e preferiu não o ter feito. O rei estava magro e pálido, mas não era isso o mais estranho. Os olhos estavam abertos e totalmente vazios. Derry poderia acreditar que se tratava de um cadáver se ele não respirasse, a cabeça balançando de leve a cada inspiração.

— Caldo quente para o mestre Brewer — Derry ouviu a rainha Margarida dizer. — E pão, manteiga, mais carne fria com alho, tudo o que conseguir encontrar.

Ele cerrou os olhos em agradecimento, deixando as dores se distanciarem enquanto o calor da sala se instalava em seus ossos. Derry não ficava perto de um bom fogo havia muito tempo. O alívio e a exaustão o inundaram, e estava quase adormecido quando puseram pratos à sua frente. O aroma o despertou, e foi vítima de uma torrente de apetite tão súbita que provocou uma fagulha de riso nos olhos de Margarida. Ele conseguiu sentir a sopa quente trazê-lo de volta à vida, como se a nutrição chegasse diretamente aos membros e se entranhasse nos ossos. Derry estalou os lábios e rasgou um pão tão fresco que nem precisou mergulhá-lo na sopa para amolecer.

— Acho que viverá — comentou Buckingham com ironia do outro lado da mesa. — Eu tomaria cuidado com a toalha de mesa se fosse Vossa Alteza. Ele pode comê-la, pelo jeito como enfia comida na garganta.

Derry olhou para o outro com frieza, mordendo a língua para não fazer outro inimigo. Provavelmente um duque querendo matá-lo já bastava, pelo menos por enquanto.

Derry se recostou na cadeira, sabendo que a rainha era mais indulgente com ele do que com a maioria dos que a serviam. Era grato por isso. Ele usou a toalha de mesa para limpar os cantos da boca e sorriu para Buckingham.

— Vossa Alteza, obrigado pela paciência. Estou suficientemente revigorado para contar as notícias que trago.

— Você passou dois meses fora, Derry! O que o manteve longe do rei por tanto tempo?

Derry se empertigou, empurrando o prato bem a tempo de ser levado por um criado.

— Vossa Alteza, andei reforçando os laços com aqueles que me trazem informações. Tenho homens e mulheres leais ao rei Henrique em todas as casas nobres. Alguns se foram, descobertos e mortos ou forçados a fugir. Outros passaram a posições de maior autoridade, e parecem acreditar que isso significa merecerem um pagamento melhor. Demorei-me explicando que a lealdade ao rei não pode ser medida em prata, embora alguns pedissem trinta peças de cada vez.

A rainha Margarida era uma linda moça, ainda com 20 e poucos anos, de pele clara e pescoço fino. Ela franziu os olhos enquanto Derry falava, dando uma olhada no marido como se ele pudesse responder depois de tantos meses de silêncio. O coração de Derry se comoveu com ela, esposa de um homem que não a conhecia.

— E York, Derry? Fale-me dele.

Derry ergueu os olhos para o teto ornamentado enquanto respirava, tentando decidir como descrever melhor o protetorado sem destruir as esperanças da rainha. A simples verdade era que York não fizera um mau serviço governando o reino. Entre todas as acusações que Derry poderia fazer a Ricardo Plantageneta, não estava a de incompetência. No fundo do coração, ele sabia que o duque gerenciava o vasto e complexo empreendimento do Estado com habilidade e compreensão bem maiores do que o rei Henrique jamais tivera. Não era o tipo de coisa que diria à jovem esposa do rei, desesperada por boas notícias.

— Ele não faz segredo de seu apoio aos Nevilles, Vossa Alteza. Juntos, York e o conde de Salisbury estão conquistando feudos e terras por todo o reino. Eu soube de uma dúzia de casos levados ao tribunal que, no fundo, se resumiam à tomada de terras por algum Neville.

Rugas surgiram na testa da rainha e ela fez um gesto de impaciência.

— Fale-me de agitação, Derry! De seus fracassos! Diga-me que o povo da Inglaterra está retirando seu apoio a esse homem.

Derry hesitou um instante antes de continuar.

— A guarnição de Calais se recusou a cumprir ordens, Vossa Alteza. É um obstáculo que York terá de superar. É o maior exército à disposição da Coroa, e os homens afirmam não ter recebido nenhum pagamento desde a perda de Maine e Anjou. A última notícia que recebi foi de que tomaram a lã da temporada e ameaçam vendê-la e guardar o dinheiro em seu cofre.

— Melhor, Derry, muito melhor. Ele poderia mandar o conde de Somerset lidar com eles se não tivesse perdido o apoio daquele bom homem com seus ataques ao meu marido. Eles dariam ouvidos a Somerset, tenho certeza. Sabia que York reduziu a criadagem do próprio rei? Seus homens vieram com decretos e selos, dispensaram servidores leais sem uma pensão sequer, tiraram cavalos de nossos estábulos para distribuí-los entre os partidários de seu senhor. Linhagens que nunca mais poderão ser reunidas num só lugar. Tudo em nome de suas cruéis moedinhas de prata, Derry!

— Ouvi falar disso, Vossa Alteza — disse Derry, pouco à vontade.

Ele se perguntou a que horas York dormia, para ter realizado tanto num único ano. Os problemas da guarnição de Calais eram uma das poucas e pequenas manchas no protetorado do duque. O reino ia muito bem e, embora alguns fossem contrários à redução da criadagem real, York fora implacável na coleta de fundos estatais, e gastava a receita com sabedoria para obter ainda mais apoio. Derry conseguia prever uma época em que a Inglaterra preferiria que o rei Henrique nunca acordasse, desde que tudo continuasse como estava. Ele e Margarida precisavam que um desastre acontecesse com York ou que o rei recuperasse a consciência. Precisavam disso principalmente antes que fosse tarde demais. Derry olhou de novo para o monarca de rosto vazio fazendo que sim na cadeira, e sentiu um arrepio percorrer o corpo e os pelos do braço se eriçarem. Ver um homem vivo reduzido a tal estado era muito cruel.

— Não houve nenhuma melhora na doença do rei? — perguntou.

Margarida se sentou um pouco mais ereta, blindando-se contra a dor para responder.

— Há dois novos médicos para cuidar dele, agora que aquele idiota do Allworthy se foi. Suportei homens piedosos de todo tipo que vieram cutucar, revirar e rezar sobre meu marido. Ele sofreu muito mais, com práticas nojentas que não lhe descreverei. Nenhuma delas trouxe seu espírito de volta à carne. Buckingham tem sido um grande consolo para mim, mas às vezes até ele se desespera, não é, Humphrey?

O duque soltou um som descomprometido, preferindo sorver do prato de caldo à sua frente.

— Mas seu filho, Vossa Alteza? — indagou Derry, com o máximo de gentileza possível. — Quando o mostrou ao rei Henrique, não houve nenhuma reação?

A boca de Margarida se apertou.

— Você parece aquele abade Wheathamstede, com suas perguntas indiscretas. Henrique ergueu os olhos quando lhe mostrei o bebê. Ergueu os olhos um instante, e tenho *certeza* de que entendeu o que lhe diziam.

Os olhos dela cintilaram de lágrimas, desafiando-o a contradizê-la. Derry pigarreou, começando a desejar não ter vindo.

— O conselho dos lordes se reunirá no mês que vem, Vossa Alteza, para nomear seu filho Eduardo herdeiro real e príncipe de Gales. Se York interferir, sua ambição ao trono será revelada. Seria um golpe brutal, mas quase torço por isso, para que os outros conheçam a verdadeira face de seu protetorado e o que ele pretende. Os nobres que ainda se vangloriam e se recusam a ver a verdade não serão mais capazes de negá-la.

Margarida olhou para o marido, a angústia revelada com clareza em seu rosto.

— Não posso esperar por isso, Derry. Meu filho *é* o herdeiro. Pelo pequeno Eduardo, sofri a humilhação de ter York e Salisbury presentes ao parto, esgueirando-se em torno do leito e espiando sob as cobertas para ter certeza de que o bebê era mesmo meu! Lorde Somerset quase foi às vias de fato para proteger minha honra, Derry. Há ocasiões em que gostaria que ele *tivesse* enfiado a espada no Plantageneta naquela hora, pelo atrevimento e pelos insultos. Não, mestre Brewer. Não! Não devo sequer pensar naqueles covardes negando ao meu filho seu direito de nascença.

Derry ruborizou com o que ela havia sofrido, embora já tivesse ouvido a história mais de uma vez. Uma parte sua conseguia admirar a mente distorcida de York por pensar que a gravidez poderia ser falsa e que outra criança seria trazida. Pelo menos isso tinha sido esquecido, embora ainda houvesse boatos de um pai diferente. Cochichava-se o nome de Somerset, devidamente relatado aos ouvidos atentos de Derry. Conhecendo a honra irritadiça de Somerset, Derry duvidava de que fosse algo além de uma mentira indecente, embora engenhosa.

Pensando sentado ali, Derry percebeu que balançava a cabeça quase no mesmo ritmo do rei, a exaustão tomando conta dele outra vez. Teve vontade de abençoar Margarida quando ela percebeu seu cansaço e o mandou embora para ser cuidado e descansar. Ele se ajoelhou diante da rainha e fez uma reverência para o duque de Buckingham ao sair, observando mais uma vez o rei em seu estupor, cego e surdo a tudo o que acontecia em volta. Derry saiu aos tropeços atrás de um criado até lhe indicarem um quarto que cheirava a pó e umidade. Sem sequer se dar ao trabalho de despir o hábito molhado, se jogou na cama e dormiu.

3

O clima estava alegre quando os convivas do casamento acordaram. Os que estavam com dor de cabeça devido à noite anterior fizeram fila com paciência para receber pratos de guisado de carne com bolinhos de trigo, uma refeição gordurosa e nutritiva que absorveria a cerveja forte e acalmaria os estômagos inquietos. Como não era quarta, sexta nem sábado, não havia razão para não comer carne, embora poucos dentre eles tivessem o hábito de encher a barriga de manhã tão cedo. Porém casamentos eram oportunidades para excessos, e tanto convidados quanto serviçais poderiam dizer que tinham se banqueteado até a consciência vacilar e o cinto ranger.

Como líder da família Neville, Ricardo, conde de Salisbury, estava de excelente humor ao esvaziar a bexiga num arbusto, observando quase com contentamento o vapor subir. O casamento havia sido um sucesso; seu filho João fizera boa figura e se portara com dignidade. Salisbury sorriu quando se ajeitou e amarrou o cordão das calças, bocejando até o maxilar estalar. Tinha bebido mais do que o indicado para um homem de sua idade, de modo que suava mesmo no frescor da aurora, mas, se um pai não pudesse comemorar o casamento do filho, haveria algo errado no mundo. E era uma vantagem a mais Maud ser de uma beleza rara, de quadris largos, com marquinhas redondas na bochecha direita, mostrando que sobrevivera àquele flagelo e que não levaria varíola à sua família. O conde havia se divertido montando a tenda conjugal no terreno gramado, zombando e gritando instruções com os outros, enquanto o jovem casal enrubescia e a tenda balançava com a luta amorosa e o ataque de risinhos nervosos da noiva. No fim, sua esposa, Alice, o arrastara para longe e enxotara os homens para dar ao casal um pouquinho de privacidade.

Depois disso os vassalos dos Nevilles continuaram a beber e esvaziaram odres de cerveja e xerez branco que tinham trazido em carroças para a viagem pelo campo. Só alguns estavam acordados para dar vivas na manhã seguinte quando o jovem João pendurou um pano manchado com o sangue da virgem. O próprio rapaz saíra pouco depois para andar com orgulho pela multidão, recebendo tapinhas nas costas pelo caminho. A mãe estragara um pouco o clima ao detê-lo para limpar manchas do rosto do filho diante de todos.

Fora um dia bom, e o tempo estava ótimo. Um grupo menor talvez tivesse passado a noite numa estalagem à beira da estrada, mas Salisbury estava com mais de duzentos soldados e arqueiros para a viagem rumo ao norte. No ano anterior, homens demais foram mortos pelo reino para que arriscasse a vida da esposa e dos filhos sem seus melhores guardas à mão.

Seu criado pessoal lhe levara um tamborete de madeira e a mesa de barbear e os pousara na grama com um pano branco, uma navalha, uma garrafa de óleo e uma bacia de água bem quente. Salisbury esfregou preguiçosamente os pelos ásperos do queixo, franzindo a testa ao pensar na trabalheira que o aguardava. Era uma alegria passar alguns dias longe da administração de terras e títulos, dos quais o de lorde chanceler do protetor era um dos mais importantes. Por um curtíssimo tempo, ele não passava de um pai orgulhoso como qualquer outro, levando um jovem casal para casa em segurança. Tinha certeza de que os dias na estrada seriam sua única folga dos deveres daquele ano. Sheriff Hutton era uma de suas casas favoritas, onde ele e a esposa passaram parte da lua de mel. Salisbury sabia que Alice adoraria visitar a velha casa mais uma vez, embora não pudessem permanecer muito tempo. O filho e Maud ficariam lá mais uma semana, organizando a administração dos feudos do dote que ela levara ao clã Neville.

Salisbury sorriu ao pensar nisso, e se instalou no tamborete e aceitou o pano em torno dos ombros, com o criado pincelando óleo morno em seu rosto e afiando a navalha. Na fronteira com a Escócia, lugar que sempre imaginava congelado ou fustigado pela chuva gelada, Salisbury sabia que seu velho colega, o conde Percy, estaria cuspindo fogo de raiva. A ideia trouxe novo bálsamo a uma manhã de verão já perfeita.

O criado ergueu a lâmina e Salisbury levantou a mão.

— Vamos fazer algo interessante, que tal, Rankin? Uma chicotada em suas costas a cada corte, uma moeda de ouro se terminar a tarefa sem nenhum. Será que isso agrada seu negro coração apostador?

— Agrada muito mesmo, milorde — respondeu Rankin.

Era um velho jogo entre os dois. Embora o criado tivesse sido açoitado algumas poucas vezes ao longo dos anos, ele ganhara o suficiente para dar um bom dote às três filhas, e tinha certeza de que o conde sabia muito bem disso. A mão de Rankin permanecia firme ao raspar os pelos da garganta de Salisbury. Em torno do senhor e do criado, os homens de armas dos Nevilles riam e se cutucavam, fazendo apostas silenciosas entre si enquanto levantavam acampamento e se preparavam para marchar para o norte.

Alice, condessa de Salisbury, saiu descalça da tenda, sentindo a terra com os pés e respirando profundamente o ar da manhã. Viu que o marido estava sendo barbeado e decidiu não o chamar. Sabia que Rankin guardava as moedas que ganhava, bem mais que o salário costumeiro. Por um longo tempo, Alice ficou ali, observando o marido com evidente afeição, contente por ele continuar tão forte e saudável apesar da idade. O quinquagésimo quinto aniversário seria dali a poucos meses, lembrou-se, já pensando em que presente mandaria fazer para ele.

Passos apressados fizeram alguns homens desviar o olhar da cena, embora Rankin continuasse alisando e raspando, concentrado na tarefa e na recompensa. Salisbury ergueu os olhos devagar, com cuidado, e viu um dos jovens que acompanharam a festa de casamento. Tinha uma vaga lembrança do rapaz na noite anterior, bebendo profundamente o vinho de um odre antes de passar muito mal e divertir os homens.

— Milorde! — gritou o menino ao chegar correndo e parar de repente. Seus olhos estavam arregalados ao ver um homem ser barbeado no campo.

— O que foi? — perguntou Salisbury com calma, esticando o queixo para dar a Rankin uma linha reta para a navalha.

— Homens chegando, milorde. Soldados e arqueiros, todos se dirigindo para cá.

Salisbury fez um movimento brusco e praguejou quando a navalha cortou sua bochecha. Levantou-se de repente, agarrando o pano do pescoço para limpar o óleo e a mancha de sangue do rosto.

— Montar! — vociferou Salisbury para os homens espantados ao redor.

Eles saíram correndo em direção aos cavalos e armas.

— Tragam meu cavalo! Rankin, seu desajeitado, você me cortou. Cavalo! Alice! Pelo amor de Deus, vá se calçar!

O quadro sonolento se desfez, com homens correndo em todas as direções, tropeçando e berrando pelos capitães que os comandavam. Quando Salisbury montou, havia fileiras de cavaleiros entre o senhor e quem se aproximava. Aqueles com olhos mais argutos gritaram "Arqueiros!" várias vezes, então escudos foram lançados para os cavaleiros, e os arqueiros Nevilles correram à frente, encordoando os arcos no caminho.

— Milorde, sua armadura! — exclamou Rankin.

O homem havia pego uma braçada de metal, um braço enfiado num gorjal circular, pendurado meio aberto pela dobradiça. Ele corria ao lado do estribo conforme o conde fazia o cavalo trotar. Os ajudantes que teriam equipado o senhor não estavam em lugar nenhum. Rankin entregou uma espada longa e quase sumiu sob os cascos ao tropeçar.

— Não há tempo, Rankin. Mas aquele gorjal eu aceito. E busque um escudo para mim, por favor. Há um pendurado lá naquela árvore, está vendo?

Ele estendeu a mão quando Rankin lhe jogou o gorjal; pegou-o no ar e o fechou em torno da garganta. À frente, cento e cinquenta soldados de infantaria e sessenta arqueiros aguardavam pacientemente que se juntasse a eles. Salisbury olhou para trás e viu que a esposa e o filho tinham arranjado cavalos. A nova noiva também estava lá, torcendo as mãos brancas diante do corpo. Uma expressão preocupada atravessou o rosto do conde ao ver aquele grupinho vulnerável. Ele se virou para trás, e o filho olhou para cima ao ouvir o som de cascos.

— O que foi, senhor? Quem está vindo?

— Ainda não sei — respondeu Salisbury. — Acho que terei de deixar alguns deles vivos para perguntar, não é? Sua tarefa é levar sua mãe e Maud para um lugar seguro. Isso aqui não lhe diz respeito, João, não hoje.

Ele não falou que, se o jovem casal morresse, haveria a possibilidade de os valiosos feudos do dote retornarem a lorde Cromwell ou até voltarem a cair nas mãos de Percy, exatamente o tipo de disputa que mantinha os juízes do Tribunal do Rei ocupados por meses ou anos. Não era algo a se dizer diante de uma recém-casada, embora Salisbury tivesse gostado de ver Maud pular na sela, tão ágil quanto qualquer moça de fazenda de boa linhagem. A saia comprida subiu até o alto das pernas e, na presença da esposa, Salisbury desviou o olhar. O filho enrubesceu e apeou para baixar as camadas de pano.

— Deixe para lá, João. Já vi as pernas de muitas moças. Alice? Ajude seu filho nisso. Quero você a salvo. Fique longe dos combates, a menos que sejamos derrotados. Então, corram para o sul, de volta a Tattershall.

— Sheriff Hutton fica mais perto e é nosso — argumentou a mulher, sem desperdiçar palavras com o marido ansioso para se afastar.

— Não sabemos o que está à frente, Alice, só atrás. Siga João. O caminho para o sul está livre, e não há dúvida de que Cromwell a manterá a salvo até alguém da família se vingar. Isso se eu cair. Esses são meus melhores homens, Alice. Apostaria neles minha última moeda.

— Quer que partamos agora? — perguntou a esposa.

Ele a amou neste momento, pelo olhar sério e pela total falta de medo. Salisbury viu que Maud observava a mulher mais velha, aprendendo só um pouquinho do que era ser uma Neville naquele dia.

— Apenas se souber que caí ou que fomos derrotados. Você estará mais segura aqui, com meus homens ao alcance, do que cavalgando.

Ele parou ao perceber que o inimigo poderia tê-los cercado à noite, pronto para capturar qualquer um que fugisse para o sul.

— Carter! Venha cá, por favor! — gritou a um cavaleiro robusto que passava.

O homem parou na sela, virando a cabeça para ver quem chamara seu nome, depois fez o cavalo dar meia-volta com grande habilidade.

— Meu bom Carter — começou o conde quando o cavaleiro se aproximou. — Preciso que alguns rapazes examinem o sul para verificar a linha de retirada. Leve quatro homens e relate à condessa aqui.

— Sim, milorde — respondeu o homem, erguendo a viseira do elmo e assoviando com força para chamar atenção de um grupo de cavaleiros que passava.

— Muito bom — disse Salisbury. Ele sorriu para a mulher e para o filho. — Agora meus homens precisam de mim. Que a bênção de Deus esteja com vocês. Senhoras, João, boa sorte.

Salisbury baixou a viseira e bateu com os calcanhares nos flancos do cavalo, sentindo falta das botas com esporas que fariam sua montaria avançar sem se importar com o que houvesse à frente. Mas tinha uma espada na mão direita, um escudo na esquerda e um bom ferro em torno da garganta. Teria de ser o suficiente.

Ele foi a meio galope até as fileiras dos Nevilles montados e passou por elas, que se abriram para deixá-lo chegar à frente. Salisbury viu um grande número de soldados cavalgando e marchando sem pressa rumo à sua posição. Franziu o cenho para enxergar à distância, desejando ter os olhos aguçados do rapaz que os vira primeiro. Quem quer que fossem, não usavam cores, não traziam estandartes à frente. Ele engoliu em seco ao ver seu número, mais que o triplo de seu efetivo.

— Minha esposa falou que eu não precisaria de tantos homens, não para um casamento no campo — comentou ao homem ao lado, fazendo-o sorrir. — Se algum de nós sobreviver, você faria a gentileza de lhe dizer que estava errada? Tenho certeza de que ela ficaria agradecida de saber.

Os soldados ao redor dele riram, e Salisbury ficou satisfeito com a confiança. Todos os homens ali lutaram na fronteira contra hordas de escoceses selvagens quando ele fora guardião do rei pela última vez. Conheciam o ofício e estavam bem-armados, com cotas de malha ou armaduras, apoiados por sessenta bons arqueiros capazes de acertar um pássaro em voo se alguém apostasse uma jarra de cerveja.

— Guerreiros! Atrás deles! — vociferou Salisbury, mandando os arqueiros avançarem pelo mato alto.

Ele viu a força que se aproximava enviar a vanguarda conforme ele fazia o mesmo, trilhas escuras de arqueiros em trote se afastando da força principal para provocar caos e destruição. Eles se encontrariam nos prados secos pelo sol ali no meio, enfiando flechas na garganta dos adversários. Ali o efetivo contaria, e ele forçou o olhar para ver quantos vinham contra ele. O cavalo bufou, irritado com os arreios e a demora, e Salisbury se abaixou para lhe dar um tapinha no pescoço.

— Calma, garoto. Espere os arqueiros abrirem caminho.

Ambos os lados haviam parado, enquanto arqueiros corriam disparando flechas em meio às árvores e ao capim alto que os separavam, erguendo poeira e borboletas atrás de si. Era uma manhã dourada e, embora estivesse em desvantagem numérica, Salisbury segurou a espada com força, ouvindo a sela de couro ranger quando se inclinou para a frente. Possuía uma dezena de inimigos ou mais, no entanto apenas um poria em risco uma força daquelas e teria recursos e homens para mandá-la contra ele.

— *Percy* — murmurou Salisbury para si mesmo.

Tinha esperanças de que o velho estivesse ali em pessoa, para que pudesse vê-lo morto. Era tarde demais para se amaldiçoar por não prever o ataque. Salisbury levara para o casamento do filho uma força maior do que todos acharam necessário, mas ainda assim era um verdadeiro exército que cavalgava contra ele. Disse a si mesmo que deveria ter previsto que lorde Percy não ficaria quieto em Alnwick enquanto perdia propriedades. Salisbury conhecia cada detalhe das terras do dote de Cromwell. Era uma das razões de ter ficado tão contente em recebê-las: irritar o velho amargo que governava o norte.

Ele balançou a cabeça, apagando dúvidas e arrependimentos. Seus homens eram bem treinados, e a lealdade deles beirava o fanatismo. Seriam o suficiente.

*

Tomás, lorde Egremont, observou as filas organizadas de arqueiros se afastarem. No longo verão, o capim havia secado até ficar quase branco, mas crescera tanto que um homem só precisaria se ajoelhar para sumir. Ele tivera uma dificuldade e tanto para encontrar a festa dos Nevilles em terras que não conhecia bem. Trunning mandara batedores se espalharem em todas as direções durante a noite, lançando a rede cada vez mais longe até que um deles voltou a toda, o rosto corado, gritando a notícia. O mestre de armas de Percy mandou os homens se levantarem e se prepararem para marchar enquanto Tomás ainda bocejava e olhava em volta.

Ele e Trunning pouco conversaram depois de traçarem as linhas no pátio de Alnwick. Tomás dissera a si mesmo que não precisava daquele pedaço de tendão azedo, mas a verdade era que Trunning sabia organizar uma campanha. Os velhos soldados e os moradores da cidade esperavam ordens de Trunning porque ele sempre estava por perto para dá-las. Não era um grande talento, até onde Tomás entendia. Só exigia um olho bom para pequenos detalhes e um temperamento explosivo. Tomás gostaria de saber se imaginava o desdém do outro sempre que seus olhos se cruzavam. Mas não importava. Haviam encontrado a festa de casamento dos Nevilles e, embora houvesse muito mais soldados do que ambos esperavam, ainda tinham efetivo suficiente para massacrar todos.

Tomás avançou pelo meio de uma linha de cavaleiros que formava a ala direita de quinhentos homens com espadas e machados, já cobertos de suor pela marcha acelerada antes do amanhecer. Enquanto os arqueiros avançavam, aqueles homens tinham a oportunidade de recuperar o fôlego. Pelo menos, o calor do dia ainda não passava de uma ameaça. Seria um sofrimento mais tarde, com o peso da armadura e das armas e a exaustão esgotante de seu uso. Lorde Egremont sorriu com a ideia, expressão que se desfez em parte ao ver Trunning conduzir a montaria até perto dele e inserir o animal na linha de espera. O homem nunca ficava parado, e Tomás ouvia sua voz rouca berrando ameaças a algum infeliz que saíra da posição.

À frente deles, cento e vinte arqueiros desapareceram no mato, cada homem por conta própria, avançando em busca de alvos. Tomás não sabia se os Nevilles tinham trazido arqueiros. Se não tivessem, os seus começariam o massacre com flechas, picando-os em pedacinhos sem perder ninguém de seu pequeno exército.

Tomás ergueu a cabeça ao ouvir alguém gritar, uma figura distante saindo de onde se escondera. Mais gritos soaram e, do outro lado do terreno aberto, a um quilômetro e meio, conseguiu ver homens que corriam, paravam, pareciam se contorcer e depois continuavam, enviando flechas adiante. Tremeu, imaginando os arqueiros ofegantes tentando olhar em todas as direções, sempre à espera da súbita agonia se fossem avistados e atravessados por uma flecha. Era um serviço sujo, e já estava claro que os Nevilles tinham seus rapazes com arcos para enfrentá-los.

Tomás respirou fundo, olhando firme para a frente em vez de buscar a aprovação de Trunning.

— Para cima deles! Comigo, em boa ordem! — berrou ele pela linha.

Os homens de armas seguraram as espadas e os machados com mais força, e os cavaleiros estalaram a língua, instando as montarias a avançar devagar. Os arqueiros deviam estar se aproximando das linhas dos Nevilles, perto o suficiente para derrubá-las.

À frente, Tomás viu dois homens robustos se levantarem de repente, surgindo entre tojos e arbustos. Viu-os curvarem os arcos longos e ergueu o escudo, lançado para trás um instante depois ao ser atingido por uma flecha com um estalo alto. A outra sumiu atrás dele, fazendo alguém gritar de dor ou choque. Trunning berrava uma ordem, mas a linha já se movia. Arqueiros precisavam ser atacados, e a linha de cavaleiros se lançou à frente da infantaria, com escudos erguidos e viseiras baixadas, as espadas prontas para atacar. Tomás sentiu a empolgação aumentar e usou as esporas para lançar seu imenso cavalo preto num meio galope.

Os dois arqueiros tentaram se esquivar, jogando-se no chão quando os primeiros cavaleiros reduziram a distância. Tomás os viu numa nuvem de poeira, debatendo-se desesperados para rechaçar os cascos e o golpe de espada de um cavaleiro que galopou sobre eles. Depois ficaram para trás, deixados para serem retalhados pelos homens com machados que vinham correndo.

Ele cavalgava a toda, a linha de cavaleiros de armadura se desfazendo ao encontrar os obstáculos naturais do terreno. Tomás sentiu sua montaria se curvar e a conduziu por cima de um espinheiro, despedaçando-o com os cascos e deixando a planta balançando no caminho. Ele ajustou o escudo e se inclinou para trás, reduzindo o ritmo para não avançar demais. Os Nevilles estavam lá, a menos de oitocentos metros de distância, se tanto, parecendo pequenos e fracos contra a linha de cavalos que fazia o chão tremer.

— Lorde Egremont! Mais devagar, seu estúpido...

Tomás olhou ao redor furioso quando o cavalo de Trunning passou à frente. O homem teve a impertinência de segurar suas rédeas e puxá-las.

— Tire as mãos daí! — exclamou Tomás com rispidez. Então ele olhou em volta e viu que deixara para trás a força principal.

Trunning afastou a mão e ergueu a viseira do elmo, controlando a raiva com certa dificuldade.

— Milorde, o senhor vai acabar com os homens que tentam protegê-lo. Oitocentos metros é uma distância muito longa para se correr com cota de malha. Onde está seu juízo? Aqueles arqueiros acabaram com sua coragem? Calma, homem, já não são muitos agora.

Tomás sentiu um desejo quase avassalador de derrubar Trunning da sela. Se achasse que o homem de seu pai pudesse ser surpreendido, talvez arriscasse, mas Trunning era um veterano, sempre pronto a se esquivar ou atacar. Até o cavalo do mestre de armas parecia inquieto, dando passinhos de um lado para o outro, um velho saco de ossos tão acostumado com o choque das armas quanto seu senhor. Nisso, Tomás já sabia que Trunning acertara ao detê-lo, mas as palavras ainda doíam, e ele mal conseguia enxergar de tanta raiva.

— Cuide dos homens, Trunning. Grite e dê as ordens que quiser, mas porei sua cabeça na ponta de uma *lança* se ousar tocar nas minhas rédeas outra vez.

Para seu desgosto, Trunning simplesmente sorriu e apontou para a força dos Nevilles.

— O inimigo está lá, lorde Egremont, caso haja alguma dúvida. Não aqui.

— Às vezes eu duvido, seu filho da puta pomposo — retrucou Tomás.

Pelo menos marcara um ponto com o homem de seu pai. O rosto de Trunning se fechou e ele abriu a boca para responder, mas de repente se abaixou por instinto quando flechas voaram ao redor deles, mandadas de ambos os lados. Tomás praguejou ao ver dois arqueiros de pelote prata e vermelho caírem com flechas no peito. Levantou a mão para agradecer a seus dois homens que os tinham derrubado. Eles acenaram em resposta e continuaram a avançar.

— Juntos! — vociferou Trunning. — Juntos a Egremont! Aqui!

As linhas voltaram a se formar em torno de Tomás, que, sentado na sela, fervia de raiva. Conseguia ouvir a respiração rascante dos homens de armas que o alcançaram. Ofegavam profundamente no calor denso da manhã, e era muito irritante saber que Trunning estava certo, como sempre.

— Fiquem aqui e descansem — gritou-lhes Tomás, percebendo o alívio tomar o rosto deles. — Tomem água e aguardem. Temos o triplo de homens, não estão vendo?

Quando se recuperaram, Tomás avançou com todos, a montaria pisando com cuidado nos corpos de arqueiros mortos quando passavam por eles, cada um caído sozinho, com flechas como espinhos na carne. Ainda conseguia escutar o estalo dos arcos na faixa que se estreitava entre as duas forças, mas achou que havia mais corpos com as cores dos Nevilles do que seus homens cinzentos.

O tempo inteiro em que correra pelo prado com Trunning e os cavaleiros, os Nevilles ficaram parados à sua espera. Quando seus homens passaram a uma caminhada lenta, ele viu a linha inimiga avançar de repente, vindo a toda. Tomás hesitou. Os Nevilles estavam em tamanha desvantagem numérica que era suicídio vir até onde ele poderia cercá-los e destruí-los. Supusera que Salisbury manteria sua posição para defender o acampamento pelo máximo de tempo possível, talvez enquanto mandava cavaleiros pedir ajuda. O ataque deles não fazia sentido nenhum.

— Arqueiros! Mirem nas primeiras fileiras! — ouviu Trunning berrar.

O espírito de Tomás se animou ao ver uma dúzia de homens escondidos se erguer do capim alto, abandonando o jogo selvagem com os arqueiros Nevilles para atender à ordem de Trunning. Assim que abandonaram a cobertura, os arqueiros inimigos também se levantaram, e flechas voaram outra vez: golpes curtos e cortantes que os atingiram de baixo para cima. O custo foi pavoroso de ambos os lados, mas Tomás viu seis ou oito arqueiros seus sobreviverem para mirar na linha Neville. Era tarde demais para correrem, e dispararam saraivada atrás de saraivada até serem cercados.

Com um forte rugido, os cavaleiros de Salisbury passaram por cima daqueles que os feriram, cavalos e homens desabando juntos e ficando para trás. Menos de duzentos metros separavam as forças, e Tomás sentiu a boca seca e a bexiga cheia. Eles se deslocavam bem, aqueles cavaleiros Neville. Tomás engoliu em seco, nervoso, compreendendo por fim que enfrentava a guarda pessoal de Salisbury. Uma olhada rápida para a esquerda e para a direita o tranquilizou. Tinha a largura da linha. Tinha a vantagem numérica. Tomás Percy, barão de Egremont, ergueu o braço por um glorioso momento e, então, Trunning deu a ordem de atacar antes dele, aquele canalha traiçoeiro.

4

Ricardo de York estava expansivo, de ótimo humor. O dia estava quente, com um odor de argamassa e pó de pedra no ar seco. A Câmara Pintada do Palácio de Westminster tinha séculos de idade, com o teto vermelho-escuro rachado de fora a fora e quase sempre úmido. Para variar, havia secado, e o cheiro era bastante agradável.

York se recostou enquanto um pedaço de pergaminho do comprimento de seu braço era passado de mão em mão pela longa mesa. Cada um dos homens sentados fazia uma pausa reverente ao recebê-lo, lendo outra vez as palavras que fariam de Eduardo de Westminster príncipe de Gales e herdeiro do trono inglês. Sob o cenho franzido de Ricardo, não foram poucos os lordes reunidos que lançaram olhares furtivos a York, tentando discernir seu jogo mais profundo. Edmundo Beaufort, conde de Somerset, fez com que todos esperassem enquanto lia a declaração formal desde o início mais uma vez, procurando algo que tivesse deixado passar.

A tensão do silêncio aumentou enquanto todos esperavam Somerset pegar a pena e assinar seu nome. Ali perto, o sino de Westminster tocou meio-dia, as notas retumbantes pelos corredores. York pigarreou, fazendo Somerset erguer os olhos de repente.

— O senhor estava presente quando isso foi escrito, milorde — disse York. — Está descontente com seu propósito? Seu efeito?

Somerset colocou a língua entre o lábio superior e os dentes, a boca se contorcendo. Não havia nenhuma cláusula sutil que pudesse ver, nenhum truque na redação que negasse ao filho do rei Henrique seus direitos de nascença e herança. Mas não conseguia deixar de suspeitar de que deixara de perceber algo. Sem dúvida York não ganhava nada permitindo que a linha de Lancaster continuasse por mais uma geração. Se havia um momento para se proclamar pretendente ao trono, Somerset tinha certeza de que era aquele. O rei Henrique ainda estava sem sentidos, sem consciência, afogado em brumas. York reinava em nome de Henrique havia mais de um ano, sem desastres nem invasões da França além dos costumeiros ataques a navios e cidades costeiras. Somerset sabia muito bem que a popularidade de York crescia. Mas ali estava, em documentos que o Parlamento reconhecera e passara para os lordes e, é claro, para o próprio York assinarem, selarem e transformarem em lei. Os homens naquela sala confirmariam um menininho como futuro rei da Inglaterra. Somerset balançou a cabeça, irritado, quando outros dois barões pigarrearam, querendo avançar para o almoço e a tarde.

— Isso levou quatro meses para ser feito — declarou Somerset sem erguer os olhos. — Esperem mais um instante enquanto leio tudo de novo.

York deu um suspiro audível, recostou-se na cadeira e fitou o teto lá no alto. Podia ver nas vigas o ninho de lama de um pardal, algum passarinho valente ou talvez tolo que havia escolhido aquela sala para criar os filhotes. York achou que conseguia ver um cintilar de movimento no buraco de entrada, e fixou o olhar nele, contente de esperar.

— O pequeno Eduardo será coroado em Windsor — disse Somerset em voz alta. — Aqui não há menção de regentes enquanto ele cresce.

York sorriu.

— O pai dele ainda é rei, Edmundo. Nomear um regente seria um erro duplo. Concordei em proteger e defender o reino durante a doença do rei Henrique. Gostaria que eu nomeasse um terceiro ou quarto homem? Talvez preferisse que todos nós governássemos a Inglaterra quando terminar a leitura.

Risinhos serviram de eco a suas palavras em torno da mesa, enquanto Somerset fervia de raiva.

— O rei Henrique acordará daquilo que o prende ao leito, seja o que for — respondeu ele. — Onde o senhor estará então, milorde York?

— Rezo por isso — respondeu York, os olhos mostrando apenas diversão. — Mando rezar missas todos os dias para que eu possa tirar dos ombros o fardo terrível de minha autoridade. Meu pai podia descender do rei Eduardo, mas os filhos de João de Gaunt têm precedência. Não desejei o trono, Edmundo. Só o que tenho feito é manter a Inglaterra unida e a salvo, só isso, enquanto seu rei sonha. *Eu* não sou o pai dessa criança, apenas seu protetor.

Houve uma ênfase sutil nas últimas palavras e, embora soubesse que York implicava com ele, Somerset se irritou mesmo assim, o punho direito cerrado sobre a mesa. Soubera dos boatos que corriam pelas câmaras dos Lordes e dos Comuns. Essas fofocas não mereciam sequer desprezo, nascidas do desejo cruel de arruinar a rainha Margarida e negar ao filho dela seu lugar legítimo. Somerset praguejou em voz baixa, pegou a pena e assinou seu nome com um floreio, permitindo que os escribas à espera tomassem dele o pergaminho e secassem a tinta antes de passá-lo finalmente a York.

Talvez para enfurecer o mais velho, York deixou seus olhos passarem lentamente sobre as palavras, uma de cada vez. Não era hora de se apressar, e ele coçava o pescoço enquanto lia, sentindo a diversão dos outros homens e a raiva fervilhante do duque diante dele à mesa. Na verdade, York pensara em retardar ainda mais a passagem das discussões no Parlamento. Se o rei Henrique se despedisse do mundo antes que o documento fosse assinado e selado, naquele momento York seria o herdeiro real. Um estatuto fizera dele o herdeiro quatro anos antes, quando parecia que a rainha era estéril ou o rei incapaz de cumprir seu dever.

Mesmo então, era como um alfinete em sua mente a ideia de que apenas sua própria assinatura estava entre ele e a Coroa. Mas Salisbury o convencera. O líder da família Neville sabia melhor que ninguém como administrar e assegurar o poder para aqueles de seu sangue. Era muito gratificante ver todo o intelecto e toda a esperteza dos Nevilles usados em seu benefício, pensava York enquanto lia. Quando se casara com Cecily Neville, a casa de York ganhara a força de um clã e de uma linhagem tão amplos e variados que, sem dúvida, chegariam a governar, fossem quais fossem os sobrenomes com que se casassem ou a cota de armas específica. Ele se sentia grato por o terem escolhido como seu defensor. Parecia que, ao lado dos Nevilles, um homem poderia crescer muito. Contra eles, pobres-diabos como Somerset nunca cresceriam.

York por fim fez que sim, satisfeito. Pegou a própria pena, molhou-a e acrescentou seu nome no final da lista, continuando com espirais decorativas, mostrando seu prazer.

Era cedo demais para se declarar pretendente ao trono, disso Salisbury o convencera. Muitos nobres do rei pegariam em armas sem pensar duas vezes assim que um usurpador se declarasse. Passo a passo, o caminho estava diante dele, se escolhesse percorrê-lo. A vida de um recém-nascido era algo delicado. York perdera cinco dos seus devido a desarranjos e resfriados.

Ele sorriu para o escriba que punha pesos de chumbo nos cantos do pergaminho. Como lorde protetor, era York quem devia usar o grande selo do trono da Inglaterra, o estágio final. Quatro plebeus tinham ficado ali de pé durante toda a discussão, de cabeça baixa, à espera do papel que tinham de desempenhar. Quando York lhes fez um sinal com a cabeça, eles se aproximaram da mesa, dispuseram as duas metades do selo de prata e recolheram o cadinho de cera do braseiro minúsculo onde fora aquecida até se liquefazer. Todos os homens ali observaram o selo real se unir com um barulhinho e a imagem do rei Henrique em seu trono ser coberta de cera azul. Um dos homens, o *chaff-wax*, responsável por lidar com a cera, usou uma faquinha para aparar o disco formado que começava a esfriar, enquanto outro dispunha pedaços de fita sobre o documento propriamente dito. Era um trabalho de artesãos habilidosos, e os presentes acompanharam com interesse o disco morno ser virado e apertado contra o pergaminho, manchando a página de óleo. As metades foram erguidas, e uma fina medalha de dez centímetros de cera ali ficou, pressionada sobre as fitas até não poder mais ser removida sem rasgar o pergaminho ou quebrar o selo.

Estava feito. Os portadores do selo se ocuparam guardando as ferramentas do ofício: colocaram as metades de prata de volta em saquinhos de seda e depois num cofrinho do mesmo metal polido. Após uma reverência diante do protetor, saíram em silêncio, sua participação terminada.

York se levantou e bateu palmas.

— Há uma criança que se tornou príncipe de Gales, herdeiro do trono. Milordes, hoje me orgulho da Inglaterra, tanto quanto um pai se orgulha de seu filho.

Ele olhou para Somerset, os olhos brilhantes. Mesmo então Somerset poderia ter ignorado, se um dos outros não soltasse uma gargalhada. Incomodado, o conde pôs a mão no punho da espada, encarando York do outro lado da mesa.

— Explique o que quis dizer, Ricardo. Se tiver coragem de acusar um homem de desonra e traição, faça-o às claras, sem jogar como os franceses.

York abriu ainda mais o sorriso, balançando a cabeça.

— Está me levando a mal, Edmundo. Deixe sua cólera se esvair! Hoje é um dia de alegria, com a linhagem do rei Henrique assegurada.

— Não — retrucou Somerset, a voz ficando mais profunda e mais rouca. Estava com 48 anos, mas não havia enfraquecido nem se curvara enquanto o cabelo agrisalhava. Levantou-se devagar da cadeira, os ombros aprumados, a raiva o impelindo. — Acredito que mereço uma satisfação, Ricardo. Quem espalha boatos falsos terá também de defendê-los. Deus e meu braço direito com certeza decidirão o resultado. Agora se desculpe e implore meu perdão, senão nos encontraremos amanhã ao amanhecer, no pátio lá fora.

Se não fosse a mesa entre eles, Somerset poderia ter puxado a arma e atingido York naquele instante. Os outros na sala tocaram nervosos o punho das espadas, prontos para agir. York manteve as mãos longe da arma, sabendo que estava ao alcance de um golpe súbito e que Somerset era veloz. Com cautela, também se levantou.

— O senhor ameaça o protetor e defensor do reino — avisou York. Sua voz ficara suave, como um aviso, embora ele ainda sorrisse, incapaz de esconder seu prazer com o curso que os fatos tomavam. — Tire a mão da espada.

— Eu disse que quero uma satisfação — respondeu Somerset, com voz irritada, o rosto enrubescido.

York deu uma risadinha, embora a tensão na sala a fizesse soar falsa.

— O senhor está enganado, mas a ameaça é um crime que não posso perdoar. Guardas! — Ele levantou a voz no final, espantando os que o cercavam.

Dois homens robustos entraram no mesmo instante, puxando a espada assim que viram a cena diante deles. York se dirigiu aos soldados do Parlamento sem desviar os olhos de Somerset nem por um instante.

— Prendam lorde Somerset. Ele ameaçou o protetor. Tenho certeza de que a investigação revelará alguma conspiração mais profunda contra o trono e aqueles que o servem.

Finalmente Somerset se mexeu, desembainhando a espada num movimento único e fluido e se lançando com ela por sobre a lateral da mesa. Seu alcance era extraordinário, e York se jogou para trás, batendo com força na parede e fazendo argamassa seca chover do teto em espirais. Admirado, ele levou a mão ao rosto e olhou para os dedos, quase esperando ver sangue. Mas os guardas tinham se jogado sobre Somerset quando ele se moveu, agarrando-o, e impediram o golpe. Enquanto ele se debatia, tiraram-lhe a espada e imobilizaram seu braço às costas dele, fazendo-o rosnar de dor.

— Edmundo, seu idiota — disse York, com uma raiva crescente. — Você será levado daqui pelo Tâmisa até a Torre. Acho que não o verei de novo enquanto as acusações forem preparadas. Enviarei a notícia de sua prisão à rainha, em Windsor. Não duvido de que ela ficará angustiada por perder alguém *tão* querido.

Somerset foi arrastado, ainda rugindo e se debatendo. York limpou o suor da testa. Fez um gesto para o pergaminho sobre a mesa.

— Mandem levar isso a Windsor, para ser lido e entregue ao rei Henrique. Deus sabe que ele não ouvirá as palavras, mas mesmo assim isso tem de ser feito.

Então York se recompôs, levantou a cabeça e saiu a passos largos para o ar quente do Palácio de Westminster. Os outros lordes foram atrás, sem dizer palavra.

O barão de Egremont cavalgava velozmente no centro dos Nevilles. Sabia muito bem que estava totalmente comprometido com a destruição da festa de casamento. Mesmo com as armas dos Percys raspadas ou cobertas, seus arqueiros tinham derramado o sangue inimigo primeiro e matado uns seis cavaleiros e homens de armas. Depois disso, não haveria retirada tranquila nem segunda oportunidade. Conforme se aproximava, conseguia ver a fúria do conde de Salisbury escrita em seu rosto. O conde Neville estava cercado por seus melhores guerreiros e brandia a espada para a direita e para a esquerda, enquanto a usava para apontar e berrava para que alterassem a formação. Tomás conduziu seu cavalo diretamente para o homem mais velho, o escudo e a espada parecendo leves em suas mãos. Havia treinado para isso. Trouxera sete centenas contra menos de um terço disso. Ele os destruiria antes que o sol chegasse ao meio-dia.

Ao longo de toda a linha, cavaleiros Percys e Nevilles se chocaram e se cruzaram, desferindo ao passar golpes violentos que deixavam um ou ambos tontos e cambaleantes. Para os cavaleiros da casa Percy foi um momento assustador, pois golpearam e foram arrastados pela própria velocidade, afastando-se dos que cavalgavam com eles. Os cavalos desaceleraram contra a massa sólida de homens de Neville, e, de repente, os guerreiros Percys se viram num impasse, golpeando e se defendendo, as montarias escoiceando qualquer um que se aproximasse de suas patas.

Tomás desferiu um golpe selvagem no primeiro cavaleiro Neville que enfrentou. O homem se esquivou com tanta rapidez que a espada resvalou na armadura, acertando uma apara espiralada de metal brilhante. Tomás ganiu quando sua perna esquerda foi atingida com um clangor, instantaneamente entorpecido ao passar pelo homem que tentava matar. Ele ouviu o xingamento grunhido pelo cavaleiro, mas nenhum dos dois podia se virar. Outros dois homens enfrentaram Tomás e, além deles, via-se Ricardo Neville, conde de Salisbury.

— Balion, avançar! — vociferou Tomás, sentindo o cavalo enorme se curvar debaixo dele em resposta.

Levara quase um ano para treinar o animal a não empinar totalmente, como faria contra outro garanhão. Em vez disso, Balion empinou e mergulhou quase no mesmo instante, mal saindo do chão antes de golpear os cavalos à frente com os cascos dianteiros.

Deus sabia que, se fosse selvagem, Balion comandaria qualquer manada. O imenso cavalo de guerra não precisava ser incitado, e o perigo era apenas perder o controle quando ele começava a corcovear e esmagar. Tomás viu movimento atrás de si e rugiu "Atrás!" enquanto aparava um golpe com o escudo. Ouviu um grito agudo se interromper quando Balion lançou a pata traseira em algum atacante invisível. Tomás percebeu que ria dentro do elmo, exultante com o dano que podia causar usando apenas uma palavra.

— E *firme*! — gritou para o garanhão empolgado, embora Balion ainda empinasse e se agitasse, bufando e querendo empinar mais uma vez.

Enquanto o enorme animal se acalmava, Tomás recebeu um forte impacto nas costas da armadura. Ergueu-se nos estribos para ficar mais alto enquanto girava com toda a força em resposta. Gritou de triunfo quando a espada pesada abriu um grande corte no flanco de um cavaleiro, fazendo o sangue jorrar sobre lábios de metal rasgado. Não era um ferimento fatal, mas o inimigo caiu de lado, perdendo a força na sela. O homem Neville caiu de cabeça para baixo, com uma das pernas se agitando, dando chutes, e a outra presa no estribo torcido. Lorde Egremont observou deliciado o guerreiro que o enfrentara na batalha ser arrastado do campo pela montaria em disparada.

Então algo se chocou em seu elmo. Tomás grunhiu de dor e recuou automaticamente quando a visão se borrou. Conseguia ouvir o tumulto em toda a linha e, com um toque de culpa, torceu para Trunning estar por ali, mantendo a cabeça fria. Não havia como supervisionar o combate, não ali no meio dele. Os homens ao seu redor atacavam com vigor selvagem, amassando e arranhando sua armadura, tentando quebrar as articulações metálicas ou ferir e rasgar Balion para que a queda do animal o derrubasse.

Por algum tempo, parecia que não conseguiriam tocá-lo. Sua armadura era boa, mais rígida e espessa do que os pedaços de ferro usados pelos cavaleiros mais pobres. Deus sabia como doía ser atingido, mas

Tomás estava envolto, protegido, enquanto outros caíam diante dos movimentos de sua espada. Salisbury parecia ter sumido na confusão, mas Tomás o viu de novo e enfiou as esporas nas feridas dos flancos de Balion, fazendo sangue novo correr. O garanhão avançou, esmagando dois homens armados de machado que tinham se esgueirado pelas fileiras de cavalos. Eles mal tiveram tempo para erguer as armas antes de serem derrubados e pisoteados. Tomás só tinha olhos para o tio, a expressão enlouquecida dentro da viseira. A cabeça ainda retinia com o golpe e ele sentia gosto de sangue na boca, mas, se ele eliminasse o próprio líder do clã Neville, o pai saberia. A família Percy talvez não fosse capaz de se gabar de uma vitória de cavaleiros andantes, mas o pai saberia que mandara o filho certo.

— Salisbury! — berrou Tomás, vendo o mais velho se torcer na sela para ver quem chamara o seu nome.

Neville não usava peitoral nem armadura, apenas um gorjal de ferro. O escudo ainda não estava marcado, porque ninguém o alcançara através dos guardas. Talvez por seu senhor estar tão mal-equipado, aqueles homens se juntaram em torno dele, perdendo uns seis na luta para proteger o conde a quem serviam. Assim era melhor. Tomás podia ver que a vantagem numérica começava a surtir efeito. A voz rouca e terrível de Trunning podia ser ouvida em algum ponto à direita, ordenando que os homens atacassem os flancos. Não demoraria muito, percebeu Tomás, para que fosse o senhor do campo de batalha, vitorioso por sua casa.

— Percy! — cuspiu Salisbury em sua direção.

Tomás quase deu um puxão nas rédeas, em choque, uma hesitação momentânea que fez Ricardo Neville mostrar os dentes.

— É claro, um filho dos Percys! Quem mais cavalgaria sem cores para atacar um casamento? Qual dos filhotes sem honra é você? Henrique? Tomás? Levante a viseira, homem, para que eu possa enfiar minha espada nesse focinho Percy feio.

Com um grito ensandecido, Tomás acertou as esporas mais uma vez no flanco do animal, fazendo Balion investir. Ele conseguia ouvir lorde Neville rir quando seu caminho foi bloqueado. Pela primeira vez, Tomás viu que enfrentava homens tão habilidosos quanto ele. Não, percebeu; era superado pelo braço da espada dos outros. Não conseguiu forçar o caminho e, o tempo todo, o velho bastardo uivava para o mundo inteiro, num eco do desdém do pai que fez sua visão turvar e correr sangue em seus ouvidos como se fossem ondas do mar se quebrando. Tomás piscou para afastar o sangue que escorria de algum corte na cabeça. O elmo era bem acolchoado, mas o golpe de uma maça pesada o amassara, e uma borda afiada apertava seu crânio como se estivesse sendo trepanado. Sentia a respiração quente forçada contra as aberturas do elmo, e ele ainda se virava e esporeava Balion para atacar, embora o animal espumasse pelo nariz e perdesse forças com o sangue que escorria pelas costelas.

Em meio aos pés dos cavaleiros em combate, homens cinzentos portando machados tinham chegado à luta. As feridas que causavam eram horrendas, pois atacavam as pernas dos cavalos para fazer os homens caírem com os animais berrando. No chão, cavaleiros de armadura ficavam tontos e vulneráveis até se levantarem outra vez. A luta se tornara uma confusão selvagem, e nenhum dos lados cedia. Os soldados Percys ainda enxameavam em grande número, mas Tomás viu um número grande demais deles derrubados por homens de Salisbury. A guarda pessoal de Neville era rápida e vigorosa, jurara proteger seu senhor e estava tão bem protegida quanto o próprio Tomás. Quando lutavam com ferreiros e açougueiros armados de machado, aqueles homens passavam rapidamente por eles, distribuindo golpes.

A luta violenta se concentrava na linha de batalha — os que haviam nascido e treinado para esse trabalho, que tinham acumulado fôlego e músculos para lutar o dia inteiro. Uma armadura era fundamental para suportar os golpes esmagadores que vinham de todos os lados enquanto os homens lutavam, rasgavam tendões, torciam membros e articulações para massacrar o inimigo num frenesi. Os que não tinham tal proteção caíam como trigo diante da foice, o capim branco aplainado por moribundos. O tempo todo, o sol continuava a subir, trazendo o calor que fazia os cavaleiros ofegarem, a boca aberta dentro do elmo, de modo que os dentes se chocavam e se quebravam contra o ferro quando eram atingidos.

Em menos de uma hora, o combate perdeu o ritmo delirante e sobressaltado. Morte e vida passaram a ser decididas apenas pela perseverança, enquanto cada par ou trio de homens se chocava, lutava e cambaleava. A maioria dos aldeões Percys já havia morrido ou sofrido ferimentos tão selvagens que só conseguiam mancar e se afastar, segurando braços e barrigas como trapos ensanguentados. Os guardas Nevilles foram reduzidos a oitenta homens, no máximo, cercados pelo dobro disso com boas armaduras.

Tomás, um pouco afastado, mal conseguia erguer a cabeça quando parou Balion para avaliar o progresso e olhar de cara feia para a energia aparentemente inexaurível de Trunning. Via o mestre de armas cavalgar de um lado para o outro pela linha Percy, exortando os homens cansados a se esforçar mais. Tomás tentou cerrar a mão direita na manopla que pingava sangue de alguma ferida que ele não sabia onde estava. A primeira dor aguda no couro cabeludo ferido fora reduzida para um fraco latejar. Até a grande cabeça protegida de Balion caía em direção ao capim alto e, pelo que Tomás podia ver, Salisbury ainda estava vivo. Ele trincou os dentes de frustração. Não tinha visto o filho do outro, o noivo, em nenhum momento da luta. Os mortos jaziam pelo campo, mas os que caíram eram todos plebeus das duas casas, sem nenhum nome nobre entre eles.

Tomás tentou reunir energia para lutar de novo, e só precisou imaginar o desprezo do pai para forçar o espírito a sair daquele estupor sonolento. Pelo canto do olho, via Trunning lhe fazer gestos, e foi a insinuação de que recuara por medo que verdadeiramente lhe deu vontade de atacar mais uma vez. Chamá-lo para a luta como se fosse um moleque relutante! Tomás desejou que algum Neville cortasse a cabeça imunda de Trunning dos ombros. *Esse* era um nome que ele gostaria de deixar no campo de batalha, mesmo que fosse o único.

Enquanto trotava de volta ao combate, sentiu Balion tropeçar e se recuperar tão devagar que quase caiu. Ele tomou uma decisão rápida ao ver como eram poucos os Nevilles ainda montados. Ergueu a viseira e assoviou para um par de feridos que assistiam à luta sanguinária, verificando antes se não usavam cores. Eles pegaram as rédeas e o ajudaram a apear; as pernas que se sentiram estranhamente fracas ao tocar o chão o fizeram perceber como haviam sido golpeadas. Tomás cambaleou de leve, mas, fora os hematomas e um pouco de sangue, tinha certeza de que ainda estava forte, ainda bastante rápido. Deu um tapinha no pescoço de Balion, contente porque o valente animal não morreria de exaustão.

— Deem-lhe água, se puderem. Quero que, quando eu vier buscá-lo, ele tenha sido escovado e suas feridas cobertas com gordura de ganso.

Os homens ficaram bastante satisfeitos de sair do prado sangrento. Bateram continência e fizeram uma reverência para lorde Egremont, então levaram seu cavalo de guerra.

Tomás se virou e levantou a cabeça para a brisa. Deus, que alívio sentir o ar batendo no rosto depois de tanto tempo confinado. Ele andou a passos largos por um tufo de flores amarelas que se destacava em meio ao capim branco. A armadura guinchava e rangia, as articulações já sem óleo. Girou a espada enquanto avançava, afrouxando as ombreiras da armadura que lhe cobriam os ombros e o peito, assim como os músculos que se enegreciam debaixo delas.

— Egremont! — gritou Tomás ao se aproximar do combate, deixando seus homens saberem quem era e onde estava.

Ele praguejou e baixou a viseira um instante depois, chocado ao ver Salisbury dar meia-volta entre seus homens, começando a abandonar o combate. Estavam indo embora com seu senhor, e de repente Tomás desejou ter mantido Balion. Os que ainda estavam montados perseguiam a linha Neville, mas não havia dúvida de que estavam em retirada.

— Não! — urrou Tomás para eles. — Fiquem e nos enfrentem! — Conseguia ver a forma preta e arqueada de Balion diminuindo atrás dele, e começou a correr, sem mais saber o que fazer.

Um cavaleiro Neville parou e acenou com os braços, talvez na esperança de chamar os seus de volta. Com uma força selvagem, Tomás atingiu o pescoço do homem ao passar, fazendo-o cair ferido no capim. Ele continuou correndo, e ofegava tanto que teve de levantar a viseira outra vez. Trunning veio a cavalo, o rosto do mestre de armas apenas levemente mais corado do que de costume. Ele mascava o bigode comprido e olhava para Tomás Percy de cima para baixo.

— Trunning! — ofegou Tomás, aliviado. — Dê-me seu cavalo. Temos de pegá-los, alcançá-los. Balion está acabado, exausto. Depressa, homem, apeie.

— Essa seria uma ordem de batalha, milorde Egremont. Não a política e os propósitos da casa de seu pai, mas uma simples questão de qual de nós cavalgará e qual de nós andará. Creio que prefiro cavalgar, milorde.

— Seu desleal... — disse Tomás, ofegante. Estendeu a mão para as rédeas do outro, mas o pangaré de Trunning se afastou de seu alcance. — Vou mandar enforcá-lo por me desobedecer.

— Acha mesmo, milorde? Em meu entender, seu pai ficará mais preocupado com a quantidade de homens que o senhor perdeu hoje, sem uma única cabeça Neville para lhe levar em troca. Ou encontrou alguma, barão de Egremont? Achou alguma boa cabeça Neville para amarrar na sela pelo cabelo? Não vi nenhuma.

Tomás ficou calado, recusando-se a responder às farpas do homem. Nem ele nem o pai tinham como saber que Salisbury levaria consigo tantos de seus melhores espadachins. Tomás soprou o ar das bochechas cheias. O pessoal de sua mãe tinha lutado bem. Os Nevilles só precisavam sobreviver ao ataque, e isso conseguiram. Tomás sabia que ele e seus homens talvez tivessem massacrado mais de cem dos melhores soldados de Salisbury, mas, enquanto ele olhava, o núcleo protegido deles se afastava cada vez mais, recuando ordenadamente. Algumas dezenas de arqueiros poderiam tê-los atacado, se ele tivesse mantido uma reserva. Tomás só pôde observar, mal-humorado, o tio escapar da armadilha que montara. Praguejou, ofegante. Queria tirar o elmo, mas o sangue devia tê-lo grudado numa massa encharcada de cabelo e couro cabeludo, e a ideia deteve sua mão. Trunning ainda estava lá observando-o, mastigando o bigode como se fosse um banquete para um homem faminto.

— Pode dizer a seu pai que lutou com bravura, milorde. Sobre isso não vou mentir. O senhor quase atingiu o velho diabo em pessoa. Eu vi.

Tomás ergueu os olhos, surpreso, imaginando se não seria alguma implicância sutil. Não viu zombaria na expressão de Trunning e deu de ombros.

— Mas não bastou, não é?

— Hoje, não — respondeu Trunning. — Homens tropeçam e caem, o mundo é assim. Não importa. Quem fica em pé no final é que importa.

Tomás sentiu a testa se franzir enquanto ficava parado ali, espantado porque Trunning não parecia lançar nele a culpa de não terem sido vitoriosos. Balançou a cabeça e fez o homenzinho sorrir.

— Vou buscar seu cavalo, milorde — avisou Trunning. — Eu lhe disse quando o senhor o trouxe que ele era grande demais, mas é corajoso aquele lá. Ferido ou não, ele o levará para casa.

A brisa aumentou, e o cavalo de Trunning se afastou trotando. Tomás sentiu diversos pontos com dores agudas se espalharem pelo corpo quando a carne entendeu que não voltaria a lutar e poderia começar a doer e se curar. Ele não vencera, mas se pusera à prova. Para sua surpresa, não se sentia envergonhado. Ergueu a mão para que todos pudessem ver, fazendo um arco no ar que apontava para o caminho por onde vieram, uma manhã e uma era inteira atrás.

5

Tomás via o Castelo de Alnwick crescer à sua frente, a vasta fortaleza amarelo-clara dominando a paisagem. A visão não o alegrou. Após três dias na estrada, estava dolorido e sujo, fedendo a suor velho e sangue seco. Finalmente conseguira remover o elmo com óleo e água quente, mas ele tinha no alto da cabeça uma linha de pontos do comprimento de um dedo que ardia, e, ao ver a mossa que a havia causado, apenas ficara observando-a. Tomás sentia seu estado de espírito afundando a cada passo de Balion. Tinha mil lembranças da infância daquelas muralhas de ouro pálido, mas, antes de tudo, Alnwick significava o velho. Significava encontrar o pai.

Quando se afastaram do campo de batalha, a princípio o humor dos homens estava quase alegre. Era verdade que Salisbury escapara deles, mas essa preocupação era do filho de Percy. Para os outros, por Deus, eram sobreviventes, alegrai-vos. Haviam passado pelo horror da batalha, cada homem ali possuía várias histórias de combates corpo a corpo ou de uma ferida terrível da qual tinha escapado por pouco. A primeira noite na estrada havia sido turbulenta, com grandes soldados barbados rindo e imitando o golpe que deram ou de que se esquivaram. Um deles tinha um apito de junco, com furos que ele mesmo fizera. O sujeito conseguia tirar dele uma música animada, e alguns homens pularam e dançaram como se estivessem bêbados. Tomás pensara em ordenar que fizessem silêncio quando o sol se pôs. Até onde sabiam, os Nevilles podiam estar atrás deles. Parecia loucura berrar sua posição sob o céu noturno.

Talvez Trunning tivesse adivinhado seus pensamentos pela cara fechada. O homenzinho tinha se aproximado e levado Tomás para longe, para uma conversinha reservada.

— Eles se acalmarão, milorde — sussurrara Trunning, fitando o sol poente. A voz rouca havia se tornado quase um ronronar, fazendo a pele de Tomás se arrepiar. — Tenho batedores por aí para ver se há alguém se esgueirando atrás de nós. Não seremos pegos de surpresa, juro ao senhor. Os rapazes só estão... felizes de estarem vivos, milorde, com todos os dedos inteiros. Deixe que cantem um pouco, se puder. O sangue quente vai esfriar bem depressa. Eles acordarão um pouco mais sérios, talvez um pouco mal-humorados, mas estarão tão bons quanto chuva pela manhã.

Tomás não conseguira dizer nada. Houvera então certa gentileza no rosto corado e manchado de Trunning. Dizer que o barão havia achado essa observação surpreendente não fazia justiça à palavra. Se o sol subisse de volta no horizonte, talvez ele tivesse uma sensação igual de haver algo errado no mundo. Mas ali estava, uma faísca de afeição pelos soldados de rosto corado que vociferavam alguma cançoneta sentimental, homens que quebrariam a cara do primeiro que sugerisse haver neles qualquer coisa além de pedra de Alnwick, sangue, ossos e juramentos. Com um movimento de cabeça brusco, Tomás concordou com Trunning, e o mestre de armas do pai se afastou. Trunning não olhara para ele diretamente uma única vez. O discurso inteiro havia sido proferido para o ar, como se estivessem lado a lado mijando no mesmo cocho.

Os homens que tinham se ferido ficaram afastados da fogueira. Quando saíram do campo de batalha, Trunning "encontrara" algumas carroças na primeira aldeia do caminho, mas não eram suficientes para os cerca de sessenta homens que precisavam delas. O mestre de armas dos Percys tinha posto todos em fila para inspeção, conferindo cada ferimento com as mãos ásperas e dizendo "Carroça" ou "A pé" antes de passar ao seguinte. Um ou dois estavam morrendo ali de pé, os ferimentos deixando-os pálidos e encolhidos. Trunning havia parado diante de cada um deles, os olhos escuros ao balançar a cabeça. Eles também sabiam. Ainda assim os deixou nas carroças, para morrerem em paz.

Aquela primeira noite poderia facilmente se transformar num banquete se houvesse algo para comer além das tiras de carne seca nas bolsas. Quando a lua subiu, Trunning decidiu que era hora de acabar com o barulho, surgindo da escuridão para ralhar com os homens que riam para que baixassem a cabeça e guardassem forças para o dia seguinte. Tomás se perguntara se a luz do dia faria os rastreadores Nevilles surgirem no horizonte. Na escuridão, todos os seus maiores temores pareciam possíveis. Salisbury poderia se armar para a guerra assim que chegasse a uma fortaleza. Só o tempo revelaria quantos soldados o conde teria a seu dispor. A grande verdade era que Tomás havia arremessado a lança contra um velho javali selvagem e, sem dúvida nenhuma, errara.

Nenhum soldado Neville apareceu no rastro deles na manhã seguinte nem na outra. Trunning organizou a guarda e verificou cada turno, parecendo não precisar de mais do que alguns cochilos antes de se levantar e sair de novo, marchando pelos limites de seu pequeno acampamento. Eles eram setecentos apenas uma semana antes. Com os feridos, restavam duzentos e quarenta homens para andar ou cavalgar de volta a Alnwick.

Era estranho se aproximar da fortaleza no terceiro dia, sem tamborileiros nem bandeiras erguidas com orgulho à frente. Os aldeões os ouviram passar, é claro, e saíram de casa. As mulheres seguravam as saias para correr até a estrada principal, franzindo os olhos por causa do sol poente para ver se seus homens tinham voltado. Tomás apertou os lábios, firmando a mandíbula ao passar a cavalo por elas. Não podia tapar os ouvidos aos gritos e clamores enquanto esposas desesperadas perguntavam pelos maridos e crianças começavam a chorar pelos pais perdidos. A visão dos homens nas carroças fez com que os aldeões lamentassem profundamente. Os feridos eram uma coleção de dar pena, alguns com febre alta, outros mortos havia dois dias, inchados de gás e podridão.

Sem olhar para o lado, Tomás conduziu Balion para dentro, tremendo um pouco ao passar por baixo dos degraus dos arqueiros. Havia operários trabalhando ali naquela noite, precariamente empoleirados enquanto passavam argamassa e punham novas pedras no lugar.

Tomás viu o cavalo magro de Trunning passar à sua frente e fez uma leve pressão com os calcanhares nos flancos de Balion para o animal avançar a trote. Não olhou para trás quando Trunning resmungou alguma coisa entre os dentes. Era o filho de Percy, era o barão de Egremont. Seria o fim se deixasse alguém entrar em Alnwick antes dele. Sem dúvida o pai observava das janelas altas. Tomás ergueu o queixo, sentindo a cabeça latejar quando deixou para trás o som da multidão chorosa e entrou no pátio principal.

Criados correram para segurar as rédeas de seu cavalo de guerra, transformando o pátio silencioso num caos de ruído e algazarra. Os homens que voltavam eram melancólicos ao dar respostas e balançavam a cabeça várias vezes a cada pergunta. Tomás sentiu o coração bater forte quando ergueu os olhos para a torre e viu o velho corvo envolto em suas peles, olhando para baixo.

— Cuide dos homens, Trunning — gritou Tomás. — Levarei a notícia ao meu pai.

Salisbury avançou segurando as rédeas com tanta força que uma dor seca subiu pelos braços, somando-se a todos os outros ferimentos. Ser forçado a fugir de um inimigo Percy era uma humilhação que doía tanto que até pensar se tornava difícil. Uma semana antes, o barão de Cromwell havia reunido os moradores da aldeia de Tattershall para acenar e dar vivas quando a sobrinha Maud partira com o novo marido e duzentos soldados. Seis dias depois, eles voltavam mancando, menos de metade dos que tinham partido, com muitos ferimentos enrolados por um pedaço de pano qualquer. Era dever de Salisbury explicar o que acontecera e assegurar ao barão que sua sobrinha estava ilesa. Imaginando a reação de Cromwell, Salisbury grunhiu baixinho, balançando a cabeça como se tivesse várias convulsões, todas filhas amargas da vergonha que sentia transbordar.

Salisbury sentia os olhos da esposa e do filho em suas costas enquanto guiava os soldados feridos para o sul, rumo ao Castelo de Tattershall.

Alguns garotos da região corriam à frente, levando a notícia de seu retorno. Não havia nada que pudesse fazer para impedi-los, e ele só fervia de raiva, cabisbaixo e com a respiração rascante. Salisbury sabia que se remoía quando a situação se virava contra ele. O pai dava de ombros após o pior revés e seguia em frente, com calma e capaz de rir do próprio mau humor. Ricardo, conde de Salisbury, era mais rabugento. Tivera grandes alegrias na vida, mas mesmo nos momentos de triunfo havia sempre algo que o puxava para trás, contorcendo músculos e pensamentos nas trevas.

A cidade ficava ao norte do castelo de tijolos, que se erguia como uma lança vermelha sobre um morro cujo topo fora aplainado para sustentá-lo. Salisbury olhou para além do rosto chocado de mercadores e aldeões, todos saindo para olhar e cochichar, balançando a cabeça e fazendo o sinal da cruz. Havia trabalho a ser feito, um trabalho do qual não gostava, pensou, mas que ainda assim era fundamental. Não tinha conseguido recolher os Nevilles mortos no campo de batalha. Para salvar a si e aos homens que restavam, Salisbury ordenara a retirada. Alguns feridos gritaram descrentes quando o viram partir. Ergueram os braços, como se ele simplesmente fosse voltar ao ver isso, como se só precisassem acenar para Salisbury retornar. Tudo isso queimava dentro do conde, um líquido ácido que subia e sufocava seu peito a tal ponto que achou que escorreria pela boca e abriria buracos no jaquetão coberto de sangue que vestia.

Fúria. Ele não sentia o prazer da sensação havia anos, a ardência limpa e quente que fortalecia os braços e elevava a confiança de um homem a níveis perigosos. Enquanto cavalgava, lutava pela calma de que precisaria para planejar e se preparar, mas não conseguia encontrá--la. A fúria o enchia como água numa jarra. Ele reuniria seus homens. Ele reuniria um exército — e transformaria as fortalezas dos Percys em cinzas. Salisbury fez o juramento com Tattershall crescendo à sua frente.

Ele não se surpreendeu ao ver cavaleiros saírem pelo portão principal antes que chegasse à colina, descendo a meio galope a encosta íngreme que separava da cidade o terreno do castelo. Cromwell havia confiado a segurança da sobrinha ao líder dos Nevilles. O homem devia estar esperando a pior notícia possível.

Salisbury levantou a mão, fazendo seus seguidores pararem quando os três primeiros cavaleiros se aproximaram para encará-lo. Ralph Cromwell não era um homem de boa saúde, o rosto inchado perto do colarinho, de um vermelho escuro demais, embora Salisbury soubesse que os médicos o sangravam regularmente. Com 60 anos, seu cabelo era branco como osso e fino como o de um bebê, e, na brisa, ondulava de um lado para o outro no topo calvo da cabeça. Ele saíra sem bandeiras, ainda vestindo uma túnica respingada com o que quer que estivera comendo antes.

— Milorde Salisbury — saudou Cromwell, embora o olhar atravessasse Ricardo Neville e buscasse os outros.

Quando os olhos úmidos do velho pousaram sobre a sobrinha, Salisbury o viu relaxar na sela, com alívio em cada ruga. Soube então que Cromwell não havia participado da conspiração. Embora o barão não tivesse filhos, era de conhecimento geral que amava a filha da irmã como se fosse sua. Salisbury tinha quase certeza de que o homem jamais a poria em perigo. Mas o "quase" o deixara perto de matar Cromwell. Poucos sabiam que Ricardo Neville estaria presente em Tattershall. Salisbury precisou se esforçar para tirar a mão do punho da espada, tão intensa a força com que o segurava.

O olhar de Cromwell se voltou de repente, talvez sentindo algo da ameaça na expressão sombria do grupo abatido. Salisbury inclinou a cabeça numa saudação amarga.

— Maud está viva, lorde Cromwell. Assim como minha esposa e meu filho. Assim como eu. A horda dos Percys fracassou, embora tenha levado três para cada um dos meus.

Ele observou Cromwell entender e se enrijecer de leve, os cabelos ondulando ao vento como uma bandeira branca.

— Percy?

Salisbury viu os lábios do homem se apertarem.

— Então foram as propriedades do dote. Milorde, conheço o despeito deles, mas nada de suas intenções. Juro pela honra de minha casa e de meu nome.

— Considero-o inocente, milorde. Caso contrário, não retornaria a Tattershall.

Parte da tensão no rosto do barão se desfez. Ricardo Neville não era homem de quem se devesse ficar no caminho, não com a influência que ele tinha sobre o protetor. Cromwell limpou a testa, que começara a ficar lustrosa.

— Mas, por enquanto — continuou Salisbury —, devo pedir que meus homens sejam entregues aos seus cuidados enquanto envio a notícia.

— Envia a notícia, milorde? — perguntou Cromwell.

Parecia que seus olhos estavam sempre úmidos como uma ostra, avermelhados e brilhantes enquanto iam de um lado a outro entre os que o observavam.

— A Ricardo de York, barão. O protetor do rei. Ao meu filho, o conde de Warwick. — Apesar da luta para manter a calma, Salisbury ouviu sua voz ficar alta e ríspida. — A todos os homens de armas a serviço dos Nevilles na Inglaterra, a todas as casas ligadas a nós por sangue ou matrimônio. Eu convocarei a todos, barão. Eu cortarei raízes e galhos da família Percy e os lançarei ao fogo!

Teria sido uma cortesia permitir que Cromwell os conduzisse de volta ao castelo, mas Salisbury tinha uma posição superior à dele e, naquele momento, estava além dessas delicadezas. O conde fincou os calcanhares na montaria e o cavalo se lançou num trote ao passar pelo barão espantado, seguido por oitenta homens feridos e enfurecidos. O filho, João, o acompanhou, ficando ao lado do pai. Apenas Maud e Alice, a esposa de Salisbury, ficaram para trás, a mais velha estendendo a mão para impedir que Maud trotasse atrás do marido, como era seu dever.

— Barão de Cromwell — chamou ela —, Ricardo gostaria de que eu lhe agradecesse por permitir que nos abriguemos em Tattershall mais uma vez. — Ela não podia pedir desculpas pela rudeza do marido, e procurou palavras para acariciar as penas eriçadas do velho. — O senhor pode ter certeza de que seu nome será pronunciado em Londres como um homem que honramos e em quem confiamos.

Cromwell baixou a cabeça, ainda irritado ao olhar para as costas dos homens que cavalgavam rumo ao seu lar.

— Tenho certeza de que Maud apreciaria sua companhia, barão — continuou Alice. — Vou deixá-la com o senhor, aos seus cuidados, onde ela foi sempre bem-tratada...

— Basta, Alice — interrompeu Cromwell, com triste divertimento. — Seu marido entra em meu castelo sem esperar minha permissão, mas quem poderia condená-lo depois do que viu? Se fosse mais jovem, eu mesmo estaria tocando as trombetas após o que ele sofreu. Está esquecido, embora eu lhe agradeça a gentileza.

Alice aquiesceu, sorrindo para um homem de quem gostava muitíssimo. Era uma vergonha que a esposa de Cromwell tivesse morrido antes de produzir filhos, deixando-o a perambular sozinho em Tattershall. Ela incitou o cavalo e foi atrás do marido, deixando tio e sobrinha a sós.

— Sua sogra é uma boa mulher — elogiou Cromwell, olhando-a. — Agradeço a Deus que tenha chegado a salvo, Maud. Se eu soubesse... Se eu tivesse ouvido um suspiro de ameaça a você...

— Eu sei, tio, o senhor não teria me deixado ir, nem com duzentos guardas Nevilles. Fique em paz, vi pouquíssimo da matança. João e a condessa Alice me levaram para longe antes que a batalha começasse de verdade.

Enquanto falava, a moça estremeceu, um arrepio subindo pelos braços revelando a mentira de suas palavras.

— Eu a entreguei para ser uma Neville, Maud — comentou Cromwell, olhando para os soldados que entravam em seu lar. — Salisbury falou de casas aliadas à dele e o conde não estava se vangloriando. Os Nevilles estão em todas as linhagens, em todas as casas importantes, pelo menos agora que a minha se uniu à deles.

Cromwell sorriu da própria presunção e foi recompensado por covinhas na bochecha da sobrinha antes que voltasse a ficar sério.

— Se houver guerra, Maud, escolhemos nosso lado com seu casamento. Não invejo os que se erguem contra esse homem, não com Ricardo Plantageneta numa das mãos e o conde de Warwick na outra. Juntos, esses três podem rachar o país ao meio, se assim quiserem.

— Talvez não chegue a tanto, tio. Certa vez o senhor me disse que o ouro causa e termina guerras. Talvez o conde Percy indenize os danos que causou.

O tio meneou a cabeça.

— Acho que não há ouro suficiente no mundo para impedir a guerra agora. Rezarei pela paz, Maud, mas existem épocas em que há bolhas que precisam ser perfuradas, quando a imundície tem de ser extraída para limpar o ferimento. Querida, podemos estar em tempos assim.

Tomás Percy percorreu sozinho os corredores do Castelo de Alnwick. Talvez os criados evitassem o velho quando havia más notícias a caminho; Tomás não sabia. Qualquer que fosse a razão, ao andar pelo local, as esporas manchadas de sangue tilintando, tudo parecia vazio. Tomás deixara a bexiga se esvaziar durante a batalha, não por medo, mas simplesmente pela impossibilidade de encontrar um lugar tranquilo para retirar a armadura. Quatro vezes desde então, cavalgando, deixara a urina quente escorrer pela perna e sair pela ponta aberta da bota. O acolchoado interno da armadura estava encharcado, irritando a pele das coxas até deixá-la em carne viva. Ele sentia o fedor forte, embora agradecesse a Deus porque os intestinos pareciam bloqueados. Houvera batalhas em que tropas de cavaleiros inteiras voltaram com manchas marrons descendo pelo flanco dos cavalos. Embora fosse um mal necessário, os homens ainda forçavam a inteligência em comentários impiedosos quando viam uma coisa daquelas. Pelo menos disso ele seria poupado ao encontrar o pai.

No pátio de manobras, ele vira o conde Percy de pé junto à janela da biblioteca da torre. Tomás subiu a escada até lá sem encontrar vivalma.

A ausência da mãe era o mais estranho de tudo, e ele se perguntou se o pai a havia mandado para outra propriedade Percy para que não assistisse ao seu retorno nem exigisse saber o que acontecera.

Ele chegou à porta e a encontrou encostada, abrindo-a com a manopla. O pai estava lá dentro, ainda de pé junto à janela, olhando para fora. Tomás pigarreou, sentindo uma súbita onda de raiva por ter de se aproximar do velho daquela maneira, como se fosse um menino que tivesse de ser castigado depois de furtar. Houvera muitas dessas surras em sua infância, quando o homem à janela era mais jovem. Tomás percebeu que seu coração batia forte, e imaginou como seria bom empurrar o pai pelo vitral e vê-lo se quebrar no chão lá embaixo. Pensar na expressão de Trunning ao ver aquilo quase o fez sorrir quando o pai se virou.

— Eu o mandei com setecentos homens — disse o conde Percy.

O rosto do velho estava levemente inchado, as veias das bochechas e do nariz parecendo quase pretas na pele vermelho-tijolo. Os olhos estavam atentos quando ajeitou as peles em torno dos ombros.

— Estou surpreso que tenha ousado voltar para casa com tão poucos atrás de si. Vejo pelos olhares assustados que você não me trouxe a vitória. Os homens no pátio estão cabisbaixos, como deveriam, se setecentos não conseguiram massacrar um jovem noivo com seus criados. E então? Diga a verdade, garoto. Estou cansado de esperar.

— Salisbury estava com sua guarda pessoal. Duzentos ou mais de seus melhores homens, sessenta arqueiros entre eles. Matamos e ferimos dois terços ou mais, mas Neville escapou com o filho e a noiva Cromwell.

O velho atravessou a sala com passos desconjuntados, parando para observar o filho numa avaliação carrancuda.

— Você volta a Alnwick sem nada? Se eu tivesse mandado seu irmão, Henrique, acha que ele estaria aqui de pé com a mesma expressão emburrada, me dizendo que fracassou?

— Não sei — retorquiu Tomás, a voz rouca com a raiva crescente. — Salisbury estava com seus melhores homens. Eles lutaram com bravura, e mesmo assim matamos mais da metade deles antes de conseguirem escapar. Não acho que Henrique teria conseguido mais que isso!

Sua voz subira conforme respondia, e o velho estendeu a mão de repente e lhe deu um tapa no rosto com força. Por uma fração de segundo, Tomás se encolheu, o instinto e as lembranças da infância o dominando. No instante seguinte, sentiu raiva e vergonha da própria reação. Levou a mão à espada, subitamente decidido a desembainhá-la e cortar o pai ao meio.

A mão do conde Percy segurou a dele, uma garra que o manteve imóvel.

— Ora, *controle-se*! — ralhou Percy. — Controle a cólera, garoto insolente! Você fracassou, embora pudesse ter *vencido*. Eu conhecia o risco quando o mandei. Neville é esperto, e não achei que morreria com facilidade. Mas tentar valia as vidas que você perdeu, compreende? Valia a pena o risco que corri, com meus homens e meu filho, pelo ganho que você poderia ter obtido.

Tomás retesou o braço para puxar a espada mais uma vez. Sentiu a força do velho fraquejar e percebeu que era mais forte, que poderia desembainhar a espada e cortar se quisesse, e que não havia nada que o pai pudesse fazer para impedi-lo. Saber disso foi tão surpreendente que ele deixou a mão pender.

O pai grunhiu de satisfação.

— Domine esse temperamento, Tomás, antes que ele o domine. Esse sempre foi um defeito Percy, embora consigamos muito bem controlá-lo.

Tomás viu um reflexo de metal entre as capas do pai. Seus olhos se arregalaram com a ideia de que havia uma adaga ali, escondida tão depressa que nunca teria certeza. Ele deu um passo atrás, e o conde Percy inclinou a cabeça, observando-o com divertimento.

— Não posso dar um passo atrás, Tomás. Nenhum. Você fracassou porque Neville é desconfiado e cauteloso... e tem de ser! Não importa. Planejei isso também. Sua mãe está num convento, presa às ordens sagradas. Pedi à abadessa que lhe impusesse voto de silêncio, mas a velha megera disse que não era assim que funcionava. Acho que ela vai se arrepender!

Para surpresa de Tomás, o velho deu uma risadinha e balançou a cabeça.

— Ainda assim, é bom que ela esteja longe de mim, antes que eu a mate ou que ela use uma adaga em mim enquanto durmo. Fogo e azeite, garoto, sua mãe e eu, um piora o outro.

O conde Percy viu a confusão do filho e lhe deu um tapinha no ombro.

— Agora preste atenção. Você golpeou o coração do clã Neville e errou. Eles virão atrás de nós, este ano ou na primavera que vem. Tudo o que fiz, tudo o que consegui para o nome Percy está em perigo agora. Mas prefiro ir para o túmulo sabendo que tentei e falhei do que não ter ousado tentar, entende? Iremos à guerra contra os Nevilles, contra os Yorks se for preciso, aquela serpente Plantageneta enrolada com tanta força em torno do rei e de seu filho! Nenhum Percy pesa as probabilidades nem conta as baixas quando erguemos os estandartes. Gosto disso, Tomás. Gosto da oportunidade de ir ao campo de batalha uma última vez. De que me adiantam essas velhas articulações se eu não conseguir cavalgar contra meus inimigos? Quando eles vierem, vamos encontrá-los em nome do rei Henrique. Resistiremos com condes e duques mais leais ao rei Henrique do que esse maldito protetor York casado com uma Neville. Você entende? Apostei que terminaria em um dia, mas um lance errado não é o fim, Tomás. É o começo!

6

Os dias frios vieram com força no reino naquele ano. Dezembro começou com geadas rigorosas que congelaram os reservatórios de peixes de cidades e mosteiros, cobrindo as carpas gordas que ficaram lá embaixo na escuridão, mal movendo as nadadeiras.

A cidade de Windsor teve mais sorte que a maioria, com muitos lares com condições de comprar carvão ou madeira suficiente para forrar uma parede e manter as famílias aquecidas. O trabalho continuava mesmo nos meses mais frios, embora, conforme a camada de gelo aumentava, logo surgissem homens famintos pedindo esmolas de Natal em todas as ruas. Com a safra de outono colhida e armazenada, ainda havia algum serviço de conserto de janelas e telhados de madeira para quem tivesse habilidade. Outras centenas de pessoas chegaram para os festins reais que comemorariam o nascimento de Cristo 1454 anos antes. No castelo, banquetes com mais de vinte pratos eram preparados sabendo-se que uma parte seria distribuída entre os pobres. Era uma tradição das residências reais, e os melhores pontos nas ruas próximas às cozinhas estavam todos tomados, ainda que as piores noites revelassem, na manhã seguinte, um ou dois corpos congelados na sarjeta.

Os limpadores de fossas contratavam alguns trabalhadores em busca de serviço, que preferiam escavar as cloacas das casas mais ricas quando o conteúdo ficava consistente por causa do frio. Pelo menos aqueles homens se aqueciam ao descer aos intestinos da terra com pás e trapos amarrados no rosto. Alguns sempre eram sobrepujados pelo fedor e precisavam ser puxados com uma corda. Era um trabalho duro, mas um bom limpador de fossa conseguia ganhar num único dia o pagamento semanal de um trabalhador, e por isso eles defendiam seu direito a trabalhar nas melhores ruas, afastando aqueles que tentavam tomar o ponto.

Conforme o Natal se aproximava, as estradas em torno do castelo se enchiam com os convidados da família real para doze dias de paz e celebração. Parecia que a rainha Margarida havia decidido não permitir que a doença do marido estragasse a festa. Malabaristas, mágicos e cantores competiam por moedas nas estalagens, com todos os quartos da cidade reservados com antecedência; até os estábulos estavam cheios de famílias roncando. Trupes de atores chegavam com a fanfarra barulhenta de seus criados, entrando na cidade em procissões elaboradas, todas na esperança de se apresentar diante da rainha. O Natal, que ofuscava até a Páscoa e o Pentecostes, era a maior festa do ano e a época mais movimentada de Windsor.

Com o rei Henrique ainda perdido em seu devaneio, neste Natal a cura pública não fora planejada, na qual os doentes tinham permissão de se aproximar e tocar a mão do monarca. Os sofredores mais desesperados foram assim mesmo, sem ter mais a quem recorrer. Leprosos e aleijados tocavam sineta nas ruas, reunindo-se para se proteger, porque um ou dois sozinhos podiam ser isolados e espancados por moradores locais.

Os de sangue nobre passavam por lojas e por saltimbancos que se apresentavam em troca de moedas, seguindo para o conforto que o castelo oferecia. O duque de York podia comandar o reino de Londres, mas não conseguiria atrair os condes, os duques e os barões do rei para uma celebração de Natal. A escolha de convidados em Windsor era exclusividade da rainha Margarida, e não foi por acaso que os convites para quarenta e quatro casas nobres omitiam York, Salisbury e umas cinco outras ligadas à família Neville. Margarida tinha pensado em mandar um para o conde de Warwick, o Ricardo Neville mais jovem. Ela o conhecera durante o sítio de Londres, quando Jack Cade levara um exército à cidade. Warwick a impressionara naquela ocasião, mas o chanceler de York era seu pai e, com remorso, Margarida decidiu que a lealdade dele estava fora de sua influência.

Um ou dois convidados tinham se escusado por estarem velhos ou doentes demais para a viagem. Mas, durante três dias, trinta e oito lordes chegaram a Windsor com seu séquito, uma demonstração de profundo respeito pelo rei que fez Margarida sentir uma enorme satisfação. Ela fez questão de sair para cumprimentar aqueles de cujo apoio mais precisava, honrando-os em público. Era bastante significativo não os obrigar a ir até ela, e o prazer deles se revelava no rosto corado e no sorriso orgulhoso das esposas.

Derry Brewer se mostrava inestimável a cada família que chegava. Ele vestia uma túnica escura simples e calças apertadas, mantendo-se imperceptível no meio do séquito real. Sorria vagamente para tudo o que via, mas seus olhos eram argutos e ele não perdia nada.

Desde pouco depois da aurora, criados com as cores das grandes casas vinham correndo pela estrada, anunciando seus senhores e senhoras muito antes de serem avistados. Alguns mandavam mordomos para preparar ainda melhor o caminho. Quando os líderes das casas nobres realmente atravessavam os grandes portões, Derry já sussurrara uma torrente de informações no ouvido da rainha. Não levava consigo nenhum livro, meramente batendo na cabeça com a ponta do dedo quando Margarida exprimia surpresa ou até corava com o tanto que ele sabia.

O barão Grey era um de que ela se lembraria. Não mandara ninguém à frente e chegou da cidade a cavalo, com a magérrima esposa ao lado e dois rapazes de rosto jovem se esforçando para acompanhar, vestidos com túnicas iguais, carregando uma caixa pesada. Margarida simpatizou com ele instintivamente, mas sua expressão endureceu quando Derry sussurrou:

— Sodomita e pederasta, como os gregos. Gosta da esposa, mas eu soube que se aproveita de garotos pobres. Bastante discreto. Orgulhoso como o diabo e quase tão cruel.

Margarida olhou de relance para o espião-mor quando o barão Grey se aproximou. Derry havia descrito várias peculiaridades dos hóspedes nobres, das suspeitas de um antigo roubo a uma promessa de casamento rompida e uma menina com a reputação arruinada paga para ficar calada. Mais de uma vez, ouvira na voz dele um toque de humor, mas nenhum julgamento, apenas uma exposição seca de antigos pecados e fraquezas. No entanto algo desagradável surgiu nos olhos de Derry com a aproximação de lorde Grey. Margarida teve um vislumbre antes que sumisse, algo insensível, vazio e mortífero.

O barão Grey se curvou respeitosamente diante dela. Os olhos cinzentos combinavam com o nome, pequenos e duros no rosto carnudo e rosado. A esposa fez uma profunda reverência, a cabeça inteira oculta por uma touca elaborada. Margarida não encontrou palavras e ficou apenas olhando ao estender a mão ao homem. Antes daquele dia, não poderia dizer com franqueza que sabia o que era um pederasta. A breve descrição de Derry enchera sua mente de imagens desagradáveis que tornaram dificílimo não tremer quando Grey tocou com lábios úmidos as costas de sua mão. O momento passou, e o barão seguiu adiante, a esposa olhando para trás com orgulho nos lábios finos enquanto eram levados embora. Margarida se forçou a respirar, concentrando-se em Derry, que dizia algo sobre minas de estanho e um barão idoso que se curvava como um mestre de dança, embora tivesse o dobro da idade dela.

Ao anoitecer, Margarida finalmente se retirou, os pés doloridos por ficar tanto tempo sem se sentar. Ela descansara durante breves períodos ao longo do dia, quando era chamada para as refeições ou quando se instalou numa cadeira providencial para receber outro recém-chegado. Vira o prazer deles quando os cumprimentava, e, assim, embora cansada, não se arrependia do tempo perdido. Nas doze noites seguintes, conheceria cada homem e cada mulher no castelo.

Com a ajuda de Derry, ela fora capaz de separar velhos inimigos. Havia garantido até que a sensibilidade exacerbada de uma condessa idosa não se inflamasse com a visão de uma prima jovem e bonita ao se levantar pela manhã. Por sugestão de Derry, Margarida fizera alarido para o barão de Audley, um velho soldado de barba branca que corou de satisfação com a atenção recebida. Mas, quando o barão de

Clifford se aproximou, o espião-mor ficou sério e encarou Margarida para dar as costas ao homem que vinha na direção dos dois.

— Ceda um centímetro e ele interpretará como fraqueza, milady — murmurou Derry. — Lorde Clifford só enxerga lobos ou cervos, nada que esteja no meio. Não é preciso dizer que ele não respeita os cervos.

Com isso, Margarida erguera a cabeça, decidida a não murchar. Mostrara uma expressão gelada ao cumprimentar o barão de Clifford. O homem igualou seu nível de rigidez e seguiu os criados até aposentos distantes dos salões principais.

A ausência de um nome foi fonte de grande amargura. Margarida considerava Somerset um amigo e detestava pensar que ele estava preso. A posição do conde lhe permitia algumas liberdades na Torre, mesmo aguardando julgamento. Mas York se recusara a lhe conceder liberdade condicional e respondera ao pedido de Margarida com uma carta pomposa sobre crimes graves contra autoridades de Estado. York havia escrito com sua letra cheia de arabescos num papel lacrado com o selo do próprio marido da rainha. Ela sabia que não devia remoer o prazer do duque com isso. Quando se permitia pensar em York por muito tempo ou com muita frequência, percebera que enrolava madeixas nos dedos até ficarem roxos. Ela já chorara por Somerset, sua perda como mais um ramo espinhoso em seu fogo íntimo, um ardor constante que se esforçava para ocultar.

O Castelo de Windsor estava mais movimentado que durante o ano inteiro. Caçadas enormes e elaboradas mantinham os convidados ocupados, assim como peças de teatro, mágicos e música à noite. O estado de espírito entre eles era leve, apesar da presença de tantos acompanhantes e criados armados, sintoma da época. Até no castelo real havia medo em meio à celebração.

Quando o sol nasceu na manhã de Natal, Margarida voltou aos seus aposentos particulares a tempo de ver o filho mamar na ama de leite, sugando com força o seio rosado até arrotar e ser posto para descansar um pouco. O jovem Eduardo tinha 1 ano e havia aprendido a engatinhar, não podendo mais ser deixado sozinho na expectativa de permanecer no mesmo lugar ou até no mesmo quarto. A ama limpou um pouquinho da golfada e pôs um pano no ombro de Margarida antes de lhe entregar a criança. A rainha sentiu o calor do filho que gritava e se remexia, contorcendo o rostinho, irritado com alguma coisa. Ela sorriu, e a ama respondeu à sua expressão franca antes de fazer uma profunda reverência e sair do quarto.

Margarida ficou sozinha por pouco tempo. Viu-se bocejando e balançou a cabeça, distraída, pensando em tudo o que ainda precisava ser feito antes do grande banquete mais tarde. Teria de comparecer a uma missa na capela e, enquanto todos rezassem pela saúde do rei, as cozinhas estariam tão ocupadas quanto um campo de batalha. A equipe já devia estar decorando e empalando carcaças, temperando e tostando pratos para impressionar os nobres do marido — todos homens e mulheres que empregavam seus próprios cozinheiros. Margarida insistira num sabor francês em tudo, sabendo que os pratos de Anjou seriam quase todos desconhecidos dos convidados. Haveria gansos, é claro, assados às dezenas, mas também galinhola, perdiz e pombo, tortas e doces delicados, geleias temperadas servidas em imensos moldes de cobre e sopas, ameixas recheadas, bolos, enguias em salmoura, uma centena de pratos diferentes para o banquete de Natal.

Ela começou a cantarolar baixinho para o filho apoiado em seu ombro, sentindo-o se mexer e espiar ao redor antes de pousar a cabeça outra vez. Os seios tinham doído horrivelmente por algum tempo depois que ele nascera, mas Margarida ficou satisfeita de dar continuidade ao costume da ama de leite entre os ingleses.

Margarida desviou o olhar da criança irrequieta ao ouvir passos de botas ali perto. Alguém a chamava e perguntava em voz alta onde poderia ser encontrada. Ela estalou a língua com impaciência, olhando para o príncipe de Gales, que chupava o polegar e abria os olhos um instante. Eram muito azuis. O que ele viu pareceu satisfazê-lo, e os fechou de novo, mas a gritaria não parava. Margarida franziu o cenho. Os momentos a sós com o filho eram preciosos e raríssimos. Ela torceu para que ninguém tivesse se ferido no imenso campo de caça. Um dos criados do duque de Buckingham havia fraturado o tornozelo no dia anterior, e ela não queria que os nobres se lembrassem de um período de azar durante a temporada.

A ama retornou ao cômodo, o rosto bastante corado. Por instinto, a moça estendeu as mãos para a criança adormecida, e Margarida a entregou, sentindo uma profunda pontada no útero quando o peso saiu de seu ombro.

— Milady... — começou a ama, tão nervosa que mal conseguia falar.

Seus movimentos eram descuidados enquanto aconchegava novamente o príncipe Eduardo no colo. É claro que ele escolheu este momento para começar a chorar, sacudindo os punhos minúsculos para o mundo num paroxismo de fúria.

— O que foi, Katie? Não lhe pedi que me desse uma hora? Uma única hora por dia é pedir demais?

— M-Milady, Sua Alteza...

As vozes e os passos ainda se aproximavam. Margarida sentiu um súbito espasmo de medo, imaginando assassinos ou homicídios.

— Basta! O que a deixou tão nervosa, Katie?

— Seu marido, o rei, milady. Estão dizendo que ele acordou.

Margarida deu um passo atrás, tamanha a força com que as palavras a atingiram. Seus olhos se arregalaram, e ela segurou as saias, correndo para a porta. Quando chegou à soleira, os criados da câmara do rei já entravam, ofegantes com a corrida.

— O rei, Vossa Alteza! — exclamou um deles.

Sua presença no meio do caminho refreou o corpo e a mente da rainha, permitindo-lhe um momento de imobilidade.

— Espere — retorquiu Margarida.

Ela ergueu a mão como se fosse empurrar o homem para fora. Ele recuou apressado até Margarida fechar a porta em sua expressão espantada. Virou-se para a ama e o filho, ambos a fitando.

Margarida cultivara a dignidade em seus modos desde que havia chegado à corte inglesa, com apenas 15 anos. Em respeito a Henrique, tentou se tornar rainha na postura, um cisne nobre tanto nos modos quanto no símbolo da família. Aprendera tudo o que era possível, mas ser esposa dele exigia muito mais que apenas conhecer o nome das casas e das propriedades, mais que saber as leis da Inglaterra e suas tradiçõezinhas peculiares que pareciam tão entrelaçadas. Acima de tudo, ser rainha de um rei indefeso significava que Margarida tinha de pensar antes de sair correndo. Significava que tinha de provar antes de comer ou beber.

Henrique tinha passado mais de um ano fraco e em perigo. Ela morria de vontade de correr para ele, as saias erguidas até as coxas, disparada pelos corredores como um moleque numa feira. Em vez disso, pensou, pensou e por fim fez que sim com a cabeça e abriu a porta. Então, caminhou.

Aquela era a notícia que tanto havia esperado, que desejara mil vezes, mas a realidade trazia seus medos. Muitos se alegrariam com o despertar de Henrique, ao passo que outros se enfureceriam, se agitariam e praguejariam. Não duvidava de que alguns de seus lordes esperavam que ele fosse morrer — e se planejaram para esse fim. Margarida parou à entrada dos aposentos de Henrique. Escancarou a porta, machucando a mão dos que tentavam abri-la.

O sol nascia atrás do marido. Margarida levou a mão ao coração, incapaz de falar ao ver que ele estava em pé — por Deus, *em pé* — e olhava para ela. O rei Henrique estava magro, os ossos aparentes sob a pele. Vestia uma camisola branca comprida que chegava aos seus tornozelos, uma das mãos apoiada na cabeceira da cama. Enquanto a observava, dois homens se agitavam ao redor dele, tocando seus pulsos com os dedos e se inclinando à sua frente. Os doutores John Fauceby e William Hatclyf eram os médicos reais, com três auxiliares e Michael Scruton, o sargento-cirurgião do rei. Vasilhas de urina e sangue fumegavam em mesas junto à cama, com dois homens examinando-as, gritando suas observações sobre claridade e sedimento para o escriba que as registrava. Margarida viu quando Hatclyf mergulhou os dedos e provou a urina, dizendo ao escriba que estava doce demais e

105

recomendando que se acrescentassem verduras amargas às refeições do rei. Seu colega sentiu o cheiro do sangue do rei e também tocou o líquido na vasilha, esfregando os dedos para verificar a gordura antes de a língua rosada sair da boca. Suas vozes se chocavam e competiam, uma mais alta que a outra, cada um deles se esforçando para ser ouvido e ter suas observações registradas primeiro.

Era uma cena agitada, mas no centro dela estava o rei, acordado, completamente imóvel e muito pálido. Os olhos dele estavam límpidos, e Margarida sentiu os seus se encherem de lágrimas ao se aproximar. Para seu espanto, Henrique levantou a mão para detê-la.

— Margarida? Estou cercado de *estranhos*. Esses homens estão dizendo que tenho um filho. É verdade? Pelas chagas de Cristo, quanto tempo fiquei aqui deitado?

Margarida abriu a boca, chocada ao ouvir o marido dizer uma imprecação pela primeira vez desde quando podia se lembrar. Ela o conhecera como um homem afogado, afundado em febres e sonhos até se perder por completo. O homem que a fitava não piscava nem desviava o olhar. Nervosa, ela engoliu em seco.

— Você tem um filho. Eduardo está com pouco mais de 1 ano. Mostrei-o quando você foi tomado pela doença. Não se lembra dele?

— Nem dele nem de mais nada, não... Momentos, instantes, nada que eu possa... Um filho, Margarida! — Os olhos dele se estreitaram de repente, uma expressão de sombria desconfiança. — Quando ele nasceu, esse príncipe de Lancaster?

Margarida enrubesceu, mas depois ergueu a cabeça, subitamente zangada.

— No décimo terceiro dia de outubro, no ano de Nosso Senhor de 1453. *Seis* meses depois de você cair doente.

Henrique parou um momento, esfregando os dedos da mão direita uns nos outros enquanto pensava. Margarida só podia esperar, felicíssima quando ele fez que sim e pareceu satisfeito.

— E você ainda está aí! Traga-o para mim, Margarida. Quero ver meu herdeiro. Não, por Deus, mande alguém. Tenho de saber tudo que aconteceu. Mal posso acreditar que perdi tanto tempo. É como se um ano me fosse roubado, arrancado de minha vida.

Margarida fez um gesto para uma das criadas de quarto, mandando a moça correr para buscar o príncipe de Gales.

— Mais tempo, Henrique. Você ficou... ausente, não, doente durante dezoito meses. Rezei e mandei rezar missas todos os dias. Eu... Você não sabe o que é vê-lo acordado.

O lábio de Margarida tremeu de repente, e lágrimas escorreram por seu rosto, rapidamente enxugadas. Ela observou o olhar do marido ficar introspectivo, a tensão franzindo sua testa.

— Como está minha Inglaterra, Margarida? A última coisa de que me lembro... Não, não importa. Tudo de que me lembro aconteceu há muito tempo. Diga-me depressa. Perdi tanta coisa!

— Ricardo de York foi nomeado protetor, Henrique, um regente para comandar o reino enquanto você estava... incapaz.

Ela viu com assombro os punhos do marido se cerrarem, quase num espasmo. Henrique não agradecera a Deus por sua libertação uma única vez, esse homem que rezava horas e horas por dia desde que ela o havia conhecido.

— York? Como deve ter ficado satisfeito ao ter minha coroa jogada em seu colo. — O rei torceu um anel no dedo quase com crueldade, como se quisesse arrancá-lo. — Qual de meus lordes esqueceu sua honra a esse ponto? Percy, não, sem dúvida. Buckingham, não, sem dúvida.

— Não, Henrique. Eles se afastaram da votação, como muitos outros. Somerset também, embora ele esteja preso na Torre por se recusar a aceitar a autoridade de York.

O rosto do rei Henrique se tornou sombrio, o sangue que lhe subiu à face se destacando como um estandarte contra a pele branca.

— Isso posso mudar hoje mesmo. Onde está meu selo para que eu assine a ordem de sua soltura?

O mordomo do rei escolheu este momento para falar, seus olhos ainda brilhando de umidade por ter testemunhado o despertar do rei.

— Vossa Graça, o duque de York está com o selo real em Londres.

Henrique cambaleou de leve, estendendo a mão para a cabeceira. Seu braço estava fraco demais para sustentá-lo e cedeu, fazendo-o cair sentado com força na cama. Os médicos reagiram com uma empolgação febril, murmurando o tempo todo sobre sua cor e sua disposição, soando como um enxame de abelhas em torno do rei. O doutor Fauceby estendeu a mão outra vez para o pescoço de Henrique, para verificar a força das batidas do coração, e levou um tapa do rei.

— Por Deus, estou fraco como uma *criança*! — exclamou Henrique, o rubor aumentando de raiva e vergonha. — Muito bem. Verei meu filho e os criados me vestirão. Depois irei a Londres para tirar York de meu lugar. Agora me ajudem a me levantar de novo, um de vocês. Quero estar de pé quando vir meu filho pela primeira vez.

— Vossa Alteza, é a crise — avisou Hatclyf com a voz mais firme que conseguiu. — Recomendo que descanse.

Margarida percebeu que o médico tremia. Durante mais de um ano, Henrique havia sido pouco mais que um corpo pálido a ser lavado e vestido, auscultado e medido como um bezerro cego. Os homens em torno do rei estavam intimamente acostumados com sua carne, mas não conheciam Henrique em nada. Ela mesma se perguntou se o conhecia.

A rainha observou Fauceby trocar olhares com Hatclyf. Ambos os médicos tinham um jeito monástico, com dedos finos e bochechas encovadas. Mas Fauceby era o mais velho, e, quando falou, sua voz era firme e baixa.

— Vossa Alteza, meu colega está certo. O senhor esteve muito doente por um tempo prolongado. Está suando, sinal de que seu fígado e suas tripas ainda estão fracos. Caso se agite demais, corre o risco de desmaiar e a doença retornar. Vossa Alteza deveria descansar agora, com sono normal. Hatclyf e eu prepararemos um caldo de repolho--roxo, ciclame e artemísia para quando Vossa Alteza voltar a acordar, com sua permissão. Ele purgará e restaurará seus humores, para que sua recuperação seja mais duradoura.

Henrique parou e pensou, olhando para o outro lado enquanto avaliava a própria força. Estava consternado com a fraqueza que tomara conta dele, mas, se calculara corretamente o tempo perdido, tinha 33 anos. A percepção de que era a idade de Cristo quando foi crucificado fortaleceu sua vontade. Ele havia despertado no Natal com a idade da morte de Cristo. Era um sinal, tinha certeza. Não desanimaria nem passaria mais nenhum momento no leito de doente, por mais que isso lhe custasse.

— Não — retrucou ele. — Vocês dois aí. Ajudem-me a ficar em pé.

Os dois criados nobres reagiram instantaneamente. Seguraram Henrique por debaixo dos braços estendidos e o puseram de pé mais uma vez, afastando-se com a cabeça baixa enquanto o rei se equilibrava nas pernas bambas. Todos ouviram passos se aproximando, e a ama de leite entrou no quarto neste momento, esforçando-se para fazer uma reverência e erguer o príncipe bebê ao mesmo tempo. Ela não deixou seus olhos se direcionarem ao rei Henrique, que ainda usava camisola.

— Traga-o aqui — pediu o rei, o sorriso não forçado.

Ele pegou a criança e a segurou no alto, embora os braços tremessem com o esforço.

Margarida cobriu a boca com a mão, tentando não chorar de alívio e alegria.

— Você — disse Henrique ao menininho que olhava para ele. — Por Deus, eu o vejo, meu próprio filho. Meu *filho*.

7

O rei Henrique sentiu que tremia ao chegar à grande curva do rio Tâmisa. Embora pudesse ver o Palácio de Westminster, ainda estava quase um quilômetro a oeste da cidade de Londres. Dizia-se que, a cada ano, as duas partes se aproximavam aos poucos, com mercadores que construíam oficinas e armazéns na terra barata ao alcance dos mercados londrinos, e a cidade crescia para além de suas muralhas romanas.

A escuridão só aumentava o frio terrível e penetrante. O vento trouxe um pouco de granizo quando o sol se pôs, mas a fraqueza que o rei sentia era só sua. Henrique estava horrorizado com sua fragilidade, com membros tão extenuados que meros trinta quilômetros a cavalo o reduziram a uma massa ofegante de dores, com suor escorrendo debaixo da armadura. Às vezes, achava que apenas o ferro o impedia de cair.

Não pretendia cavalgar num cortejo até o Palácio de Westminster, mas já havia quase quarenta lordes leais à espera em Windsor. Quando a notícia de que o rei se levantara da cama e pretendia ir a Londres se espalhou, os nobres começaram a dar vivas e bater os pés, o barulho aumentando por todo o castelo até chegar à cidade do lado de fora, e foi repetido por mil gargantas até se tornar um grande urro que se igualava aos ventos de inverno.

Antes de partir, o rei Henrique assistira à missa de Natal na Capela de São Jorge, sentado pálido e imóvel enquanto todos os presentes agradeciam a Deus por sua recuperação. O grande banquete que os aguardava fora pilhado pelos homens que passavam e, empolgados, chamavam cavalos e criados para se unir ao rei que se colocava a caminho. O sol de inverno já estava baixo no céu rubro quando Henrique chegou à estrada com mais de cem homens, todos portando armas e vestindo armaduras, com as flâmulas do leão real ondulando ao vento gelado.

O Palácio de Westminster fora construído no alto da cidade, longe dos miasmas imundos que causavam doenças todo verão. Henrique tomou a estrada que acompanhava as margens do rio, com Buckingham de um lado, o conde Percy do outro e Derry Brewer atrás; o restante seguia em fileiras cerradas. O rei levava o cavalo a passo para prolongar suas forças. Já havia cinco horas ou mais que percorriam a distância desde Windsor, e Henrique temia ter se forçado além de suas condições. Sabia que, se desmaiasse e caísse, seria um golpe à sua posição do qual talvez nunca se recuperasse. Mas Somerset ainda estava preso por ordem de York. Henrique sabia que, caso se demorasse demais, o conde poderia sumir. Mesmo sem essa preocupação, queria tirar seu selo real do duque. Ele não tinha opção senão prosseguir e ignorar o coração palpitando e a dor em todas as articulações e ligamentos. Não conseguia se recordar de tamanha exaustão física, mas se lembrou várias vezes de que Cristo caíra três vezes no caminho do Calvário. Ele não cairia, disse a si mesmo, ou, se caísse, se levantaria e montaria outra vez.

Com Westminster à vista, Henrique sentia a expectativa dos que cavalgavam às suas costas, o peso da fé de todos aqueles homens que foram afastados pelos favoritos de York no ano anterior. Suas queixas contra os Nevilles foram parar em ouvidos moucos, seus processos legais desdenhados por juízes pagos pelo protetor. Mas o rei acordara, e eles estavam jubilosos, quase inebriados de alegria. O fato de os habitantes das aldeias em torno de Londres se derramarem na estrada para ver Henrique passar ajudou. Eles deixaram suas missas e ceias de Natal para ali ficar dando vivas, reconhecendo as flâmulas e entendendo que o rei finalmente voltara ao mundo. Centenas corriam ao lado quando havia espaço, tentando manter o monarca à vista, enquanto Henrique só queria descansar. As pernas tremiam dentro da armadura, e mais de uma vez ele ergueu a mão para limpar o suor que coçava nos olhos, só conseguindo fazer a manopla se chocar ruidosamente no ferro.

A princípio, ele achara que entraria na cidade e a atravessaria até a Torre para libertar Somerset da prisão. A dor intensa o fez reconsiderar, e o Palácio de Westminster se tornou o único lugar que conseguiria alcançar naquela noite. Avançando, ele pediu a Deus que fosse capaz de se recuperar lá, pelo menos por algum tempo.

Henrique avançou entre o palácio real e a Abadia de Westminster, fazendo o cavalo dar uma volta fechada para apear. Buckingham sentiu que seu rei estava prestes a desmaiar e pulou da sela para ficar ao seu lado, protegendo-o o máximo que pôde de olhares curiosos. Henrique se inclinou para a frente e se esforçou para chegar ao chão, parando um instante com as manoplas ainda no alto da sela até ter certeza de que as pernas suportariam seu peso. Os arautos reais tocaram longas notas pelo pátio, embora já houvesse homens correndo para levar a notícia da chegada do rei, berrando pelo caminho.

Henrique ficou bem ereto, sentindo que tinha forças. Estendeu a mão e a descansou por um breve instante no ombro de Buckingham.

— Obrigado, Humphrey. Se me conduzir para dentro, farei com que meu selo seja trazido às minhas mãos.

Buckingham encheu o peito, fazendo a armadura ranger. Num impulso, ele se ajoelhou. O conde Percy apeava, lançando as rédeas para um dos homens que trouxera consigo. Embora o vento fosse penetrante e os joelhos do velho protestassem, ele também se abaixou lentamente nos seixos do chão, apertando as peles em torno dos ombros. Ao redor deles, os nobres e os cavaleiros fizeram o mesmo, até que apenas Henrique permanecesse de pé. Ele respirou fundo, olhando por sobre a cabeça deles para a grande porta do Palácio de Westminster.

Fazia muitíssimo tempo.

— Levantem-se, cavalheiros. Está frio demais para ficar aqui no escuro. Conduza-me para dentro, Buckingham. Conduza-me.

Buckingham se levantou com a alegria estampada no rosto, andando à frente. O restante seguiu Henrique como um regimento, pronto para tudo.

Henrique poderia abençoar a armadura ao caminhar pelo longo corredor central do Palácio de Westminster. Sem dúvida o peso lhe roubava forças, mas lhe dava volume, fazendo-o parecer o homem que deveria ter sido. A criadagem do palácio estava com os olhos vermelhos de chorar por sua recuperação e ia à frente para guiar o grupo do rei até os aposentos reais, onde York tomara residência. Pelo menos o protetor não estava em lugar nenhum ao norte, embora isso talvez facilitasse alguns aspectos do dia. O selo não passava de dois pedaços de prata num saquinho dentro de um cofre, mas nenhuma proclamação real nem lei poderiam ser feitas sem ele. Para todos era um mero símbolo: quem tivesse o selo aparentaria ter algum poder na terra.

Estava um pouco mais quente longe do vento, embora o Palácio de Westminster fosse um lugar frio e úmido mesmo com o melhor tempo. Henrique ainda suava com a cavalgada e andava de cabeça descoberta, com a armadura barulhenta, pela longa rota até seus aposentos que davam para o rio. Enquanto avançava, lutava para encontrar as palavras certas a dizer ao protetor e defensor do reino. Ele já sabia que Ricardo Plantageneta não arruinara o reino, que não o empobrecera com guerras. Pelos comentários dos lordes, parecia que York não havia sofrido revoltas, rebeliões nem praticamente nada enquanto Henrique cochilava e sonhava em Windsor. Era difícil explicar por que a notícia enraivecera o rei, mas essa emoção também tinha sua utilidade, qualquer que fosse a causa. Ele não se permitiria fraquejar até depor o homem que reinava em seu nome.

Após subir uma longa escadaria, Henrique foi obrigado a parar e ofegar, aguardando que seus músculos trêmulos se recuperassem. Em parte para ocultar a necessidade de descanso, deu ordens a Buckingham para preparar cavaleiros velozes para levar à Torre a ordem de libertação de Somerset assim que o selo estivesse em suas mãos. As instruções para buscar os guardiões do selo em seus aposentos foram passadas pela multidão que acompanhava o rei.

A boca de Henrique estava seca. Ele tocou a garganta e tossiu, depois aceitou de Derry Brewer um frasco que o espião-mor ergueu sem nada dizer. O rei ficou corado e engasgou ao descobrir que era uísque. Derry inclinou a cabeça, se divertindo, com um sorriso irônico.

— Melhor que água. Vai lhe dar forças, Vossa Alteza.

O rei Henrique quase retorquiu com uma resposta irritada, mas decidiu que fazia efeito e tomou outro gole antes de devolvê-lo. A "água da vida", diziam em alguns lugares. Ele podia sentir seu calor se espalhar.

Outra longa escadaria o levou ao andar de seus aposentos. Henrique apressou o passo, com os criados abrindo as portas à frente. Ele se lembrava do julgamento do pobre Suffolk naquele lugar, William de la Pole, condenado ao exílio e depois assassinado no mar quando partiu da Inglaterra. Vislumbrar esses eventos era como vê-los através de uma nuvem, quase lembranças de outro homem, um que mesmo naquela época já se afogava. Enquanto avançava, Henrique percebeu que sua mente estava limpa, como se o tecido sufocante tivesse sido rasgado em farrapos. A ideia de se perder outra vez era um horror constante e arrepiante, como o de um marinheiro que, afastado do mar, deve se recordar das ondas escuras que ainda o arrastavam.

— Deus, concedei-me força de vontade — murmurou Henrique ao entrar na sala, seu olhar se direcionando aos dois homens que já estavam de pé para saudá-lo.

Ricardo de York engordara um pouco desde que o rei Henrique o vira pela última vez, perdendo os últimos vestígios do rapaz ágil que fora. Estava barbeado, o cabelo preto, sua força aparente nos ombros largos e na cintura grossa e musculosa. Ricardo, conde de Salisbury, era uma geração mais velho que York, embora continuasse magro, um homem da fronteira do norte, com um saudável tom rosado nas faces. Henrique viu a expressão de Salisbury se fechar quando avistou o conde Percy, mas tanto ele quanto York se apoiaram em um joelho, de cabeça baixa.

— Vossa Alteza, estou muito satisfeito de vê-lo bem — disse York quando Henrique fez um gesto para que se levantassem. — Rezei por esse dia e agradecerei em todas as igrejas de minhas terras.

O rei olhou para ele irritado, percebendo que parte de sua raiva se devia ao homem ter sido tão hábil na posição que conquistara para si. Sem dúvida seria vil buscar defeitos em York ou em seu chanceler, mas então Henrique se lembrou de Somerset, preso para ser julgado e executado por ordem do duque. Sua vontade se fortaleceu. Todo tipo de maldade lhe era estranho, mas, apenas por um momento, ele se alegrou com a vantagem de sua posição.

— Ricardo, duque de York, ordenei que o selo real fosse trazido a esta sala — declarou Henrique. — Você o passará às minhas mãos. Quando o fizer, estará dispensado do cargo de protetor e defensor do reino. Seu chanceler Ricardo, conde de Salisbury, está dispensado desse cargo. Por ordem minha, aqueles que prendeu serão libertos. Aqueles que libertou serão presos!

York empalideceu ao sentir o açoite da raiva do rei.

— Vossa Alteza, só agi no melhor interesse do reino enquanto o senhor... — Ele escolheu as palavras com cuidado para não proferir nenhum insulto. — Enquanto o senhor estava enfermo. Vossa Majestade, minha lealdade, minha fé é absoluta.

Ele ergueu os olhos ainda com a testa abaixada, tentando avaliar as diferenças no homem que o encarava tão friamente. O Henrique que conhecera era fraco de corpo e ideias, um homem sem desejos além do amor ao silêncio e à oração. No entanto, o rei em pé diante dele parecia possuir muita força de vontade, embora estivesse pálido como cera.

Qualquer que fosse a resposta de Henrique, todos os homens na sala se viraram para a porta quando os quatro guardiões do selo entraram atrás do rei, trazendo a caixa de prata sob sua responsabilidade. Todos arquejavam por causa da longa corrida pelo palácio real, as mãos do *chaff-wax* trêmulas quando a pousou na mesa.

— Abra, Ricardo — ordenou Henrique. — Entregue-me minha imagem, meu selo.

York respirou fundo e fez o que lhe mandavam, embora mal pudesse acreditar que fosse o mesmo homem, dando ordens tão claras. Para onde fora o menino imberbe para voltar tão furioso e rígido? York abriu a caixa e revelou o saquinho de seda, com as metades tilintantes de prata ali dentro. Ele puxou a cordinha e removeu as peças de metal, passando-as para a mão do rei.

— Sou-lhe muito grato, Ricardo Plantageneta, duque de York. Agora, está dispensado de minha presença até que eu volte a chamá-lo. Os dois. Deixem-me descansar. E, se forem rezar, peçam para que lorde Somerset ainda esteja são e salvo na Torre.

York e Salisbury fizeram uma profunda reverência, lado a lado, mantendo-se inabaláveis com toda a dignidade que conseguiram reunir antes de sair da sala. O conde Percy os viu ir embora com enorme satisfação no rosto.

— Este é um dia que recordarei por muito tempo, Vossa Alteza — comentou Percy. — O dia em que o senhor voltou para casa, para reinar e expulsar serpentes e vilões.

8

Margarida escutou o sino de Westminster tocar sete vezes enquanto se aproximava do palácio real. O sol do amanhecer estava oculto em algum lugar atrás de um acúmulo de nuvens escuras do outro lado da cidade, mal passando de um brilho indistinto. Durante o anoitecer, ela ficara sentada em Windsor, um castelo subitamente esvaziado de toda a vida e movimentação do Natal. A meia-noite chegara e se fora enquanto ela aguardava notícias, então decidiu que não esperaria mais. Seu marido havia ido para Londres com seus lordes mais leais, porém era muito fácil imaginar Henrique se esforçando demais, caindo e desmaiando ou se perdendo outra vez, enquanto ela permanecia sentada a salvo junto a um fogo quentinho, vendo a noite escorrer entre seus dedos. Embora soubesse que não fazia sentido pensar assim, parecia uma traição Derry Brewer ter ido com o marido. O lugar dele era ao lado do rei, Margarida sabia, mas se acostumara a sua companhia. Sem a presença do espião-mor, ela ficava andando em círculos, em voltas cada vez mais apertadas.

Ela havia tirado os criados da cama para ajudá-la, não contando só com os que permaneciam acordados à noite ou percorriam as muralhas do castelo. Tradicionalmente, os doze dias do Natal eram uma época de trégua. Margarida não sentiu remorsos por desguarnecer ainda mais o castelo, levando vinte e quatro guardas para mantê-la a salvo de bandoleiros na estrada. Os três homens que supervisionaram o tratamento de Henrique durante a doença não demoraram a pedir para acompanhá-la. Sem o rei para cuidar, os médicos não tinham com o que se ocupar, e ela percebeu que Hatclyf, Fauceby e Scruton ficaram bastante satisfeitos com a oportunidade de observar a recuperação de Henrique mais de perto.

Seu filho, Eduardo, ficaria a salvo com a ama de leite num lugar quente, disse a si mesma mais uma vez. Não tinham se separado durante nenhuma noite desde que ele havia nascido, e era doloroso pensar no filho fungando, procurando a mãe e depois chorando porque ela não estava lá. Margarida franziu os lábios por causa da decisão e do frio penetrante, apertando mais o capuz da enorme capa em torno do corpo, comprida o suficiente para cobrir os quartos do cavalo.

A estrada estivera escura demais para cavalgar com velocidade, mas mesmo a passo percorreram quilômetros. Seu rosto ficou completamente dormente, as sobrancelhas brilhantes com minúsculos cristais de neve ou gelo. Margarida cavalgara rumo à aurora e, mesmo assim, não se sentia cansada, não com a expectativa de ver Henrique mais uma vez. Aquela alegria não começara a empalidecer. Preenchia-a a cada respiração, um calor interno que derrotava o frio do inverno.

Ela também se sentia ressentida, por mais que tentasse negar. Durante todo o tempo em que o marido permanecera indefeso, havia trabalhado para manter viva sua autoridade; mas, no momento em que acordou, Henrique partiu com homens como Buckingham e Percy, deixando-a para trás. Era um hematoma em sua mente, um ponto dolorido que ela não conseguia evitar de cutucar, voltando a ele várias vezes sem nenhum alívio.

O grande salão do Palácio de Westminster parecia um quartel quando ela chegou, com cavalos levados para dentro relinchando onde durante o dia só andavam advogados e parlamentares. Lâmpadas foram acesas, de modo que ela via o brilho do lado de fora. Margarida apeou ali e seguiu seus guardas, que levaram seu cavalo para a construção abobadada, com pardais dando voltas lá em cima na escuridão. Seu rosto parecia uma tábua, como se fosse se quebrar caso ela sorrisse. Longe do vento, Margarida aproveitou um instante para esfregar as bochechas com as mãos enluvadas, dando um pouco de cor e vida à pele gelada. O salão estava em silêncio, mas, assim como os cavalos soltos ou amarrados, dezenas de homens dormiam onde conseguiram espaço, qualquer que fosse sua posição social. Um dos

mordomos do rei Henrique a viu entrar e saiu correndo, ajoelhando-
-se desajeitado na palha.

— Onde está meu marido? — sussurrou Margarida.

— Ele dorme, Vossa Alteza. Nos aposentos reais. Por favor, siga-me.

Sem dizer palavra, os dois médicos reais e o sargento-cirurgião foram atrás dela, levando seus sacos de couro preto. Margarida se sentia um fantasma ao contornar os homens adormecidos o mais silenciosamente possível, sorrindo quando murmuravam e se mexiam no sono. Aqueles homens foram àquele lugar pelo rei Henrique, e ela sentia afeição por todos eles.

Margarida conhecia muito bem o caminho, mas o mordomo do marido parecia contente de conduzir o pequeno grupo pelos corredores e pelos dois lances de escada até os aposentos do rei. Os homens ali estavam mais alertas, inclusive dois guardas à porta que se puseram em posição de sentido, com as espadas desembainhadas, ao ouvirem a aproximação dos passos, até reconhecerem a jovem rainha.

Margarida conseguiu ouvir uma conversa em voz baixa ao entrar no salão de recepção, interrompida quando a porta se abriu. Buckingham e o conde Percy se levantaram, ambos em silêncio, e depois fizeram uma profunda reverência. Margarida viu que o rosto de Henrique Percy estava manchado de veias rompidas, e ele pareceu irritado com a interrupção, sem dizer nada quando Buckingham avançou até ela.

— Vossa Alteza, não esperava vê-la hoje. A senhora deve ter cavalgado a noite inteira, e nesse frio! O conde Percy e eu estamos pensando numa caneca de hidromel quente para tirar o gelo de nossos ossos velhos. A senhora se juntaria a nós?

Buckingham ignorou os médicos atrás dela. Por sua vez, eles ali ficaram de cabeça baixa.

Margarida fez que não, sentindo que era uma invasora naquela sala e ressentida com a expressão mal-humorada do conde Percy observando-a.

— Onde está meu marido, Humphrey? — perguntou ela, tocando-
-lhe o braço.

— Adormecido atrás daquela porta, mas dormindo bem, Vossa Alteza. A pura força de vontade o manteve na sela, e ele está exausto. — Sua voz se amaciou um pouquinho, ficou mais gentil. — Se for seu desejo, posso mandar acordá-lo, mas, Margarida, acho que o rei precisa descansar. Esses homens não podem esperar para sangrá-lo e cutucá-lo?

Margarida se virou para os médicos, ainda de pé agarrados a seus sacos, com a cabeça baixa como crianças sendo punidas.

— Esperem lá fora, cavalheiros. Mandarei chamá-los quando o rei acordar.

Eles saíram juntos, fechando a porta sem fazer barulho e deixando Margarida sozinha com os dois homens mais velhos. Com dignidade estudada, ela se sentou numa cadeira estofada, ajeitando as saias e sem mostrar sinal das dores nas pernas, ainda sofridas com a cavalgada.

— Sentem-se, por favor, vocês dois. Se Henrique dorme, não há urgência. Mestre Brewer está deitado?

— Ele estava exausto, milady — respondeu Buckingham. — Está que nem pinto no lixo desde que seu marido dispensou York e Salisbury. Deve estar aqui por perto, se a senhora quiser que o mande chamar.

Margarida abriu a boca para dizer que queria e mudou de ideia, decidida a não demonstrar aos dois homens nenhum vestígio de fraqueza.

— Não, creio que não. Deixe-o dormir. Os senhores podem me contar tudo o que aconteceu; depois talvez possamos considerar nossas opções.

Buckingham sorriu consigo mesmo ao se sentar num banco de carvalho ornamentado encostado na parede da sala. O conde Percy permaneceu de pé, as enormes sobrancelhas e o grande nariz fazendo-o parecer estar sempre furioso. Sob o olhar inquisidor de Buckingham, o conde soltou um som profundo pela garganta e se sentou numa cadeira diante dos outros dois, três pontas de um triângulo, com o fogo crepitante atrás de Margarida.

Buckingham repetiu as ações do rei desde sua chegada a Westminster na noite anterior, uma lista curta de ordens dadas, embora Margarida o fizesse repetir cada detalhe da dispensa de York e Salisbury. O conde Percy se remexeu no assento enquanto Buckingham falava, sem conseguir esconder a impaciência. Sob tal provocação, Margarida ficou tentada a fazer Humphrey repetir tudo de novo, não só pela alegria de ouvir as ordens diretas do marido. Porém permitiu que o duque se calasse. Buckingham se inclinou sobre os joelhos e fitou cordialmente o fogo enquanto ela pensava nas palavras dele.

— Esperei tanto tempo para ouvir essas coisas — comentou Margarida baixinho. — Saber que York e Salisbury foram forçados a partir para lamber as feridas longe daqui. Saber que o espírito de meu marido voltou a ele. Rezo para que o conde de Somerset possa ser trazido a salvo da Torre, que não tenha sido alquebrado pelo confinamento. Sua lealdade tem sido uma pedra fundamental enquanto outros se afastam. Confio nele, Humphrey. Não duvido de que Somerset terá seu papel no que está por vir.

— No que está por vir, Vossa Alteza? — perguntou Buckingham em voz baixa.

— Não basta Henrique trocar de quarto! O que o reino sabe da volta da saúde de meu marido, além dos poucos que o viram cavalgar até aqui? Não, ele tem de ser visto! Em Londres, é claro, mas por todo o território também. Todos devem ver o rei e seus nobres para saber que York não tem mais poder, que o verdadeiro protetor e defensor do reino é, mais uma vez, o rei Henrique de Lancaster.

Buckingham ia responder, mas o conde Percy falou primeiro, sua voz era o chiado agudo dos velhos, um som que fez a pele de Margarida se arrepiar.

— O rei Henrique tem os chefes das famílias nobres para aconselhá-lo quando acordar, Vossa Alteza. É melhor deixar para outra ocasião a maneira e os detalhes de seu retorno à vida pública. A senhora não deve temer por seu marido. Sua Alteza tem ingleses leais ao redor, sem amor por York, Neville ou Salisbury. Seguiremos pelo caminho que precisa ser trilhado. Cortaremos o joio, se for o que tiver de ser feito.

Margarida sentiu o rosto enrubescer. Durante um ano e meio ficara isolada, esquecida em Windsor com o marido sonhador. O conde Percy não a visitara nenhuma vez naquele período. O que ele queria dizer era bem claro, mas à luz do fogo ela sentiu um ressentimento enorme pelo corvo coberto de peles, disposto a voar de volta para o lado de seu marido agora que havia carne sobre seus ossos. Margarida fechou a boca à primeira resposta, depois falou devagar, medindo cada palavra.

— Fui a voz de meu marido quando ele não a tinha, milorde. Essa lealdade que menciona... é uma coisa que os homens adoram, não é? Já os ouvi usar a palavra muitas vezes, desde que Henrique foi atingido por sua enfermidade. Talvez, quando exige esforço e trabalho duro, a prefiram mais no ideal que na realidade.

O conde Percy coçou a lateral do nariz quando olhou para Margarida.

— Vejo que de algum modo a ofendi, Vossa Alteza. Não foi minha intenção. O rei Henrique...

— Precisa ser visto, conde Percy — interrompeu Margarida. E foi recompensada por um rubor que se aprofundou debaixo da teia de veias roxas que cruzava as faces e o nariz dele. — Que sorte que alguns de nós planejaram o que se deveria fazer quando Henrique voltasse. Não duvidei, conde Percy. Tive fé, e minhas orações foram atendidas, todas elas.

— Como quiser, Vossa Alteza — respondeu o conde Percy, a boca franzida.

Margarida fez que sim com firmeza.

— Quando o rei se levantar, começarei os preparativos para levar um tribunal pelo reino. Passei por Westminster Hall uma hora atrás, milorde. Vi metade das cadeiras de advogados cobertas com panos, sem uso há tempo demais. Faz mais de um ano que os juízes do Tribunal do Rei percorreram o país para ouvir casos e fazer julgamentos. Haverá maneira melhor de ser visto que distribuindo justiça ao povo da Inglaterra? Ouvir suas queixas e fazer justiça... e punir criminosos? Uma grande viagem real, com vinte juízes, o xerife dos condados, mil homens de armas, todas as casas nobres no séquito do rei! Do mais alto ao mais baixo, todos saberão que Lancaster retornou ao reino. Uma casa com herdeiro e o apoio dos lordes mais poderosos do rei. *Esse* é o caminho que meu marido deve percorrer agora, nenhum outro.

O conde Percy virou a cabeça para observar a luz da aurora, brilhando para além das janelas. Buckingham o fitou de soslaio, com um olhar que continha um bom quinhão de divertimento. Nos meses passados em Windsor, Buckingham se acostumara ao sotaque francês de Margarida, um deleite para os ouvidos que fazia contraste com a força de suas palavras. O conde Percy estava descobrindo a determinação da jovem rainha de uma só vez, numa refeição talvez apimentada demais para que a apreciasse.

— Vossa Alteza busca trazer a paz por ordem real — declarou por fim o conde Percy. Os nós de seus dedos empalideceram quando ele apertou as mãos nas peles, apesar do calor do fogo. — Vossa Alteza acredita que um homem como York se submeterá docilmente? Um homem como Salisbury? Vossa Alteza os obrigará a seguir atrás do rei com passos comedidos? — O velho hesitou ao ter uma ideia e olhou com mais atenção para a jovem morena sentada tão corretamente em sua cadeira, a cabeça inclinada para escutar. — Ou será que Vossa Alteza acredita que eles não atenderão a esse chamado e os fará quebrar a promessa para, assim, serem considerados traidores? Esse... seria um caminho que eu percorreria, milady.

Margarida, por sua vez, o observou, sentindo de novo um desagrado instintivo pelo velho diante dela. Seus olhos eram cruéis, pensou a rainha, mas ele estava ao lado de seu marido, quaisquer que fossem suas razões. Era isso o que mais importava.

— Se meu marido convocasse aqueles lordes e eles não viessem, isso significaria uma guerra para dividir a Inglaterra. Não, não acredito que essas feridas possam ser curadas e esquecidas. Se dermos um passo em falso, elas apodrecerão e estragarão toda a carne boa.

Margarida falava com calma certeza, as palavras saindo dela para manter imóveis os dois homens.

— Milordes, não tenho a mínima intenção de convidar York, Salisbury ou Warwick para acompanhar meu marido. Que esses homens roam suas unhas e se preocupem enquanto o rei da Inglaterra reúne em torno de si seus mais ardentes partidários. Que York veja a força que se uniria contra ele caso ousasse erguer um único estandarte.

— Margarida se inclinou para a frente, sem piscar. — Não duvido que York continue a ser uma ameaça, milorde. Esse tipo de homem, depois de provar o poder, sempre desejará tê-lo de volta. Vi isso em meu próprio pai e em todas as coroas que ele pretendeu e não conseguiu conquistar. Mas meu marido está apenas a um dia de despertar. Ele tem de mostrar sua força e cavalgar sob os três leões. Tem de ser visto, vivo e bem de saúde, antes de voltarmos nossos esforços para a ameaça de York e Salisbury. Warwick ainda pode ser salvo, não sei. O senhor compreende? O senhor me acompanha, milorde?

O duplo sentido da última frase não passou despercebido pelo velho. Sua boca se mexeu como se ele tentasse arrancar um fiapo dos dentes de trás. No silêncio, baixou a cabeça, olhando por sob as sobrancelhas.

— É claro, Vossa Alteza. Acredito que desejamos as mesmas coisas. O rei forte. A destruição da mancha Neville em todos aqueles que alimentam a traição dentro do peito. O rei Henrique tem meu apoio, por minha honra e pela honra de minha casa.

Margarida se recostou. O homem poderia desprezá-la. Seguiria Henrique, não os desejos de sua rainha francesa. Ela inclinou a cabeça como se aceitasse suas palavras, embora fervesse por dentro.

Buckingham soltou um bocejo grande e prolongado até Margarida ter de sufocar o seu.

— Acredito que o rei se levantará tarde hoje — disse Buckingham, erguendo-se. — Vou dar um cochilo para restaurar as forças antes que elas me faltem.

O conde Percy se levantou em seguida, os dois homens se curvando e pedindo licença para se ausentar da presença de Margarida. Ela os observou saindo, desconfiada de que continuariam a conversa em outro lugar do palácio onde não pudesse escutar nem interferir. Juntou as mãos enquanto olhava para o fogo. Precisava do conde de

Somerset. Precisava de Derry Brewer. Mais que tudo, precisava que o marido e seus lordes lhe dessem ouvidos. Estava bastante claro que queriam negociar e proceder sem a intervenção dela. Era irritante, mas Margarida não recuaria. Henrique era seu marido. Ela, sua esposa. Todos dariam com ela no caminho, qualquer que fosse o escolhido.

Sozinha, Margarida se levantou e atravessou as portas até o quarto do marido. Encontrou-o lá, roncando suavemente sob os cobertores grossos, o cabelo escuro e comprido solto e desgrenhado sobre o travesseiro. Parecia em paz, com um bom rubor nas faces. Margarida foi atingida pelo cansaço da longa noite em claro; soltou o broche da capa e se deitou ao lado do rei, puxando uma única coberta e virando o corpo para sentir o calor do marido. Henrique murmurou alguma coisa com seu toque, embora não tivesse acordado, e ela logo adormeceu ao seu lado.

9

York descansou as mãos numa balaustrada de madeira, o orgulho evidente enquanto observava o menino assumir sua posição. Eduardo, conde de March, seu filho mais velho, tinha 13 anos, mas era mais alto e muito mais forte que os rapazes da cidade três anos mais velhos que ele ou mais. O menino ergueu a espada para o pai antes de usar o punho para baixar a viseira do elmo.

— Veja isso — disse York entre os dentes.

Salisbury sorriu, encostando um dos ombros num pilar de pedra. Ele e York tinham passado quase o mês inteiro no Castelo de Ludlow, fazendo planos e ajustando-se ao súbito revés da fortuna. Daquela imensa fortaleza de pedra, os dois enviaram cavaleiros a todas as suas propriedades para convocar seus capitães e seus melhores homens até que a aldeia e os campos em volta parecessem um acampamento militar. Havia pouca probabilidade de ataques vindos de Gales naquele ano, depois que a notícia cruzou a fronteira e se espalhou a oeste. Ludlow havia se tornado a maior reunião armada do reino, e ainda chegavam mais homens. Salisbury sentia algum prazer em se afastar do complexo negócio de suprir tanta gente de comida, cerveja e equipamento só para assistir à luta de um menino favorecido.

Dois homens enfrentavam Eduardo no pátio de treinos, cercado por todos os lados por claustros de pedra cinzenta. Em belas armaduras, eles também ergueram as espadas para York, baixando a cabeça. Jameson era uma figura enorme, um ferreiro. Uma cabeça mais alto que o menino, duas vezes mais largo e com o peito mais robusto. Em contraste deliberado, Sir Robert Dalton era esguio e se movia com elegância e equilíbrio perfeito, os pés sempre firmes no chão.

York levantou a mão, e um menino tamborileiro, no canto do pátio, começou a tocar um ritmo marcial, fazendo o coração de todos os que conheciam aquele som do campo de batalha bater mais rápido.

Os três portavam escudos presos ao braço esquerdo, segurando-os por dentro da curva. O menino movia o seu com leveza, embora Salisbury visse que era um pouco grande demais para ele. O conde Eduardo deu passos lentos para a direita, mantendo o escudo erguido e arruinando a possibilidade de os dois adversários o atacarem ao mesmo tempo. A espada estava empunhada à frente do corpo, a língua de uma víbora à espera.

O homem maior se moveu primeiro. Jameson soltou um rugido potente que ecoou por todos os lados, para espantar e assustar o jovem adversário. A espada do ferreiro descreveu um arco depressa pelo lado esquerdo de Eduardo, chocando-se com o escudo que o menino segurava longe do corpo para absorver o golpe. Homem e menino trocaram uma saraivada de investidas, acertando-se mutuamente, atacando as mínimas brechas da defesa. Num piscar de olhos ambos os escudos pintados ficaram surrados e arranhados até que o homenzarrão recuou.

— Mais, Jameson! — veio a provocação, saída do elmo do menino. — Já perdeu o fôlego?

Antes que o homenzarrão pudesse responder, seu companheiro deslizou com passos rápidos. Sir Robert recorria à velocidade e à habilidade muito mais que o ferreiro. Fintava e girava, os pés sempre em movimento para encontrar o melhor ponto para investir, depois se abaixando ou afastando a lâmina do oponente com a sua caso a arma do adversário se aproximasse demais. Seu estilo era mais como uma dança, no entanto os lordes que acompanhavam o combate fizeram uma careta quando o conde Eduardo recebeu um punho de espada na barriga que o fez cambalear. Sir Robert avançou imediatamente, pressionando Eduardo e o forçando a recuar, golpeando cada vez mais rápido até que o braço do escudo ficasse completamente dormente. Com o pai de Eduardo assistindo com frieza, Sir Robert fazia o menino abaixar até o chão, o olho no escudo, a perna direita estendida à frente. Quase agachado, Eduardo visou à perna e deu um golpe logo acima do tornozelo. Sir Robert gritou de dor. Foi rápido o suficiente para se recompor antes de cair, mas ainda mancava ao se afastar.

Eduardo de March se ergueu com toda a sua altura, meio cego pelo ardor do suor, mas tão irritado neste momento como só um menino de 13 anos conseguiria ficar. Com um grito, foi sua vez de investir, forçando o esguio cavaleiro a pôr o escudo para trabalhar. Eduardo ergueu a espada para dar um golpe contra ele e, de repente, se lançou de lado, atacando o grande ferreiro que avançava ao seu redor. O movimento pegou os dois homens mais velhos de surpresa, e a espada de Eduardo se chocou na junção do gorjal de Jameson com a armadura, deixando-o espantado. Se Eduardo fosse um adulto, o golpe teria sido fatal.

No momento de choque, Sir Robert Dalton, ainda mancando, deu um passo à frente e descansou a própria espada no pescoço do menino.

— Morto — disse em voz alta e clara.

Os três estenderam a mão para erguer as viseiras, embora a do jovem conde tivesse emperrado no primeiro embate e ele se esforçasse para levantá-la. O ferreiro alongou o pescoço com desconforto ao avançar até Eduardo e segurou a beirada da viseira, erguendo-a até que se abrisse.

— O que foi aquilo? — perguntou Jameson, a voz de um grave profundo. — Tentando atingir meu pescoço com um homem bem à sua frente?

O jovem conde deu de ombros, claramente satisfeito consigo mesmo.

— Peguei você de jeito e você sabe, Jameson. E terei homens comigo para cuidar de minha retaguarda quando for para a batalha. Você, talvez, se não estiver velho demais. Você teria rachado a cabeça de Sir Robert se eu lhe desse uma abertura como aquela e eu derrubaria outro homem ao mesmo tempo.

O ferreiro deu uma risadinha, o sorriso dividindo ao meio o rosto largo e quadrado.

— Teria mesmo. Já passei muito tempo treinando o senhor. Não deixarei ninguém mais me fazer de bobo, não depois de todas as surras que já levei.

Estava bastante claro que não havia se ferido com a demonstração, embora fizesse questão de alongar o pescoço dolorido de um lado para o outro.

— Muito bem! — gritou York na lateral do pátio. — Preste atenção a seus mestres, Eduardo. Você fica mais forte e mais rápido cada vez que o vejo.

Ambos os espadachins se curvaram profundamente ao ouvir York falar, enquanto Eduardo corava de prazer com a aprovação do pai, erguendo a espada com orgulho.

— Ele pensa com frieza — comentou Salisbury, seu próprio espírito animado ao ver o prazer quase infantil do amigo. — Bom equilíbrio, o primeiro sinal de velocidade. Tem sido bem-treinado.

York tentou dar de ombros, mas a alegria de ver o filho mais velho lutando bem emanava dele como calor.

— Eduardo tem coragem, e Jameson e Sir Robert sabem como estimulá-la. Ele não encontrará muitos homens tão fortes quanto o ferreiro, e Sir Robert foi treinado na França e depois na Inglaterra. Vi poucos homens melhores com a espada. Em poucos anos, acho que esse menino vai dar trabalho.

Ambos os homens se viraram quando ouviram passos se aproximar pela outra ponta do claustro. Salisbury viu que era sua irmã, a duquesa Cecily, esposa de York e mãe do rapazinho empolgado que agora cortava um exército de adversários imaginários no pátio de treino. Ver uma vida tão jovem, com as verdadeiras batalhas ainda distantes, fez Salisbury se sentir velho.

— Estávamos assistindo ao treino de Eduardo, Cecily — disse Salisbury à irmã quando ela se aproximou. — Ele é bastante promissor; mas, com seu sangue, como não seria? Será que seu homônimo, o rei Eduardo, era alto assim nessa idade? O menino cresce como trigo, um centímetro a mais sempre que desvio os olhos. Ficará mais alto que seu marido, não duvido.

Salisbury viu a irmã aconchegar ao peito o caçula num pano bordado que ela amarrara ao ombro. O volume do choro da criança era espantoso, um som agudo e enfurecido que já era doloroso a poucos metros de distância. Salisbury sentiu o humor de York se tornar sombrio quando Cecily foi até ele.

— E como está meu sobrinho? — perguntou Salisbury, forçando a alegria na voz.

— Ainda sofre. Encontrei o médico tentando alongá-lo, mas ele gritava de forma tão terrível que não pude deixar que continuasse. Isso foi ordem sua?

Ela lançou um olhar arguto ao marido, fazendo York desviar os olhos para não a encarar.

— Sugeri que ele tentasse, Cecily, foi tudo. O homem parecia pensar que algum tipo de tala de madeira poderia ajudar seu crescimento, só por alguns anos. Tenho artífices que poderiam criar uma coisa dessas, se você concordasse.

Quando o berreiro atingiu novos níveis, York fez uma careta e tapou os ouvidos.

— Bom Deus, ouça-o agora! Essa criança nunca dorme de tanto chorar! Achei que, se suas costas fossem endireitadas, talvez lhe dessem alívio.

— Ou se quebrassem para que ele morresse! — retorquiu Cecily. — Não quero mais ouvir falar de talas. Você deixará os cuidados de Ricardo por minha conta de agora em diante. Não admito que ele seja torturado por idiotas que o torcem como se fosse um pedaço de pano.

Diante do desconforto de assistir à tamanha fúria entre marido e esposa, Salisbury se afastou para observar a instrução no pátio, com alguns passos deliberados em torno de um pilar para dar ao casal alguma ilusão de privacidade. Ele mordeu o interior do lábio quando York voltou a falar, mortificado de ouvir um casal irritado demais para se importar com os outros.

— Cecily — disse York em voz alta, para ser ouvido acima do berreiro da criança —, se quisesse lhe demonstrar misericórdia, você o poria do lado de fora numa noite de inverno e deixaria que o frio o levasse. Ele tem 2 anos e ainda grita dia e noite! E lhe digo que os espartanos faziam a coisa certa. O médico diz que a espinha dele está se curvando e que só vai piorar. Ele não viverá sem dor, e não lhe agradecerá por poupá-lo caso se torne um aleijado. Quer envergonhar minha casa com um filho deformado? Será que ele enlouquecerá assim, largado numa casa solitária para receber os cuidados de criados como um cão raivoso ou um imbecil? Não há pecado em deixá-lo ir, basta colocá-lo no frio. Padre Samuel me garantiu.

Quando Cecily respondeu, sua voz mal passava de um sibilar, fazendo o irmão se encolher pelo amigo.

— Você não tocará num *fio de cabelo* dele, Ricardo Plantageneta. Está me entendendo? Perdi cinco filhos por sua casa e por seu nome. Tive seis vivos, e estou grávida de novo. Acredito que já dei o bastante a York. Portanto, se eu quiser manter este aqui a salvo, mesmo que ele nunca ande, não é da sua conta. Já fiz o suficiente, pari o suficiente. Esta criança precisa mais de mim que todo o resto, e cuidarei dela sozinha se for preciso. Diga que não vai cochichar nada com os médicos, Ricardo. Diga que não terei de vigiar para ter certeza de que não vão lhe dar algum veneno.

— É claro que não terá — grunhiu ele. — Juro que essa criança tirou sua mente do prumo, Cecily. Crianças morrem, o mundo é assim. Algumas vivem e crescem fortes, e algumas pobres almas sofrem como essa, presas entre a vida e a morte. Desejaria não ter lhe dado meu nome. Se soubesse que seria esse pedacinho chorão de...

— *Não* — retrucou Cecily, os olhos brilhantes de lágrimas.

O marido respirou fundo.

— Quando está grávida você vira uma mulher diferente, Cecily. Não a entendo de jeito nenhum. Tudo bem. Faça o que quiser com ele. Tenho outros filhos.

Ele se virou, olhando com raiva para o pátio de treino onde o filho mais velho atacava um mastro de madeira envolto em pano e couro, batendo na coisa com golpes poderosos. York sentiu o olhar furioso da esposa sobre ele durante um tempo que pareceu infinito. Recusou-se a se virar de volta e, depois de algum tempo, ela se afastou com passos pesados.

Salisbury voltou para o lado de York e deixou o amigo recobrar a paz, ambos fitando o pátio enquanto o jovem Eduardo cortava o mastro ao meio, gritando de triunfo quando ele caiu. O contraste entre os filhos não poderia ser maior naquele momento.

— Ele será um terror no campo de batalha — comentou Salisbury, esperando ver só um pouquinho do orgulho e do prazer voltar.

Em vez disso, York franziu a testa para o pátio, o olhar fixo muito mais longe.

— Talvez não tenha de ser — retorquiu, a voz rascante —, se eu ainda conseguir fazer as pazes com Henrique. Você o viu, Ricardo, enfim de pé como o homem que *deveria* ser. Ele me fez lembrar seu pai pela primeira vez. Talvez tenha sido o momento mais estranho de minha vida. O rei me expulsou de sua presença como um cachorro velho, mas em resposta meu coração se regozijou ao ver tanta força nele! — York balançou a cabeça, assombrado com a lembrança. — Se eu conseguisse fazer Henrique entender que não o ameaço, talvez meu filho não tivesse de lutar durante sua vida. Minha casa e meu nome são o que me preocupam, nada mais; meu dever é manter meus títulos e minhas terras a salvo para Eduardo herdá-los.

— Vê-los reconciliados me daria alegria — respondeu Salisbury, ocultando a consternação. — Mas você mesmo disse que o rei tem homens demais sem amor pela casa de York sussurrando em seus ouvidos... além da rainha francesa, que não é amiga sua. Mas creio que você ainda não tenha sido chamado para seu grandioso conselho, essa tal viagem.

— E você foi? — perguntou York. — Eu não soube de nada. Duques, condes e barões vis cavalgarão com o rei, mas não você e eu. Homens que conheço há anos não respondem mais às minhas cartas. E quanto ao seu filho, Warwick?

Salisbury balançou a cabeça.

— Parece que ele também perdeu os favores. Meu irmão Guilherme foi chamado a Londres. O conde Percy tem uma *esposa* Neville mas também está ao lado do rei. O que acha que isso significa?

Um pouco da conversa irritada com Cecily ainda tingia a voz de York quando respondeu:

— Significa que os ouvidos do rei Henrique estão cheios de veneno, é isso que significa. Toda essa conversa de "proteger o reino daqueles que ameaçariam a paz"... Quem mais seria senão York e Salisbury? Ah, e Warwick também, se ficar conosco. Parece mesquinho sujar meu nome depois de tudo o que fiz pelo trono de Lancaster. Você e eu tornamos o filho dele príncipe de Gales, por Deus! Enquanto o rei dormia, protegemos a Inglaterra de todos aqueles que lhe punham os olhos. Talvez eu devesse ter permitido que os franceses controlassem o canal da Mancha e atacassem nossas costas, ou ignorado as propinas e a corrupção de lordes venais quando fui chamado para decidir sobre sua conduta. Pelas *chagas* de Cristo, tenho inimigos demais para contar. Um a um, todos os que eu chamava de amigos se afastaram sob as asas da rainha Margarida. Escrevi a Exeter, Ricardo. Apesar de nossas diferenças, o homem se casou com minha filha mais velha. Achei que na hora de escolher, ele e eu... Bem, não importa. Não recebi resposta dele. A casa de minha própria filha se fechou para mim.

— Você não poderia esperar outra coisa. Ele foi obrigado a morar em Pontefract por ordem sua, Ricardo. Exeter não perdoará isso, não facilmente. Não, Exeter fica do lado dos Percys... e eles ficam na sarjeta. Mas você tem aliados — continuou Salisbury. — Já lhe prometi meu apoio. Meu nome está ligado ao seu em vários aspectos, e ascendemos ou caímos juntos. Meu filho Warwick ainda vem a Ludlow, com mais de mil homens de armas de suas propriedades.

Mesmo no coração de pedra da fortaleza, neste momento Salisbury baixou a voz até pouco mais que um sussurro.

— Teremos o suficiente para pegar em armas contra eles, se nos acusarem de traição.

— Por Deus, *não*, não é isso o que quero! — exclamou York. — No dia de meu casamento com Cecily, você me disse que os Nevilles estavam comigo, lembra? Você manteve a palavra quando era importante, e lhe sou grato. — Suas mãos apertaram a balaustrada, os nós dos dedos brancos. — Meu pai foi executado por traição, Ricardo. Consegue entender que não percorrerei esse caminho com o coração leve? Se o trono me couber, não o recusarei, é claro que não! Mas passei a infância como enjeitado, com aquela mancha na honra de minha casa. Você gostaria que o nome York queimasse até virar carvão?

Ele se aproximou, a voz um sussurro ríspido.

— Estou lhe dizendo, não pegarei em armas contra ele. *Não posso*, não no estado dele. Quando Henrique estava doente e diziam que morreria, era diferente. Agora ele despertou, e não é o homem que foi. Você estava lá, você o viu! Talvez seu espírito tenha se inebriado totalmente enquanto ele dormia, não sei. Talvez Deus tenha lhe restaurado o juízo em Sua infinita misericórdia. *Tudo* mudou agora que o cordeirinho acordou totalmente, agora que retornou como homem. Tudo é novo.

No pátio, Eduardo de March juntava o equipamento para ir embora. Retirara o elmo, e o cabelo estava preto e molhado de suor. Salisbury viu o menino olhar para o claustro, em busca da aprovação do pai, mas York não o viu.

— Se eu pudesse ter apenas uma hora com o rei — continuou York, falando depressa, as mãos torcendo a balaustrada como se quisesse parti-la ao meio. — Se pudesse ter certeza de que lê minhas cartas, ou se conseguisse afastar todos os que sussurram, eu ainda conseguiria lancetar esse furúnculo. Somerset! Soube que ele agora é duque? E capitão de Calais? *Meu* título roubado! O homem que prendi declarado "súdito fiel e verdadeiro" em todas as esquinas de Londres, zombando de mim por sua vez. Somerset, Percy, Exeter, Buckingham e Derry Brewer. Enquanto esses homens viverem e prosperarem como erva daninha, a oportunidade de meu rei viver lhe é tirada. Estou lhe dizendo, ele se afogará de novo com aqueles homens ao redor.

Salisbury sentiu apenas irritação ao ouvir York falar. O homem já fora uma rocha onde ancorar as ambições dos Nevilles. Um encontro com o rei despertado e a pedra York parecia completamente rachada. Salisbury não permitiu que nenhum sinal de desapontamento aparecesse ao responder:

— Não importa o que digam sobre nós, nenhum rei consegue governar sem seus três lordes mais poderosos. Com o tempo Henrique perceberá isso, tenho certeza. Mas, meu amigo, você sabe que não podemos ir até ele sem homens armados, senão seremos presos, capturados como peixes numa armadilha de varas. Com os seus soldados e os meus para garantir nossa segurança, o rei Henrique terá de escutar nossas justas queixas. Não vou ficar sentado esperando que homens como o conde Percy consigam me declarar inimigo da Coroa! Nem você. Temos de agir com resolução e forçar a defesa de nossa causa. No verão, isso terá ficado para trás e a paz será restaurada. Por que não? Nada se fez que não possa ser desfeito. Ainda não.

Salisbury sentiu que era como lançar palavras contra uma parede. York não o escutava, duro e frio ali de pé, ainda furioso com a esposa.

— Sinto muito saber que seu filho é... malformado — disse Salisbury.

York deu de ombros, balançando a cabeça.

— Já enterrei filhos. Enterrarei de novo. Não importa o que acontece a um menino adoentado, embora eu tema a tensão sobre a mãe. — Ele encarou o amigo diretamente, a dor inscrita nos olhos. — Cecily está obcecada por ele. Há vezes em que só desejo que aquela coisinha... Não importa. Venha, você deve estar com fome. Vou pedir à cozinheira que prepare alguma coisa para agradá-lo. Ela consegue fazer maravilhas com um pouco de peixe cozido.

York deu um tapinha no ombro do amigo, e eles se afastaram rumo ao salão de banquetes, parte da tensão se aliviando em ambos com a ideia de uma boa refeição.

10

Depois das primeiras neves cruéis, o inverno fora quase brando naquele ano. Mas os aposentos reais na Torre ainda eram aquecidos com fogo em todas as lareiras, às vezes em ambos os lados do mesmo cômodo, lutando para esquentar a antiga fortaleza contra o frio e a umidade do rio que corria junto à muralha.

Derry Brewer havia recuperado parte do peso que perdera. Seu cabelo tinha crescido e fora aparado pelo barbeiro do rei, e a pele havia perdido o tom pálido de cera amarelada de quem come de menos e se preocupa demais. Por ordem dos médicos Hatclyf e Fauceby, ele enchera o estômago até explodir com tigelas de caldo de carne e repolho roxo toda manhã, seguidas por três canecas de cerveja pouco alcoólica — quase a mesma dieta que o rei teve de aguentar para restaurar o sangue. Derry havia ficado enjoado de repolho, verdura que parecia persegui-lo como um fantasma, muito embora limpasse a boca com conhaque francês de um frasquinho. Gostava de sentir as forças voltando, como Sansão quando o cabelo cresceu.

O espião-mor notou que o rei também tinha um pouco de cor nas faces. Henrique estava sentado em silêncio, mas com olhos atentos, o rosto não mais uma máscara flácida. Esse mero interesse era espantoso para os que o conheceram antes do colapso. Sentado a poucos metros do rei, Derry tinha de se esforçar para não o encarar. O homem que havia conhecido era apenas uma sombra perto do homem que voltara, não havia outra maneira de descrever. Ele sabia que Margarida ainda sentia fragilidade no marido, como se Henrique fosse um vaso capaz de se estilhaçar com o mais leve toque. Mas de certa forma o sono profundo restaurara o rei, curando sua força de vontade alquebrada, apesar de todas as rachaduras que talvez permanecessem sob a superfície.

Henrique sentiu o exame silencioso de Derry e ergueu os olhos questionadores no momento em que o espião-mor baixou os seus para as botas. Derry já vira a loucura sob muitas formas, provocada pela fúria, pelo pesar, pela bebida ou vinda de lugar nenhum, com o vento do verão. Sabia que a mente era um mundo próprio, todas as estrelas e planetas eram menos complicados que os pensamentos de um homem. Qualquer que tenha sido o demônio ou a enfermidade que sugara a força de vontade do rei e o transformara em criança tinha sumido. O homem que estava por baixo daquilo enfim podia falar.

Derry soltou a respiração, sentindo os olhos se encherem de lágrimas, surpreendendo-se. De cabeça baixa, limpou-os antes que alguém visse, pensando no trabalho, com todos os incômodos mesquinhos. Já fora obrigado a sufocar boatos de que o espírito do rei fora infectado em outro lugar. Às vezes ele achava que os moradores de Londres tinham talento para fofocas. Na menor oportunidade, cobriam a boca com a mão e sibilavam sobre demônios, bastardos ou judeus secretos em altos cargos. Ele mesmo dera início a algumas mentiras do tipo, e rechaçá-las era muito mais difícil. Às vezes, pensava Derry indolentemente, o povo precisava ou de um bom pastor ou de um bom chute no traseiro.

Enquanto Derry ficava ali sentado de cabeça baixa, Somerset andava de um lado para o outro, seu nervosismo uma consequência do cativeiro. Edmundo Beaufort passara muitos meses preso na Torre, embora sua posição social lhe assegurasse o confinamento em dois cômodos grandes, com cama macia, escrivaninha e criados para atendê--lo. Derry ergueu os olhos para observar com interesse a agitação do homem, vendo como a calma de Somerset havia desaparecido apesar de todo o conforto do cárcere. Pelo menos a inimizade do homem por York era certa. Dava algum prazer ao espião-mor ouvir aquele nome sendo enodoado e vilipendiado sem medo de represálias. Somerset recebera um ducado pelo amparo e pela lealdade, sinal do apoio do rei que não deixaria de ser notado pelos que preferiam York e Salisbury. Derry sorriu com seus botões ao pensar nisso.

— Vossa Alteza — disse Somerset —, tenho juízes e seus homens ocupando os quartos de todas as estalagens da cidade. A própria Torre está apinhada de homens de armas, os melhores guardas para acompanhar Vossa Alteza ao norte. Esperamos apenas alguns poucos nomes agora, sendo Henrique Holland, duque de Exeter, o mais proeminente dentre eles.

— Antes o primo Exeter tinha quatrocentos homens — comentou em voz baixa o rei Henrique. "Antes" passara a significar o período anterior à queda dele num estado sonhador. — Muito passional, eu me lembro, o jovem Holland. Ele recebeu meu mensageiro?

— Com certeza, Vossa Alteza — respondeu Somerset. — O pergaminho foi posto em suas mãos. Acredito que tenha se enfraquecido muito durante a prisão em Gales, mas ele presta seu juramento de que virá. Não tem amor nenhum por York.

— Mesmo assim, é casado com a filha dele — interveio Margarida, sentada ao lado do marido, reivindicando-o com sua proximidade. Derry ergueu os olhos quando ela falou. — Essa aliança ainda pode afastá-lo.

— Não — retrucou Henrique. — York o puniu por ficar do lado dos Percys. A lealdade de Exeter está estabelecida. Tudo o que ele é vem de minha mão. Não duvido dele pela esposa Plantageneta, assim como não duvido do conde Percy pela esposa Neville. Mas não aguardarei por ele. O que mais?

Somerset se virou para seguir outra linha do tapete diante do fogo. Com a oportunidade, Derry decidiu responder à pergunta do rei.

— Vossa Alteza, ainda me preocupa não termos abordado York nem Salisbury. Somerset e eu podemos ter nossos desentendimentos com esses homens, mas, se eles não forem trazidos a Londres para prestar um juramento de vassalagem, temo seus exércitos. Com o jovem Warwick, eles têm mais terras e homens que todas as outras facções além da própria casa real. Sozinho, York é o lorde mais rico da Inglaterra, Vossa Alteza. Um homem desses pode ser ignorado?

Nos anos anteriores, Derry sabia que o rei teria feito que sim com a cabeça ao fim de suas palavras, dizendo "Como quiser, Derry" quase antes que terminasse de falar. Era estranho e desconfortável ver o homem sopesar uma contribuição em vez de despejar impulsivamente sua concordância. Mas foi Margarida quem falou primeiro, antes do marido.

— Estamos a sós aqui, mestre Brewer, não é?

— É claro, Vossa Alteza. Tenho homens de minha mais alta confiança em torno desta sala. Ninguém pode escutar uma única palavra.

— Então direi em voz alta o que está há muito tempo em meus pensamentos. Não haverá paz enquanto York viver. Ele cobiça o trono de meu marido e o tomará se lhe dermos a menor oportunidade. Essa grande reunião para levar tribunais às cidades da Inglaterra não é apenas isso, pois também serve como uma demonstração de força. Os lordes que vão para o norte com seu rei verão quantos mais se levantam em apoio à casa de Lancaster. Verão que o rei está recuperado para governar, curado pela graça de Deus. Se York e Salisbury nos desafiarem, serão enfrentados por exércitos, por milhares que se levantarão em seu caminho. Pelo menos então a questão será resolvida.

Derry franziu a testa enquanto ouvia.

— Milady, se York e Salisbury se tornarem traidores, se erguerem seus estandartes contra o rei da Inglaterra, não acredito que o resultado esteja determinado... e há coisas demais em jogo para dar um passo em falso. York e Salisbury têm seus inimigos, é claro, mas há muitos outros que insinuam terem sido mal recompensados por sua lealdade. Não posso conhecer os segredos do coração de todos os lordes, Vossa Alteza, só sei que alguns deles sentem simpatia por aqueles dois homens. E sei que alguns prefeririam que fossem mimados e trazidos de volta, e até recompensados pelo bom serviço.

Ele baixou a cabeça mais uma vez quando o olhar de Margarida se aguçou, e desviou seus olhos para o fogo.

— Milady, eu ficaria satisfeito de ouvir que nossa intenção é atacar Ludlow, sitiá-lo e fazer York morrer de fome ou derrubar suas muralhas. Essa outra história, essa viagem real no norte, é uma mera distração, sem nenhuma segurança de ser bem-sucedida. York é um homem sutil, Vossa Alteza, um homem sutil e vingativo, com riqueza e soldados à disposição. Eu preferiria vê-lo alquebrado em vez de ignorado.

— Conheço-o bem melhor que você, mestre Brewer — comentou o rei Henrique, saindo de seus pensamentos. — Embora não possa conhecer os "segredos de seu coração", Ricardo de York não pode ser trazido às boas graças com presentes e promessas; como o senhor diz, é quase impossível elevá-lo ainda mais, com todos os títulos que tem e com toda a sua riqueza. Se o convocasse, seria como trazer uma víbora ao meu peito suplicando para que não enfie os dentes em mim. Não, minha esposa está certa nisso, mestre Brewer. Um exército leal ocupa Londres, e com ele cavalgarei para o norte até Leicester. Se York manchar sua alma sem redenção, se quebrar seu juramento e aceitar a danação inescapável, eu lhe responderei...

As palavras do rei se esvaíram, e ele fitou o nada enquanto os outros aguardavam, cada vez mais ansiosos. Por fim, Henrique sacudiu a cabeça, parecendo confuso enquanto um profundo rubor se espalhava por seu rosto.

— O que eu estava dizendo?

— York, Vossa Alteza — respondeu Somerset, desconfortável.

O duque havia empalidecido, sua expressão refletida tanto na rainha quanto em Derry Brewer, que temiam pelo espírito sobrecarregado de Henrique. Derry reprimiu um arrepio ao pensar no retorno da fraqueza do rei, ainda enrolada como uma trepadeira tenebrosa no jovem a quem ele seguia.

— York... Isso mesmo — continuou Henrique. — Se ele trouxer seus seguidores contra mim, o reino se erguerá com essa traição. Cada um dos meus companheiros condes, cada duque, cada barão, cada cavaleiro e homem de armas empunhará espadas, arcos e lanças contra ele. Cada aldeia, cada povoado, cada cidade! Não se pode tocar o rei, Somerset. O rei é inviolável, ungido por Deus. Qualquer homem que se levantar contra mim queimará no fogo do inferno.

Essa é a resposta a homens como York e Salisbury. Irei ao norte em paz, mas responderei com guerra caso ele dê um passo para fora de sua fortaleza. — O rei Henrique parou para massagear as têmporas doloridas, fechando os olhos. — Margarida, você me faria o grande favor de chamar Hatclyf? Ele prepara uma excelente tisana para a dor, e minha cabeça está explodindo.

— É claro — disse Margarida, levantando-se.

Derry se levantou com ela, que enxotou os homens do quarto para cuidar do marido, gritando pela porta aberta para exigir a presença do médico. Um criado saiu correndo para buscá-lo.

Quando a porta se fechou, Derry estava num corredor muito mais frio. Dirigiu um breve olhar a Somerset e viu sua própria preocupação refletida no rosto do duque. Tinha certeza de que nenhum dos dois mencionaria o lapso súbito do rei. A ideia de que Henrique poderia ter pouco tempo antes de ser sugado de volta à loucura sonhadora era horrível demais, um horror que fez Derry tremer e se sentir mal. Pôr aquele medo em palavras seria torná-lo real. Com o silêncio, ambos poderiam dizer a si mesmos que o imaginaram.

— Podemos evitar a guerra, Brewer? — perguntou Somerset de repente.

— É claro, milorde. A questão é: *devemos* evitá-la? Estou quase convencido de que nossa jovem e zangada rainha está certa. Talvez devêssemos rasgar as falsas vestimentas desse tribunal itinerante e levar os exércitos do rei contra York. Escolher o momento de atacar é parte de qualquer vitória. Não quero perder a melhor oportunidade que jamais teremos.

Somerset o observava com atenção enquanto Derry falava.

— Mas... — provocou.

A boca de Derry se contorceu.

— Mas... Ah, há mais de cem "mas", milorde. "Mas" a rainha Margarida está certa ao dizer que o rei precisa ser visto depois de ficar tanto tempo ausente do reino. "Mas" York ainda não é traidor, por mais que a rainha o deteste. Deus sabe que não sou amigo de York, mas ele deu ao filho de Margarida o título de príncipe de Gales e governou com diplomacia e habilidade enquanto teve esse direito. Eu não confiaria em Salisbury a menos de cento e cinquenta quilômetros do conde Percy, veja bem. Eles se odeiam. Mas York? Não consigo vê-lo tentando alcançar o trono. Por mais que o homem me desagrade, ele ainda está tomado por sua honra irascível. E, se chegarmos a espadas, arcos e machados, ainda podemos perder, milorde, sem oportunidade de voltar a este dia e escolher um caminho melhor.

— A rainha Margarida vê York como uma ameaça ao marido e ao filho — comentou Somerset. — Não acho que ela vá se satisfazer com alguma solução que não signifique a cabeça dele em um espeto.

— E ela tem influência sobre o rei — acrescentou Derry, afastando os olhos e refletindo. — Homens como eu, o senhor ou o conde Percy podem gritar e discutir do amanhecer ao pôr do sol, mas ela ainda estará lá à noite para cochichar nos ouvidos dele.

Derry suspirou de forma audível.

— Se pudéssemos enfiar uma espada entre York e Salisbury, ou entre Salisbury e o filho, perderíamos apenas um e manteríamos dois, restabelecidos e nas boas graças do rei. Sei que a rainha Margarida admira o jovem Warwick e não gostaria de vê-lo caído ao lado do pai. Eu poderia lhe escrever, milorde, se conseguisse encontrar as palavras certas. Sempre existem palavras certas, quando o homem é inteligente o suficiente para vê-las.

— O conde Percy diz que deveríamos pensar em Eduardo de March, o filho de York — sussurrou Somerset. — Ele se pergunta em voz alta se a morte de York, por doença ou infortúnio, daria fim a todas essas ameaças.

Derry olhou nos olhos do duque e viu a tensão.

— E como o senhor lhe respondeu, milorde?

— Ora, eu lhe disse que fosse para o inferno, Brewer. Espero que diga o mesmo caso ele lhe mencione uma coisa dessas.

Derry se sentiu relaxar um pouco, aliviado. Ele gostava de Somerset, um homem que não via tons de cinza em suas avaliações. E inclinou a cabeça.

O doutor Hatclyf veio às pressas, corado e transpirando por correr toda a extensão do terreno da Torre.

— Com licença, milorde, mestre Brewer. O rei solicitou minha presença.

Os dois homens se afastaram, e o médico entrou apressado, fechando bem a porta.

Derry se virou de volta para Somerset quando Hatclyf entrou.

— York escreve cartas, milorde. Vi algumas, copiadas para mim por aqueles que desconfiam do duque.

— Traição? — indagou o duque, os olhos se animando.

— De jeito nenhum. Ele louva Henrique a cada palavra, mas se queixa amargamente do senhor, de Percy e dos outros lordes que cercam o rei. Ele não conhece este Henrique. Em parte, acho que ainda vê o rei como era antes: o cordeirinho, o menino imberbe. Deus sabe que anseio pela queda de York, milorde. Não desejo nada além de me erguer acima de seu corpo frio num campo frio. Enquanto viver, ele ameaça o rei, simplesmente por sua força e pelo apoio dos Nevilles, quer ouse tomar o trono, quer não.

Frustrado e exausto, Derry chutou uma pedrinha no piso marcado, fazendo-a sair pulando.

— Acredito que eu tenha falado a verdade. Se espadas forem desembainhadas, não tenho certeza de quem será o vencedor. Tem de haver outra saída, uma solução para o problema de York. Juntos, a encontraremos. Até soarem as trombetas, milorde. Até então, ainda há uma possibilidade de disciplinar York. Se soarem, teremos deixado de encontrá-la.

— E se realmente soarem? — perguntou Somerset, embora ambos soubessem a resposta.

— Então eu e o senhor trabalharemos para destruir York e todos os que ficarem ao seu lado. Daremos a vida por isso, se for preciso. Quando a diplomacia falha, milorde Somerset, a guerra tem de acontecer; e, caso aconteça, não verei York triunfar enquanto estiver vivo. — Então, Derry deu um sorriso amargo. — Afinal de contas, ele não deixaria nenhum de nós permanecer vivo por muito tempo.

Pensativo, Somerset assentiu.

— Sabe, Derry, quando jovem, escapuli no verão para visitar uma feira no campo, correr atrás de mocinhas locais, beber e pedir para lerem meu futuro. Meu pai nunca soube sequer que eu havia saído do quarto. Você deve ter feito o mesmo tipo de coisa.

Derry abriu um grande sorriso ao ouvir isso, balançando a cabeça.

— Desconfio de que minha infância tenha sido um pouco menos... nobre, milorde, mas continue.

— Bebi cerveja e hidromel demais, é claro, e me lembro de importunar uma moça que insistiu em ser paga antes de me deixar deitar com ela. A noite quase toda é um borrão, mas me recordo de uma cigana numa barraca estampada. Ela leu minha mão no escuro enquanto a tenda balançava à minha volta, e o máximo que eu conseguia fazer era segurar o vômito.

Os olhos dele ficaram vidrados com a lembrança, e Derry cruzou os braços.

— E o senhor foi roubado? Ou era ela a moça no capim alto? — provocou.

— Bom Deus, eu não estava *tão* bêbado assim. Não, ela me disse que Somerset morreria no castelo, não no campo de batalha nem de um resfriado ou doença. Eu não tinha lhe dito o nome do meu pai, Derry, embora de qualquer forma ela soubesse.

Derry olhou de relance para o sinete no anel, com o brasão da família, que adornava a mão do duque.

— A arte delas é procurar sinais, milorde. Tenho certeza de que recebeu suas moedas pelas promessas que fez e disse praticamente o mesmo ao freguês seguinte.

— Você não acredita nessas coisas? Lutei em mais de dez campanhas desde aquele dia e nunca fui ferido, Derry. Nem um arranhão. Também nunca fiquei doente, embora conheça mais de dez pessoas que morreram antes da hora, não, mais de vinte, suando a vida pelos poros com algum flagelo da carne. Compreende? Tenho levado uma vida encantada enquanto outros morrem à minha volta. E sabe por quê?

Somerset se inclinou para bem perto de Derry, os olhos brilhantes enquanto fazia confidências.

— Nunca fui a Windsor, nenhuma vez em trinta anos. É a residência do próprio rei, a maior do reino. Que outro castelo poderia ser "o" castelo, entende?

Derry riu de repente, uma gargalhada tão alta que o duque se sobressaltou.

— Sinto muito, milorde — disse Derry, arfando no meio da risada. — O senhor é um homem que respeito e escolheu dividir esse assunto privado comigo. Eu não deveria... — Ele se interrompeu de novo, incapaz de controlar a vontade de rir.

Somerset pareceu ofendido, e sua expressão injuriada fez Derry ofegar e se apoiar na parede.

— Eu ia dizer que York não será meu fim, apesar de todo o seu desagrado — continuou Somerset, muito rígido. — Temi por algum tempo, enquanto estive na Torre. As previsões podem ser vagas, e achei que aquele poderia ser o local de minha morte, mas então fui liberto e convocado outra vez para servir ao rei. Nada mais me causará medo novamente, nem York, nem Salisbury nem... nada.

— Sinto muito, milorde. Eu não deveria ter rido — desculpou-se Derry, secando as lágrimas e se controlando. — Gostaria de ter algum talismã mágico ou a promessa de alguma mendiga para me ajudar além de minha inteligência, gostaria mesmo. Gostaria de saber com certeza se a ameaça é York, Salisbury ou algum outro demônio que ainda não notei, escondido em algum canto escuro.

Somerset estava longe de se sentir satisfeito; os músculos do maxilar ainda se retesavam.

— Há pessoas com poderes verdadeiros, Derry, quer venham de demônios, quer venham de anjos, quer você prefira acreditar, quer não. Minha intenção era lhe dar um pouco de tranquilidade, não me tornar alvo de sua zombaria. Desejo-lhe boa-noite.

O duque inclinou a cabeça e se afastou, deixando Derry fitando-o e se divertindo.

11

Ricardo de Warwick chegou ao Castelo de Ludlow no fim de abril, levando o irmão João e pouco mais de mil e duzentos homens para se somarem às forças reunidas em torno daquela fortaleza. Seiscentos dos homens de Warwick eram arqueiros de alto nível, que conheciam seu valor e percorriam as ruas com uma autoconfiança arrogante. Em pouco tempo, montaram raias e alvos em torno do terreno do castelo, praticando sua arte durante todas as horas diurnas. Os outros homens portavam machados e alabardas, armados com a renda das propriedades de Warwick ao norte e nas Midlands, convocados a seu serviço como senhor feudal. Para o contentamento de York e seu pai, Warwick vestira todos os homens com túnicas de um vermelho vivo por cima das cotas de malha, tingidas com raiz de garança para ter cor de sangue. Como oficial comandante, ele usava a mesma cor, com uma listra branca no meio.

O humor de York havia melhorado ao ver tantos acrescentados às forças de Ludlow. Ele se preocupara durante semanas de atividade, escrevendo cartas e enviando mensageiros, tentando reunir partidários enquanto o rei recobrava as forças e se preparava para partir de Londres na grande viagem. York insistiu em comemorar a chegada dos filhos de Salisbury com um banquete naquela primeira noite, esvaziando os antigos barris franceses da adega da fortaleza para se assegurar de que todos os homens tivessem uma taça cheia para brindar a seus comandantes.

Na manhã seguinte, York estava roncando no quarto. Warwick e o irmão foram menos afetados, e ambos os rapazes se levantaram ao alvorecer para caçar com o pai. Cavalgaram por entre uma imensa série de barracas e soldados que preparavam o desjejum em pequenas fogueiras. Os homens se levantaram respeitosamente na presença dos nobres antes de se instalar para comer, polir, consertar e afiar. Apesar das cabeças doloridas daquela manhã, a chegada de Warwick aumentara a tensão no acampamento. Não se reuniam exércitos daquele tamanho para tomar sol na primavera.

— Seus homens vermelhos formam uma bela companhia — gritou Salisbury para o filho enquanto cavalgavam pela trilha de uma fazenda. — Acho que nossos inimigos vão recuar em campo apenas com sua glória.

Warwick revirou os olhos para fazer graça com o irmão João. Os dois filhos de Salisbury estavam adorando ficar ao ar livre naquela manhã. O sol estava alto, e eles gozavam de boa saúde, com um exército à disposição.

— Quero que eles sintam que são um único grupo, um batalhão, pai. As túnicas farão com que se vejam em campo, diferenciem amigos de inimigos com um só olhar. O senhor verá, caso chegue a isso.

Salisbury fungou com desdém, embora o orgulho que sentia do filho fosse óbvio para ambos.

— Imagino que um arqueiro também vá gostar de alvos tão exuberantes — comentou Salisbury.

— Meus arqueiros usam o mesmo vermelho — retrucou Warwick. — Eles responderão a qualquer zombaria com suas flechas. Isso me custou uma fortuna em tecido e pigmento, mas lhe juro, pai, eles andam mais altivos com sua cor.

Os três Nevilles cavalgaram para além das sentinelas e dos batedores ao redor do castelo de York, embora não até uma distância que tornasse impossível voltar correndo caso fossem avistados e alvejados por algum inimigo. Naquele ano, não havia ladrões nem salteadores nas estradas em torno de Ludlow, os quais foram em busca de cidades sem uma hoste de homens armados acampados à sua soleira. No entanto, sempre havia ameaças. Londres ficava a mais de cento e cinquenta quilômetros — considerando a distância até Ludlow, era quase outro reino. Mas dois Nevilles estiveram presentes no ataque dos Percys ao casamento de João, e só um idiota sairia a cavalo sem cautela e atenção.

Salisbury parou numa pequena ponte de madeira sobre um riacho, acenando para que Ricardo e João se aproximassem o bastante para lhes falar em voz baixa. Estava esquentando, e libélulas verdes e vermelhas dardejavam acima d'água, atraindo os olhares enquanto caçavam insetos em pleno ar.

— Estamos sozinhos aqui — avisou Salisbury, olhando em volta —, e talvez não haja outro momento para conversarmos em família.

Os dois filhos se entreolharam, satisfeitos de serem incluídos nos planos do pai.

— Nosso amigo York não está mais ansioso para agir. Acredito que possa ser levado a se aproximar do rei Henrique com seus homens, mas ele ainda espera alguma solução sem derramamento de sangue.

— E o senhor, pai? — perguntou João.

Aos 24 anos, era o mais baixo dos três, moreno e com a cintura fina, embora os ombros fossem largos. Em casa, a esposa Maud esperava o primeiro filho. João fora a Ludlow por uma única razão, e seu tom frio deixava claro que não gostava de saber de nenhuma suavização de propósitos.

— Fique em paz, João. Você sabe muito bem que não deve duvidar de mim. Eu não estava lá? Sei o que devemos à família Percy. O velho estará ao lado do rei, e pelo menos um de seus filhos também. Espero que ele tenha deixado o primogênito em Alnwick. Sem dúvida Egremont irá com o pai... O homem que mais queremos, embora não duvide de que o conde Percy tenha dado a ordem.

— Mas e se York pretender a paz? — perguntou João. — Viajei muito até aqui, pai. Deixei minha família e minhas propriedades por essa empreitada, e jurei ver os cães Percys destruídos. Não vou ficar parado enquanto York e Lancaster se reconciliam com novos juramentos e brindes bêbados à sua saúde.

— Tome cuidado, João — acautelou Warwick em voz baixa.

O irmão era um mero cavaleiro, e trouxera consigo apenas seis soldados. O exército do pai e do irmão mais velho lhe garantiam mais autoridade do que teria por conta própria, embora seu ressentimento fosse maior. Talvez por causa disso, João Neville tinha olhado furioso para o irmão antes que o pai voltasse a falar.

— Temos dois mil homens para lutar pela casa Neville para mil de York. Minha intenção é usar os inimigos de nossa casa como exemplo, e não serei desviado desse caminho por ninguém. Ficou bastante claro para você, João? Que York se preocupe com os cochichos do duque de Somerset no ouvido do rei. Nosso interesse são os lordes Percys. Se forem para o norte com o rei, não sobreviverão a nosso encontro. Isso eu juro.

Salisbury ergueu a mão e ambos os filhos a seguraram, selando o acordo.

— Nós três somos Nevilles — declarou Salisbury com orgulho. — Alguns ainda não aprenderam o que é ofender esse nome, mas aprenderão, prometo a vocês dois. Aprenderão, mesmo que o próprio rei Henrique fique no caminho.

Ele deu um tapinha no ombro de Ricardo e depois no de João, inclinando-se para eles enquanto os cavalos batiam as patas no chão e mordiscavam uns aos outros.

— Agora corram pelo mato e encontrem alguma caça para seu velho pai atravessar com a lança. Temos de levar alguma coisa de volta a Ludlow. Será um bom treino para vocês dois. Se queremos enxotar os Percys, precisaremos marchar logo para aguardar o rei em seu caminho para o norte.

Margarida estava em pé diante do marido, passando um pano com óleo nas ombreiras da armadura para que brilhassem ao sol da primavera. Estavam sozinhos, embora houvesse cavalos e homens armados em torno do Palácio de Westminster, reunindo-se em centenas de pequenos grupos. Jasper Tudor, meio-irmão do rei Henrique, chegara na semana anterior, trazendo a notícia de que havia um exército acampado a noroeste, em torno do Castelo de Ludlow. Essa nova informação dera às providências uma urgência que antes não havia. Ainda eram muitos os homens importantes que se recusavam a acreditar que York ou Salisbury ergueriam seus estandartes contra o rei, mas o cortejo havia começado a se parecer com um exército se preparando para avançar, com mais e mais lordes escolhendo os melhores homens para ficar a seu lado.

— Mantenha nosso filho a salvo em Windsor, Margarida — disse Henrique, olhando para ela —, não importa o que aconteça.

— Eu preferiria que você esperasse mais um mês ou dois. Você fica mais forte a cada dia que passa, e ainda há a guarnição de Calais. Se chamasse seus homens de volta, com certeza eles arrancariam os dentes do Plantageneta, quaisquer fossem seus planos.

Henrique deu uma risadinha, fazendo que não.

— E deixar os portões de Calais abertos? Já perdi o suficiente da França sem desguarnecer minha última fortaleza lá. Tenho dois mil homens, Margarida, e sou o rei da Inglaterra, protegido por Deus e pela lei. Por favor, já conversamos e conversamos. Seguirei pela Grande Estrada do Norte até Leicester. Cavalgarei e serei visto; e meus lordes que ainda hesitam se sentirão envergonhados. O duque de Norfolk não me respondeu. Exeter ainda alega doença. Pelas *chagas* de Cristo, preciso ser visto, Margarida, como você já disse tantas vezes. Quando tiver revelado as fileiras cintilantes de todos os que estão ao meu lado, declararei York e Salisbury traidores. Porei a marca de Caim sobre suas cabeças, e eles verão o apoio que ainda têm sumir como gelo no verão.

Margarida passou o lenço na testa do marido, limpando uma manchinha.

— Não gosto de ouvi-lo praguejar, Henrique. Se bem me lembro, você não fazia isso antes.

— Eu era um homem diferente — retorquiu Henrique, a voz repentinamente rouca.

Ela ergueu os olhos para os dele e viu o medo ali, quase oculto.

— Eu estava *afogado*, Margarida, tomado de água e incapaz de gritar. Não desejaria esse destino a homem nenhum, quaisquer que fossem seus pecados.

— Você está mais forte agora — comentou Margarida. — Não deve falar disso.

— Tenho medo de falar disso — murmurou ele. — Sinto-a em mim, essa *fraqueza*, como se ela me permitisse ficar ao sol apenas por algum tempo, sabendo que tenho de voltar. É como combater o oceano, Margarida, vasto, verde e frio demais. Construo... muralhas, e ele ainda invade para me agarrar.

A testa de Henrique se encheu de suor, e Margarida a enxugou. O marido tremeu, abriu os olhos mais uma vez e forçou um sorriso.

— Mas não o deixarei passar, juro. Construirei uma fortaleza para contê-lo. Agora, se já terminou de me polir como uma trombeta, preciso partir e montar. Tenho uma longa estrada à frente antes de descansar essa noite. — Ele se abaixou de repente e a beijou, sentindo os lábios dela frios nos seus. — Pronto! Isso me manterá aquecido — disse, sorrindo. — Mantenha o pequeno Eduardo a salvo, Margarida. A Inglaterra será dele quando eu me for. Mas hoje ela é *minha*.

York comandou a coluna que partiu de Ludlow, cavalgando com o filho Eduardo à frente de uma comitiva de homens que caminhavam com esforço, conversando e rindo por caminhos menores até chegar à Ermine Street, a grande estrada romana ainda coberta de pedras planas que corria de norte a sul por quase toda a extensão do território. Numa superfície daquelas, conseguiam igualar o ritmo das antigas legiões, fazendo trinta quilômetros por dia com facilidade. Três mil homens comiam bem mais do que era possível encontrar nas estalagens de beira de estrada, embora as esvaziassem quando as encontravam. York gastara fortunas de seu tesouro em carroças de suprimentos que seguiam os homens e os cavalos em marcha para que, sempre que parassem, um exército de serventes acendesse fogueiras e fervesse guisados e carne salgada para o apetite de homens cansados.

Chegaram a Royston primeiro, depois a Ware no dia seguinte, onde York fez a coluna parar e descansar. Salisbury e os filhos foram à aldeia procurar quartos, enquanto York ficava algum tempo para supervisionar o acampamento, elogiar os comandantes e observar o moral.

Os três Nevilles formavam um grupo coeso ao entregar os cavalos ao rapaz da estrebaria e entrar na única taverna da aldeia.

— Quanto tempo até alcançarmos a comitiva do rei? — perguntou João Neville ao pai. — Sabemos pelo menos a rota que seguirão?

— Não estamos caçando faisões — respondeu Salisbury. — Quando partir de Londres, o rei subirá a Grande Estrada do Norte com todos os seus lordes e juízes. Não será difícil de encontrar. A única questão é o que York fará quando não tiver opção além de pegar em armas contra o rei.

— Acha que isso é tão certo assim? — perguntou Warwick. O salão da taverna estava vazio, mas ele ainda mantinha a voz baixa.

— Acredito que os que cercam o rei jamais permitirão que eu e York voltemos ao aprisco. Eles o temem... e nos temem. Os Percys não permitirão que haja paz, filho. O velho fareja o vento neste exato momento, ansioso pela última chance de acabar com os Nevilles. E dou-lhe as boas-vindas. A paz não é nada diante disso.

— Acho que milorde York não está pronto para a batalha — comentou Warwick. — Para mim, ele parece sincero com toda aquela conversa sobre curar feridas.

Salisbury balançou a cabeça, tomou um gole de cerveja e estalou os lábios com aprovação.

— Mesmo assim — disse, em voz baixa.

As fazendas e os campos verdejantes de Kilburn se estendiam em volta do acampamento real. Além da cidade de Londres, o rei Henrique ordenara uma parada e a formação de tribunais durante três horas até o meio-dia. Os vinte e quatro juízes já haviam resolvido diversos casos naquele período, libertando seis homens abandonados na prisão durante meses, multando outros trinta e ordenando a execução de onze. A justiça levara uma eternidade para chegar à cidade de Kilburn, mas, assim que chegou, foi rápida e certeira. O rei Henrique deixou a construção de forcas para trás, passando por multidões que saíam de suas casas dando vivas para ter um vislumbre do séquito real que distribuía justiça.

O humor dos dois mil homens era de comemoração, com os talentos com armas e montaria apresentados para o contentamento do rei por aqueles que esperavam algum reconhecimento. Tomás, lorde Egremont, foi o vitorioso em duas justas de demonstração, e deu tantos golpes nos oponentes que mais tarde eles tiveram de ser amarrados aos cavalos para não cair. Enquanto os julgamentos eram feitos, os estabelecimentos locais forneciam cerveja, pão e carne, pagos com prata.

O primeiro dia da viagem fora bom, e o rei Henrique estava de bom humor quando ordenou aos arautos que saíssem da estrada e buscassem alojamento perto de Watford para passar a noite. Quando a escuridão caiu, ele se instalara numa casa senhorial da cidade, gozando da companhia do meio-irmão Jasper Tudor, do conde Percy e de Egremont. Henrique constatou que bebera um pouco demais do excelente hidromel local e, embora os médicos estivessem por perto, sentia-se forte, bastante satisfeito com a possibilidade de mais uma dezena de dias como aquele até chegar a Leicester.

Foi se deitar tarde, sabendo que sentiria a ressaca na manhã seguinte, quando a comitiva real seguiria para St. Albans. Ele pararia para rezar na abadia de lá, o mais antigo santuário cristão do reino. Disseram-lhe que o abade Whethamstede fora um dos que visitaram Windsor para examiná-lo enquanto estava sem sentidos. Dava certo prazer a Henrique pensar em cumprimentar de pé o abade que só o conhecera deitado. Antes de dormir, ele imaginou dar um forte aperto de mão ao abade e vê-lo se ajoelhar diante do rei da Inglaterra e de seus lordes mais leais.

Após o rei e a maioria dos convidados se retirarem para dormir, o conde Percy ficou com o filho Tomás e o Tudor mais jovem ainda à mesa. Era estranhamente difícil encontrar um lugar para ter uma conversa tranquila, e o conde esperava que o meio-irmão galês do rei fosse dormir. Jasper Tudor, conde de Pembroke, estava embotado pela bebida, mas naquele estado em que é possível que uma hora se passe quase sem ser notada. O conde Percy tinha de sufocar bocejos de pouco em pouco tempo, sabendo muito bem que, aos 63 anos, não conseguiria se levantar restaurado depois de poucas horas de sono. Ele brincava com o copo de vinho à mesa comprida, observando o conde lançar uvas no ar e pegá-las com a boca. O jovem galês inclinava a cabeça a ponto de correr o risco de cair para trás com a cadeira.

— Conheci bem sua mãe, Pembroke — comentou de repente o conde Percy. — Era uma grande dama e foi uma bela esposa para o antigo rei Henrique. Fui seu acompanhante na coroação, você sabia?

Jasper Tudor se endireitou na cadeira com esforço antes de responder:

— Sabia, milorde. Embora fosse apenas uma criança quando de seu falecimento. Não posso dizer que a conheci, por mais que desejasse.

O conde Percy grunhiu.

— Mas eu não conheci seu pai. Um soldado galês, foi tudo o que já me disseram de Owen Tudor, embora ele tenha desposado uma rainha e tenha tido dois condes como filhos! Cresceu como bolo, numa geração apenas.

Jasper Tudor era baixo, com cachos negros espessos que deixara crescer. O galês se empertigou quando o conde Percy lhe dirigiu a palavra, sentindo algo hostil na conversa do velho, e brincava com a faca, marcando a madeira.

— Ele ainda está vivo, é um bom homem — disse, fechando um dos olhos para enxergar melhor o outro lado da mesa.

— E de muita sorte, para um galês — continuou o conde Percy, esvaziando o copo. — Agora aí está você, filho dele, na presença do rei da Inglaterra e de sua corte.

— Meu irmão me chamou e vim para representar meu ramo da família — explicou Jasper, com cautela. — E trouxe cem daqueles arqueiros galeses que têm deixado sua marca na Inglaterra nos últimos anos. — Ele ergueu a mão como se quisesse evitar interrupções. —

Por favor, milorde, não é preciso agradecer. Mas vejo pouquíssimos arqueiros nesta grande viagem. Sei que meus rapazes deixarão sua marca, caso sejam convocados a isso.

— Só espero que os mantenha sob rédea curta — disse o conde Percy despreocupadamente, olhando para as vigas do teto. — Soube que alguns homens de Gales mal passam de selvagens. É um reino sombrio, e alguns sem-vergonha os chamam de ladrões, embora eu jamais me incluísse entre eles.

— Fico aliviado por ouvir isso, milorde — declarou Jasper. Para os que o conheciam, sua voz ficara perigosamente baixa, um murmúrio antes da tempestade. — Dizemos o mesmo dos ingleses no norte.

— Sim, é claro que diriam, não é? Ainda assim, fico contente de ter homens como você perto do rei. Quem sabe as quinquilharias que ele ainda pode despejar em suas mãos? Não há maldade nesse rei Henrique. Há muito tempo essa tem sido uma linhagem generosa.

Jasper Tudor se levantou de repente, cambaleando ao encarar o outro lado da mesa com os olhos turvos de raiva.

— Acho que já basta por hoje. Vou procurar minha cama. Boa noite, milorde Northumberland, barão de Egremont.

Ele saiu da sala aos tropeços até chegar à escada, e seus esbarrões foram ouvidos por algum tempo.

O conde Percy sorriu sozinho, olhando para o filho, quase tão entorpecido pela bebida quanto o jovem galês.

— Espero que os criados contem as colheres amanhã. Os galeses são como gralhas, sabe, todos eles.

Tomás sorriu ao ouvir isso, os olhos semicerrados e a cabeça pendendo para a frente.

— Você também deveria se deitar, Tomás. Toda essa comitiva se parece demais com uma feira de primavera. Vocês, rapazes, deveriam estar atentos, com os Nevilles armados para a guerra, entendeu? Meu Deus, rapaz, quanto você bebeu hoje?

— Entendi — queixou-se Tomás sem abrir os olhos.

— Imagino... Não confio nos Nevilles quando os vejo, e menos quando estão por aí, fazendo sabe-se lá o quê. Vamos, durma e acorde esperto para proteger seu rei... e seu pai. Boa noite. Trunning estará de pé ao amanhecer, isso lhe garanto. Mandarei que lhe jogue um balde d'água se você dormir até tarde. Vá com Deus.

Com um gemido, Tomás se levantou, apoiando-se na mesa para se firmar.

— Banoite — disse, cambaleando ao deixar para trás o apoio da mesa.

Sozinho, o conde Percy usou sua faca para cortar fatias de queijo num prato quadrado de madeira. Sem ninguém para vê-lo, os traços voltaram à carranca habitual. A grande viagem do rei começara muito bem, mas ele não conseguiria apreciar o retorno da boa saúde de Henrique enquanto Salisbury e os filhos estivessem à solta com York. A recuperação do rei havia sido a resposta às preces da família Percy. Os Nevilles perderam os alicerces de sua força, mas o conde Percy sabia que isso os deixava ainda mais perigosos. Com uma expressão de desagrado, forçou-se a tomar outra taça de vinho, sentindo a cabeça flutuar. Sem ele, o sono nunca viria.

12

Na manhã seguinte, havia várias cabeças doendo e diversos rostos pálidos na coluna do rei. O dia nascera claro e frio, e o estado de espírito era alegre no grande acampamento. Metade dos presentes estava montada, e os cavalos relinchavam e bufavam em grandes manadas, sacudindo a cabeça ao primeiro toque de freio e rédeas tilintantes. Juízes importantes que não tinham encontrado lugar para dormir na cidade se levantaram enrijecidos das tendas, bocejando e coçando debaixo da túnica enquanto recebiam os cuidados dos criados.

Cada lorde que viajava com o rei Henrique escolheu um lugar em torno da cidade de Watford, marcado com os estandartes das casas, de modo que centenas de flâmulas coloridas adejavam à brisa da manhã. Essa reunião aparentemente caótica era bem ordenada em grupos familiares, separados por nome, condição e vassalagem. As fogueiras acesas para cozinhar formavam uma neblina que pendia acima dos campos, como se uma barreira de nuvens baixasse. Às oito da manhã, as carroças tinham sido carregadas e as montarias, seladas. As fileiras dos Percys estavam mais próximas da linha de marcha, mais de seiscentos cavaleiros e homens portando machados, de longe o maior contingente. Ninguém questionou o direito do conde a comandar. Tanto a posição de Somerset quanto a de Buckingham eram superiores à dele, mas juntos mal levavam consigo duzentos soldados veteranos, uma força e um investimento imensos que, mesmo assim, perdiam-se na hoste do rei. Outros nobres brigavam por posições, com os lugares mais próximos do rei muitas vezes vendidos ou disputados nos dados. A coluna tomou forma, e batedores partiram à frente, vasculhando o terreno ao redor em busca de ameaças, seus movimentos visíveis pelas gralhas e corvos que espantavam em árvores distantes.

O rei Henrique vestira a armadura completa na casa senhorial, levantando-se antes do sol para visitar a capela local. Ele brilhava ao cavalgar pelo flanco da coluna, seu grande corcel trotando com facilidade. O elmo que usava tinha um anel dourado e denteado incrustado na testa, uma parte tão integrada do aço quanto a realeza se integrava ao homem. Ele chegou cercado de cavaleiros e arautos com os estandartes dos três leões enquanto conduzia o cavalo até as grandes lajes de pedra que formavam a estrada do norte.

Henrique se sentia alerta e vivo, animado ao ver tantos espicharem o pescoço para vê-lo passar. Todos davam vivas ao avistar o rei, o som arrancado deles num ímpeto de orgulho e prazer. Era dissonante e não planejado, mas exatamente por isso deliciava Henrique. Ele chegou à frente da coluna e ocupou seu lugar atrás das três primeiras fileiras, onde iam os lordes Percy e Buckingham.

— Deus abençoe a todos — desejou Henrique.

Os dois homens sorriram e se curvaram o máximo possível na sela, sentindo que o estado de espírito do rei animava todos ao redor.

Henrique se instalou, tocando em vários pontos da armadura e dos alforjes enquanto conferia o equipamento. Na verdade, era apenas uma exibição, a mente sutilmente distraída enquanto dava tapinhas no grande pescoço do cavalo e esfregava as orelhas do animal. Ele ainda não confiava em sua recuperação, e adotara o hábito de aproveitar qualquer momento a sós para respirar profunda e lentamente, testar a mente e as articulações, em busca de partes quebradas. Sem dúvida havia dores nos ossos e nos músculos, ainda fracos após tanto tempo de cama. Mas os pensamentos eram claros, e ele segurava as rédeas com firmeza. Estava satisfeito. Olhou para trás, ao longo da coluna, vendo sobre si os olhos dos soldados à espera enquanto os fitava. Para muitos, seria um momento para contar aos filhos, que o rei da Inglaterra tinha olhado diretamente para eles e sorrido. Henrique cumprimentou todos os homens com a cabeça e se virou de novo para olhar à frente. O sol estava alto e ele, pronto. Só gostaria que Margarida estivesse ali para vê-lo inteiro.

— Milordes, cavalheiros — disse em voz alta. — Avante.

As linhas de cavaleiros e homens com machados se movimentaram a passo marcado, largas demais para a estrada romana, de modo que se estendiam e mergulhavam nos campos dos dois lados. Foi uma ideia indolente, mas Henrique sabia que o pai teria cavalgado com outros tantos quando venceu os franceses em Azincourt. Seu coração se aqueceu com aquela imagem de um homem que não conhecera, sentindo-se mais próximo dele naquele momento do que nunca. Ele fechou os olhos, tentando sentir o espírito do pai. O rei guerreiro sem dúvidas veria o filho, se pudesse. Podia ser um mero tribunal itinerante, com juízes, escribas e advogados de cara fechada na retaguarda, mas também era um exército em campanha, e Henrique sentiu a alegria e a justeza daquilo.

Sem a pressão de avançar por território hostil, os homens das fileiras gritavam e conversavam enquanto marchavam ou cavalgavam, com assuntos tão variados quanto qualquer grupo de lavadeiras. Os primeiros dez quilômetros se passaram sob o sol nascente, emprestando o calor da primavera a um dia que continuava claro.

Atrás da muralha de cavaleiros dos Percys, o rei Henrique não percebeu de imediato o batedor que voltava correndo pela coluna, agitando o braço livre enquanto forçava a montaria a avançar por terreno acidentado, pondo em risco o pescoço de ambos. Era um homem da casa de Henrique, que ignorou as perguntas gritadas por outros homens, empurrando-os, irritado, quando agarravam sua capa ou seu pelote. O conde Percy trocou um olhar com o filho, e tanto ele quanto Egremont puxaram as rédeas e pararam para que as fileiras em marcha os ultrapassassem e eles voltassem à presença real.

— Escudeiro James! Aproxime-se — gritou Henrique ao reconhecer o rapaz.

Ele o chamou com um gesto, e o batedor se curvou na sela, ofegando antes de conseguir falar.

— Vossa Alteza, há um exército em St. Albans. Vi a rosa branca de York, a águia de Salisbury e o urso com cajado branco sobre o fundo vermelho de Warwick. Estão acampados a leste da cidade, e não vi sinal deles nas ruas propriamente ditas.

O conde Percy aproximara bastante o cavalo para escutar cada palavra, e o velho parecia se encher de indignação em nome do rei.

— Posso interrogá-lo, Vossa Alteza? — perguntou Percy, baixando a cabeça.

Henrique fez que sim, disposto a deixar os homens falarem enquanto pensava.

— Quantos? — vociferou o conde Percy para o batedor. — Qual o efetivo deles? Você já mostrou que tem olhos argutos.

— Estavam bem juntos, milorde. Um ao lado do outro, como juncos. Eu diria mais do que temos aqui, porém não posso ter certeza, pois uma coluna se espalha, e eles estavam meramente em pé.

— Em que formação? — perguntou-lhe Percy, com rispidez.

O jovem começou a gaguejar, sabendo que suas palavras poderiam levá-los à batalha. Com apenas 16 anos, ele não tinha a experiência em dar boas respostas.

— Eu... não, milorde... Eu...

— Fale logo, garoto! Eles vieram para lutar ou não? Você viu piques prontos nas mãos ou ainda apontados para o céu, prontos para serem empunhados? Os cavalos estavam selados? Havia fogueiras acesas ou apagadas?

Enquanto o jovem batedor abria a boca, Tomás, lorde Egremont, acrescentou suas perguntas.

— Onde estava a bagagem? Na retaguarda? Quais estandartes nobres estavam mais perto da cidade?

— Eu... acredito que eles tenham piques à mão, milordes. Não me lembro de fogueiras nem de ter visto se os cavalos estavam todos selados. Não, esperem, sim, vi alguns cavaleiros à frente que estavam de armadura e com estribos. Não todos, milordes.

— Basta, milorde Percy, Tomás — disse o rei Henrique a pai e filho. — Deixem o garoto em paz. Logo veremos. Quanto falta agora?

Quatro, cinco quilômetros até a cidade? Saberemos de tudo em cerca de uma hora.

O conde Percy fez um muxoxo com a resposta do rei, alisando o rosto antes de responder.

— Vossa Alteza, deveríamos parar e pensar em nossa formação. Se formos para uma batalha, eu poria os homens numa linha mais larga, com cavalos nos dois flancos. Traria os arqueiros galeses de Tudor para a vanguarda e...

— Eu disse *basta* — interrompeu Henrique.

Sua voz era clara e firme, e silenciou o conde como se o tivesse golpeado. Henrique sentiu as orelhas de todos os homens em volta se remexerem e tamborilou sobre o cabeçote da sela.

— Se a rosa, a águia e o urso estão em campo para a guerra, milorde Percy, tenha a certeza de que não os desapontarei. Há tempo suficiente para nos organizarmos para a batalha quando pudermos ver o que nos espera. Não farei nossos cavalos ficarem exaustos na lama se há uma bela estrada até a cidade diante de nós.

Seu olhar recaiu sobre o batedor, que observava e escutava boquiaberto, como o idiota de uma aldeia.

— Passe a notícia pela linha, escudeiro James. Que os homens saibam o que nos espera, o que podemos enfrentar esta manhã. E encontre Derry Brewer, onde quer que ele esteja à espreita. Quero saber o que pensa. Traga-o a mim e depois leve esses seus olhos argutos até lá outra vez. Você tem minha gratidão e minha bênção pelo serviço.

O batedor enrubesceu com uma mistura de vergonha e prazer, quase caindo da sela quando fez uma reverência diante do rei. Sem confiar em si para falar, tirou o cavalo da coluna e fincou os calcanhares em seus flancos, galopando para a retaguarda.

Ricardo de York cavalgava pela borda de um campo arado, evitando os sulcos profundos, enquanto examinava a cidade com a torre da abadia visível acima do resto. À sua direita, três mil homens enchiam Key Field de um lado ao outro, aguardando ordens. Ele olhou por cima das cabeças enquanto seguia pelo limite leste da cidade, ocultando a preocupação da melhor maneira possível. Ainda não sabia o que o dia lhe traria, se restauraria suas boas graças ou se as destruiria por completo. Salisbury e Warwick haviam ficado um pouco para trás quando ele apressou o passo, embora o filho Eduardo permanecesse a seu lado, olhando para o pai com alegria descomplicada só por estar presente. Os quatro passavam pelo muro traseiro de casas feitas de troncos, vislumbrando rostos espantados nas janelas abertas.

York ficava irritado por nem Salisbury nem Warwick parecerem partilhar de seus temores. O rei vinha para o norte com um grande corpo de homens. O duque sabia que reunir um exército no caminho de Henrique já era uma provocação perigosíssima. Mas fora forçado a aceitar o conselho de Salisbury, dado várias vezes nos meses anteriores. Eles não poderiam se aproximar do rei sem presença armada. York tinha seus espiões em Westminster e, sem exceção, todos relataram apenas hostilidade crescente a seu nome e sua causa. Os informantes de Salisbury revelaram ainda mais — que a rainha e homens como o duque de Somerset defendiam abertamente sua destruição. York balançou a cabeça como um tique nervoso. Se ele e os Nevilles avançassem sozinhos, poderiam ser capturados e julgados na mesma hora. O rei estava com seus juízes e seu selo, além dos pares do reino. Não precisava de mais nada.

Nervoso, York deteve o cavalo, olhando por cima das entradas da cidade a leste. Havia três caminhos à frente, tão claros quanto as três entradas de St. Albans. Uma escolha já havia sido feita quando decidira não ficar em Ludlow de cabeça baixa. York fora lugar-tenente do rei na França e na Irlanda, e não ficaria sentado esperando seu destino ser decidido por outros. Sabia que, se tomasse o caminho da covardia, o rei chegaria a Leicester em paz — e imediatamente acusaria York e Salisbury de traição. Os homens de Salisbury, especificamente, tinham certeza disso. O que quer que acontecesse, York não permitiria que essa declaração fosse feita.

York removeu a manopla, pousando-a no cabeçote da sela enquanto limpava o suor do rosto, olhando para a estrada de pedra ao sul, que se estendia pelos morros. Tinha forças para atacar, uma escolha sem resultado garantido, uma escolha que significaria que era mesmo um traidor da Coroa. Seria jurado e condenado diante do filho mais velho, ideia que o enojava. Um ato desses faria o reino se levantar com fúria justificada contra um matador de reis. Ele nunca voltaria a ter paz, e não dormiria, com medo de homens enviados para matá--lo à noite. York tremeu, girando os ombros dentro da armadura. Homens assim existiam, ele sabia muito bem. Dois séculos antes, o rei Eduardo I fora cortado por um maníaco de pele escura, e lutou com ele usando uma cadeira de seus aposentos. Não era um destino agradável para se escolher.

Ele não podia fugir e não ousava lutar. A escolha que fizera fora a mais débil de todas, embora talvez um pouco menos provável de acabar num desastre total. York virou o cavalo para encarar Salisbury e Warwick, enfrentando os olhos do mais velho, que caíram sobre ele, observando e avaliando cada mudança de expressão.

— Quando o rei chegar, não haverá movimento súbito entre os nossos, entendido? — ordenou York. — Minhas ordens são de parar, esperar. Os homens das fileiras do rei chegarão arrepiados ao ver tantos reunidos contra eles. Um único idiota entre nós, apenas *um* que grite um insulto na hora errada, e tudo o que planejamos e pelo que rezamos desmoronará.

Embora fossem quatro, a conversa era entre os dois pais daquele grupo. York e Salisbury se encaravam na terra escura, enquanto os filhos observavam e nada diziam.

— Concordei com tudo isso, Ricardo — respondeu Salisbury. — Você quer uma oportunidade para lancetar o furúnculo. Entendo. Meus homens me obedecerão inteiramente, você tem minha palavra. Envie seu arauto ao rei, faça as exigências que discutimos. Acredito que as palavras não chegarão a Henrique ou, se chegarem, ele não lhes dará ouvidos, mas já fiz minhas objeções. Dançaremos conforme sua música, Ricardo. Meus homens não começarão a lutar, a menos que sejam atacados. Não posso responder pela paz nesse caso.

York contraiu um lado do rosto e ergueu a mão para coçar e esfregar a pele áspera. Sabia muito bem que o filho escutava cada palavra sua e, pela primeira vez, preferiu não o ter trazido de Ludlow. A altura e a largura de Eduardo o faziam parecer um jovem cavaleiro, ainda mais com a viseira baixada. Mas ele tinha 13 anos. O menino ainda acreditava que o pai não podia errar, enquanto York só via caminhos fechados à frente. Irritado consigo, York engoliu em seco e calçou de novo a manopla, puxando-a até os dedos chegarem à ponta, e depois cerrando o punho até tremer.

— O rei Henrique irá me ouvir — disse ele, com o máximo de confiança possível. — Se permitir uma trégua ou oportunidade, irei à sua presença antes do meio-dia de hoje. Irei me ajoelhar e farei qualquer juramento de lealdade que ele quiser, como meu rei legítimo. É como eu gostaria que isso terminasse, milorde Salisbury. Em paz e com nossos cargos restaurados, com você como chanceler outra vez, seu filho como capitão de Calais.

— E você? — perguntou Salisbury. — Que título gostaria de receber do rei?

York deu de ombros, despreocupado.

— Primeiro conselheiro, talvez, ou condestável-mor da Inglaterra... qualquer nome que signifique que estou novamente a seu lado direito. Nada além do que me devem por meu serviço.

York examinou o sul, forçando os olhos para tentar avistar os primeiros sinais do exército do rei. O vento estava ficando mais forte e roubava um pouco do calor do ar. Ele não viu Salisbury e Warwick se entreolharem, ambos afastando rapidamente os olhos.

— Ele me *ouvirá* — repetiu York.

Derry Brewer correu ao longo da coluna, apressado pelo jovem batedor que não conseguia entender por que ele recusara o cavalo. Em vez de se demorar explicando que não fazia ideia de como subir num deles, se é que algum dia já montara, Derry havia decidido correr até o rei. Não contara com o fato de que a coluna continuava em movimento, pelo menos dobrando a distância que teria de percorrer desde a retaguarda. Quando chegou às primeiras fileiras, ofegava e suava em bicas, mal conseguindo falar.

Edmundo, duque de Somerset, baixou os olhos para o corado espião-mor com uma expressão de divertimento. Até o azedo conde Percy desfranziu a testa ao vê-lo.

Derry ofegava tanto que teve de estender a mão para o estribo do rei para se manter ao lado dele em vez de cair para trás.

— Vossa Alteza, cheguei — arfou.

— Meio morto e meio tarde — murmurou Buckingham à sua direita, o que lhe fez merecer um olhar furioso.

— Queria seu conselho algum tempo atrás, mestre Brewer — explicou o rei Henrique com rigidez. — Aprenda a cavalgar por ordem minha. Arranje uma montaria emprestada e mande um dos batedores lhe mostrar como se faz.

— Sim, Vossa Alteza. Sinto muito — respondeu Derry, com a respiração chiada.

Ele estava furioso por dentro, sabendo muito bem que antigamente teria conseguido correr o triplo e ainda chegar disposto a lutar ou correr de novo.

— York e Salisbury estão à nossa frente, mestre Brewer, com Warwick. Meu batedor descreve um exército pelo menos igual a esta coluna. Devo conhecer as intenções deles, Brewer, antes de levar os homens até a cidade.

Derry ouvira a notícia ser gritada uma dezena de vezes enquanto trotava ao longo da linha. Tivera tempo de pensar, embora nunca fosse suficiente com tão pouca informação para ajudá-lo.

— Vossa Alteza, é impossível saber o que se passa na mente de York neste momento. Eu não acreditava que ele deixaria Ludlow, mas, como deixou, a ameaça não pode ser ignorada. Ele tem se queixado da influência de Somerset e Percy sobre sua real pessoa. Pode ser que aproveite a oportunidade para defender sua posição, se o senhor lhe garantir passagem a salvo sob trégua. Mas eu não confiaria nele, Vossa Alteza. Além disso, eu mandaria o conde Percy para a retaguarda.

— *O quê?* — retorquiu Percy imediatamente. — *Você* não me mandará a *lugar nenhum*, seu filho da puta insolente! Como ousa aconselhar o rei dessa maneira? Vou mandar despi-lo e açoitá-lo, seu...

— Eu chamei o mestre Brewer para lhe pedir conselhos — interrompeu o rei Henrique, erguendo a voz acima da fúria do velho. — Agradeço-lhe se ficar quieto enquanto ele fala. *Eu* avaliarei o valor do que ele diz.

O conde Percy cedeu de má vontade, os olhos prometendo terrível represália enquanto continuava a fitar furioso o pobre espião-mor.

A respiração de Derry começou a voltar ao normal.

— Não há segredo na briga entre Percy e os Nevilles, Vossa Alteza. Não importa o que York pretende; os homens de armas que ambos comandam não deveriam ter permissão de se aproximar uns dos outros. Cães brigam, Vossa Alteza. A lealdade a seus senhores pode dar início ao derramamento de sangue, ainda que os suseranos só queiram paz.

— Você acha que York trouxe um exército só para ser ouvido, então? — perguntou o rei, fitando a estrada à frente. As primeiras casas da cidade começavam a ser avistadas, a menos de um quilômetro e meio, apressando-o.

— Acho que ele nos encontraria em campo aberto se sua intenção fosse lutar — respondeu Derry. — Não se travam batalhas em cidades, Vossa Alteza, pelo menos não boas batalhas. Eu estava em Londres quando Jack Cade invadiu a cidade, e me lembro do caos daquela noite. O jovem Warwick estava lá, e suas lembranças não são mais doces que as minhas. Não havia tática nem manobras de campanha; só correria, pânico e assassinatos sangrentos nos becos. Se York pretendesse atacar, não permitiria que esta coluna entrasse em St. Albans.

— Obrigado, mestre Brewer — disse o rei Henrique. Uma lembrança surgiu, e ele deu um leve sorriso ao continuar. — Embora não tenha cerveja, você tem minha confiança.*

---

* Brewer, do inglês, mestre-cervejeiro. (*N. do E.*)

Derry piscou com o eco de uma época diferente, uma sombra quase esquecida. Em seu olhar claro, o rei que encarava mostrava poucos sinais daquele homem afogado.

— Obrigado, Vossa Majestade — respondeu ele. — Sinto-me honrado.

Então Derry ergueu os olhos para o ainda furioso conde Percy, na esperança de que o velho notasse sua posição junto ao rei. Já tinha inimigos suficientes.

— A cidade está lá, e não há sinal das fileiras de York marchando para nos encontrar — declarou Henrique. Ele cerrou o punho direito nas rédeas, e Derry viu a raiva crescer e manchar o rosto do rei. — Mas há um exército em meu caminho, uma pedra em meu caminho. Isso não será tolerado, milordes. Não por mim. Não passaremos de St. Albans até eu estar satisfeito; e, se houver traidores e homens malditos, forrarei a estrada de Londres com suas cabeças, cada filho da mãe dos que nos aguardam. Cada um deles!

— Devo me retirar para a retaguarda, Vossa Alteza? — perguntou o conde Percy ao rei, o olhar malévolo ainda fixo em Derry Brewer.

— Não — respondeu Henrique sem hesitar. — Encabece o caminho da cidade, conde Percy. Mande soar as trombetas e erguer os estandartes. Que aqueles à frente saibam que estou aqui e não me perturbo com sua presença. Que temam a danação e a morte se empunharem a espada contra seu legítimo rei.

13

Os sinos da Abadia de St. Albans tocaram dez vezes quando a coluna do rei entrou na cidade. Diziam que o relógio de lá era uma maravilha dos tempos, capaz de prever eclipses tanto quanto dar as horas, com os monges usando suas mãos apenas para erguer os pesos que desciam lentamente e dar corda ao mecanismo.

As notas vibrantes soaram sobre as ruas desertas, embora todas as janelas estivessem lotadas de rostos nervosos. Nenhuma alma viva nos limites da cidade saíra de casa naquele dia para trabalhar ou comprar comida. As barraquinhas e as lojas estavam vazias ou ainda desmontadas, pilhas de madeira e lona, os donos fugidos.

Em marcha, vindos da estrada aberta, os homens do rei Henrique ficaram em silêncio quase fileira por fileira, intimidados pelas casas nos dois lados ao avançar cada vez mais na cidade. À direita, entre as filas de casas altas, todos sabiam existir uma força imensa em Key Field, à espera. Havia medo em todos eles mas também determinação. Os homens cavalgaram ou caminharam morro acima com o rei, que podia ser visto à frente da coluna, seus estandartes em ouro, vermelho e branco. Fortunas eram feitas e perdidas na batalha quando havia um rei presente. Cada homem de posição inferior pensava, pelo menos num instante de reflexão particular, que poderia ser abençoado naquele dia, talvez tornado cavaleiro por algum ato de coragem, ou até nobre pela mão do rei. Para alguns, essa possibilidade era a única chance de conquistar riqueza e poder para seu nome.

No centro da cidade, ficava a praça da feira, um triângulo comprido cercado por todos os lados pelos lares de mercadores ricos, com a Igreja de São Pedro num dos cantos. As fileiras da frente chegaram à praça antes que o relógio da abadia voltasse a tocar, e o rei parou. Mais e mais lordes preencheram o espaço com seus homens até que os últimos soldados tiveram de parar. Assim que apearam e pisaram na rua calçada de pedras, Somerset e Percy mandaram homens observarem as posições inimigas. Os capitães mais experientes arrombaram a porta das tavernas pelo caminho para proteger a cerveja de homens que talvez preferissem sumir nas adegas durante o dia. Outros forçaram a entrada em casas, contra os gritos aterrorizados dos proprietários, enquanto muitos simplesmente escolheram um lugar limpo na rua, chamando as carroças de bagagem e tomando emprestados gravetos secos e panelas para preparar a refeição do meio-dia. Sem a presença do exército de York ao lado da cidade, teria sido uma manhã alegre, mas a ameaça de violência deixava os homens carrancudos enquanto cumpriam suas funções.

Em torno da posição do rei no alto do morro, pedras foram arrancadas e estacas fincadas no chão para prender um grande toldo para Henrique descansar e ter privacidade. O rei apeou, esperando pacientemente que trouxessem das carroças mais abaixo bancos e uma mesa, carregados como tartarugas pela torrente de soldados ocupados. Em pouco tempo, Henrique e seus lordes mais importantes tinham um lugar para sentar e uma lona para protegê-los do vento e do olhar da plebe.

Enquanto seu cavalo era levado para ser escovado e alimentado, Henrique chamou Percy, Somerset, Buckingham e Derry Brewer para ajudá-lo. Descalçou as manoplas e acenou aos criados que puseram uma taça, uma jarra de vinho e um prato de carnes frias diante dele. Os quatro homens convocados entraram e ficaram de pé em silêncio, aguardando as ordens.

O rei Henrique tomou um gole generoso do vinho, estalando os lábios. Avistou os médicos em pé, além da primeira fila de guardas, e franziu a testa, fazendo mais uma vez seu exame íntimo. Não, ele estava bem, tranquilizou-se. Sabia que havia momentos de imprecisão em que perdia o fio dos pensamentos, mas eles vinham e sumiam rapidamente. Não precisava chamar aquelas aranhas velhas e suportar seus cutucões e suas misturas doces.

— Milordes, mestre Brewer, acredito que não ouviremos casos hoje. Aquela reunião da ralé traidora fora da cidade é nossa única preocupação. Que relatórios os senhores têm? O que sugerem?

Somerset falou antes dos outros. Havia mandado seus batedores percorrerem a cidade antes que o rei chegasse aos limites. Pela expressão do rosto, nada do que soubera tinha lhe agradado.

— Vossa Alteza, há três entradas a leste. Duas são vias estreitas, quase becos. Passamos por espinheiros fora da cidade e, com um pouco de trabalho, essas duas podem ser bloqueadas contra o ataque mais decidido. A terceira é mais larga e mais difícil de fechar. Seria preciso tirar mesas das casas, talvez mesmo vigas, ou um cocho de cavalos.

Ele não disse que já dera essas ordens, e que quarenta homens trabalhavam com afinco para proteger aquele lado da cidade. Algumas coisas eram urgentes demais para deixar para depois, e Somerset meramente esperou que o rei fizesse que sim com a cabeça.

— Quer que me esconda atrás de espinheiros? — perguntou Henrique em voz baixa. — Eu... Isso não me agrada, milorde Somerset. A menos de cinquenta quilômetros de Londres, o rei da Inglaterra... — Ele se interrompeu, os dedos tamborilantes parando sobre a mesa de madeira.

Depois de um instante de silêncio desagradável, Derry engoliu em seco, nervoso. Desconfiou que o rei passava por um de seus momentos de inconsciência e preferiu falar, quer Henrique o ouvisse, quer não.

— Vossa Alteza, qualquer que seja a ofensa à sua honra, temos três lobos em campo. Ninguém deixa a porta de casa aberta com olhos tão famintos voltados para dentro.

Ele parou quando o rei Henrique piscou, balançou a cabeça como se tivesse tido um espasmo e ergueu os olhos com um início de confusão.

— Até sabermos o que York, Salisbury e Warwick pretendem, Vossa Alteza, é mero bom senso trancar a porta contra eles.

— Sim, sim, é claro, Derry — concordou Henrique. — Como quiser. Confio em sua avaliação.

Os olhos do rei se animaram, e ele ergueu a cabeça para descobrir que o conde Percy o fitava com estranheza.

— E então, conde Percy? Ficará aí parado como um mastro? — indagou Henrique, encarando o velho de volta. — Quantos deles estão em Key Field? Pode me responder agora às suas perguntas, as mesmas que fez ao escudeiro James.

O conde Percy franziu a boca numa linha fina. Deus havia posto seu inimigo mais perigoso em oposição ao rei, mas sua confiança vacilou como uma vela à brisa com a estranheza do monarca.

— Meus homens dizem que são três mil, Vossa Alteza. Falam em pelo menos quatrocentos arqueiros entre os homens de Warwick, todos vestindo vermelho. Talvez outros dois mil portem piques e machados, e o restante está a cavalo. Não é uma força pequena, Vossa Majestade... E traidores, como o senhor disse. Salisbury está lá com o filho, dois homens astutos que só demonstraram desprezo por sua autoridade real. Para mim está bem claro que a perda de suas graças os deixou feridos e ainda irritados. Não pode haver outra razão para se levantarem e ameaçarem o rei.

Henrique tomou outro gole de vinho, a taça enchida imediatamente por um criado em pé a seu lado.

— Três mil? — repetiu. — Por Deus, então é verdade. A fortuna de homens como York e Salisbury ficou grande demais, se eles se dão ao luxo de armar e alimentar tantos homens. — O rei olhou com argúcia para seu espião-mor. — Brewer. Sem contar os homens de minha casa nem juízes, advogados, serventes, arautos e outros do tipo, quantos homens armados estão comigo hoje?

Era uma pergunta em que Derry havia pensado junto de Somerset, e fizera uma contagem por alto enquanto se aproximavam da cidade.

— Mil e quinhentos no máximo, Vossa Alteza, embora possamos armar uma centena dos criados também, se for preciso.

— Os que estão conosco são soldados da mais alta qualidade — acrescentou Percy. — A guarda pessoal de seus lordes, Vossa Alteza. Cada um deles valeria dois ou mais daqueles que estão com os Nevilles, sem dúvida tremendo com a ideia de sitiar seu rei.

— E *York*, lorde Percy — disse Somerset, irritado. — Parece que você só pensa no pai e no filho Neville, enquanto é York quem comanda, York quem foi protetor e defensor. É a lealdade deles a York que nos preocupa, não suas disputas mesquinhas.

Antes que o conde Percy retrucasse, furioso, Somerset voltou a se dirigir ao rei.

— Vossa Alteza, tenho sua permissão de bloquear as três entradas? Não podemos investir contra tantos, mas podemos deixar que avancem sobre espinhos, caso ataquem.

— Sim, dê a ordem — respondeu Henrique, sombrio, ainda pensando no efetivo adversário.

Somerset fez questão de chamar um de seus homens e lhe dar instruções. O homem sabia muito bem que as barricadas já estavam sendo construídas, e o lorde o mandou rispidamente embora antes que sua confusão virasse um problema.

Quando Somerset voltou à presença do rei, Henrique se levantara. O rosto estava um pouco corado devido ao vinho, mas ele parecia resoluto e consciente.

— Ponha um homem na torre daquela igreja no fim da praça, pronto para tocar o sino e avisar de ataques vindos de quaisquer outras direções. Não serei flanqueado agora que cheguei a este lugar. Rezem, cavalheiros, para que aqueles que ficaram à minha espera ainda não tenham considerado o verdadeiro alcance e resultado de suas ações. Não sairei daqui até essa ameaça ter sido destruída ou dispersada. Que venham, se quiserem. Transformaremos esta cidade em fortaleza, contra a qual eles baterão suas cabeças. Cuidem do que for necessário. O que quer que York e Salisbury pretendam...

O rei Henrique se interrompeu com um tumulto crescente fora da tenda. Um arauto de roupa preta, marcada com uma rosa branca no ombro, tentava atravessar a multidão de soldados, embora fosse golpeado e empurrado a cada passo. Já havia uma gota de sangue escorrendo de algum corte no couro cabeludo, e ele parecia aterrorizado e enlouquecido quando gritou pelo rei.

— Deixem-no vir até aqui! — ordenou Henrique, irritado, a voz alta a ponto de os soldados recuarem imediatamente. — Afastem-se!

Um espaço se abriu nas fileiras ondulantes. O arauto estava pálido e ofegante ao se ajoelhar nas pedras e estender um pergaminho selado com cera branca e a rosa de York. Com a mão livre, ele tocou a ferida na cabeça e olhou consternado para a mancha vermelha nos dedos.

Embora o homem não parecesse ameaçador, foi Somerset quem pegou o pergaminho e quebrou o selo, para não permitir que nenhum possível inimigo se aproximasse o suficiente para atacar seu rei. O arauto aturdido foi levado para longe, enquanto o duque lia rapidamente, a expressão se endurecendo.

— E então? — quis saber Henrique com impaciência.

— York chama por mim, Vossa Alteza — começou Somerset, com azedume. — Que eu seja levado até ele, com o conde Percy. Ele afirma que somos má influência para Vossa Majestade e que espalhamos mentiras sobre seu dever, sua fé e sua lealdade. Pede sua misericórdia e perdão por estar presente com homens de armas, mas... — ele continuou lendo, os lábios se movendo — ... pede apenas que se observe que nada deseja para si além do julgamento justo daqueles "cruéis mexeriqueiros" em sua corte.

— Eu sou mencionado? — perguntou Derry Brewer.

— Não — respondeu Somerset sem erguer os olhos.

— Ora, que ele vá para o *inferno*! — exclamou Derry de pronto. — Sou um espinho na vida daquele homem há anos e ele sequer me põe na lista? Isso é pior que ser negligenciado, milorde!

A indignação do espião-mor fez Somerset segurar um risinho enquanto continuava a ler. Por sua vez, Derry observou o rei, na esperança de ter impedido uma explosão de raiva. Henrique tinha ficado completamente imóvel enquanto Somerset lia em voz alta, o sangue fugindo de seu rosto.

— Não admitirei que um de meus lordes me faça tais exigências — declarou Henrique, quase sussurrando. — Responda-lhe, Somerset. Mande seu arauto proclamar, para quem quiser ouvir, que York,

Salisbury e Warwick serão declarados *traidores*, jurados e condenados, se não partirem imediatamente deste lugar para aguardar meu julgamento e rezar por minha misericórdia. Diga-lhes isso e nada mais. Então veremos.

O conde Percy estava radiante, notou Derry. O ventoso dia de primavera dificilmente seria melhor para ele, com a fúria do rei tilintando contra seus próprios inimigos. Somerset fez uma reverência e saiu. Derry parou apenas para pedir licença ao rei para sair antes de segui-lo, levando o arauto de York, que ainda sangrava, com força pelo braço enquanto o pequeno grupo seguia para as barricadas.

Derry percebeu que os homens de Somerset estavam ocupados desde o primeiro momento da chegada à cidade. Além dos espinheiros arrancados do solo, dezenas de mesas e cadeiras pesadas foram amarradas no meio das três entradas a leste. Não era uma barreira intransponível — tudo o que um homem fizesse poderia ser demolido por outros —, mas Jasper Tudor levara seus arqueiros galeses até lá por iniciativa própria: homens pequenos e morenos, com arcos longos feitos de teixo para defender as barricadas e até escalá-las para ter o melhor campo de visão. Derry sentiu um calafrio com a ideia de atacar uma posição daquelas. Não invejava as forças de York caso viessem contra o rei.

Somerset ajudou o arauto de York a subir na massa de madeira e espinhos, ignorando todos os protestos quando as roupas do homem se agarraram e se rasgaram. Mesmo quando foi mandado embora, Derry pôde ver o arauto observando cada detalhe dos arqueiros. O homem não pareceu gostar do que via.

Uma pedra veio de algum lugar lá fora, fazendo um arco no ar e levando um arqueiro a praguejar em galês quando teve de se desviar para não ser atingido. A boca de Derry se franziu de raiva.

— Milorde Tudor! — chamou em voz alta. — Seus homens sabem que o rei Henrique deu ordens de ficar aqui e não atacar?

Não era estritamente verdade, mas o grito era para aqueles que talvez deixassem a raiva ou a dor súbita dominar seu pensamento.

O arqueiro que se desviara da pedra olhou para o espião-mor de sua posição no alto da barreira furioso, mas o conde Jasper Tudor fez que sim, falando em galês e apontando para o homem até que ele baixou a cabeça e se virou para fitar o inimigo mais uma vez. Outro grande pedaço de sílex acertou a madeira, e Derry praguejou para si mesmo. Somerset estava ocupado com seu arauto, mas o problema era que homens armados sob ameaça de ferimento não eram nada confiáveis. Ele ouviu um dos galeses gritar um insulto zombeteiro a alguém do outro lado fora do campo de visão. Todos os companheiros do homem caíram na gargalhada, enquanto o humor de Derry afundava. A barreira era quase toda de madeira seca. Ele viu que havia baldes d'água para o caso de incêndio, mas havia muitos tipos de fagulha.

O arauto de Somerset fez que sim com a cabeça, concordando com todas as instruções, e foi auxiliado pelos galeses a escalar a barricada nos calcanhares do homem de York. O arauto estava pálido ao avançar, não gostando da ideia de passar por soldados aos gritos do outro lado da barreira.

Somerset andou até Derry, que espiava de cara feia pelos espaços entre os espinhos.

— Se York tiver bom senso, vai afastar seus homens antes que alguém enfie uma flecha na garganta de meu arauto ou grite o insulto errado — comentou Somerset.

— Esses são homens de Salisbury, milorde. E parecem estar loucos por uma briga. Milorde, se ficar sabendo que o conde Percy pretende vir para cá, o senhor talvez devesse dissuadi-lo. Há contas a ajustar entre Percy e Neville, e não quero que sejam ajustadas hoje, se é que o senhor me entende.

Enquanto Derry falava, veio outra chuva de pedras, derrubando um dos arqueiros, que caiu gritando no meio dos espinheiros após escorregar entre duas grandes mesas de carvalho. Os homens que estavam perto dele gritaram de raiva, e Derry viu um deles puxar o arco, mostrando os dentes, com sangue escorrendo pelo rosto. Jasper Tudor berrava uma ordem, mas o arqueiro lançou a flecha e depois uivou de triunfo. Alguns outros homens entenderam que era o sinal de ataque, e as ordens de Tudor se perderam num rugido dos dois lados.

Derry ouviu um grito de dor soar acima do barulho, então quase perdeu o equilíbrio quando a barricada inteira oscilou, balançando de um lado para o outro. Sentiu machados acertarem a madeira, e puxou o facão da bainha na cintura.

— Por Cristo! — murmurou. — Milorde Somerset, precisamos de mais homens aqui!

Em resposta às suas súplicas, uma tropa de soldados já corria em direção à rua bloqueada, com as espadas desembainhadas e prontas. Somerset os organizou em fileiras, e Derry recuou para observar as defesas. A barreira era um obstáculo brutal, tanto para um mero grupinho de homens zangados quanto para as primeiras fileiras de um ataque total das forças de Salisbury. Aguentaria algum tempo, com os arqueiros de Tudor atirando em saraivadas, berrando a contagem uns para os outros quando acertavam alvos a curta distância. Para espanto de Derry, um deles declamava em versos, com chamado e resposta, e todos os arqueiros galeses participavam.

Somerset viu Derry hesitando, quase dançando de indecisão.

— Eu cuido da situação aqui, Brewer. Vá!

Derry correu, cortando caminho em torno da casa de madeira de algum mercador rico e ao longo da segunda e da terceira barreiras. Eram ainda mais fechadas que a primeira, os becos mais estreitos bloqueados até a altura de dois homens e enxameando de soldados que escalaram as vigas das casas dos dois lados para dar uma olhada no inimigo.

— Mantenham a posição! — berrou Derry quando os alcançou, sem se importar com seu direito de dar ordens. — Eles não passarão!

As barricadas eram bastante sólidas, percebeu ele, disparando morro acima até a praça da feira, onde o rei e o grosso da coluna real ainda estavam amontoados. A cada passo, Derry via homens abandonarem refeições e lugares de descanso, descendo a toda em sentido contrário, rumo ao som da luta. Era o caos, sem nenhuma figura evidente no comando daquilo. Entre os dentes, Derry amaldiçoou York e Salisbury enquanto corria morro acima, até a respiração arder como fogo nos pulmões.

York cerrou o punho com força às costas ao encarar o arauto de Somerset. O homem se pusera de joelhos na presença de um duque e do conde de Salisbury, mas o fato de usar a libré de Somerset e não a do rei fez com que York soubesse o que diria antes que abrisse a boca. Sua expressão se fechou ainda mais quando o homem nervoso gaguejou a mensagem que lhe deram. As palavras ditas pelo rei Henrique quando cercado pelos lordes leais soaram muito mais severas na tenda de York.

— ... o senhor deve, então, p-partir imediatamente deste lugar para aguardar o julgamento do rei e...

O arauto pigarreou e esfregou a nuca sob o olhar frio de York.

— ... e rezar pela misericórdia real.

Ele fechou a boca e baixou a cabeça, rezando por seu próprio bem, para não ser surrado nem morto por transmitir uma mensagem daquelas. Lá atrás, na direção da cidade, começava algum alvoroço, com vozes furiosas aos gritos. Tudo parecia muito longe naquele momento, e o arauto engoliu em seco com desconforto.

— Jurado e condenado? — repetiu York com espanto, balançando a cabeça. — O rei Henrique só me oferece a *condenação*?

— Recebi ordens apenas de repetir as palavras do rei, milorde. Não... Não tenho permissão de acrescentar mais nada.

Os gritos se tornaram um berreiro, e York afastou os olhos do pobre alvo de sua fúria.

— Salisbury? Mande alguém lá ver... Não, vou eu mesmo.

Ele passou pelo arauto sem se dar ao trabalho de dispensá-lo. Salisbury foi atrás de York, e o homem foi deixado na tenda de comando vazia, secando o suor da testa.

York praguejou ao olhar para o campo e ver a barricada da New Lane balançar de um lado para o outro, com gritos e berros soando pelo campo. Conseguia ver arqueiros lutando em torno da construção improvisada, lançando flechas enquanto se esforçavam para manter o equilíbrio.

— Mande seus homens recuarem para fora do alcance — ordenou York, irritado. — Depois convoque os capitães.

Salisbury inclinou a cabeça sem dizer palavra, tomando o cuidado de não demonstrar sinais da própria satisfação. A oportunidade de paz viera e se fora com poucas palavras rudes do rei. Salisbury sentiu vontade de abençoar Henrique naquele momento.

O sol ainda subia quando trinta e dois homens se reuniram ao redor de York. Todos eram veteranos, bem-armados e muito experientes para chegar a postos de comando junto a seus nobres suseranos. Ele viu a determinação sisuda dos homens e escolheu bem as palavras.

— Recebi o arauto do rei Henrique — começou York, fazendo uma fração respeitável da raiva e da traição que sentia soar em sua voz.

Centenas de soldados começaram a se aproximar daquele pequeno grupo de capitães quando perceberam que seu destino estava sendo decidido. As barricadas ficaram para trás, com os arqueiros galeses zombando dos soldados que recuavam. Mais de dez corpos jaziam ao pé dos espinheiros e da madeira empilhada, já esfriando.

— Embora meu objetivo fosse resolver essa disputa sem recorrer às armas — continuou York, com severidade —, isso me foi negado. O rei Henrique tem a seu lado homens maus que só pensam em pisar nos nomes de York e Salisbury. Ah, e Warwick também. — Ele foi tomado pela fúria, sua voz se tornou um rugido. — Não me entendam mal! Minha querela não é com o rei! Não sou um traidor, embora haja alguns pobres coitados que me chamem assim e que chamarão de traidores todos os homens aqui. Não acredito que meu pedido de justiça tenha chegado ao rei; deve ter sido interceptado e recebido por mentirosos e canalhas. Se o rei ouvisse meu apelo, teria me concedido um encontro sob trégua.

York parou para lançar um olhar raivoso aos homens reunidos e ver que suas palavras chegavam a uma vasta plateia. Ele encheu o peito, enquanto Salisbury permanecia em silêncio, observando a raiva do amigo tomar conta de todos aonde quer que chegasse.

— Em vez disso, fui desprezado! Afastado das boas graças do rei por homens mesquinhos. Todos os que estão em Key Field serão caçados e enforcados como traidores, a menos que resolvamos isso hoje. Essa é a escolha que me foi dada. Devo escolher a fuga? Devo deixar o rei nas garras de traidores mexeriqueiros para aguardar um julgamento que será o fim da casa de York?

Era demais para os homens atrás dos capitães. Eles gritaram em seu apoio, um grunhido de palavras malformadas. Muitos nasceram em Yorkshire, leais àquela casa acima de todos os seus outros deveres. Mesmo entre os seguidores vermelhos de Warwick, houve punhos erguidos e vozes gritando para acabar com os conselheiros do rei.

— Eles já derramaram o sangue de homens bons que só desejavam a paz! — vociferou York, apontando para as barricadas e para os cadáveres largados. — Agora terão minha resposta. Terão uma resposta que derrubará seus montes de espinhos e libertará o rei de seu domínio.

Mais e mais homens lhe deram vivas, respirando mais depressa enquanto escutavam, empertigados sobre a terra revolvida.

— A segurança do rei Henrique é responsabilidade minha e de vocês — avisou York a todos. — Ele não sofrerá um arranhão, pela alma e pela honra de cada um. Não sou traidor! E não vejo traidores *aqui*.

O barulho aumentava a cada momento, e York teve de gritar a plenos pulmões só para ser ouvido.

— Capitães! Retornem aos seus homens. Abriremos uma brecha na cidade e resgataremos o rei Henrique daqueles que o guardam. Vão, cavalheiros, com sua fúria. York guarda a esquerda, Salisbury o centro, Warwick a direita. Formem fileiras por mim agora. Tomem essa cidade para mim. Salvem o rei. Que *Deus* salve o rei!

Conforme suas últimas palavras ecoavam num grande rugido rouco, os capitães corriam para suas posições, seguidos por centenas de homens, de modo que a multidão pareceu explodir a partir de onde York estava. Levou pouquíssimo tempo para três grupos de mil soldados pegarem armas e armaduras e correrem para entrar em posição diante da cidade.

Salisbury, Warwick e Eduardo, o filho de York, aguardavam juntos em silêncio quando York se virou para eles, o rosto vermelho de tanto gritar. Salisbury balançou a cabeça, espantado.

— Bom Deus, Ricardo. Vi em você seu bisavô. Acho que quem sai aos seus não degenera.

— Lembre-se de que eu queria a paz em primeiro lugar — declarou York, o olhar caindo sobre o filho. Ele manteve os olhos sobre Eduardo, querendo que compreendesse. — Libertarei o rei Henrique daqueles que o mantêm como refém e nada mais. Essa é minha ordem. Podem me chamar de traidor, mas isso eu não *serei*.

Eduardo engoliu em seco e fez que sim com a cabeça, o orgulho perceptível.

— Fique ao meu lado, rapaz — disse York, suavizando a voz. Ele ergueu a cabeça para dar a ordem formal. — Conde de Salisbury, se me der a honra, sua posição é no centro. Conde de Warwick, a sua é no flanco direito. Há três entradas na cidade, cavalheiros. Todas guardadas e bloqueadas. Aposto que subirei o morro antes de vocês.

Os outros sorriram, como ele queria que sorrissem, enquanto sua expressão ficava séria.

— Protejam o rei, cavalheiros. Acima de tudo e com a própria vida, se for preciso. Nossa briga é com Somerset, Buckingham e Percy, não com Henrique de Lancaster. Deem-me sua palavra.

Os três fizeram um juramento por sua honra, e York assentiu, satisfeito.

— Esta manhã já vai alta. Aproveitemos a luz.

14

Jasper Tudor dividira seus arqueiros galeses nas três barricadas, enviando trinta deles e um capitão experiente a cada uma. Ele sabia que seriam homens valiosos para levar para a viagem do rei, mas não que seriam fundamentais para sua defesa. Os fundos das casas voltados para Key Field tinham nas paredes uma ou duas janelas altas, perfeitas para a tarefa, e seus galeses mantiveram a chuva de flechas sobre os atacantes. Tudor sentiu uma mistura de satisfação e assombro quando as barricadas tremeram ou balançaram. Não era apenas uma investida ou uma escaramuça, isso ele sabia. Três exércitos se formaram na terra sulcada e vieram com rugidos e estrondos.

A barreira gemeu e oscilou de um lado para o outro. Tudor escutou algo estalar no meio dela, um estalo diferente do som dos arcos por todo lado. Os soldados yorkistas usavam alabardas compridas para enganchar as cordas e puxá-las. Outros homens protegiam com escudos as equipes, que conseguiriam despedaçar a barreira em pouquíssimo tempo se não fossem seus rapazes. À distância de apenas uns três metros, seus arqueiros mandavam flechas diretamente nos guerreiros que labutavam, rindo e gritando a contagem daqueles cuja vida roubavam. Um de seus capitães entoava versos de "Y Gododdin", o poema marcial, para elevar o moral dos que conheciam a língua e irritar os outros.

Tudor viu lorde Egremont, o filho de Percy, descer correndo o morro com algumas dezenas de homens atrás portando machados. Egremont avaliou a situação e sorriu para Tudor, um sinal de apreciação de seu esforço, enquanto organizava seus guerreiros para repelir qualquer avanço súbito. Sem os arqueiros, a barricada teria caído antes que

Egremont chegasse, mas os galeses ainda pagavam um preço terrível, esvaziando as aljavas até os ombros tremerem com a tensão constante.

Tudor recuou quando pedaços de tijolo caíram ao seu redor. Alguns dos seus rapazes haviam entrado na casa que dava para o caminho e abrira a chutes um buraco na parede do andar de cima. Um deles se inclinou para fora, o braço seguro pelo colega do lado de dentro, em busca do melhor ponto de observação. Tudor olhava para ele quando uma flecha veio do campo e atravessou o jaquetão do arqueiro, arrancando-o das mãos do amigo. Ele caiu, atingindo o chão de cabeça. Tudor ouviu Egremont praguejar, chocado com o que vira, mas eles sabiam que havia arqueiros com York, trazidos agora e tornando muito mais difícil o trabalho de defender a rua, um jogo de olhares rápidos e disparos mais rápidos ainda. Os arqueiros de Tudor não ousavam mirar por mais de alguns segundos, não com outros arqueiros esperando suas cabeças ficarem à mostra. Como consequência, a pontaria sofreu, e as equipes de piqueiros de York arrancaram as partes mais fracas da barricada, comemorando a cada pequena redução da massa de espinhos, cordas e paus que bloqueava o caminho deles. No lado interno das defesas, Tudor viu os homens de Egremont trazerem mais mesas e, de uma grande pilha, arrastarem os espinheiros arrancados para paramentá-las. A barreira se aprofundou e cresceu, quase com a mesma rapidez com que era destruída.

Jasper Tudor se virou quando Egremont se aproximou. Tudor era um conde diante de um mero barão, e, para imenso prazer do galês, Egremont fez uma profunda reverência. O barão era mais alto e mais corpulento que ele, com o peito e os ombros imensos de um espadachim treinado desde a infância. Por outro lado, Jasper Tudor era meio-irmão do rei. Ele sorriu como saudação.

— Enviei um mensageiro ao meu pai — avisou Egremont. — Acho que conseguimos segurá-los aqui. Precisaremos de mais homens... E devemos postá-los para defender as barreiras.

Ele franziu a testa enquanto falava, e Jasper Tudor entendeu imediatamente. Homens como Egremont eram treinados para realizar manobras no campo de batalha, não para defender mesas e espinheiros num beco. Se os soldados de York rompessem a barreira, a luta seria cruel, mas até então era um impasse sangrento e desgastante.

— Tem notícias de algum plano além de proteger as ruas? — perguntou Tudor.

Egremont fechou a cara, balançando a cabeça.

— Nada ainda. Deus sabe que não podemos manter o rei parado para sempre numa cidade. Acho que vi mensageiros partindo para o sul, mas, se estiverem em busca de reforços, ficaremos aqui uma semana à espera deles.

— E podem vir mais para aumentar o efetivo de York — acrescentou Tudor, esfregando o rosto com a mão.

— Meu pai diz que vocês, galeses, são espertos como os escoceses — comentou Egremont com um leve sorriso. — Não pode usar essa inteligência para descobrir um jeito de derrotá-los? Tenho uma vontade enorme de ver a cabeça de Salisbury na haste de uma lança hoje, junto às dos filhos. A família dele ficará alquebrada após essa traição. Pelo menos isso me mantém contente.

— Já notei que seu pai não gosta dos meus conterrâneos — disse Tudor, com cautela.

— Não, ele chama vocês de ogros — confirmou Egremont, despreocupado —, embora goste bastante dos seus arcos. Eu ainda não formei uma opinião.

— Sobre os arcos ou sobre os homens?

— Sobre os homens. Eu daria uma bela mansão por mais arqueiros seus aqui. Isso eu sei. Podem furtar colheres, mas, por Deus, como atiram!

O conde Tudor fitou atentamente o jovem barão, as sobrancelhas erguidas de surpresa. Depois de um instante, percebeu que o outro o alfinetava para se divertir, e deu uma risadinha.

— Eles estavam me dizendo que não conseguem chegar às colheres. Toda vez que entram numa casa, uma de suas virgens inglesas as esconde num armário. Acho que vocês usarão essas colheres para alimentar alguns bastardos galeses no ano que vem.

— É, ele o chama assim também — declarou Egremont. Ele deu um tapinha no ombro de Tudor e ambos riram, a tensão se esvaindo. Tomás estendeu a mão e Jasper Tudor a aceitou. Os dois trocaram um cumprimento com força suficiente para esmagar a mão um do outro.

Enquanto apertavam as mãos, trezentos homens de armas vieram trotando morro abaixo, usando os tabardos azuis e amarelos de Percy e trazendo estandartes. Egremont ergueu os olhos, contente de ver os homens do pai.

— Podemos nos aguentar aqui, o dia todo ou a semana inteira, se for preciso. Embora me irrite ser incapaz de atacar, podemos lhes cobrar um bom preço com nossas barreiras. Seja como for, pelo menos o rei está a salvo. Apesar de toda a sua maldita arrogância, York e os Nevilles escolheram a cidade errada para atacar... E o jeito errado também.

Durante uma hora inteira, Warwick observou friamente uma parede de escudos e piqueiros atacarem uma barreira da altura dele montado no cavalo. Escondera a raiva a manhã inteira. Tanto York quanto seu pai tinham motivos próprios para estar ali, mas juntos tolheram os capitães que comandavam. York queria se encontrar com o rei sob trégua, e o pai de Warwick só queria chegar ao alcance dos lordes Percys. Em consequência, desperdiçaram todas as oportunidades de usar o exército em superioridade numérica que levaram a St. Albans. Se Warwick pudesse fazer o sol voltar a nascer, sabia que encontraria o rei na estrada, em campo aberto. O rei Henrique seria forçado a se render, senão destruiriam sua coluna, vencendo-a com o efetivo maior de soldados e arqueiros. Em vez disso, York e seu pai conseguiram se pôr numa posição em que três mil homens teriam de se afunilar por becos estreitos para entrar na cidade. A imensa vantagem numérica era quase inútil, e Warwick só podia agradecer a Deus que seus arqueiros estivessem ali para estorvar as flechas dos galeses do outro lado. Teria sido um massacre sem seus homens de vermelho — mas as barricadas se mantinham, com ambos os lados as beliscando.

Warwick cerrou a mandíbula de frustração. Rejeitara a ideia de pôr fogo nas barricadas assim que vira as casas de vigas de madeira de ambos os lados. A cidade inteira se tornaria uma fornalha e, depois, uma tumba para o rei. York deixara bastante claro que não admitiria uma ação dessas, e a seus soldados só restava arrancar pedaços, lutar e morrer, sem jeito de atravessá-las.

Warwick fincou as esporas nos flancos do cavalo e fez a montaria avançar ao longo da linha de paredes dos fundos das casas. Conseguia ver a torre da Igreja de São Pedro acima da cidade, e sentiu que o observavam. Entrecerrar olhos foi o único sinal de sua intenção, invisível a quem observasse. St. Albans era uma cidade antiga, que se espalhava em todas as direções a partir das ruas principais. Algumas casas tinham hortas nos fundos, e ele vira um pequeno trecho de cerca de madeira ao longo de uma grande casa branca. Parecia que depois dela havia terreno aberto, como se o espaço corresse ao longo da lateral da casa.

Os homens do rei bloquearam as ruas, e obviamente seu pai e York tinham atacado as barreiras. Quanto mais Warwick observava, mais se perguntava se não teriam ignorado outras maneiras de entrar. Ele lutara em Londres quando os homens de Kent de Jack Cade atacaram a cidade. Talvez fossem aquelas corridas loucas pelas ruelas e as meias-voltas na escuridão que o faziam procurar outra rota para contornar os obstáculos do caminho.

Um de seus cavaleiros passava a trote seguido por doze homens com machado e cota de malha. Warwick o chamou.

— Gaverick! Sir Howard! — gritou ele, sentindo um arrepio de empolgação.

Quando o cavaleiro ergueu a viseira e olhou em volta, Warwick acenou para que ele se aproximasse. O grupo parou, relaxando imediatamente com a mínima oportunidade de descanso.

— Preciso... de trezentos homens descansados. Cem dos meus arqueiros vermelhos e o restante com machados e escudos. Homens velozes, Sir Howard, homens capazes de correr e provocar o caos se conseguirmos romper a barreira. Não faça com que soem as trombetas. Há olhos argutos em todas as janelas da cidade, prontos para correr com novidades até os partidários do rei. Reúna os homens para mim e se prepare para me seguir.

Por um instante, o olhar do cavaleiro passou rapidamente por onde York e Salisbury observavam o ataque às barricadas. Warwick fez que não antes que Sir Howard pudesse perguntar.

— Não, não incomodarei York com essa tarefa, não antes de saber aonde ela nos leva.

Warwick tinha 26 anos e herdara o serviço de homens como Sir Howard havia apenas seis. Falava com o máximo de confiança que conseguia demonstrar; dependia da lealdade do outro a suas cores e condição.

— Tudo bem, milorde — aceitou Sir Howard com rigidez, curvando-se. — Rapazes, fiquem aqui com lorde Warwick. Não crie problemas.

Ele proferiu a última frase apontando para um brutamontes de aparência ameaçadora que já se instalara na terra escura e remexia o bolso em busca de algo de comer. O homem lhe lançou um olhar furioso, arrancando um pedaço de carne seca com os dentes de trás. Warwick viu Sir Howard abrir a boca para comentar algo e depois decidir não o fazer, virar a montaria e galopar rumo à força principal.

Warwick o observou partir, os olhos se estreitando com o pensamento. Ele se virou enquanto os outros homens se sentavam onde estavam, incentivados pelo exemplo do primeiro. Warwick hesitou e depois sentiu raiva de si mesmo, tanto quanto deles.

— Levantem-se. Vamos, levantem-se, todos vocês. Quero todos prontos para marchar e lutar.

Nenhum deles respondeu, embora alguns tivessem ficado de pé prontamente. Outros se ergueram mais devagar, mostrando apenas irritação. Warwick lhes devolveu o olhar até ver que apenas o primeiro homem continuava sentado, olhando para cima com um sorrisinho no rosto.

— Qual é seu nome, para se recusar a cumprir uma ordem no campo de batalha? — perguntou Warwick.

O homem se levantou rapidamente ao ouvir isso, revelando grande altura e largura, com um rosto meio oculto por suíças negras.

— Fowler, milorde. Não ouvi a ordem, milorde. Obedecerei, não precisa se preocupar comigo, milorde.

O homem falava com uma insolência calculada, embora os que estavam ao redor demonstrassem apenas desconforto. Warwick percebeu que os outros não gostavam muito dele, talvez fosse uma pessoa do tipo que criava certo nível de raiva por todo caminho que cruzava. Mas o conde precisava de homens com raiva para o que tinha em mente.

— Você demorou para se levantar, Fowler. Irá à frente comigo até a cidade. Atrase-se e seja enforcado, ou lute bem e ascenda. — Warwick deu de ombros deliberadamente, como se não tivesse a mínima importância. — Escolha agora e verei o que faço.

Durante um tempo enorme, Fowler sustentou seu olhar, revelando algum ressentimento mal escondido no fundo dos olhos escuros.

— Lutarei bem, milorde. Uma oportunidade de enfiar um bom aço nas entranhas dos elegantes nobres do rei? Eu não perderia essa oportunidade por nada, nem por dois Natais este ano. Se o senhor comandar, milorde, é claro.

— Atenção — respondeu Warwick, irritado com o homem.

Ele foi salvo da conversa pelo retorno de Sir Howard, que trazia centenas de homens para cercar o jovem conde em seu corcel.

— Com olhos sobre nós, não apontarei o caminho — gritou-lhes Warwick quando se instalaram, à espera de ordens. — O objetivo é atravessar as hortas das casas e abrir caminho morro acima até a posição do rei. Quem tiver martelo vai à frente. Derrubem o que houver no caminho. Não vamos pular cercas como meninos atrás de maçãs roubadas. — Ele parou enquanto os homens reunidos riam. — Se houver por onde passar, não paramos. Se houver outras barreiras à frente, desviaremos e cairemos sobre os defensores da primeira linha.

Estas são minhas ordens. O grito é "Warwick", mas só depois de atravessarmos as linhas inimigas. Está claro?

Trezentas vozes murmuraram "Sim, milorde", enquanto Warwick apeava.

Ele viu as sobrancelhas de Fowler se erguerem, mas o caminho que esperava tomar só seria possível a pé. Contudo, não abriria mão da armadura, por mais que reduzisse sua velocidade. Mais uma vez, Warwick recordou os becos escuros da rebelião de Cade e reprimiu um arrepio. Sacou a espada e baixou o escudo, segurando-o pelas tiras.

— Sigam-me. Martelos e machados à frente.

Não seria possível sair correndo com armadura completa. Warwick andou o mais depressa que pôde, avançando a passos largos enquanto trezentos homens trotavam atrás dele. A princípio, parecia que a intenção era reforçar a parede de escudos nas barricadas, mas então ele virou para a direita, ao longo das paredes dos fundos das casas. O barulho que faziam não era um tilintar agradável; eram os passos e o tinido de homens armados, dispostos a massacrar o que estivesse no caminho.

Warwick chegou à casa que avistara antes e deteve seus seguidores erguendo a mão. O tal Fowler fora fiel à palavra e estava tão perto de Warwick que o jovem conde se perguntou se não seria uma ameaça. Fowler permaneceu parado, pronto, uma das sobrancelhas erguidas.

— Segure meu pé e me levante, Fowler — ordenou Warwick. — Preciso enxergar.

O grandalhão grunhiu e encostou o machado na cerca, segurando e erguendo o conde com tanta força que ele quase passou por cima da cerca e caiu na horta.

Warwick suspirou de alívio ao agarrar uma tábua da cerca. Além dela, um beco minúsculo, com no máximo a largura dos ombros de um homem, estendia-se ao longo da casa. Dava para ver um portão que bloqueava a rua mais adiante, mas parecia promissor.

— Desça, Fowler — disse Warwick.

O homem parecia disposto a mantê-lo lá o dia inteiro, mas o soltou, e Warwick caiu com um estrondo de metal. O conde ergueu os olhos com raiva, irritado ao perceber que sua cabeça só chegava ao ponto mais baixo da barba do outro. Fowler pareceu perceber no mesmo instante que era mais alto, e um sorriso se espalhou por seu rosto.

— Obrigado — disse Warwick, ganhando um dar de ombros ao se virar para os outros. — Esta cerca tem de cair. Depois, seguiremos pela cidade. Se chegarmos à rua principal, a tarefa é rugir "Warwick" e inspirar o temor de Deus nos homens do rei. A maioria deles está aqui embaixo para defender Key Field, mas o rei estará protegido. Saberei mais quando chegarmos ao alto do morro. Espero que tenham pulmões e coração para correr.

— Se o senhor tiver, milorde — murmurou Fowler.

— Cale-se, Fowler — retorquiu Warwick.

O grandalhão pareceu assomar sobre ele no instante seguinte, porém um dos guerreiros com machado deu um cutucão em Fowler, num aviso rude.

— Ah, cale a boca, seu sodomita — disse outro homem. — Ou prefere voltar para lá e cutucar aquelas barricadas? Prefiro estar aqui.

Warwick viu que quem falava era um de seus arqueiros de vermelho, e sorriu com seus botões ao ver que o tecido estava limpo e escovado, uma vestimenta usada com orgulho.

Fowler fungou e baixou a cabeça com teimosia, embora percebesse que o clima estava contra ele. Warwick não esperou mais.

— Derrubem a cerca — gritou. — Machados e martelos.

Havia espaço para poucos homens lançarem o peso do ferro na madeira. A cerca era antiga, seus principais esteios de carvalho resistente. Mesmo assim, reduziu-se a gravetos em instantes, e o primeiro grupo incluía Warwick e Fowler, ainda agarrado à sua sombra.

O peso das armas e das cotas de malha bastaria para esmagar o portão bambo na outra ponta do beco minúsculo. Os homens da primeira fileira lançaram os martelos contra ele, que explodiu em pedaços na rua. À esquerda, podiam ouvir o tumulto da barricada mais próxima, o rugido e os gritos do combate de homens furiosos. À frente havia um caminho estreito entre filas de casas, estendendo-se morro acima.

— Continuem avançando para lá! Ninguém para! — gritou Warwick para trás.

Ele viu dois soldados com as cores de Percy pararem, chocados. Ambos foram derrubados com golpes cruéis de machado antes que pudessem gritar e depois, esfaqueados e pisoteados pelos que vinham atrás.

O sol estava quase a pino, e o calor do dia aumentava quando os trezentos de Warwick correram uns atrás dos outros morro acima. Nenhum deles conhecia bem a cidade, mas sem dúvida o rei ocuparia o ponto mais alto. Contanto que subissem, iriam encontrá-lo.

Em algum ponto mais abaixo, Warwick ouviu soar trombetas de alarme, e, num tom diferente, homens de ambos os lados berraram a notícia do rompimento da barreira. Sorriu ao pensar no pai e em York descobrindo que ele já entrara na cidade. Os guerreiros que estavam nas barricadas teriam de abandonar o posto para impedir seu avanço. A vantagem numérica de York enfim teria efeito.

Para sua consternação, Warwick percebeu que ofegava desesperadamente, que o coração batia forte e o suor fazia os olhos arderem com o sal. Mantivera a viseira erguida, mas subir um morro correndo de armadura era um exercício violento, e ele achou que, quando chegasse lá em cima, o coração explodiria com o esforço.

As mulheres gritavam de medo e alerta das janelas altas quando ele passava, mas seus trezentos homens subiram pela cidade como um golpe de adaga, mal avistando outros guerreiros. Warwick podia ver, cruzando o caminho, uma rua larga ao longo do topo, sem nada mais acima. Mal podia acreditar que sua sorte durasse tanto, embora estivesse quase caindo de exaustão ao parar pouco antes da esquina, inclinando-se para se apoiar numa parede e arrancando o elmo para respirar. Sir Howard observou um instante e depois apontou para o homem ao lado de Warwick.

— Fowler! — ordenou. — Espiche o pescoço e me diga o que vê.

Fowler franziu o lábio, mas não precisou olhar para o homem que o fitava irritado para saber que não dava para discutir. Foi de lado até a esquina, olhou em volta, parou para observar.

— E então? — perguntou Warwick atrás dele.

— Ninguém em cem metros — respondeu Fowler, virando-se. Seus olhos estavam arregalados, e ele balançou a cabeça com descrença e espanto. — Vi o rei lá.

— Os estandartes? — indagou Sir Howard, enquanto copiava a ação furtiva do homem e se inclinava na esquina para olhar.

— Não, o rei em pessoa, tão certo quanto estou aqui em pé. Cercado por centenas de homens e um tipo de barraca do tamanho de uma casa, toda esticada.

Warwick recuperava o fôlego quando Sir Howard voltou a ele à espera das ordens. Todos os homens ali e na rua abaixo aguardavam sua palavra, qualquer que fosse. Warwick descalçou a manopla para enxugar o suor do rosto. Não tinha direito à sorte que tivera, mas a aproveitaria mesmo assim. Eles abriram caminho até lá e era tarde demais para desejar ter levado mil homens em vez de apenas trezentos.

— O senhor esperará, milorde? — perguntou Sir Howard, claramente pensando a mesma coisa. — Posso mandar um mensageiro buscar mais homens.

— Não. Aquele jardim dos fundos pode ser bloqueado com tanta facilidade quanto os outros — declarou Warwick. — Fomos vistos, e dez homens protegeriam aquele caminho até o Dia do Juízo Final. Não, Sir Howard, aprontaremos uma confusão aqui em cima. Atacaremos. Os homens que estão nas barricadas subirão o morro correndo para proteger o rei. Não terão escolha. Então aquelas barreiras serão derrubadas, e vamos pegá-los pelos dois lados.

A possibilidade de pegar em armas contra os nobres e os homens da casa do rei era uma ideia seríssima para a maioria deles. Homens com arcos e machados trocaram olhares inquietos, e muitos fizeram o sinal da cruz, com medo do juízo divino de seus atos. Mas ninguém voltou atrás, e Fowler sorria como se o tivessem transformado em prefeito por um dia.

— Arqueiros, do outro lado desta rua — ordenou Warwick, a voz apertada na garganta. — Na fileira mais larga que conseguirem formar. Não quero vocês disparando nas minhas costas, então terão uma única oportunidade de acabar com a vontade deles de lutar. Depois, entraremos. Defendam este lugar para o caso de serem muitos e termos de retornar para cá.

— Milorde, posso dizer uma coisa? — perguntou Sir Howard, pigarreando.

Warwick franziu a testa, mas deixou que o homem o levasse para longe dos ouvidos mais próximos.

— O que foi? — indagou Warwick. — Não vou perder a oportunidade com discussões, Sir Howard. Depressa, homem.

— Se o senhor fizer os arqueiros atirarem na rua, o *rei* pode ser morto, milorde. Já pensou nisso? As flechas não distinguem sangue nobre de sangue plebeu.

Warwick encarou o cavaleiro. Com a morte do pai e do irmão de sua esposa, ele herdara doze castelos e mais de cem propriedades, que iam da Escócia a Devon. Com essa riqueza extraordinária, vieram mais de mil soldados a seu serviço, legados a ele como novo conde de Warwick. Sir Howard era seu vassalo feudal, e Warwick sabia que podia ordenar sua total obediência. Ele podia ver que o homem tremia um pouco ali de pé, sabendo muito bem que punha em risco sua honra e seu juramento apenas por questionar a ordem. Sir Howard Gaverick não era tolo, porém Warwick sabia que o tempo era curto, a vantagem que caíra em seu colo era frágil demais para ser debatida. O sino da igreja começou a soar o alarme ali perto, rompendo o momento de silêncio.

— Pode se retirar, Sir Howard, se não se sente capaz de ficar ao meu lado. Recebi essa oportunidade e assumirei toda a responsabilidade pelo que acontecer. Absolvo-o de qualquer culpa nessa questão. É o que decido. Se quiser partir, não o prejudicarei, nem a si nem aos seus, após a vitória. Tem minha palavra, mas escolha logo se quer ficar ou partir.

Warwick deixou o homem mais velho ali, a boca entreaberta e os olhos arregalados. Quando olhou para trás, o jovem conde viu Sir Howard marchar sozinho morro abaixo, entre as fileiras de homens à espera.

— Arqueiros! — gritou Warwick. — Isso tem de ser resolvido hoje. Todos ouviram milorde York. Se fracassarmos aqui, seremos caçados como traidores. Condição e riqueza não são proteção, não aqui, nesta cidade. Minha ordem é de que mandem suas flechas nessa rua. Agora! Gritem meu nome para que saibam que estamos aqui.

Trezentas vozes vociferaram "Warwick!" a plenos pulmões, sufocando o ruído de cem arqueiros formando fileiras com as aljavas penduradas na altura do quadril.

Um instante se passou, e a St. Peter's Street se encheu de flechas voadoras. Outro instante trouxe a resposta: gritos, berros e pânico na praça da feira onde estava o rei.

15

Todos os homens na tenda real ficaram paralisados no instante em que ouviram o rugido "Warwick". O som áspero veio de tão perto que aterrorizou e interrompeu todas as conversas. O rei acabara de entrar e se virou rapidamente na direção do ruído. Buckingham respirou fundo para berrar uma ordem que ficou sem ser ouvida quando flechas vieram rasgando o grupo, abrindo buracos no tecido e fazendo o mordomo do rei cair ajoelhado com uma flecha atravessada no peito.

Derry Brewer se jogou no chão. Buckingham viu algo reluzir e ergueu a mão, devagar demais para se proteger. Uma flecha atingiu a ombreira da armadura de um cavaleiro e resvalou, acertando no rosto de Buckingham. Ele soltou um gemido baixo, levou a mão à haste e a descobriu enfiada no osso, tendo-o perfurado logo acima dos dentes. O sangue jorrou em sua boca, fazendo-o ter de cuspir e cuspir de novo. Incapaz de falar, Buckingham foi em direção ao rei Henrique, sabendo que só estava vivo porque a flecha perdera grande parte da força no primeiro impacto.

O jovem rei estava completamente imóvel, o rosto pálido como nunca. Com os olhos lacrimejando, Buckingham viu que Henrique também fora atingido. Uma haste havia atravessado a articulação de metal entre o pescoço e o ombro. A flecha ainda estava lá, a ponta ensanguentada do outro lado. Buckingham começou a ofegar, em choque, o rosto inchando enquanto cuspia outra bola de sangue no chão, e conseguiu cambalear e ficar entre o rei e as flechas que rasgavam a tenda como borrões sibilantes. Buckingham ergueu a cabeça, quase incapaz de enxergar enquanto esperava.

O conde Percy estava com o escudo azul e amarelo erguido na direção do ataque quando também se jogou para proteger o rei Henrique. O conde franziu os lábios ao ver o sangue de Buckingham se despejar no chão e gritou quando, de repente, Henrique cambaleou e caiu. Derry Brewer chegou até ele como pôde, mantendo-se abaixado o tempo inteiro, e cobriu o corpo do rei com o seu.

— Médicos! — gritou Percy.

Scruton, o cirurgião do rei, entrou correndo, enfrentando as flechas que ainda abriam buracos na lona grossa. Mais escudos se ergueram acima do rei, formando uma concha em volta dele.

— Deixe-me ver — grunhiu Scruton para Derry Brewer, que assentiu e se afastou para o lado.

Protegido pelos escudos, o espião-mor do rei se agachou, ofegante, os olhos ensandecidos enquanto Scruton examinava o ferimento.

Buckingham acompanhava tudo com horror e enjoo. Sua boca parecia estar em ebulição, e cada movimento fazia o osso raspar. Ele sentia o rosto inchar em torno do ferimento, os lábios já gordos, enchendo-se de sangue. Tudo o que conseguiu fazer foi não entrar em pânico e puxar o projétil preso nele. Com uma torção selvagem, removeu um dente da frente afrouxado e começou a soltar a flecha em um silêncio soturno, ignorando o sangue que formava uma mancha na frente do pelote, até que uma onda de tontura o atingiu. Lentamente, Buckingham caiu sobre um joelho e rolou de costas.

Enquanto Scruton trabalhava no rei, o médico Hatclyf apareceu ao lado do duque sem dizer palavra e abriu a bolsa de couro para pegar ferramentas. Hatclyf afastou as mãos do duque, cortou a haste da flecha com uma tesoura pequena e pôs uma das mãos na testa do outro para segurá-lo enquanto tirava a flecha com navalha e pinças de ferro. O médico terminou a tarefa com um safanão rápido que arrancou outro dente solto e fez o céu da boca de Buckingham recuar até a garganta. O duque começou a engasgar e sufocar. Levantou-se e vomitou no chão. Havia sangue demais para cuspir, e Hatclyf só conseguiu apertar um maço de panos contra os lábios rasgados quando Buckingham desmaiou.

Só um homem na tenda morrera na hora, um golpe de maravilhosa sorte contra todas as probabilidades. Todos os outros olhavam para cima com medo enquanto ouviam pés virem correndo na direção deles. Fora do toldo, havia muitos outros, feridos ou imóveis. Cavaleiros vinham mancando para proteger o rei, com flechas ainda na armadura, ou jaziam curvados, dando o último suspiro. As flechas tinham parado, substituídas pelo grito de "Warwick" outra vez, cada vez mais alto.

— A mim, Percy! Protejam seu rei! — vociferou o conde Percy a plenos pulmões.

Porta-estandartes e cavaleiros avançaram, vindos de todas as direções, dando início a uma onda ascendente vinda das forças que estavam no morro. O impasse nas barricadas fora resolvido no momento em que Henrique havia sido ferido, sem que nenhum homem soubesse ainda se o ferimento era fatal ou não.

— Milorde Percy, alguém tem de dar ordens para defender a cidade baixa! — gritou Derry Brewer de repente. — Com o rei ferido, todos os nossos homens virão para cá. York e Salisbury os seguirão. Por favor, milorde! Dê a ordem.

O conde Percy o ignorou, como se Derry não tivesse falado. Com um xingamento entre os dentes, Derry saiu correndo em busca de Somerset. Ao sair, o toldo rasgado despencou com um estrondo quando algum mastro importante foi chutado ou quebrado. Grandes ondas de lona cobriram o rei e o médico que se esforçava para cortar a flecha e tirá-la sem rasgar as veias delicadas tão perto da garganta de Henrique. Havia sangue real nas mãos do cirurgião, que escorregavam tentando segurar a haste cortada. As mãos de Henrique não paravam de se dirigir ao ferimento, e Scruton agarrou um dos camareiros do rei pelo colarinho e mandou que as segurasse. O homem ficou parado, completamente em choque ao ver seu senhor caído, e Scruton teve de sacudi-lo para que saísse do estupor e ousasse segurar o rei para o médico trabalhar. Ao redor deles, cavaleiros cortavam ou erguiam a lona pesada, deixando o rei ao ar livre.

Os soldados de Warwick desceram a St. Peter's Street correndo com espadas e escudos erguidos, uivando com uma alegria descontrolada pelo caos que provocaram. Os guardas do próprio rei avançaram contra eles, formando uma linha de escudos para receber o primeiro impacto. Mais e mais homens inundavam aquele ponto, e as duas forças se chocaram.

Derry Brewer se viu lutando contra uma torrente de homens enquanto corria morro abaixo, gritando para que mantivessem suas posições. Deus sabia que a vida do rei corria perigo, mas, se todos abandonassem as barricadas, o dia estaria perdido. Afastando-se cada vez mais da praça da feira, Derry viu uma hoste de soldados se empurrando e correndo morro acima. Na parte mais baixa da cidade, houve um grande rugido quando York e Salisbury descobriram que as barreiras estavam desguarnecidas. As forças do rei recuavam diante deles, deixando as barricadas caírem.

Derry Brewer parou em choque, os ombros abalroados por homens que ainda tentavam passar até que ele se espremeu contra uma casa e foi deixado em paz. Ninguém pensava com clareza quando o monarca estava em perigo. Soldados leais estavam quase fora de si de tanta fúria, decididos a repelir quem quer que ameaçasse a pessoa do rei. Derry hesitou, a boca seca. Sabia que teria pouca utilidade na marcha para o norte. O espião-mor do rei trabalhava em segredo, descobrindo traidores ou cortando gargantas no escuro. À luz da manhã, em plena rua, era apenas mais um corpo, sem sequer uma armadura para mantê-lo a salvo.

Derry fitou a parte baixa do morro, vendo a linha de homens de York já rompendo a barricada, afastando espinhos e tampos de mesa num frenesi. Nisso, alguns dos que saíam das barreiras olhavam para trás, cientes da ameaça. Escolheram continuar subindo o morro, talvez na esperança de se juntarem lá para lutar pela cidade. Derry balançou a cabeça, enjoado. York tinha um exército muito maior, o dobro dos combatentes que cercavam o rei Henrique. Só haveria um resultado, ainda mais agora que o rei tinha sido ferido. Sem dúvida

Deus hesitara quando aquele único arqueiro lançara sua flecha, para que ela causasse tamanho dano.

Derry respirou fundo, sentindo o coração bater forte e as mãos tremerem. Conseguiria escapar, tinha quase certeza. Havia pensado numa rota de fuga assim que entrara na cidade, como sempre fazia. A abadia se erguia acima de St. Albans, e Derry sabia que podia correr para lá. Não seria difícil encontrar um hábito de monge para jogar sobre o corpo, escondendo-se entre os irmãos em suas celas ou seguindo para oeste da cidade antes que York e Salisbury chegassem à praça da feira. Se o fizesse, Derry sabia que sobreviveria para levar a notícia à rainha. Disse a si mesmo que alguém tinha de escapar. Alguém tinha de sobreviver ao desastre que ainda se desenrolava, e esse alguém poderia ser ele. O espião-mor viu uma rua lateral que cortava a rua principal, descendo o morro. Ele atravessaria contra a maré de homens e simplesmente sumiria. Já fizera isso. York não o deixaria vivo, isso era tão certo quanto o pôr do sol. Derry podia ver as fileiras de novos soldados yorkistas forçarem o caminho morro acima rumo ao ponto onde estava. A rua estava vazia entre os dois exércitos, com a praça da feira apinhada com os homens do rei. York e Salisbury vinham com sangue nos olhos, e Derry estava sozinho entre eles.

— É só correr — murmurou com seus botões. — *Corra*, seu canalha idiota.

O rei Henrique poderia já estar morto. Derry ouvia o choque das armas na praça da feira, e o pisotear da marcha sobre a pedra se aproximou até parecer sacudir a cidade inteira. Os Nevilles e os Percys estavam livres para se massacrar em plena luz do dia, e Derry sabia que não tinha opção. Era um homem do rei. No fim das contas era isso que importava. Arrastando o passo, viu-se voltando pelo caminho por onde viera.

York conseguira ver a fina torrente de soldados vermelhos subir correndo o morro rumo à St. Peter's Street. De Key Field, não conseguia ver a praça da feira, mas acreditou ter ouvido gritarem "Warwick" antes que o nome fosse levado pelo vento. O sol do meio-dia estava a pino quando seus homens na barricada começaram a gritar em triunfo, arrancando grandes pedaços, cada vez mais depressa, enquanto os soldados do rei a abandonavam. York não entendeu a razão da súbita falta de defesa, mas se aproveitou dela, lançando todos os guerreiros que tinha contra os obstáculos restantes para arrancá-los em grandes blocos. Seus homens passaram por cima da confusão de espinhos e pedaços de madeira espalhados, avançando sem que nenhuma resistência os detivesse.

As forças de York foram mais velozes que as de Salisbury, de modo que ele chegou primeiro às ruas da cidade, e puxou as rédeas para fitar a massa de homens que corria morro acima, afastando-se dele. Mais uma vez, York ouviu "Warwick" ser rugido na praça da feira, e precisou apenas apontar para aquela direção para seus capitães ordenarem que as fileiras continuassem na perseguição. Deus abençoara o momento, e York estava decidido a não desperdiçar a oportunidade. Viu o filho trazer o cavalo pela brecha, e chamou o rapaz para ficar ao seu lado.

À sua direita, os homens de Salisbury vieram com tudo, fazendo os soldados yorkistas assoviar e zombar deles por se atrasarem para a luta. York ainda não conseguia ver Salisbury, mas o conde encontraria seu caminho até o rei. O duque fez a montaria trotar morro acima rumo ao combate, movimentando o ombro direito e segurando o escudo com firmeza enquanto baixava a viseira e espiava o mundo por uma fenda estreita. Os cavaleiros de seu estandarte avançavam ao lado dele, e seus homens gritavam "York!" conforme subiam, dispostos a gastar toda a frustração das barreiras naqueles miseráveis que as abandonaram.

Quando se aproximaram da St. Peter's Street, York viu apenas caos. Um combate ocorria numa das pontas da praça do mercado, dava para ouvir. À frente de sua posição, os soldados do rei pareciam dispostos a simplesmente recuar e recuar, sem ninguém para comandá-los. Ele levou o cavalo à primeira fileira de soldados, avançando em linha com eles. Mais de uma vez, viu um soldado do rei parar e lhe lançar um olhar maligno, depois dar as costas e se afastar às pressas. A inspiração lhe veio quando um grupo de três homens assumiu posição bem no seu caminho, portando machados como se quisessem usá-los.

— Por Deus, saiam do meu caminho e protejam o rei! — vociferou York.

E deu um leve sorriso de surpresa quando eles também se viraram e correram rumo ao tumulto à frente. York balançou a cabeça com a confusão em volta. Seus capitães mantinham os homens em ordem, enviando-os para ruas laterais, de modo que, com o tempo, cercassem a praça triangular. Enquanto isso, encontraram-se com homens de Salisbury que faziam o mesmo, berrando o nome dos patronos para não se atacarem por engano.

Na borda da feira propriamente dita, York viu seu caminho finalmente bloqueado por fileiras decididas. Preocupado com o filho, agradeceu a Deus por não haver arqueiros entre os inimigos, um dos muitos golpes de sorte daquele dia de assombros. York olhou para a parede de escudos com cautela, mas seus homens avançaram sem hesitar, correndo com cada um dos capitães controlando a multidão da melhor maneira possível. O duque os ouviu gritar para abrir caminho para ele, que avançou devagar com Eduardo, as montarias a passo, ignorando o combate, com moribundos de ambos os lados enquanto rompiam a parede de escudos e abriam uma trilha estreita no combate. Então York viu flechas sendo lançadas sobre a multidão. Apeou depressa para não se tornar um alvo muito fácil. Eduardo de March e os cavaleiros de seu estandarte se jogaram no chão ao seu lado, deixando os cavalos serem engolidos pela multidão que lutava. O filho de York olhava em volta espantado, mantendo a espada erguida.

Era como se caminhassem num sonho. Mais de uma vez, soldados tentaram alcançar o pequeno grupo de homens de York e foram repelidos por outros com as cores do duque, derrubados por soldados que praguejavam e pela força do número. Em terreno aberto, sobre a rua de pedras, eles caminharam intocados até que, para espanto de York, chegaram às pilhas de lona rasgada e ao próprio rei, caído no chão.

York olhou ao redor, compreendendo por fim a confusão e o pânico absoluto dos seguidores do rei. Avistou Salisbury à direita, ainda montado, trabalhando duro no combate contra as forças de Percy. Ele também se aproximava aos poucos, da melhor maneira possível, do mesmo local.

Mais flechas sibilaram no céu, e York viu uma delas acertar e se estilhaçar no chão de pedra, não muito distante de onde cuidavam do rei. Ele olhou para trás a tempo de ver Eduardo se encolher e se jogar no chão. O duque só pôde admirar a coragem do médico que enfaixava friamente a garganta do rei, enquanto Henrique o tocava debilmente.

O rei ergueu o olhar ao perceber a sombra de York sobre seu rosto. Os olhos de Henrique se arregalaram, e ele balançou a cabeça, afastando-se do toque do médico. Scruton praguejou em voz baixa ao ver as ataduras se avermelharem de novo, sem dar atenção ao duque nem a mais nada enquanto lutava para salvar a vida do rei. A cabeça de Henrique pendeu, seus olhos reviraram quando perdeu a consciência. Por um longo tempo, York só conseguiu ficar olhando, de pé, com a espada desembainhada e empunhada inutilmente. À sua volta, o duque sentiu o combate se intensificar entre os soldados com as cores de Percy e os homens de Salisbury, com alguns tabardos vermelhos de Warwick envolvidos na briga. York tomou uma decisão e se virou para os cavaleiros de seu estandarte. Entre tudo o que havia esperado para o dia, isso não estava planejado.

— Levem-no para a abadia, para um lugar seguro. Protejam o rei no solo sagrado, nem que custe suas vidas e seus bons nomes. Eduardo? Vá com eles.

Foi o próprio York que estendeu a mão para tocar o ombro do médico Scruton, interrompendo o homem em seu trabalho.

— Afaste-se do rei, senhor. Pode acompanhá-lo até a abadia, mas ele tem de ser retirado deste lugar.

Scruton ergueu os olhos pela primeira vez e ficou paralisado de medo ao ver York com armadura completa, em pé diante dele. O cirurgião sabia que o dia ia mal para as forças do rei, mas ver o homem responsável por tudo aquilo de pé com a espada desembainhada o reduziu a um estado de choque, fazendo-o gaguejar.

— Ele não deve, não pode... Milorde, ele não pode ser removido.

— Não. Ele tem de ser removido. Afaste-se e deixe meus homens levarem-no a um lugar seguro. Não aceitarei recusas, senhor. Não verei o rei pisoteado por homens enlouquecidos nestas ruas.

Scruton se levantou, limpando as mãos ensanguentadas no avental enquanto reunia suas ferramentas e tiras de linho e as guardava na bolsa. Um dos cavaleiros de York segurou Henrique pelas axilas e outro o pegou pelos pés, levando-o para longe do caos e dos gritos. O rei gemeu, quase sem sentidos, fraco demais para reagir. York chamou mais dois capitães e doze soldados robustos para acompanhar a marcha do rei, dando ordens de matar todos que ficassem no caminho, quaisquer que fossem suas cores ou lealdades. Suas ordens prevaleceriam sobre todas as outras, York se assegurou disso. O mais importante era que o filho ficaria a salvo. O cirurgião do rei reuniu coragem e foi atrás do séquito quando o pequeno grupo tirou Henrique da luta, seguindo para a abadia. O duque observou o filho se afastar até que os homens sumiram por trás da massa de soldados que ainda chegavam para combater.

Salisbury apeara ou seu cavalo havia sido morto. O conde tinha aberto caminho lutando para chegar até onde York estava, no local com as pedras ensanguentadas e a lona rasgada, e ofegava muito, corado e suando. Sir João Neville estava em pé para guardar as costas do pai, vigiando para o caso de alguém tentar pegar Salisbury desprevenido.

— Onde está o rei? — indagou Salisbury.

York se virou para ele, levantando a viseira para responder.

— Mandei que o levassem para a abadia. Ele estava muito ferido, mas agora estou com ele, vivo. — A percepção da vitória cresceu dentro de York, fazendo-o encher o peito. — Mandarei soar as trombetas para ordenar a trégua. Não há mais nada pelo que lutar por enquanto.

— Não! — retorquiu Salisbury. — Você *não* fará isso. Tenho um trabalho a fazer antes de terminar. Por nossa amizade, faça-me uma promessa. Você não fará soar as trombetas, Ricardo. Percy e Egremont estão vivos. Meu fim ainda não chegou.

York semicerrou os olhos com a atitude agressiva de pai e filho.

— A batalha acabou — declarou York com firmeza. — Não me ouviu dizer que temos o rei? — Como o chefe da família Neville não respondeu, York apontou para o peito dele. — Você jurou me seguir, Salisbury.

O duque notou um espasmo de tensão atravessar o rosto do velho. O filho João começou a falar, mas York lhe lançou um olhar frio.

— Cale a boca, garoto.

Furioso, Sir João Neville olhou para o outro lado.

— Meu juramento se mantém — avisou Salisbury com rigidez, irritado com a humilhação do filho e a lembrança de sua honra. — Dê-me uma hora apenas. Isso é tudo. Se até lá não conseguir vencê-los, eu mesmo mandarei soar as trombetas. Dou minha palavra.

— Uma hora, então. Avisarei aos meus arautos — aceitou York, preferindo não insistir na questão.

Salisbury se virou para observar o desenrolar do combate que continuava na praça, e York ficou imóvel, observando-o, percebendo com mais clareza que nunca — o destino da casa de York, e até o destino do rei, nunca preocuparam Salisbury. York pensou em seus homens, que aguardavam suas ordens ao redor dele.

— Forcem o caminho até a abadia — disse-lhes. — Que Deus queira que Henrique ainda viva, que eu possa falar com o rei.

16

Quando York saiu da praça, Salisbury assumiu o comando, gritando ordens para atacar os soldados dos Percys. Tanto o conde Percy quanto lorde Egremont foram forçados a descer correndo pela St. Peter's Street, para longe da defesa fracassada na praça da feira. Salisbury conseguiu ver o estandarte de Somerset perto de soldados, antes que o homem que o segurava fosse morto e a bandeira sumisse sob os pés. Soldados de tabardo vermelho os atacaram cruelmente, e uma parte da mente de Salisbury notou a utilidade das cores que usavam após todos os outros estandartes terem sido quebrados ou pisoteados.

Com a respiração cansada, deu um tapinha no ombro do filho João.

— Fique perto de mim.

Em formação, os soldados Nevilles avançavam atrás deles. Salisbury sentia a idade a cada passo, porém a fraqueza do corpo era contida pela oportunidade de resolver sua rixa de uma vez por todas. York e o rei foram tirados do centro. A batalha então era entre Neville e Percy, e o efetivo das forças da casa de Neville era o dobro ou o triplo do inimigo.

Salisbury e o filho desceram marchando pela St. Peter's Street atrás deles, a tempo de ver Somerset e seus guardas arrombarem a porta de uma taverna. Cem metros à frente, Warwick pressionava a facção Percy, sem lhes dar espaço para respirar nem planejar. Mas Somerset estava encurralado, e Salisbury viu a oportunidade de deixar York em dívida consigo. Parou de correr, reuniu homens em torno da porta arrombada da taverna e mandou outros soldados para os fundos da construção, para que ninguém pudesse fugir. Havia escuridão e silêncio no interior, e ninguém tinha pressa de correr para as espadas e os machados dos que os aguardavam.

— Uma bolsa de ouro para um cavaleiro, o título de cavaleiro para um plebeu — anunciou Salisbury às fileiras de soldados ao redor. — Quem matar Somerset escolherá sua recompensa.

Isso bastou para incentivar os indecisos, que correram porta adentro, quatro de cada vez. Salisbury aguardou enquanto grunhidos se seguiam, com o retinir de metal sobre armadura. Mais homens seus entraram, e os golpes e gritos de dor ficaram mais altos, enquanto Salisbury mordia o lábio de irritação. Ele queria avançar, ver os homens de Percy destruídos.

— Depressa, vamos! Entrem mais! — explodiu.

Enquanto falava, alguém saiu pela porta e a rua foi tomada pelo silêncio. A armadura de Somerset estava rubra de sangue, que escorria abundantemente pelas superfícies untadas, pingando enquanto ele permanecia ali, em pé na soleira. Ofegava, mas, ao ver Salisbury, ergueu o machado pesado com ambas as mãos, seus olhos ganhando vida. Não havia sinal dos que entraram para matá-lo nem de nenhum de seus guardas.

Somerset estava sozinho.

— Neville! — chamou Somerset, dando um passo em direção à luz. Parecia não dar atenção aos homens armados por todos os lados. — Traidor, Neville! — vociferou.

Um dos cavaleiros de Salisbury veio depressa, e Somerset se virou para enfrentá-lo, enfiando o machado no pescoço do homem com uma força aterradora antes mesmo que ele pudesse golpear.

— Venha me pegar, Neville! — gritou Somerset, a voz rouca. — Venha, traidor!

Havia algo terrível no duque coberto de sangue, ali em pé, desafiando todos eles. A multidão de soldados ficou parada, os homens apavorados, vendo aquilo como algo de mau agouro. Salisbury se preparou para ser atacado quando Somerset avançou mais pela rua. Outro cavaleiro robusto deu dois passos rápidos e lançou a espada contra o flanco de Somerset, amassando a armadura com sua força e fazendo o homem ofegar. O contra-ataque de Somerset enfiou o machado de baixo para cima nas costelas do soldado, atingindo a cota de malha, e com isso vários anéis caíram nas pedras do calçamento, soando como moedas. O soldado desmoronou de cara no chão, e Somerset ergueu o machado outra vez com enorme esforço. Quando se preparou para deixá-lo cair nas costas do homem, a lâmina acertou a placa pendurada da taverna. Salisbury viu Somerset erguer os olhos ao soltar o machado.

O nome da taverna era O Castelo, e a placa continha uma pintura grosseira da torre de uma fortaleza cinza sobre um fundo preto. Todo o sangue se esvaiu do rosto de Somerset ao ver aquilo, e ele fechou os olhos um instante, a força e a fúria desaparecendo, deixando-o vazio.

Salisbury fez um gesto rápido, e dois cavaleiros avançaram, enfiando as espadas nas articulações do joelho da armadura de Somerset. Ele gritou ao desmoronar, um som longo interrompido quando um terceiro homem acertou seu pescoço com o machado, cortando o metal e a carne por baixo.

Por um instante, ninguém se moveu, e metade dos homens ali esperava que Somerset voltasse a se levantar. Viram um duque do rei morrer, e o choque se espalhou por eles. Vários fizeram o sinal da cruz, olhando para Salisbury à espera de sua reação.

— Esse é por York — anunciou Salisbury. — Agora, Percy. Depois, acabamos.

Salisbury e o filho João deixaram o corpo para trás e caminharam pela St. Peter's Street para se unir a Warwick. Seus homens o seguiram em silêncio, cada um deles, ao passar, olhando para o cadáver ensanguentado do conselheiro do rei.

As forças cada vez mais reduzidas que acompanhavam Warwick perseguiram o inimigo desde a praça da feira, lutando contra os soldados mais decididos do conde Percy, que levavam seu senhor embora. Não havia trégua nem misericórdia de nenhum dos lados, mas o efetivo de Warwick era menor, e somente a estreiteza da rua impedia que fossem flanqueados e vencidos. Quando o pai o alcançou, Warwick estava com o conde Percy e o barão de Egremont encurralados em outra estalagem, a Chaves Cruzadas. Havia uma rua lateral logo abaixo, e os homens de Warwick lutaram para alcançar Percy antes que o combate se ampliasse e lhe oferecesse uma oportunidade de fuga.

Warwick olhou para trás temeroso ao som de pés em marcha, e suspirou aliviado ao ver as águias, as cruzes e os losangos vermelhos nos escudos dos cavaleiros do pai. Avistou o irmão João, e o Neville mais jovem lhe fez um sinal de cabeça, um momento de satisfação particular no caos do dia. Eles enfrentavam os homens que atacaram o casamento de João, e Warwick baixou a cabeça, reconhecendo o direito do irmão.

Salisbury trouxera duzentos ou trezentos de seus melhores homens pela rua, deixando o restante das facções ocuparem sozinhas a cidade. Trombetas soaram em algum lugar mais distante, porém o conde as ignorou, dando novas ordens quando se uniram aos tabardos vermelhos de Warwick e passaram por eles para alcançar o inimigo.

Ao se ver diante desse novo grupo de soldados, Henrique Percy, conde de Northumberland, estava exausto. Tinha sido forçado a recuar pela rua principal, sendo várias vezes atacado. O elmo fora retirado de sua cabeça, e o cabelo branco molhado de suor esvoaçava como rabos de rato. De rosto cinzento, parecia que mal conseguiria erguer a espada que empunhava com ambas as mãos. Ele e o filho Tomás estavam na segunda fileira de homens de Percy, resplandecentes em azul e amarelo. O líder do clã Percy teria caído muito antes se não fosse um homenzinho pequeno e robusto de cota de malha que levava uma adaga fina como agulha. Trunning não permitia que ninguém se aproximasse de seu senhor sem avançar e furar um olho ou uma articulação com precisão assustadora. O mestre de armas já era responsável por alguns corpos na rua, e Warwick teria dado os dentes de trás por um único arqueiro que ele deixara para trás na corrida para a praça da feira.

Quando as forças de Percy recuaram outra vez, a rua lateral se abriu em seu flanco esquerdo. Warwick ouviu o conde Percy gritar aos soldados que eles enfrentavam quem matara o rei. Ele empalideceu ao ouvir isso. As palavras do velho deram nova força aos que o cercavam, que voltaram a avançar e ganharam alguns metros. Sangue novo escorria de cavaleiros de armadura e respingava na rua fria.

Warwick pôde apenas assistir aos homens do pai enfiarem alabardas em escudos, darem golpes e mais golpes até que suas lâminas saíssem rubras e depois as mergulharem outra vez. Via o conde Percy discutindo com Egremont, o mais velho rechaçando o filho e apontando para a rua aberta. Egremont estava com o rosto corado, sem querer partir, enquanto o pai o abraçava e o empurrava para longe com rudeza.

Salisbury apareceu, ofegando pesadamente ao chegar ao lado do filho.

— O rei Henrique só está ferido, embora ainda possa morrer. Você agiu bem. Foi seu rompimento pela cidade que provocou este final aqui hoje. O de nenhum outro homem.

— Onde está York? — perguntou Warwick, sem jamais afastar os olhos de Percy e Egremont.

Os dois quase pareciam não notar a batalha ao redor, enquanto Percy apontava mais uma vez para a rua aberta. Alguns guardas do conde baixaram a cabeça, como se tivessem recebido ordens de acompanhar o filho de Percy. Os mais ousados pegaram Tomás, lorde Egremont, pelos braços e o forçaram a andar de costas, embora ele lutasse contra suas mãos e chamasse o pai. O velho deu as costas ao filho, enfrentando mais uma vez as linhas Nevilles. Warwick praguejou em voz baixa. Poderia ter imaginado isso, mas o conde Percy pareceu cruzar os olhos com os seus e ergueu a cabeça, com uma expressão amarga de orgulho.

— York foi para a abadia, sem dúvida para chorar ou orar pelo rei — respondeu Salisbury. — Não importa. Nosso assunto é aqui.

Ele respirou fundo, enchendo os pulmões para gritar a ordem.

— Acabem com eles! Gritem "Salisbury"! Gritem "Warwick"! Gritem "*Neville*"! E matem todos.

O combate se intensificou, auxiliado pela perda dos soldados Percys que partiram com Egremont. Warwick viu o homenzinho com a adaga fina como uma agulha dardejar entre dois cavaleiros lutando, encontrando espaço como se soubesse exatamente para onde se virariam. O mestre de armas dos Percys se esgueirava como uma sombra entre combatentes; esquivou-se para a esquerda e passou pela segunda fileira quando um soldado se virou para o lado errado. Num piscar de olhos, atravessara e os enfrentava. Trunning voou contra Salisbury, mas tanto Warwick quanto João Neville perceberam a ameaça. Eles enfrentaram seu golpe com as espadas erguidas, e Trunning foi perfurado. Mesmo assim, sorriu para eles com os dentes ensanguentados e conseguiu enfiar a adaga estreita na articulação do ombro de João Neville, que deu um grito de agonia enquanto o adversário torcia a lâmina, rindo, e uma torrente de sangue escorria pelo metal polido. Warwick realizou um movimento rápido e potente com a espada e cortou o pescoço de Trunning, derrubando-o.

Salisbury bramiu de triunfo ao ver o conde Percy desmoronar com o estrondo da armadura. Um dos guardas do velho ficou acima da forma caída, usando a espada e o escudo com grande habilidade para rechaçar os soldados Nevilles. O cavaleiro sem nome se movimentava bem, a força aparentemente infinita. Mas ele não podia se afastar de seu senhor. Sempre que se virava e matava, outro homem vinha atacar, até que um poderoso golpe de machado esmagou seu joelho, e ele também caiu para ser pisoteado.

As forças dos Percys estavam isoladas do velho, e Warwick e Salisbury o alcançaram. O conde Percy ainda vivia, embora seus lábios estivessem azulados. Com um gemido, o velho se forçou a sentar, apoiado nos cotovelos travados.

— João! Aqui! — ordenou Salisbury.

O braço do filho havia amolecido, o músculo cortado no ombro. Ele arrancara a adaga de Trunning com a mão esquerda. Estava branco de dor, mas os olhos eram ferozes diante do inimigo.

— Minha morte não o torna menos traidor — declarou o conde Percy, arfando de forma audível. As palavras e o olhar do velho visavam a Salisbury.

João Neville simplesmente balançou a cabeça. Com a adaga ainda úmida do próprio sangue, ele estendeu o braço e enfiou a lâmina sob o queixo do velho. O conde Percy se enrijeceu, soltando um grunhido e sibilando de agonia. A cabeça foi forçada para cima pela lâmina, que saiu pela boca. O sangue jorrou como água quando João a puxou e a passou através da garganta. Os três Nevilles observaram o conde cair de lado, os olhos se embaçando enquanto a boca ainda se movia para falar sem som.

— Onde está Egremont? — perguntou Salisbury aos filhos.

Warwick apontou para a rua aberta, onde podiam ver um grupo de cavaleiros se afastando rapidamente. Trombetas soaram de novo à distância, e a boca e o maxilar de Salisbury se retesaram com o som. Ele dera sua palavra a York, e após a violência sentia a exaustão inundá-lo. Salisbury se virou para o filho João e descansou a mão no ombro do rapaz.

— Esta é nossa vitória, João. Egremont não pode fugir para tão longe que não o alcancemos. Acabou. Hoje, acabou.

— Deixe-me levar uns cem homens atrás dele — retrucou João Neville.

Por um instante, ele achou que o pai permitiria, mas a cabeça do conde baixava de cansaço, não de falta de decisão.

— Não. Obedeça-me. Você terá sua oportunidade depois.

O conde encheu os pulmões, o olhar ainda no corpo de seu mais antigo inimigo.

— Chega! — berrou Salisbury.

À esquerda, alguns homens de ambos os lados ainda lutavam, e ele ouviu as trombetas de York tocarem uma terceira vez à distância. Sua hora terminara, e ele obtivera sua vingança.

— Toca trombetas quem as tem. Chega, já disse. Baixem as espadas. Nenhum homem precisa morrer agora, depois disso. Se viverem, baixem as espadas.

Homens ensanguentados e ofegantes o ouviram e desistiram com a esperança desesperada de que tudo pararia, de que talvez sobrevivessem ao dia. Pois, até onde a voz de Salisbury chegava, soldados se afastaram do combate, e depois mais além, quando os capitães Nevilles repetiram as ordens e mais trombetas soaram pela cidade, até que os sons e os gritos de paz fossem ouvidos em todas as ruas e em todas as casas.

Ricardo de York caminhou pelas lajes largas até as imensas portas da abadia. Podia ouvir o tumulto que ainda se desenrolava lá atrás, o estrondo e os gritos de milhares de homens lutando para matar uns aos outros, tão amontoados nas ruas que mal tinham espaço para manejar a espada. Olhou para trás ao ouvir um grande bramido, mas não foi capaz de adivinhar o motivo. As palavras de Salisbury o incomodaram, lançando uma luz diferente sobre os meses anteriores. O objetivo de York sempre fora afastar do rei Henrique os mexeriqueiros antes que sua casa fosse destruída por eles. E agora via que a intenção de Salisbury fora acabar com Percy, antes de qualquer outra consideração. Parecia que o caminho dos dois era o mesmo quando ambos avançaram para St. Albans. York balançou a cabeça, tentando afastar incertezas e preocupações. Estava cansado e com fome, mas o rei Henrique jazia dentro da abadia que assomava tão alta diante de si. Ele nem ao menos sabia se o rei ainda estava vivo.

Os homens que convocara para levar o rei Henrique para um lugar seguro permaneceram junto às portas da abadia, preferindo aquele lugar tranquilo à ideia de voltar ao perigo. Eduardo de March estava com eles, desajeitado, sua posição e juventude eram uma barreira grande demais para que a superasse. Os homens se puseram em posição de sentido quando York veio caminhando em sua direção, soldados cansados e feridos que já haviam lutado naquele dia, mas ainda pareciam envergonhados por se encontrarem longe do combate. York mal os notou, a mente focada no que encontraria no interior das enormes paredes de pedra. Não se via o abade em lugar nenhum, mas ainda assim a abadia era um lugar sagrado — um santuário. York tremeu sob a armadura quando seus homens empurraram as grandes portas para abri-las e ele atravessou a soleira. Seu filho deu um passo em sua direção nesse momento, a expressão esperançosa. York fez que não. Não sabia o que encontraria na abadia nem o que faria.

— Não, Eduardo. Fique aí.

York atravessou a entrada, aguardou as portas serem fechadas e ergueu os olhos.

Um grande esplendor de cores encontrou seus olhos por todo lado, brigando por atenção em cada coluna e parede pintadas. Uma imensa imagem de Cristo na cruz atraiu seu olhar, reluzente em vermelhos, azuis e dourados tão vivos que poderia ter sido criada dias antes. Outras cenas da Bíblia se combinavam para formar uma panóplia imensa de cores vivas se espalhando. Era avassalador, e York tomou consciência de que trajava uma armadura suja, observando a longa nave à frente até a grade de pedra do coro. Havia um altar diante dela, onde o rei jazia como uma boneca quebrada. Havia apenas dois homens com Henrique, silhuetas distantes que viraram os rostos pálidos para o homem que entrava como um lobo no aprisco das ovelhas.

York parou um pouco além da soleira e escorou o escudo numa coluna de pedra que se elevava até um teto absurdamente alto. Com mãos doloridas, desafivelou espada e bainha, deixou a arma ao lado do escudo e se endireitou. O líder da casa de Lancaster jazia indefeso diante dele, um primo que descendia do mesmo rei guerreiro da Inglaterra e que recebera o trono pela distância de um filho. York ergueu a cabeça, recusando-se a se intimidar com a cena dos condenados caindo num inferno em chamas. A armadura rangia, e os passos ressoavam conforme ele percorria a extensão da igreja, seguindo a longa linha da cruz latina.

Ele deu cem passos para chegar ao rei da Inglaterra. Henrique estava vivo, de costas para o altar, sentado no chão frio de pedra com uma perna dobrada. York podia ver que o rei observava sua aproximação, o rosto do homem mais jovem tão branco e exangue que a pele parecia de linho fino. O gorjal de cota de malha e as ombreiras de Henrique tinham sido removidos, e viam-se as ataduras, bem firmes no pescoço e sob uma das axilas. Scruton, o cirurgião, se afastou com a aproximação de York, baixando a cabeça e juntando as mãos em oração.

Na lateral do altar, o duque de Buckingham descansava, tão perto de Henrique que poderia tocá-lo. O duque respirava em arfadas rápidas e intensas, com dores tão terríveis que não podia fazer nada além de suportá-las. York viu o homem se virar para acompanhar sua aproximação, e sentiu um arrepio percorrer seu corpo ao ver a ruína da boca do outro. Os olhos vermelhos e chamuscados de Buckingham ainda lacrimejavam, e York não sabia se a causa era o ferimento ou a batalha perdida.

York parou e fitou os homens à sua frente. Embora tivesse deixado a espada para trás, ainda trazia uma adaga no quadril direito, bem consciente de sua presença. Sabia que, se tomasse a decisão de atacar, nenhum daqueles três conseguiria detê-lo.

Ele ergueu os olhos um instante, a atenção atraída por alguma agitação. Viu passarinhos voando pelo vasto espaço aberto, a representação mais próxima da abóbada celeste na Terra. Fez o sinal da cruz, lembrando-se mais uma vez do chão sagrado em que pisava. Podia sentir a presença de Deus naquela fria eternidade ao redor, uma pressão sutil que o fez baixar a cabeça outra vez.

York se ajoelhou diante do rei.

— Vossa Majestade, sofro ao vê-lo ferido. Peço-lhe perdão por tudo que fiz, seu perdão.

Henrique se esforçou para se sentar mais empertigado, firmando-se com as mãos nuas pressionadas contra a pedra até ficarem brancas. Seus olhos pareciam entrar em foco e perdê-lo, e ele virava a cabeça só um pouquinho, de um lado para o outro, para espiar o homem que provocara tanta destruição.

— E se eu não conceder o que me pede? — sussurrou.

York fechou os olhos um instante. Quando voltou a abri-los, a expressão era dura e severa.

— Então terei de exigi-lo. Seu perdão real por tudo o que aconteceu hoje. A mim e a todos os homens comigo. Chamaram-me de traidor, Vossa Graça. Não serei chamado assim outra vez.

Henrique amoleceu o corpo, e as costas da armadura arranharam a pedra quando ele escorregou de volta para onde jazia antes. Sabia que sua vida pendia pelo fio da paciência de um homem, e sua força de vontade se esvaiu, uma rocha engolida pela maré alta.

— Como quiser, então, Ricardo. Não o considerarei culpado por nada do que fez. Você tem razão, é claro. Como quiser.

Os olhos do rei se fecharam, e York sentiu o médico dar um passo curto para avançar. O duque ergueu a mão, detendo-o. Estendeu o braço e pousou a manopla na face do rei.

Os olhos de Henrique se abriram mais uma vez com o toque do metal frio.

— Quem é? Ricardo, ainda? O que quer de mim?

— O senhor é o meu rei — declarou York em voz baixa. — Peço apenas para ficar ao seu lado. Precisa de bons conselhos, primo. Precisa de mim.

— Como quiser — respondeu Henrique, a voz pouco mais que um sopro quando o terrível cansaço dentro dele roubou sua força de vontade.

York assentiu, satisfeito. Levantou-se, ainda incapaz de desviar os olhos do rei.

Buckingham então tentou falar, as palavras saindo como um mingau que fez mais sangue escorrer de sua boca.

— O rei é um bom homem. Bom demais, Ricardo. Eu o chamarei de traidor, se ele não o fizer.

York mal conseguia entender a fala do outro. Poderia ter ignorado o duque ferido, mas balançou a cabeça.

— Suas palavras são vento e lama, Buckingham. Você será preso. Desconfio de que a fiança que pagará por sua liberdade cobrirá meus custos.

Buckingham corou em torno da ferida e da carne inchada, esforçando-se para falar com clareza.

— Que crime pode me imputar, a mim, que servi ao rei?

— Você se levantou contra seus leais lordes, Buckingham. Levantou-se contra York e contra Salisbury quando tentamos salvar o rei de conselheiros diabólicos. Não voltará a falar com clareza, acho. Uma língua fendida já é o suficiente, mas fale comigo com demasiada rudeza e hoje não será o fim de seu sofrimento.

Buckingham tentou amaldiçoá-lo, porém mais sangue jorrou do palato rasgado e as palavras saíram ininteligíveis.

— O rei vive e eu viverei — declarou York em voz alta. — Sou leal à casa de Lancaster.

Ele concedeu ao balbuciante duque de Buckingham um sorriso rígido e se virou para descer outra vez pela nave, chamando seus homens.

Em pé, encostado num pilar do transepto, Derry Brewer fitava a cena com pesar. Tinha entrado na abadia por uma porta mais humilde, esgueirara-se até uma sala onde havia hábitos de monge pendurados em ganchos e decidira na hora enfiar um deles sobre as próprias roupas. Depois da experiência com os franciscanos, o hábito beneditino não tinha mistérios.

Quando se virou para sair e puxava o capuz para esconder o rosto, ouviu a voz de York, voz que conhecia melhor que qualquer outra. De seu esconderijo, Derry assistira a toda a reunião, os dedos segurando o *seax* que pendia na cintura debaixo do hábito. Chegou a pensar que veria o assassinato de Henrique. Mas York refreara a mão, e Derry havia assistido com tristeza à humilhação do rei.

Quando York voltou a passos largos pela nave, Derry soube enfim que tudo estava em ruínas. Tinha visto a queda de Somerset, derrubado em meio a sangue e violência. Derry *tentara* ficar ao lado do rei. Lutara para alcançá-lo contra a maré de homens. Ver Somerset ser massacrado o fizera entender. O dia estava perdido. A causa estava perdida. O rei estava perdido. Cego de lágrimas e mudo de pesar, Derry correra para a abadia, pensando apenas em fugir.

Ele puxou o capuz, a cabeça baixa. York, Salisbury e Warwick triunfaram, conquistaram tudo o que queriam.

Derry sentiu um incômodo nos olhos de novo e os esfregou com a manga do hábito, irritado consigo por sua fraqueza. Com as mãos diante do corpo, ele adotou os passos deslizantes do disfarce enquanto seguia para longe de seu rei caído.

17

Londres parecia o coração do mundo. Aqueles que morreram estavam no chão, e os ferimentos se tornaram cicatrizes nos que viveram. Os temores e as lembranças sombrias já desbotavam, expulsos e varridos pelos gritos das gargantas que davam vivas.

Uma imensa multidão se reunira, bem antes do amanhecer, para ter a oportunidade única de ver o rei e a rainha da Inglaterra. Nenhum dos presentes lutara na colina de St. Albans. Embora a cidadezinha ficasse a pouco mais de trinta quilômetros da capital, os açougueiros, os curtidores e os vereadores de Londres não estavam lá para ver Henrique cair nem para ver as barricadas serem derrubadas. Só sabiam que a rixa entre as casas havia acabado, que a paz voltara e que o rei Henrique perdoara os lordes rebeldes.

A cidade inteira parecia ter afluído para a rota do cortejo real pela grande e larga estrada de Cheapside rumo à Catedral de São Paulo. A multidão aclamava as linhas de soldados que trajavam cores vivas, o rosto tenso de dever e irritação. Houve alguns problemas — momentos em que se cortava a alça de uma bolsa para que fosse roubada ou moleques de rua corriam gritando no meio do ajuntamento —, mas na maior parte do tempo o clima era tranquilo.

Chovera na véspera, lavando boa parte da cidade e deixando-a mais limpa do que de costume. Aquele dia de julho amanhecera claro e quente, com centenas de carroças chacoalhando ao sol para preparar a rota do rei. De imensos feixes na parte de trás das carroças, as mulheres pegaram e espalharam palha seca e limpa por onde Henrique e Margarida caminhariam mais tarde. A lama úmida que estava embaixo se infiltraria outra vez, mas por algum tempo a rua estava limpa e renovada.

A traição e o derramamento de sangue em St. Albans foram deliberadamente esquecidos enquanto a cidade se preparava para a caminhada do rei e da rainha em meio ao povo da capital. Não se falaria mais de traidores nem de guerra civil, não depois daquele dia. Tudo o que a multidão via era o desfile triunfante pelo coração da cidade, encabeçado por belos corcéis bem-tratados e lustrosos em fileiras perfeitas. Estandartes de diversas casas nobres se erguiam em apoio ao rei e ondulavam ao vento, encimados pelos de Lancaster e de York, levados juntos em paz.

Atrás de seis dúzias de fileiras de cavaleiros vinham centenas de guardas reais com suas vestimentas mais coloridas, tirando de cestos nas laterais flores e até moedas para lançá-las à multidão. Mãos pedintes se estendiam, e mulheres lançavam beijos para os homens mais bonitos. A passagem dos soldados provocava um grande estrépito, e, em seguida, a multidão parecia tomar fôlego, durante um longo tempo em que as pessoas sussurravam admiradas, antes que aplausos e vivas estrondeassem outra vez, a ponto de fazer as casas dos dois lados da rua tremerem.

O rei Henrique da Inglaterra andava sozinho sobre a palha branca. Usava capa, túnica e calças apertadas de um azul bem escuro, quase preto, o peito bordado com três leões dourados, *passant guardant*, deitados, mas prontos. A capa era presa por um broche de prata.

Não olhava para a direita nem para a esquerda enquanto andava pelo mesmo caminho de centenas antes dele, nem se dava ao trabalho de contornar os montes fumegantes de esterco deixados pelos cavalos de batalha que passaram à frente. Para os que conseguiam enxergar entre lágrimas de alegria, o rei estava bastante pálido, mas com as costas eretas e a cabeça erguida. A notícia da batalha em St. Albans se espalhara pelo reino. Houve boatos sobre o ferimento de Henrique e até sobre sua morte, aumentados e rebordados em histórias fantásticas. Por ordem de York, era preciso que todos o vissem vivo e forte. O rei já havia aberto o Parlamento naquela manhã e recebera novos juramentos de fidelidade encabeçados por Ricardo de York como seu mais ardente defensor. Lordes espirituais e temporais foram se ajoelhar, pegar a mão de Henrique e jurar ao rei a vida e a honra. Ele olhava ao redor com olhos vazios, seguindo os que iam à frente.

Atrás de Henrique, a rainha Margarida caminhava com o duque de York, o peito dele estufado de prazer enquanto segurava a mão dela e não a largava. Em seus pensamentos, York gostaria que Henrique manifestasse apreço pela multidão. Havia algo desconcertante no rei de rosto branco que seguia rigidamente a rota traçada, como se nenhuma fagulha de vida o animasse. York e Margarida seguiam três passos atrás, longe demais dele para trocar uma palavra que fosse. Em vez do rei, era York quem erguia a mão esquerda para as fileiras de rostos que passavam, amontoados e pendurados em todas as janelas. Ele viu flores pisoteadas na palha enquanto a multidão se agitava e empurrava as fileiras de soldados. Alguns de seus homens juntaram bastões na altura da cintura, formando com eles uma barreira, enquanto os moradores de Londres num frenesi tentavam ver e guardar uma lembrança que cultivariam pelo resto da vida.

— Veja como eles amam o rei — comentou York, virando-se para Margarida.

Ela não respondeu, e ele se aproximou mais da rainha, de modo que seus lábios quase tocaram a orelha de Margarida.

— Eles amam seu marido! — gritou acima da algazarra.

Margarida ergueu um olhar tão frio para ele que York logo se desviou, voltando a observar o povo dando vivas. A grande procissão em Londres fora ideia de Salisbury, que agora andava um pouco mais atrás com os dois filhos. Talvez a sugestão fosse alguma compensação pelas palavras irritadas que trocaram na praça da feira de St. Albans; York não tinha certeza. O povo de Londres veria que a casa de York voltara ao âmago do favor real. Não haveria mais intrigas sobre seu nome nem sobre sua linhagem. York sentiu a mão da rainha se mexer dentro da dele, ambas as palmas escorregadias de suor depois de tanto tempo juntas. O duque a segurou com mais força, temendo que ela escapasse. Não a viu se retrair nem o jeito como ela recuperou cuidadosamente a expressão vazia.

Aquele era o dia de York, disso Margarida não duvidava. O marido andava como um prisioneiro à frente dos carrascos, e ela morria de vontade de avançar e ficar ao lado dele. Não tinha opção senão andar atrás, fitando as costas de Henrique como se pudesse estender a mão e consolá-lo apenas com seu amor e seus pensamentos.

A Catedral de São Paulo estava à frente deles, aquele antigo templo onde uma multidão ainda maior estava reunida desde muito antes da aurora para ver o rei receber a coroa das mãos de York. Não havia símbolo maior de poder, e York sentiu o espírito se elevar ao avistar a imensa construção. Deus e a boa sorte o acompanharam, a ele e à sua casa. Se o ferimento de Henrique fosse só um pouquinho mais perto da garganta, o príncipe Eduardo teria se tornado rei. Na presente situação, o rei Henrique vivia, mas York governava. Ele deu graças a Deus por isso, recordando que mandara rezar missas dia e noite para agradecer pela boa sorte.

Warwick recebera a capitania de Calais, aquele porto rico, em troca de seu papel na ação para salvar o rei em St. Albans. Salisbury era mais uma vez lorde chanceler do rei, embora sua verdadeira recompensa fosse a morte do conde Percy e seu triunfo na luta entre sua família e Northumberland. York pedira e recebera o título de condestável da Inglaterra, com poder de comandar em nome do rei. Talvez o mais importante fosse Henrique ter assinado docilmente o perdão de todos os envolvidos na batalha, absolvendo-os de toda culpa ou mácula em sua honra. As casas de York e Lancaster renasciam juntas num dia de verão e céu azul.

Margarida ergueu os olhos para o homem que odiava com um azedume capaz de talhar leite. Quando a farsa acabasse, com seus jogos de cena de coroas entregues ao rei por mãos indignas, veria quem ainda estaria com ela e Henrique. Quando a multidão voltasse para casa e houvesse silêncio, ela veria. Aprendera muito desde que havia chegado à Inglaterra ainda menina. Não avançaria com pressa nem rapidez. Mas, quando a hora chegasse, *avançaria*.

York sentiu o olhar dela. Quando baixou os olhos para a rainha que andava a seu lado, ficou aliviado ao ver que Margarida sorria.

PARTE II

1459

O reino da Inglaterra estava privado de toda
governança [...] pois o rei era simples [...]
não tinha corte, não fazia guerras.

Anônimo [Cronista inglês anônimo do século XV]

18

Derry Brewer estava em pé na chuva torrencial observando a coluna de soldados armados que percorria a grande via rumo ao Castelo de Kenilworth. Em campo aberto, não havia proteção contra o aguaceiro que despencava em cima deles. Cavalgavam de cabeça baixa, cerca de cento e cinquenta homens com armadura completa, levando estandartes tão encharcados que se enrolaram nos mastros. Mesmo assim, estavam atentos, prontos para atacar. Apesar de quatro anos de paz, o reino inteiro fervilhava, batendo e tilintando como a tampa de uma panela no fogo.

Derry entrou no caminho dos homens, ficando no meio da estrada. Ele escolhera seis rapazes grandes para acompanhá-lo, apenas para formar um grupo decente. Dois cavalos de arado brancos avançaram para bloquear a passagem, animais enormes com o dobro do peso e da musculatura até mesmo de um cavalo de guerra. Na situação ali presente, Derry duvidava de que algum visitante parasse só para um homem. O mau tempo não ajudava, nem o fato de que o castelo estava à vista, com toda a promessa de calor e segurança. Ele ergueu a mão, a palma para fora, aprumado e com a máxima confiança que pôde reunir enquanto a chuva açoitava sua pele. Ao seu lado, o amigo Wilfred Tanner erguia o estandarte real, um respingo vermelho e dourado que podia ser visto de muito longe. O pequeno contrabandista ossudo se mantinha empertigado e tremendo de orgulho por terem lhe permitido portar as cores do rei.

Mal havia se passado uma hora desde o meio-dia, embora as nuvens tenham escurecido a grande estrada. Derry fitava à frente os cavaleiros que se aproximavam, e observou o momento em que o avistaram e chamaram o duque que protegiam. Ele não conseguia enxergar além das primeiras fileiras, mas em algum lugar, na massa de soldados, estava o homem que precisava alcançar.

— Em nome do rei, parem! — gritou Derry acima do vento. E murmurou pragas contra a falta de resposta.

A coluna trotou até mais perto, tilintando na direção dele sem sinal de querer reduzir a velocidade. Se o homem que os comandava não desse a ordem, Derry sabia que passariam por cima de seu grupo miserável, fazendo-o debandar. Deus sabia que já havia desconfiança demais na Inglaterra naquele ano. Qualquer baronete, qualquer cavaleiro e seus vizinhos pareciam estar reunindo homens e comprando armas. O caldeirão estava prestes a transbordar com tanto calor.

Quando a fileira da frente estava a poucos passos dele, Derry ouviu outra voz dar uma ordem. Ela passou em ondas pelos homens, que ao menos a esperavam e pararam antes de derrubá-lo. Quando por fim se detiveram, se Derry estendesse o braço tocaria o focinho úmido das montarias mais próximas, embora preferisse não o fazer. Nenhum cavaleiro gostava de ver outro homem estender a mão para suas rédeas.

O aguaceiro aumentava sem trovões, apenas o céu se rasgando e despejando um mês de chuva num único dia. Pelo chão corriam mil torrentes, e grandes cortinas de água cintilante se estendiam por todo lado. A chuva tamborilava nas armaduras da coluna, um leve rugido que aumentava e baixava de volume a cada lufada.

— Quem é você para ficar no meio da estrada? — gritou um cavaleiro na segunda fila. — Você está no caminho do duque de Somerset. Saia daí.

Derry podia sentir a disposição para a violência nos cavaleiros que o observavam. Eles vieram armados para a guerra e estavam nervosos e agitados. Como ninguém erguera a viseira, era difícil saber quem falara. Poderiam ser estátuas de prata, semiocultas em capas azuis encharcadas, quase negras de tão molhadas.

— Falarei com Henrique Beaufort, duque de Somerset — declarou Derry com voz alta e clara —, cujo pai conheci bem e que já chamei de amigo. Falo pelo rei Henrique e pela rainha Margarida. Podem ver que não tenho homens para ameaçá-los, mas por ordem do rei devo falar com Somerset antes que entrem no castelo.

Os homens da primeira fileira o fitaram pelas aberturas da viseira. Os que estavam atrás viraram a cabeça, e Derry espichou o pescoço para ver um deles, que usava as cores de Somerset sob a capa, um tabardo encharcado listrado de azul e branco, com um brasão com flores de lis douradas e os leões da Inglaterra. Derry fixou o olhar naquela figura esguia, sentindo uma pontada no coração com a lembrança do pai. Um dos cavaleiros se inclinou para seu senhor e murmurou algo que Derry não conseguiu escutar. Para seu alívio, ele viu o jovem duque balançar a cabeça e fincar os calcanhares nos flancos da montaria, forçando o cavalo protegido por uma armadura a avançar até a frente. Como seu dono, o enorme animal estava ornado de placas de ferro no peito e na cabeça, segmentos que se movimentavam com o passo do cavalo e poderiam suportar quase qualquer golpe. Contra um homem desarmado, a própria armadura era uma arma, e Derry engoliu em seco, sabendo que, se desse um passo em falso, receberia um golpe.

Enquanto o espião-mor o fitava, o novo duque de Somerset ergueu a viseira, revelando os olhos e os franzindo quando a chuva os atingiu.

— Vossa Graça, meu nome é Derry Brewer. Conheci seu pai.

— Ele falava de você — respondeu Henrique Beaufort de mau humor. — Disse que era um homem de confiança, embora eu prefira fazer minha própria avaliação. O que quer de mim?

— Uma palavra em particular, milorde, em meu nome, em nome de meu juramento de lealdade e de minha condição de servo do rei.

Derry aguardou sob o olhar frio do rapaz, mas outro cavaleiro falou antes que Somerset respondesse.

— Milorde, isso não cheira bem. Ser detido na estrada sob essa chuva torrencial? Vamos avançar até o castelo da rainha. Ouviremos tudo lá.

— *É* urgente, milorde — acrescentou Derry em resposta, aguardando. — Estou desarmado.

A sugestão de que Somerset se demorava devido a algo como medo ou cautela foi o suficiente para deixá-lo furioso imediatamente. Ele apeou, foi até Derry e, deliberadamente, se postou acima dele, ameaçadoramente perto. Em resposta, Derry se virou e conduziu o rapaz a uns dez passos de seus homens, que ficavam irritados conforme seu senhor se distanciava, prontos a esporear os cavalos para uma ação assassina ao primeiro passo em falso.

— O que você quer? — sibilou Somerset para Derry, aproximando-se. — Fui convocado aqui com apenas um selo real exigindo minha presença. O que precisa me dizer para me manter aqui na chuva?

Derry respirou aliviado.

— Há um homem em sua companhia, milorde, um homem que passou documentos ao conde de Salisbury há menos de um mês. Meus homens o viram fazer isso e depois seguiram aquele com quem se encontrou.

— Um traidor? — questionou Somerset, surpreso. — Por que então não me trouxe a notícia antes?

Derry sentiu as bochechas arderem, apesar da chuva gelada.

— Às vezes é útil saber quais homens são falsos, milorde, sem os acusar. Dessa maneira, podem ser levados a indicar o caminho errado a seus mestres, se o senhor me entende.

— Mas você me deteve agora — retorquiu Somerset, fitando com raiva o espião-mor desgrenhado à sua frente.

— O senhor ouvirá planos em Kenilworth que não são para os ouvidos dele, milorde. Achei que seria mais fácil e tranquilo fazer o problema desaparecer pelo caminho e não na presença da rainha.

— Entendo. Qual é o nome desse homem, a ser condenado apenas por sua palavra?

Derry fez uma careta com o tom de desconfiança do jovem lorde.

— Sir Hugh Sarrow, milorde. E disso não há dúvida, dúvida nenhuma. Mande-o de volta, se quiser, embora ele vá descobrir e fugir para junto de seus inimigos se o senhor o fizer.

Somerset lançou um olhar aos homens irritados.

— Sir Hugh? Era um dos homens de meu pai! Eu o conheço desde criança!

— Mesmo assim, milorde. Ele não pode entrar no castelo e ter permissão de escutar o que é apenas para seus ouvidos. Seu pai confiava em mim, milorde. O rei Henrique e a rainha Margarida ainda confiam em mim. Este é meu trabalho: encontrar traidores e usá-los ou destruí-los.

— Meu pai talvez o conhecesse, mestre Brewer. Eu, não. E se recusar?

— Sinto dizer que o senhor terá de dar meia-volta nos portões do castelo.

Derry teve de se esforçar para respirar normalmente, consciente de que homens como Henrique Beaufort estavam acostumados à obediência absoluta ao mínimo capricho.

— O senhor não poderá entrar com esse homem em liberdade, milorde. Por sua ordem, ele pode ser preso, amarrado e levado a uma cela enquanto o senhor fala com a rainha. Eu agradeceria a oportunidade de interrogá-lo, mas ele é um de seus homens. E a decisão é sua.

Derry se espantou quando Somerset se virou e vociferou para seus homens:

— Sir Hugh Sarrow! A mim, aqui.

As fileiras se remexeram e retiniram quando um homem veio à frente e apeou, andando rigidamente até seu senhor e Derry Brewer.

— Remova o elmo, Sir Hugh — ordenou Somerset.

O cavaleiro revelou um rosto estreito e preocupado, em parte obscurecido pelo bigode, enquanto os olhos castanhos iam rapidamente de um homem ao outro.

Somerset se aproximou tanto que Derry sentiu o calor de seu hálito.

— Sou leal ao rei, mestre Brewer. A morte de meu pai ainda clama por vingança, e ela não me será negada. Se for uma prova de minha lealdade, eis minha resposta.

Sem aviso, ele desembainhou a espada, brandiu-a a partir do quadril e pôs toda a força num golpe no pescoço nu do cavaleiro.

A lâmina acertou a borda do gorjal do homem antes de cortar a carne, soltando uma fagulha que se lavou em sangue e chuva. Sir Hugh cambaleou com a força do golpe. A cor se esvaiu do rosto, que ficou branco. Em choque, o cavaleiro levou a mão à garganta, os olhos arregalados, e caiu com um estrondo na lama.

Derry fitou o rapaz à sua frente e viu uma fúria que estivera totalmente escondida.

— E acabou — disse Somerset. — Tem mais alguma coisa para mim, mestre Brewer? Estou molhado e com frio, e ainda tenho de ouvir o que me aguarda em Kenilworth.

— Obrigado pela confiança, milorde — agradeceu Derry, abalado.

Fez um gesto para seus companheiros, que saíram do caminho da coluna, pobre obstáculo que eram. Somerset voltou a passos largos e montou mais uma vez. A coluna passou por Derry com dezenas de elmos se virando para encará-lo com desagrado e desconfiança. Ele ficou cuidadosamente longe do caminho, seu serviço encerrado.

Após passarem, Derry fez um sinal a seus homens. Eles amarraram o cadáver de armadura aos cavalos de arado e o arrastaram pela lama, seguindo de volta para o castelo.

A expressão de Margarida era atenta enquanto observava Derry Brewer e outro homem entrarem e se curvarem em saudação. O cabelo do espião-mor estava grudado na cabeça por causa da chuva, embora ele tivesse vestido roupas secas antes de ir à sua presença. Por mais que Derry pudesse tê-lo avisado, seu companheiro estava visivelmente aterrorizado por se ver sob o escrutínio de uma rainha da Inglaterra. O homem ao lado de Derry era magro como um graveto, com um chumaço de cabelo castanho desgrenhado que parecia ter sido alisado com mão e cuspe. Ele tremia enquanto tentava imitar o que Derry fazia, dobrando uma perna diante do corpo e se curvando sobre ela. Para a diversão de Margarida, Derry teve de estender a mão e apoiar seu acompanhante antes que ele caísse.

Apesar da tempestade que castigava as paredes do castelo naquele dia, o longo verão de 1459 torrara Kenilworth; fizera rachar a massa corrida e transformara pastos verdes em campos secos e castanhos até onde a vista alcançava. Margarida adorava o lugar.

Três anos antes, vinte e seis grandes serpes foram içadas até o alto das torres e das muralhas de pedra, número suficiente para cobrir quinhentos metros com bolas de ferro — e carne e metal destroçados, caso inimigos ousassem se aproximar. Margarida não avisara York e Salisbury de suas intenções, sem dar nenhum sinal de que não estava absolutamente satisfeita com seu destino. Ela só contara seus segredos a Derry Brewer, o único homem em quem confiava. Juntos, conseguiram fazer com que Henrique saísse de seus aposentos no Palácio de Westminster, subornando os médicos com a necessidade do ar fresco do campo. Assim que saíram de Londres, Margarida correu com ele para o norte antes que qualquer um soubesse o que planejavam. Ela recebera uma centena de arautos e cartas indignadas nos três anos seguintes, mas o que York poderia fazer? Não se podia convocar novos parlamentos sem o rei. A lei e a ordem começaram a falhar e desmoronar no reino, mas Kenilworth era uma fortaleza. Nem York ousaria convocar um exército para arrancar o rei Henrique da própria esposa.

— Aproxime-se, mestre Brewer — pediu Margarida. — E traga seu... companheiro com você, para que eu possa avaliar a qualidade dos homens que emprega em nome de meu marido.

Derry se endireitou, percebendo o toque travesso nos olhos da rainha. Um sorriso lhe veio fácil.

— Esse maravilhoso espécime é Wilfred Tanner, Vossa Alteza. Tem me sido útil neste último ano. Já foi contrabandista, mas não dos bons...

— Derry! — sibilou Tanner, horrorizado ao ouvir sua antiga profissão citada em voz alta.

— ... mas agora está a serviço do rei — continuou Derry tranquilamente — e viaja comigo pela Inglaterra para recolher vossos contratos. — Ele ergueu uma bolsa de couro cheia de pergaminhos. — Mais uns cinquenta aí dentro, Vossa Alteza. Declarações assinadas de homens que se unirão aos Galantes por sua palavra e sua honra.

— O senhor me serve bem, mestre Brewer. Meu marido me falou várias vezes de sua lealdade. Se ele estivesse presente, sei que exprimiria sua gratidão por tudo o que o senhor fez nesses últimos anos.

Derry notou que a menção ao rei Henrique provocou uma ruga entre as sobrancelhas dela. Margarida ainda não tinha 30 anos e ficara extraordinariamente bela nos anos anteriores, desde o casamento. O cabelo era escuro, uma trança lustrosa que chegava quase à cintura. Enquanto a fitava, Derry se perguntou se Margarida saberia o efeito que causava nos homens. Apostava que sim, até o último centavo. Ela estava sentada numa cadeira de madeira entalhada, com um vestido de seda azul-escuro que enfatizava sutilmente sua silhueta. Nenhum segundo filho viera forçar aquelas costuras, não nos seis anos após o nascimento do príncipe Eduardo. Derry inclinou a cabeça um pouco para observar a rainha, sem sentir nenhum tremor de paixão, apenas o prazer, o quase assombro, do homem que fita uma bela mulher. A luz de uma das grandes janelas se derramava sobre a rainha, fazendo seus olhos brilharem e enchendo o ar em torno dela de pontos dourados.

— Esses novos homens de nossa causa são Galantes da Rainha? — perguntou Margarida. — Ou de meu marido?

— Esses quarenta e seis juraram à senhora, milady. Wilfred distribuiu suas insígnias do cisne e posso relatar que são usadas com grande orgulho. Acho que precisarei de outra grosa quando partir de novo. Em alguns lugares, estão no auge da moda, e muitos homens presenteiam as esposas com elas.

— Mas, quando os convocarmos, mestre Brewer, eles devem usar minha insígnia ou o antílope de meu marido, entendido? Seja lá qual for a moda, nossos Galantes têm de se reconhecer pelas insígnias.

Derry fez um gesto leve com a mão.

— Galantes do Rei ou da Rainha, eles servem à Coroa, Vossa Alteza. Tem sido uma alegria para mim ver o fervor nas cidades e aldeias. Sou tratado como um nobre visitante, sempre que me avistam sobre Represália.

— Avistam sobre...? Ah. Esse nome não é inventivo demais para um cavalo, mestre Brewer?

— Na verdade, ele é uma fera vingativa, milady. Acho que o nome lhe cai muito bem, assim como o serviço combina comigo. Wilfred aqui ganhou várias namoradas só por levar minha bolsa de insígnias e documentos.

Margarida riu, e Wilfred Tanner enrubesceu intensamente, o cotovelo cutucando Derry, embora estivesse fora de alcance.

Um dos mordomos da rainha entrou na sala de audiências atrás dos dois homens, atravessando em silêncio as grandes portas com seus sapatos de feltro. Quando se dirigiu à sua senhora, Derry e Wilfred Tanner levaram um susto com a surpresa. Margarida sabia que armas eram proibidas em sua presença, e foi com interesse que viu as mãos deles dispararem para partes diferentes das túnicas e das mangas. Ambos logo se recuperaram, trocando um olhar envergonhado.

— Vossa Alteza. Henrique Beaufort, duque de Somerset, e Sir John Fortescue, juiz-mor do Tribunal do Rei — anunciou o mordomo, recuando para permitir que os dois homens entrassem na sala onde estava a rainha.

Em resposta, Derry se curvou mais uma vez.

— Posso permanecer, milady? Gostaria de ouvir esses homens em meu papel de seu conselheiro.

Margarida inclinou a cabeça, permitindo que Derry conduzisse Wilfred Tanner para a lateral da sala. Ali ficaram timidamente, embora Derry Brewer observasse com atenção. No extremo da câmara, dois homens bem diferentes entraram.

Henrique Beaufort, duque de Somerset, tinha apenas 23 anos. Derry, que conhecera bem seu pai, conseguia discernir poucos traços do antigo duque no rosto do filho, embora já soubesse que aquela expressão neutra ocultava uma fúria terrível, ainda ardendo em brasa quatro anos depois. Beaufort talvez fosse um pouquinho mais alto que o pai Edmundo, e avançava com passos ágeis na presença da rainha. As barbas tinham voltado à moda nos quatro anos decorridos desde a batalha em St. Albans, mas o jovem Somerset parecia cultivar a sua indiferente a isso, uma mistura de castanho-escuro e ruivo, com as pontas do bigode um pouco curvadas para cima.

— Vossa Alteza — saudou Somerset, fazendo uma reverência ainda mais elegante que a de Derry.

O olhar do duque descansou sobre Derry um instante quando se levantou, reconhecendo o espião-mor.

— Milorde Somerset, saúdo sua presença — disse Margarida. — Aguarde apenas um instante enquanto cumprimento seu companheiro.

Derry viu as faces do rapaz ruborizarem, e ergueu a sobrancelha com interesse enquanto Somerset se afastava. O duque ainda não se casara, e Derry se perguntou se deveria aconselhar o rapaz a ter cuidado com os olhares lançados à rainha quando outros pudessem ver. Então se lembrou da violência súbita a que assistira no caminho para o castelo e decidiu não falar nada. O espião-mor supôs que o rapaz já era bonito o suficiente, de um jeito pouco inspirador. Derry se pegou alisando os próprios cachos e depois balançou a cabeça, espantado com a tolice dos homens em geral.

Sir John Fortescue, que entrara atrás do jovem nobre, vestia-se totalmente de preto, das volumosas pregas da túnica aos poucos centímetros à mostra das meias de lã e às botas de couro preto. Com 62 anos, seu rosto quase não tinha rugas. Ele lembrou a Derry os membros de algumas ordens monásticas que passavam tanto tempo da vida em oração com o rosto relaxado que não envelheciam como os outros homens. Embora Fortescue não usasse barba, um bigode fino se assentava sobre o lábio, escuro no centro e branco nos cantos da boca larga. Servia um pouco para disfarçar a falta de dentes em cima e embaixo num dos lados do maxilar, o que lhe dava uma expressão zombeteira mesmo quando estava repousado. Os dentes que mantivera eram fortes e amarelos, mas metade da boca era só gengiva. Derry percebeu o pestanejar de Fortescue em sua direção. O juiz-mor do rei era um observador famoso e, naquele único instante, o espião-mor sentiu ter sido avaliado e desdenhado, com Tanner ainda encolhido ao seu lado. Sem dúvida Fortescue observaria os sintomas da paixão de Somerset com os mesmos olhos frios e sorriso torto.

— Posso me aproximar, Vossa Alteza? — perguntou Fortescue.

Sua voz era forte e firme, como cabia a um homem acostumado a se dirigir ao tribunal como juiz-mor. Derry notou o leve sibilar de quando a língua de Fortescue encontrava o espaço onde antes havia dentes.

— Pode, é claro, Sir John — respondeu Margarida. Ela viu Fortescue dar uma olhada nos outros que estavam na sala e falou antes dele. — O senhor também pode confiar nos que encontra neste recinto, ou em nenhum deles. Entendido? Por mais que os senhores não se conheçam, conheço-os todos como homens leais.

Os quatro visitantes passaram um momento em silêncio, cada um avaliando os outros. Tanto o duque quanto o juiz Fortescue franziram a testa para Wilfred Tanner, que coçou o queixo e parecia desejar estar em qualquer lugar, menos ali. Tanner já encontrara um ou outro juiz na vida.

Margarida perdeu a paciência com a tensão entre eles.

— Milorde Somerset, cavalheiros, *amigos*. Em nome do rei, cada um de vocês tem seu papel num grande empreendimento. O mestre Brewer aqui passou dois anos na estrada por mim, reunindo homens leais ressentidos com o mau tratamento que o rei recebe de seus lordes mais poderosos. York, Salisbury e Warwick zombaram do trono, zombaram da Inglaterra e da Coroa. Pronto, me declarei. Eles pegaram em armas para derramar o sangue dos nobres conselheiros do próprio rei, mas os céus não os atingiram. Eles ainda prosperam, exibindo-se como galos de briga, enquanto homens melhores jazem sob a grama.

Margarida percebeu que cerrara a mão e a relaxou, vendo os dedos brancos se abrirem como uma flor.

— Não dormi uma única noite desde então sem pensar em alguma punição para aqueles homens. Sir John veio a mim explicar a lei, mas o que é a lei, mesmo a lei da Inglaterra, se não puder ser cumprida? Quantos já juraram aos meus Galantes da Rainha, mestre Brewer? Quantos até agora?

Derry hesitou. A mulher sentada tão imóvel para ralhar com eles perdera todos os traços de leveza. Ele viu novamente a jovem rainha que recebera a notícia do ferimento do marido e da ascensão de York. Não pesar, mas uma fúria gélida. Embora sem dúvida tivesse se despedaçado, os pedaços eram afiados, capazes de cortar.

— Nove mil homens usarão o cisne, Vossa Alteza. Não... Não posso responder por sua qualidade, na maior parte dos casos. Embora cerca de oitocentos cavaleiros tenham se comprometido com a senhora, os outros são agricultores, ferreiros, pequenos proprietários. Eles precisam de bons homens que os liderem, mas juraram se levantar em nome de sua causa.

— E o segundo de nossos grandes empreendimentos, mestre Brewer? Diga a Sir John quantos homens usarão o antílope de meu marido quando o rei for ameaçado por seus inimigos.

— Oito mil, Vossa Alteza. De Dorset a Northumberland, eles vêm treinando para marchar e lutar. Simplesmente aguardam a ordem do rei.

— Obrigada, mestre Brewer — disse Margarida. — E então, Sir John? Acha satisfatório? Esses números lhe agradam?

Sir John Fortescue escutara fascinado. Ele se curvou mais uma vez, um sorriso brincando nos lábios.

— Vossa Alteza, estou assombrado. Acredito que seja suficiente. Não, tenho certeza.

O juiz poderia ter continuado, mas Henrique Beaufort pigarreou. Ele devia ser um duque havia apenas quatro anos, mas, até onde Derry podia ver, Somerset já exibia parte da arrogância da raça. O rapaz ergueu um único dedo e, em resposta, o juiz mais importante do rei fechou a boca de repente.

— Vossa Alteza, essas notícias são bem-vindas — comentou Somerset.

— Sinto-me honrado de estar incluído neste círculo. — Então ele lançou um olhar para Wilfred Tanner, permitindo que uma expressão de dúvida passasse por seu rosto. — Eu aceitaria qualquer posição de autoridade nesse... Como a senhora chamou, milady? Nesse "grande empreendimento". Vossa Alteza pode contar com minha lealdade até soarem as últimas trombetas.

— Ah, conto, sim, milorde Somerset — respondeu Margarida friamente. — Nisso não há meio-termo. O planejamento já levou tempo demais. Nesta mesma manhã, encontrei os lordes Buckingham, Clifford, Grey e Audley. Os nobres de meu marido ficarão com ele ou em seu caminho. Digo-lhe agora que ele não terá misericórdia para com aqueles que fizerem a escolha errada.

Para o prazer de Derry, Henrique Beaufort ergueu o dedo mais uma vez, pedindo permissão para falar. A boca de Margarida se estreitou, mas ela assentiu.

— Vossa Alteza, se esses exércitos só marcharão quando o rei for ameaçado, tenho de perguntar: onde está a ameaça? Mesmo sem Parlamento, York parece satisfeito com tudo o que conquistou. Warwick está em Calais. Salisbury promove seus banquetes e suas caçadas, mas não se pode dizer que algum deles ameace Sua Majestade diretamente.

A expressão de Margarida ficou soturna quando Somerset falou, a cordialidade anterior desaparecendo.

— Sim, eles consideram todas as batalhas vencidas. É uma boa questão, que tem me preocupado. Achei que nunca a superaria até que Sir John me explicou o que é o Ato de Desonra. Essa é a fagulha que fará com que se revelem, milorde. Essa é a pedra que quebrará suas cabeças.

Somerset assentiu, tocando os lábios com o dedo. Ficou bastante claro para Derry que o jovem duque não conhecia a expressão. Todos os homens se voltaram para Fortescue, que moveu a boca semivazia, mostrando prazer com a atenção deles.

— É uma lei para traidores — explicou Fortescue. — Há muito tempo nos anais, mas raramente usada, talvez devido ao poder que confere. Com o selo do rei num Ato de Desonra, o nobre vira plebeu. Seus títulos são anulados, sua sucessão é negada. Toda propriedade volta para o rei. Em resumo, é a morte nas cinzas de uma casa nobre.

— York nunca permitirá isso — retrucou Derry imediatamente, como combinara com a rainha numa reunião particular. Para sua exasperação, Sir John sacudiu o dedo para ele, sorrindo.

— Esse ato legislativo foi criado para as ameaças mais extremas à casa real, mestre Brewer. Os que a inscreveram na legislação inglesa entendiam que haveria ocasiões em que o tempo seria pouco e os traidores estariam perigosamente próximos do sucesso. Exigem-se pouquíssimas provas. Embora em algum momento tenha de ser referendada pelo Parlamento, ela pode ser selada como lei para o processo começar com apenas um quórum de lordes e a concordância do rei.

Para influenciar Somerset, Derry esfregou a testa como se pensasse, fingindo ouvir aquilo pela primeira vez.

— Sir John preparou o decreto — disse Margarida. — Meu marido concordou em aplicar seu selo. Os lordes Percy e Egremont perderam muitíssimo com a morte de seu pai. Com o senhor, milorde Somerset, eles comandarão os Galantes de meu marido. — Seu tom de voz não dava chance para recusas, e Somerset baixou a cabeça. — Depois de iniciado o processo, cavalheiros, o Ato de Desonra não pode ser revogado. É um chamado às armas. A casa de York cairá ou lutará... e *ainda assim* cairá.

Sua voz tremia enquanto ela falava, como era preciso, pensou Derry. York viria como um cachorro louco quando soubesse, isso era certo. A rainha provocaria uma guerra com apenas um pedaço de pergaminho.

Margarida continuou, os olhos cintilando por ter chegado a esse ponto depois de meses e anos de preparação.

— Meu marido convocará um Conselho de lordes leais em Coventry para ouvir a leitura da lei. Chega de Londres, cavalheiros. Coventry fica a apenas oito quilômetros deste lugar. Servirá como nossa sede. Mestre Brewer, o senhor convocará os homens que juraram à Coroa seu serviço e sua vida. Use as palavras que quiser, mas traga ao campo até o último deles e os faça treinar. Tenho um comandante para meus Galantes em James Tuchet, barão de Audley. Meu marido irá a campo em pessoa com seu exército.

— Conheço lorde Audley — comentou Derry. — É um veterano, com barbas brancas, mas em serviço, Vossa Alteza. Não discuto sua decisão. Mas devo perguntar se o rei Henrique está bem de saúde para o que o espera.

Enquanto falava, Derry baixou os olhos, sem graça. Ele e Margarida combinaram essa pergunta, embora essa parte de seu papel não lhe agradasse, nem as mentiras que a rainha com certeza contaria. O rei era mais notável por sua ausência, com tantas questões importantes sendo decididas em torno dele. Derry quase conseguiu sentir o olhar de Margarida se aguçar.

— Meu marido está ansioso, mestre Brewer. Sua saúde tem sido inconstante, mas ele fica mais forte a cada dia. Não tema quanto a essa questão. — Ela fez um gesto como se quisesse afastar a ideia. — Comprei outro lote de piques e maças de chumbo para meus Galantes, empilhado nos arsenais de Kenilworth. Mandarei que os inspecione e tome providências para que sejam levados aonde forem necessários. Daqui a um mês, espalhe a notícia desse Ato de Desonra de York. Mande seus plantadores de boatos fazerem o serviço, para que York e Salisbury também saibam. Então eles virão. E serão enfrentados.

— Sim, Vossa Alteza — disse Derry, aceitando as ordens.

Enquanto permanecia ali, não pôde deixar de recordar o último grande plano da casa real — assegurar uma trégua e uma esposa francesa em troca dos territórios de Maine e Anjou. Derry fora um dos arquitetos daquele plano, e a rainha diante dele era parte do resultado. Mas lorde Suffolk fora morto, Londres havia sido invadida, e quase todas as terras inglesas na França foram perdidas. Ele não pôde evitar o arrepio de medo que o percorreu ao pensar em outro esquema para mover nações e casas nobres como peças num tabuleiro. As repercussões da catástrofe anterior levaram aonde estavam nesse dia — e ainda se espalhavam.

Por um momento, Derry deixou de lado suas apreensões e pousou um joelho no chão, imitado imediatamente por Wilfred Tanner, enquanto Somerset e Sir John Fortescue olhavam.

Margarida se alegrou mais uma vez, abandonando a fria expressão de autoridade.

— Uma refeição está servida para todos vocês. Gostaria de contar com sua companhia. Não duvido que ainda tenham perguntas a fazer. Por favor, sigam meu mordomo e me unirei a vocês à mesa.

Naquela noite, depois que as completas soaram na capela do castelo, Margarida se despediu do último homem que veio visitá-la naquele dia. Ela recebera mais de vinte soldados e lordes, além de mercadores encarregados de fornecer armas e suprimentos para dois exércitos. Os rostos flutuavam diante de Margarida, que carregava uma pequena lâmpada pelos corredores até os aposentos do marido, no alto da torre leste do castelo.

Ela murmurou uma saudação aos guardas à porta de Henrique, entrou com passos leves e atravessou os cômodos reais. Os únicos ruídos eram o farfalhar do vestido e o toque suave dos sapatos de couro nas pedras.

— Quem está aí? — gritou Henrique lá de dentro.

Margarida deu um sorriso cansado ao ouvir sua voz. O dia era bom quando ele estava acordado e alerta. O rei Henrique dormia por períodos extraordinariamente longos e ficava sem sentidos durante um dia inteiro com facilidade. As poucas horas de vigília costumavam ser passadas na capela, rezando com as mãos entrelaçadas. Semanas ou meses podiam se passar quase sem nenhuma fagulha de vida além desses movimentos. O rei comia e bebia sem sequer perceber o que estava ingerindo e com os olhos vazios. As horas que passava desperto vinham devagar, como um homem acordando de um sono profundo. Ela havia perdido a conta de quantas vezes a energia de Henrique voltara e lhe dera esperança, só para desaparecer mais uma vez. A qualquer dia, podia encontrá-lo vestido e vigoroso, conversando animado sobre seus planos. Esses episódios de recuperação duravam um dia, uma semana e até um mês, antes de o estupor o arrastar de volta e novamente ele se afogar e se perder. Margarida nunca sabia o que encontraria a cada noite.

Ela ainda lamentava ter deixado de amá-lo. O sentimento não sumira de uma vez só, e havia ocasiões em que sentia brasas de afeto em meio à tristeza mais fria. Tinha sido para ele mais mãe que esposa, desde que conseguia se lembrar. Talvez esse fosse o motivo principal. Como tantas outras coisas, seu amor por Henrique se deixara drenar com o passar dos anos, arrastado fio por fio, até ela se esvaziar. O estranho é que não importava. Quer fosse mãe, quer fosse esposa, Margarida sabia que não descansaria até os inimigos dele estarem frios, debaixo da terra. York não havia lhe deixado nada, e ela culpava o duque por afundar a cabeça de Henrique debaixo d'água outra vez. Quando ela se lembrava de como Henrique estava antes de St. Albans, o brilho e a promessa nos olhos dele, o coração voltava a se partir. Ele tivera uma oportunidade de viver, de estar vivo — e York a roubara, afundando-o em pesar até que Henrique se foi.

— Sou eu, Henrique — respondeu ela. — Margarida.

Para sua surpresa, ele estava sentado na cama, com livros e papéis espalhados desordenadamente em volta.

— Ouvi vozes masculinas mais cedo. Quis me levantar e ir até eles, mas...

Henrique balançou a cabeça, incapaz de explicar a letargia que lhe furtava a força de vontade e fazia a tarefa mais simples exigir um tempo imenso.

Margarida ajuntou as saias e se sentou ao seu lado, olhando para os documentos ao redor dele em cima da colcha. O rei percebeu o interesse dela e fez um gesto para mostrá-los.

— Atos de Desonra, querida. E a Grande Carta aos meus pés. Mandei que me trouxessem, embora não me lembre de ter pedido.

Margarida disfarçou a irritação reunindo-os. Ela jurou castigar o criado que havia levado os documentos ao marido. Em condições de completo sigilo, ela ordenara que uma quantidade enorme de documentos dos arquivos em Londres lhe fosse enviada, escondendo os que realmente queria em meio a outras centenas. Então, por fim, os últimos e importantíssimos pacotes foram entregues nas mãos de Henrique e não nas dela.

— Fui eu que pedi, Henrique. Não queria que você se incomodasse com meros documentos enquanto ainda não está bem.

— Não, eles despertaram meu interesse! — exclamou ele, animado. — Passei o dia lendo. Esses Decretos de Desonra contam histórias de terror, querida. Ainda tremo com o que causaram. Já leu os registros da execução dos Despensers? O pai foi esquartejado e comido por cães, o filho...

— Não quero ouvir, Henrique — respondeu Margarida. — Tenho certeza de que mereceram o que lhes aconteceu, caso tenham se erguido contra seu legítimo rei.

— Acho que ficaram ao lado dele, Margarida. Os Despensers apoiaram o segundo rei Eduardo, mas, após a aprovação do Decreto de Desonra contra eles, o filho foi arrastado, depois escreveram com uma faca em sua pele versos contra o pecado, depois...

— Henrique, por favor! Chega. Você me provoca arrepios me fazendo ouvir essas coisas. Deveria descansar e não estimular seus pensamentos com imagens terríveis. Como dormirá agora, com imagens como essa em sua mente?

O rei pareceu abatido.

— Como quiser, Margarida. Sinto muito. Não queria angustiá-la. Vou deixar os documentos de lado.

Margarida continuou a reunir os documentos num grande maço e os enfiou debaixo do braço. Um dos maços estava preso com uma fivela de ferro antiga que beliscou seu dedo, fazendo-a sibilar de dor. Gotas rubras de sangue se derramaram da ponta do dedo, e ela ouviu o marido respirar fundo, angustiado, e virar o rosto. Ela chupou o dedo machucado, irritada consigo ao ver uma mancha vermelha na colcha branca. Depois de St. Albans, o marido havia passado a sentir pavor de sangue. Ele ainda não notara a marca, mas, quando notasse, não voltaria a dormir.

Margarida, levando os documentos, remexeu o baú aos pés da cama e puxou cobertores e outra coberta, acolchoada e grossa para o frio.

— Deite-se, meu amor — pediu, movendo-se com rápida eficiência.

Ela tirou as cobertas da cama e as trocou, vislumbrando as pernas nuas do marido sob a camisola. Henrique se acomodou, as rugas de tensão sumindo do rosto. Ele bocejou quando Margarida se sentou mais uma vez para acariciar sua testa.

— Viu? Você se cansou — comentou ela.

— Você pode deixar a luz acesa, Margarida? Não gosto de acordar no escuro.

— Vou deixá-la aqui, junto à cama. Seus criados estão sempre por perto.

Ela continuou a acariciar a testa de Henrique, e os olhos dele se fecharam.

— Eu te amo, Margarida — murmurou ele.

— Eu sei.

Sem razão nenhuma, os olhos da rainha se encheram de lágrimas.

Quando a respiração dele ficou regular e ela teve certeza de que adormecera, Margarida levou os documentos para outro cômodo, onde pôs uma lâmpada junto à mesa e se sentou para examinar o destino da família Despenser e o resultado do Ato de Desonra emitido contra ela. Quando leu que o importantíssimo documento havia sido ordenado por uma rainha francesa que chegara à Inglaterra para se casar com Eduardo II, Margarida se empertigou. A história tinha lições a ensinar, e ela quase conseguiu ouvir a voz de sua conterrânea um século antes. Extasiada e fascinada, Margarida não se moveu do lugar até o sol nascer.

19

Salisbury esfregou o rosto recém-barbeado com um pano úmido e frio, fechando os poros e aliviando o ardor da navalha de Rankin. Naquela manhã, não havia feito nenhuma aposta com o criado, e suportou o processo em completo silêncio até se levantar e liberá-lo. Com 60 anos, Ricardo Neville sentia o peso da idade. Toda manhã, passava uma hora realizando exercícios pesados, mantendo o braço da espada forte e as articulações flexíveis. Nunca estivera acima do peso; embora tivesse rugas evidentes na pele flácida do pescoço, ainda não havia gordura para preenchê-las. Mesmo assim, a idade era o que mais o enfraquecia, ainda que trabalhasse para retardar seu progresso. Houve uma época em que toda decisão era simples e ele conseguia prever os acontecimentos seguintes, sabendo exatamente o que queria e a melhor maneira de consegui-lo. Só podia balançar a cabeça ao se lembrar da clareza durante a juventude. A vida era mais simples antigamente, quando sua tarefa era manter a família forte e espalhar a linhagem Neville pelas casas nobres da Inglaterra.

Sua esposa, Alice, entrou com alvoroço no quarto enquanto Rankin saía correndo, e percebeu o humor do marido ao colocar uma travessa de maçãs recém-colhidas sobre a cômoda. O Castelo de Middleham era abençoado com belos pomares, e a cidra feita na propriedade era boa o bastante para ser vendida. Era típico do marido não pensar em vender a bebida, permitindo que os criados a envelhecessem nos barris dos porões do castelo para que a aproveitasse depois.

Alice observou Salisbury terminar de limpar o rosto e o pescoço. Podia ver que ele estava distraído, procurando vagamente um lugar para deixar o pano até que ela se aproximou e o pegou.

— Você parece preocupado — disse, estendendo a mão e tocando o braço do marido.

Estavam casados havia quase quarenta anos e envelheceram juntos no "arreio leve", como ele dizia. Usara a expressão muitas vezes para diverti-la, uma das várias que pronunciava apenas para vê-la sorrir. O humor talvez tivesse se perdido com o passar dos anos, mas a lembrança e o afeto permaneciam.

— Não me surpreende, com coisas como essa para me preocupar — murmurou Salisbury.

De pé em frente à janela, ele via as terras agrícolas douradas em torno de Middleham que se estendiam até o horizonte, povoadas por figurinhas de homens, mulheres e cavalos cortando e colhendo feixes de trigo dourado nos campos do conde. Em algum outro dia talvez aquela visão lhe trouxesse prazer, uma imagem do mundo funcionando como deveria, com homens colhendo alimento da terra e esperando uma caneca de cerveja ao pôr do sol. Enquanto os primeiros toques do outono bronzeavam as árvores, ele fitava tudo aquilo e muito além.

Alice não precisava perguntar o motivo da tensão do marido. Desde que um mensageiro chegara dois dias antes, o castelo era uma balbúrdia, com vários homens saindo em cavalos velozes para convocar cavaleiros e homens de armas onde quer que estivessem.

— Ricardo de York é meu lorde suserano — começou Salisbury. Ele falava quase para si, embora estivesse com a cabeça virada para a esposa e tocasse o rosto dela. — Eu o fiz chegar perto o bastante do trono para que o tomasse. E, no fim, York não o fez. Se o tivesse tomado, agora não haveria ameaça contra nós, nenhum boato sobre esse Ato de Desonra que pode nos destruir. Maldita indecisão dele, Alice! Quantas vezes um homem precisa receber a coroa até pegá-la para si? York poderia ter se tornado rei em St. Albans, e teria sido o fim dos problemas. Ele foi pacífico demais, ou se acovardou com as paredes da abadia em torno dele. E agora? Quatro anos se passaram em paz, e só o que conseguimos foi deixar o rei se fortalecer outra vez... ou melhor, deixar a rainha retomar as rédeas da situação. E agora isso! Os alicerces da casa de York abalados pelo selo do próprio rei, e eu *não* tenho escolha, Alice! Nenhuma escolha. Tenho de voltar ao campo de batalha. Tenho de pegar em armas e arriscar tudo o que fiz quando a situação poderia ter sido resolvida há muito tempo.

— Você não fracassará, Ricardo — declarou Alice com firmeza. — Você nunca fracassou. Em todos os seus negócios, os Nevilles prosperaram, por sua mão e por sua inteligência. Você foi um bom pastor para todos... ah, e para outros que não têm nosso nome. Você mesmo disse que treinou mais soldados do que qualquer outra casa poderia sustentar. Não ficou ocioso nos anos de paz! Anime-se com isso, com a perspicácia que o fez trazer tantos à sua bandeira enquanto outros cochilavam!

Salisbury grunhiu, contente com as palavras da esposa. Nunca havia sido de se gabar, mas lhe agradava que ela apreciasse seu talento, mesmo que aquilo só fosse dito em particular.

— Meu pai me disse para nunca travar a mesma batalha duas vezes, Alice. E me avisou que, se vencesse, teria de me assegurar de esmagar meus inimigos de tal forma que nunca pudessem se reerguer.

— E se perdesse? — perguntou ela.

Salisbury sorriu ao se lembrar.

— Fiz a mesma pergunta. Ele disse que, se eu perdesse, colocaria meu destino nas mãos de outros homens. A resposta era sempre *não* perder. — Então ele suspirou, balançando a cabeça. — Mas aqui estou, obrigado a apoiar York na guerra, quando um único golpe ou flecha pode dar fim a tudo. Estou velho demais para isso, Alice. Sinto na rigidez das articulações, na lentidão do pensamento. É um caminho para ser percorrido por homens mais jovens. Eu optaria por ficar aqui em paz e observar a colheita.

Alice conhecia o marido muito bem e sabia escolher as palavras com cuidado, cutucando-lhe a vaidade para afastá-lo daquele humor sombrio.

— Talvez você devesse permitir que nosso filho comandasse os homens. Tem notícias da volta de Ricardo de Calais? Se ele estivesse aqui, você sabe que ele não se recusaria, meu amor. Ele levaria os estandartes dos Nevilles junto dos de Warwick.

Alice observou o maxilar do marido enrijecer, o olhar se aguçar.

— Ele é um bom comandante — comentou Salisbury. — Meu coração se alegra quando me lembro do modo como liderou seus homens em St. Albans.

— E os seus, amor. Eles o seguiram quando ele tocou as trombetas. Você me contou como ele ficou bem de vermelho.

Salisbury mordeu o lábio inferior ao se lembrar daquilo, o queixo se projetando um pouquinho enquanto erguia a cabeça.

— Mas ele ainda é jovem, e talvez ainda não esperto o suficiente em sua juventude.

Alice escondeu o sorriso e concordou.

— E passou três anos na França, enquanto fiquei de olho em todos os boatos dessa corte de Lancaster. Não, devo comandar, Alice. Warwick terá sua oportunidade, e não vai demorar. Ele não virá a mim com a notícia desses Galantes da Rainha marchando e treinando. Esses Galantes do Rei cavalgando pelo norte e juntando arcos, piques e maças de ferro. Onde estaríamos sem os homens que pago para me passar essas informações? Perdidos, Alice. Só Deus sabe se o rei deixará o leito algum dia. Há mais de um ano não tenho ninguém em Kenilworth para me dizer como ele está. Dois jovens fortes, ambos mortos em acidentes? O jovem John Donnell se enforcou, embora eu soubesse que ele era uma pessoa alegre, nada melancólico. Sir Hugh Sarrow foi encontrado morto numa casa de má fama. Foi bastante estranho um homem receber um corte daqueles no leito, Alice. Eu soube há dois anos que tinha de reunir cavaleiros e homens de armas, por mais absurdo que fosse o custo. Eles tentaram arrancar meus olhos. Mas eu sabia. Se me queriam cego, devia haver algo que não queriam que eu visse. Não, é a rainha, aquela loba, por trás dessa ameaça, não Henrique. Aquele pobre homem alquebrado está à mercê dela e à mercê dos cortesãos e do conselho dela. Não duvido que os filhos de Percy ainda sintam a perda do pai. Eles planejaram tudo isso... e *eu* tenho de responder ou ver o trabalho de toda uma vida ser jogado ao fogo.

— Muito bem, Ricardo — disse Alice. — Fico contente de ouvi-lo dizer isso. Você manterá nosso filho a salvo, espero.

— O melhor que puder. Se Deus quiser, acabaremos com isso. — Ele baixou a cabeça um pouco, fazendo sombras passarem por seus olhos. — Estou lhe dizendo, Alice, se Henrique tiver de cair, não evitarei ajudar no processo, como fez York. Não com minha casa e meus títulos em risco. Darei o golpe que acabará com essa guerra de sussurros e segredos. Pois, se York cair, Salisbury será o próximo... e depois Warwick. Um Ato de Desonra levará a outros, e seremos arrasados na Inglaterra. Morrerei antes de permitir isso.

— Raposa velha — disse ela, avançando para seu abraço, e ele a envolveu e descansou o queixo sobre a cabeça dela. — Volte para mim a salvo quando acabar. É tudo o que peço.

— Voltarei — disse ele, respirando fundo com os lábios apertados no cabelo dela. Salisbury a sentiu tremer sob seu toque. — Psiu! Não tema por mim, amor! Tenho três mil homens, e York mais dois mil. Nosso filho trará dois mil com seus tabardos vermelhos, quase metade desse número da guarnição de Calais. Sete mil, Alice! E não são camponeses acostumados a foices e enxadas, mas bons soldados de cota de malha. Uma faca de ferro, meu amor, para golpear ou bloquear as tropas da rainha. Não fomos chamados para o Grande Conselho de Coventry? Por ordem do próprio rei, tenho permissão de levar meu exército por terra; eles que foram tolos por permitir. Não nos deslocaremos à noite, mas durante o dia, uma reunião por ordem real. Estou lhe dizendo, antes que a neve caia destruirei meus inimigos. Derrotarei e dispersarei todos eles, como as sementes fracas da linhagem fraca que são. Por minha honra, Alice, eu o farei.

O mar estava trinta quilômetros para trás, embora Warwick ainda conseguisse sentir seu cheiro nas roupas, aquela mistura de umidade velha e sal limpo que, de certo modo, nunca deixava de animá-lo. Desde a França, a pele fora açoitada pela espuma na travessia, e ele sentia o amargor no antebraço nu. No círculo de tochas, ergueu a caneca de estanho e brindou com os homens enquanto Eduardo de March fazia outro cavaleiro cair de costas, grunhindo. A primeira noite em solo inglês em quase quatro anos havia sido muito mais longa para os seiscentos homens de Calais. Alguns choraram ou dançaram ao chegar ao reino de seus pais, abaixando-se para tocá-lo e acariciá--lo ou para juntar um punhado de terra numa bolsa. Eles sofreram a queda da França dez anos antes, além de temporadas inteiras sem soldo, quando toda a Inglaterra parecia ser consumida pelas chamas. Não eram jovens, nenhum deles, mas veteranos grisalhos, a quem os prazeres do lar foram negados por tanto tempo que não se lembravam mais de nenhum conforto. Andrew Trollope, o capitão, fora forçado a limpar as lágrimas dos olhos com os nós dos dedos quando Warwick lhe disse que enfim voltaria para casa

Warwick observou com prazer o filho de York se esquivar de um bastão que era manejado com selvageria e enganchar a perna do homem com a mão livre, fazendo-o perder o equilíbrio e cair sobre outros dois. Sempre havia perigo numa peleja, mesmo com bastões de madeira em vez de maças ou lâminas. Mas, a poucos meses de completar 17 anos, o conde de March fazia cavaleiros mais experientes parecerem crianças — e os homens que assistiam o amavam por isso, dando vivas a cada golpe. Warwick ouvia a risada de Eduardo vindo de dentro do elmo, o som surpreendentemente alto e grave para alguém tão jovem. Não pela primeira vez, Warwick mal podia esperar para ver a expressão de York quando visse o gigante que o filho tinha se tornado. Com um metro e noventa e robusto, Eduardo superava até a altura lendária de seu homônimo, o rei conhecido como "Pernas Longas". Warwick havia sido forçado a contratar os melhores artífices da França para envolver o conde em ferro conforme crescia. Porém, enquanto outros meninos talvez fossem enfraquecer com um crescimento tão veloz, March chegara à idade adulta em meio aos veteranos de Calais, treinando com eles todos os dias e aprendendo todos os truques cruéis que puderam lhe ensinar para usar no campo de batalha.

Warwick viu os dois companheiros mais leais do jovem conde darem vivas com os outros, acompanhando cada movimento com olhos experientes. O ferreiro Jameson era um dos maiores homens que o conde já vira, embora até ele tivesse de erguer os olhos para March quando se encontravam. Sir Robert Dalton assumira o treinamento com espadas de toda a guarnição de Calais, afirmando que nunca tinha visto tantos homens preguiçosos e enferrujados em toda a sua vida. A lealdade dos dois ao filho de York era óbvia e evidente, misturada a orgulho quando o viam lutar. O conde seria um terror na guerra, disso Warwick tinha certeza. Sua cabeça e seus ombros ficavam acima da maioria dos homens adultos, e ele conseguia atacar com tanta força que, geralmente, um golpe era o suficiente.

Ao lado de Warwick, o capitão Trollope sorria, já bêbado com a cerveja e o hidromel da primeira taverna que haviam encontrado no litoral naquela manhã. Os homens de Calais avançaram rápido o suficiente para rolar os barris pela rua quando deixaram o mar para trás.

— Ninguém aposta contra ele, não mais — comentou Trollope, erguendo a caneca e batendo-a na de Warwick. — À sua saúde, milorde. Já venci dele várias vezes no começo, mas agora? Nem mesmo quando enfrenta três ou quatro homens ao mesmo tempo.

O último dos cavaleiros combatentes viu a oportunidade de segurar a perna do jovem conde. Avançou sobre ela, mas se percebeu erguido no ar, e foi deixado cair com o metal fazendo um estrondo, o que o deixou zonzo. Suas mãos se balançavam debilmente, como um besouro virado de costas. O grupo de soldados gritou de satisfação, e Warwick teve de sorrir quando March veio cambaleando e se deixou cair com um barulho alto no capim ao seu lado. Ofegava, seu corpo emanava calor em ondas, como se eles estivessem sentados perto demais de um forno. Warwick viu Sir Robert e Jameson se levantarem de seu lugar no círculo de tochas para se unir ao jovem sob seus cuidados, que pediu canecas de cerveja para os três.

O filho de York lutava contra o elmo e se queixou, com a voz abafada, que a coisa havia emperrado. Ele forçou mais e mais até que o metal rangeu e algo estalou, revelando o rosto corado e a juba de cabelos pretos e revoltos.

— Minha nossa, achei que nunca sairia! Terei de mandar o ferreiro dar uma olhada antes de voltar a vesti-la. Viu, Ricardo? Capitão Trollope? Ah, Sir Robert! Sente-se aqui ao meu lado, por favor. Viu aquele último? Eu conseguiria jogá-lo por cima de um celeiro. Mas ele quase pegou minha perna, se tivesse força suficiente para levantá-la.

Warwick sentiu cheiro de cerveja, doce e forte, no hálito do conde que ofegava. Ele passou uma caneca cheia para as mãos protegidas por manoplas e observou, achando divertido, Eduardo esvaziá-la e depois cobrir o lábio superior com o inferior para tomar a espuma. Era esquisito erguer os olhos para um homem estando ambos sentados. Desde o último estirão de crescimento, Eduardo passara a ter músculos que davam a guerreiros experientes vontade de olhar para os pés em sua presença. Combinados à juventude, isso poderia torná-lo aterrorizante, se não fosse seu bom humor. Mais de uma vez, Trollope o comparara a um de seus mastins de Calais — cães imensos levados da Inglaterra para formar a raça havia cerca de um século. Os enormes animais não tinham maldade nenhuma, talvez porque nenhum outro cão conseguisse deixá-los com medo.

Enquanto Warwick se preocupava com as cartas do pai que o convocavam a voltar para casa, o filho mais velho de York parecia ver tudo aquilo como uma grandiosa aventura, motivada pelo desejo de voltar a ver o pai e a mãe. Warwick hesitou quando March soltou um grande arroto. Ele se perguntou se não deveria lembrar ao rapaz que os modos da guarnição talvez não servissem para os círculos da corte. Mas balançou a cabeça com um sorriso irônico. Aos 30 anos, ele não era pai de Eduardo nem de nenhum rapaz, embora fosse gostar disso. Tinha duas filhas aos cuidados da esposa e, quando olhava para o cavalão que era o filho de York, era difícil não sentir uma pontada de arrependimento. Ele deixou a tristeza de lado. Ainda havia tempo para gerar uma ninhada de meninos e, na verdade, Eduardo era mais como um irmão mais novo, esperando a aprovação de Warwick em tudo o que fazia.

Warwick e o capitão Trollope trocaram um olhar divertido quando o conde engoliu mais duas canecas tão grandes quanto a primeira, deixando a cerveja escorrer pelo queixo e pelo peito.

— Vamos levantar acampamento e marchar cedo, Eduardo — avisou Warwick, contra toda sensatez. — Vai ser difícil cavalgar com tanta cerveja aí dentro.

— Estou morrendo de sede, é só isso — respondeu o outro, pedindo que lhe trouxessem mais uma. — Erguer homens no ar seca a garganta.

Warwick deu uma risadinha e desistiu. Por experiência, sabia que no dia seguinte o conde estaria gemendo e perguntando por que não o impediram, embora nunca fosse fácil impedi-lo de fazer o que quisesse. Apesar de todo o bom humor, Eduardo tinha um temperamento feroz, contido e arreado. Os homens sentiam isso e se afastavam. Como um mastim de Calais, ninguém com bom senso gostaria de ver aquele mau humor à solta.

Para surpresa de Warwick, Eduardo despejou a quarta caneca no capim e dispensou com um gesto o criado que a encheria de novo.

— Muito bem, basta. Meus sentidos estão zonzos e não serei o preguiçoso que vai nos atrasar amanhã. Quantos dias até Ludlow, até eu ver meu pai?

— Oito ou dez, dependendo do terreno — respondeu Warwick. — As estradas estão boas, e podemos fazer trinta quilômetros por dia, mais se cortarmos caminho a oeste de Londres.

— Então serão oito — disse o rapaz, fechando os olhos um momento porque a cerveja o havia deixado tonto. — Meu pai precisa desses homens, e ficarei com ele. Vou marcar o ritmo, Warwick. Você só precisará me acompanhar.

Warwick aceitou a presunção sem comentários, sabendo que March era mais que capaz de cumprir o que prometia. Os arquivistas de Calais tinham explicado o que o Decreto de Desonra significava. A ameaça à casa de York também poderia envolver o conde de March. As propriedades e rendas que Eduardo já possuía poderiam ser tomadas dele, além da ferida mais dolorosa de lhe negarem o nome de York e o ducado que esperava herdar.

O capitão Trollope se remexeu, relaxando as pernas que enrijeciam quando se sentava. Com 50 anos, sentia-se velho e quase tão coberto de musgo quanto uma montanha quando comparado a Warwick e ao filho de York. Ainda assim os dois jovens o levaram de volta à Inglaterra, e ele lhes era imensamente grato.

— Rezo, milordes, para que esse Decreto de Desonra possa ser derrubado sem precisarmos recorrer às armas. Ouvimos falar de St. Albans, mesmo na França. Soubemos que York salvou o rei de seus conselheiros tenebrosos, arrancando-o de seu controle e levando-o para a proteção da abadia. Foi uma façanha nobre. O pai do rei teria adorado o homem que salvou a vida do filho, disso não tenho dúvidas.

— Você conheceu o antigo rei Henrique? — perguntou Warwick, erguendo as sobrancelhas.

O capitão fez que não.

— Eu era apenas um menino quando ele morreu, milorde, mas gostaria de ter conhecido. Nunca houve homem tão bom quanto o velho rei Henrique, que conquistou a França para nós.

— E homens como Somerset e Suffolk a perderam — respondeu Warwick. — A verdade é como lhe contei. Esse rei Henrique não passa de um menino, embora habite o corpo de um homem. Ele está cercado de cortesãos e lordes que agem em seu nome, cada um deles um rei se assim desejar. Salisbury, meu pai, viu a verdade quando derrotou Percy e Somerset. Agora eles ficaram ousados outra vez, gente arrogante provocada e mantida por uma rainha francesa.

O capitão Trollope enrubesceu e desviou o olhar em vez de responder. Em épocas normais, a rainha Margarida estaria além de qualquer culpa ou censura, considerada muito acima das manobras sórdidas de lordes e cortesãos da Inglaterra. Até uma sugestão de crítica deixava o capitão pouco à vontade. Antes que Warwick pudesse aliviar sua sensibilidade ferida, Eduardo falou. Depois de tanta cerveja, sua voz estava alta demais, e ele não abria os olhos.

— Se vão decretar Atos de Desonra, estes deveriam ser contra Percy, Egremont e Somerset. Nossos pais arrancaram a cabeça das serpentes, mas os filhos as substituíram. Seria melhor queimar esses nomes dos pergaminhos para que não pudessem se levantar outra vez. Não cometerei esse erro quando tudo acabar. — Então Eduardo abriu os olhos vermelhos e fitou os homens em volta. — Meu pai salvou o rei e o salvará de novo, mas mostrou misericórdia com casas que deveriam ter caído em desonra e ter sido destruídas. Esse erro *eu* não cometerei.

Seguiu-se um momento de silêncio, e Warwick pressionou os lábios, o discurso arrogante do rapaz o irritou sobremaneira. Para sua surpresa, foi o capitão Trollope quem respondeu.

— Os ingleses de Calais ficarão ao seu lado, milordes. Isso juramos. Não contra o rei, é claro, porque seria traição, mas sem dúvida contra aqueles que usam seu nome.

Warwick percebeu a preocupação do homem mais velho, assoberbado por toda aquela conversa de política e casas nobres. Nada era tão simples quanto um inimigo claro a ser enfrentado e esmagado.

— O rei Henrique não irá a campo de batalha — declarou Warwick com firmeza. — Ele é como uma criança ou um monge, dedicado ao sono e à oração da aurora à escuridão. Não precisa temer por sua lealdade nem por seus juramentos enquanto o rei Henrique dorme a salvo em Kenilworth. Tudo o que nos espera é enfrentar e vencer os homens que governariam em seu nome, como você disse. Iremos a Ludlow e eles virão a nós. Será difícil e sanguinolento, mas estaremos de pé quando acabar.

— Nós os destruiremos — acrescentou Eduardo, deitado no chão e bocejando. — E York continuará com sua honra. Então me lembrarei dos amigos... e dos inimigos.

O mensageiro chegou a Kenilworth no meio da noite, despertando o castelo e tirando a rainha Margarida da cama. Ainda de robe, ela recebeu o rapaz na sala de audiências, em pé, com os cabelos presos e o rosto rosado e marcado de sono.

— Vossa Alteza, tenho notícias do barão de Audley. Ele mandou que eu lhe dissesse a palavra "Represália".

Apesar da tensão, Margarida deu uma risadinha. Sabia que só Derry Brewer sugeriria o nome de seu amado pangaré como senha para algo tão grave. O mensageiro olhou para ela sem expressão.

— Fale, então — disse ela. — Servirá.

O cavaleiro era um homem experiente. Ele fechou os olhos e recitou o que lhe mandaram decorar para que a mensagem não corresse o risco de ser interceptada caso fosse escrita. Sem que soubesse, outro mensageiro chegaria dali a uma hora com a mesma mensagem — garantias de Derry para o caso de algum deles se perder.

— Vossa Alteza, Salisbury está se mobilizando. Ele começou a marchar para Ludlow, ao sul. Os Galantes da Rainha estarão em seu caminho, impedindo-o de unir seus homens aos de York. O paradeiro de Warwick e March ainda não é conhecido. Lorde Audley pede respeitosamente que Buckingham, Percy, Egremont e Somerset sejam informados e que os Galantes do Rei sejam preparados para ir a campo. Além disso, o conde deseja que Deus lhe abençoe e boa sorte.

O mensageiro abriu os olhos, o suor escorrendo de alívio por cumprir a missão.

— Você voltará para o lado de lorde Audley? — perguntou Margarida.

O homem fez que sim, empertigando-se apesar do cansaço.

— Diga-lhe que os Percys e Somerset estão com os Galantes do Rei em Coventry, armados e prontos para marchar. Buckingham e meu marido irão a campo com eles. Diga a Audley que Deus lhe abençoe e lhe deseje toda a boa sorte. Isso é tudo. Gostaria que você fosse alimentado e que descansasse agora, mas o tempo é curto. Meu mordomo encontrará algo que possa comer na viagem de volta.

— Vossa Alteza é muito generosa — respondeu o mensageiro cansado, fechando os olhos mais uma vez enquanto murmurava a mensagem para si mesmo, guardando-a na memória.

Ele saiu da sala quase correndo, e deixou Margarida mordendo o lábio e pensando no que teria de dizer e fazer para despertar o marido. Henrique era fundamental naquilo tudo, e não usava armadura desde St. Albans.

20

Os Galantes da Rainha eram um grupo heterogêneo, pensou consigo o barão de Audley. Muitos foram convocados em seu próprio condado, Cheshire, assim como em Shropshire e nos condados vizinhos, trazidos das aldeias em duplas, trios ou dezenas. Alguns eram meros cavaleiros andantes, sem divisa nem libré além do cisne de prata da rainha alfinetado no peito. Pelo menos esses homens eram treinados para o combate, por mais pobres e mal-equipados que fossem. Os outros eram interioranos, ferreiros, construtores, açougueiros e pequenos proprietários. Vieram de toda parte, tendo em comum apenas a lealdade ao rei e o horror a York.

Derry Brewer era o vínculo entre todos eles, imaginou Audley, observando o espião-mor vir trotando pelo acampamento em seu cavalo de ossos salientes. Brewer havia percorrido aldeias e montara postos de recrutamento, convocando homens leais a defender o rei e a rainha. Com Wilfred Tanner, o espião tinha viajado até fazendas isoladas, aceitando o serviço de filhos, irmãos e pais, qualquer um que marcasse um X e aceitasse em troca a insígnia de prata. A tarefa de Audley nos meses anteriores fora transformar meninos e cavaleiros em soldados. Alguns estavam aos seus cuidados havia seis meses ou mais, no entanto os recrutas mais recentes ainda não sabiam muito bem em que lado do pique deviam segurar. Era a receita para o caos, e, quando se reuniram nas semanas anteriores, Audley constatara que Brewer era um auxiliar bastante útil. Era uma pena que as lembranças de grandes batalhas do espião-mor fossem todas pessoais, com pouca noção da extensão das táticas em campanha. Quando jovem, Brewer havia sido soldado de infantaria, sem visão do combate além das fileiras à frente e atrás enquanto marchava. Talvez por isso Derry tenha recusado um posto formal nos Galantes, dizendo a Audley que já tinha funções demais e não conseguiria dar conta de mais uma. O barão sorriu ao se lembrar da insolência de Brewer, que puxava as rédeas ao seu lado.

— Estão cada vez mais parecendo um exército, milorde — disse Derry, apeando. — Não vejo tantos desde a França. Contaram-me que as armas e as cotas de malha da rainha já chegaram. Está satisfeito?

— Não. Só ficarei satisfeito quando vir a cabeça de Salisbury no chão — respondeu Audley. O conde sabia muito bem que muitos homens conseguiriam escutá-lo, e ergueu a voz para sua mensagem chegar a eles. — Mas esses Galantes resistirão. Temos o triplo do efetivo que marcha com Salisbury, e ele não sabe o que o aguarda. Apostaria minha vida nesses homens.

Os que escutaram sorriram para o comandante veterano, de bigode e barba brancos, repetindo o comentário para os que estavam ao redor.

— Na verdade, preferiria levar esses homens contra Ludlow, contra o próprio York — continuou Audley em voz bem mais baixa. Ele ergueu a mão para impedir a objeção de Derry antes que começasse. — Sim, eu entendo que é bom para a causa derrotar Salisbury antes que ele possa dar as mãos a York e Warwick. É o mais simples bom senso. Ainda assim, isso me irrita. York é a verdadeira ameaça contra o rei. Ele é o homem que todos querem ver sentado no trono em vez de seu legítimo ocupante. York é o coração dessa facção rebelde, e farei com que seja punido e levado à desonra. Na verdade, espero ver isso há quatro anos.

Derry teria dado um tapinha no ombro de outro comandante, mas Audley era um velho rígido, pouco dado a demonstrações de intimidade. Por isso, o espião-mor só baixou a cabeça.

— E verá, milorde, não duvido. Assim que derrotarmos Salisbury, poderemos nos virar para o sul e nos unir aos Galantes do Rei. Antes do fim do ano, arrancaremos o espinho.

— Não seja precipitado, mestre Brewer — disse Audley, balançando a cabeça em reprovação. — Isso não é um passeio, não é uma marcha alegre pelo bosque. Os homens de Salisbury são bem-treinados e armados com bom ferro. Se não tivéssemos uma vantagem numérica tão grande, eu não estaria confiante.

— Mas temos. E o senhor está — declarou Derry, os olhos cintilantes.

O velho resmungou.

— Tudo bem. Veremos. Salisbury não pode chegar a Ludlow sem passar por nós. Mas o homem é esperto, Brewer. Vi o trabalho dele no extremo norte e ele não é nenhum idiota. Minha regra é só contar os estandartes conquistados ao fim da batalha. É tudo o que tenho a lhe dizer.

Enquanto os dois conversavam, o imenso exército dos Galantes da Rainha entrara em formação em três grandes grupos, os capitães e os sargentos empurrando os soldados para seu lugar. Aos olhos de Audley, ainda era um trabalho mal executado, com indivíduos demais saindo da posição. Mas ao menos a vasta força que se formara na charneca de Blore Heath estava confiante e bem-alimentada, nove mil rapazes fortes dedicados à rainha. A princípio, o fervor deles surpreendera Derry. No início, a insígnia do cisne de prata havia sido usada apenas como forma de separar os dois exércitos, um modo de distingui-los. Era muito difícil dividir grandes forças em meio a uma campanha, e a guerra poderia exigir reações e movimentos rápidos. Mas as insígnias do cisne foram adotadas com orgulho e entusiasmo. Os rapazes das aldeias e das cidades inglesas haviam gostado da ideia de lutar por uma rainha ameaçada, e adotaram sua causa como deles. Derry tinha sido forçado a negar o cisne a centenas que o pediam e lhes dar a insígnia do antílope do rei no lugar.

Mil e duzentos Galantes levavam bons arcos de teixo, cada arma da altura do dono, que valia em prata o valor de um ano ou mais de salário. Derry adoraria dispor de arqueiros como Thomas Woodchurch, mas não os tinha. Porém havia arqueiros de menor qualidade em todos os povoados ingleses, e alvos eram despedaçados todo domingo. Os arqueiros Galantes conseguiriam cobrir o céu com flechas quando chegasse a hora, repetidas vezes, velozes como a respiração. Outros sete mil usavam cota de malha e portavam machados ou maças de ferro: armas para esmagar elmos e lâminas pesadas para matar homens depois de derrubados. Na retaguarda, oitocentos cavaleiros avançavam a passo majestoso. Derry gostaria de ter o triplo ou o quádruplo, mas cavalos de combate custavam uma fortuna, e só os ricos iam montados para a batalha. Custara ao rei e à rainha uma quantia imensa fornecer cavalos aos cavaleiros andantes, homens com habilidade que não tinham como custear seu material bélico. Derry vira os recibos pela última vez um ano atrás, e havia se recusado a voltar a vê-los, enquanto uma torrente de prata ainda se despejava do tesouro real. Cotas de malha e elmos por si só já eram caríssimos. Ele suava sempre que pensava no custo, mas não podia haver contenção de despesas. A riqueza de York era lendária, e ele com certeza não pouparia na hora de equipar seus homens.

Audley fez um sinal aos criados, que trouxeram a escada de montar e o cavalo, um corcel castanho-escuro que resfolegava e batia os cascos no chão. Derry se sentiu grato pelo animal ser bem mais jovem que o dono, e subiu em sua montaria, satisfeito de estar novamente na sela de Represália.

— Escolhi este lugar com cuidado, mestre Brewer — gritou Audley.

— Blore Heath fica no caminho de Salisbury para Ludlow. Vê lá à frente? A oitocentos metros, mais ou menos, aquele morro com uma faixa de carvalhos e tojos? Esperaremos à sombra daquela grande sebe e, quando sairmos, cercaremos os três mil de Salisbury e os faremos em pedacinhos.

— Parece um pouco precipitado, milorde — respondeu Derry.

Audley ergueu os olhos para o céu pálido de outono.

— Mesmo assim. Esperei muito tempo por isso. A honra do rei foi manchada por traidores, e ele foi forçado a recuar para Kenilworth quando a Inglaterra inteira lhe pertence. Estou contente de ser sua maça, mestre Brewer, seu instrumento. Se Deus quiser, nós os deteremos aqui.

O barão fincou os calcanhares nos flancos do animal, preferindo cavalgar ao lado dos Galantes em marcha e ser visto.

No Castelo de Ludlow, York fitava por cima das ameias, olhando para o norte, onde esperava avistar o exército de Salisbury marchando em seu apoio. A oeste, ouvia o barulho do rio Teme, que contornava o castelo, com a aldeia e a ponte de Ludford que o atravessava ao sul. Ele fez um círculo completo, respirando profundamente o ar úmido e tentando encontrar paz. O castelo estava em polvorosa desde a chegada das cartas de Salisbury. York, apoiado nas ameias, apertou as pedras com tanta força que suas mãos doeram, enquanto pensava na traição à sua casa e ao seu nome. O rei Henrique não devia ter participado daquilo, disso ele tinha certeza. Só podia ser coisa da rainha francesa, sentada tecendo uma trama e fazendo todos os outros dançarem. York sabia que ela era sua inimiga desde que furtara o rei e o escondera em Kenilworth. Era uma raiva antiga e rememorada, um passo tão imprudente que ele jamais conseguiria prevê-lo. Apenas a influência dela seria capaz de dar a homens mais fracos a coragem de agir contra ele. Desonra! A própria palavra era um veneno, uma ameaça à qual teria de reagir sem misericórdia, sem importar quem havia começado a pronunciá-la relacionando-a ao seu nome. A brisa fresca do anoitecer ajudou a melhorar seu humor, mas ele não recuaria como tinha feito em St. Albans. Se o rei voltasse a cair em suas mãos, sua espada falaria por si, pensou, respondendo com um único golpe a todos aqueles que ousaram ameaçar seu nome e sua casa. York ainda sentia o horror que o dominara quando seus escribas desenterraram os registros e descreveram o terrível alcance daquele único documento selado pelo rei. O fim de uma linhagem real, o fim do bisneto de um rei, sem falar dos títulos que York não poderia passar adiante.

Essa ideia o fez se lembrar do filho extraordinário que voltara com Warwick duas noites antes. York achou que explodiria de orgulho ao ver o tamanho do homem em que Eduardo se transformara. Nenhum dos outros filhos atingira tamanha altura e largura. O mais novo deles ainda era cruelmente deformado, embora aos 7 anos o pequeno Ricardo tivesse por fim aprendido a parar de guinchar fechando a boca. O contraste entre os filhos de York nunca fora mais óbvio. O duque havia elogiado Eduardo num banquete, e havia percebido de relance que Ricardo os observava. Então, com assuntos mais importantes a discutir, ele mandara embora o menino irritado. A casa de York nunca havia sido mais forte, tendo um guerreiro daqueles como herdeiro — no momento de maior perigo.

York estendeu a mão para a jarra de vinho de Malmsey que colocara com cuidado nas ameias de pedra. Sabia que estava bêbado, mas por apenas uma noite se achou no direito de tornar indistintos os contornos das preocupações, deixando-as se afastar enquanto ele ficava ali, no frio, tomando taça após taça. Parecia que a guarnição de Calais havia trazido de volta muitas coisas boas. Warwick também parecia ter se tornado mais rígido com o tempo e a distância. O filho de Salisbury aproveitara bem o período, atacando embarcações estrangeiras no canal da Mancha, barcos da Espanha e de Lübeck ou de quaisquer reinos cujos comandantes ousassem se arriscar ao longo do litoral. Na avaliação de York, Warwick voltara como líder, e não apenas como quem havia herdado um título no casamento. Quem o visse agora jamais questionaria seu direito de voltar a comandar.

— E contra nós, meros cisnes e antílopes — murmurou York.

Os dois mil homens de Warwick vislumbraram colunas em marcha quando se aproximaram das terras em torno de Ludlow. Não foram desafiados, não com tantos soldados, mas a verdade era que o reino tinha ido às armas, e York não fazia ideia do efetivo que se levantaria contra ele. Agradeceu a Deus por ele e Salisbury terem reunido e treinado tantos homens nos anos de paz. Assim que Salisbury chegasse, eles teriam sete mil soldados, o suficiente para aguentar uma hoste de "Galantes" enganados por ideais românticos e pelos favores da rainha.

Quando a bebedeira azedou, York se perguntou se Margarida amarraria o marido num cavalo e o exibiria enquanto os homens davam vivas. Irritava-lhe que Kenilworth fosse uma fortaleza, fechada tanto a espiões quanto a mensageiros. Pelo que York sabia, o rei havia se recuperado de sua doença, a ponto de conseguir cavalgar com seus estandartes. A ideia era como uma faca gelada sendo enfiada no meio das costelas, e ele bebeu de novo, esvaziando a jarra e se sentido um pouco zonzo. Podia confiar em Salisbury e em Warwick. Podia confiar no filho e nos homens de Calais que ele levara a Ludlow. O restante da Inglaterra simplesmente veria o rei ameaçado outra vez. York ouviria pessoas cochichando em seus ouvidos o chamando de traidor aonde quer que fosse, a menos que os boatos mais sombrios se concretizassem e ele ocupasse o trono.

O duque fez que sim, virando-se outra vez para o norte à luz das estrelas que giravam lá em cima.

— Venha, velho amigo — murmurou, erguendo o copo à saúde de Salisbury, arrastando a voz. — Venha a mim e me deixe fazer o que eu deveria ter feito antes. Dessa vez não darei as costas.

O rei chorava, e as lágrimas o deixavam cego, enquanto Margarida e dois criados se esforçavam para enfiá-lo na armadura. A rainha já estava enrubescida e sem graça diante da reação do marido, embora os homens que estivessem com ela cuidassem de Henrique havia anos, em Windsor e Kenilworth. Ela era mais ríspida que eles, e forçava os membros de Henrique para a frente e para trás e fechava os trincos um a um.

— Agora nos deixem — ordenou ela, afastando irritada um cacho de cabelo que se enrolara diante do rosto.

Os dois criados saíram correndo sem olhar para trás, deixando o rei e a rainha sozinhos. A armadura de Henrique rangeu quando ele se sentou na cama. Margarida se ajoelhou diante dele, levantando a mão para tocar seu rosto enquanto Henrique piscava e sufocava soluços como uma criança.

— Não haverá sangue, Henrique, já lhe *disse*. — Em sua frustração, ela tivera de combater a vontade de lhe dar um tapa. — Você tem de cavalgar com seus Galantes. Tem de ser visto de armadura, com os estandartes desfraldados. Somerset e Buckingham comandarão com o conde Percy e o barão de Egremont. Estarei lá ao seu lado o tempo inteiro.

— Eu não consigo — murmurou Henrique, balançando a cabeça.

— Você não sabe o que me pede.

— Só lhe peço que aja como o rei da Inglaterra! — explodiu ela.

As palavras feriram o marido, mas o afogamento era mais forte. Seu rosto perdeu o vigor, a fagulha de consciência se apagou num vazio dentro dos olhos. Então Margarida perdeu inteiramente a paciência e sacudiu o marido com tanta força que a cabeça dele balançou.

— Fique atento, Henrique! Mobilizei o reino inteiro para trazê-lo a este lugar. Fiz a Inglaterra envolver Kenilworth, como uma pedra num barbante. Subornei, prometi e ameacei homens perigosos, mas você precisa ter *força de vontade*, senão perderá tudo. E então quanto valerá a vida de seu filho? Menos que uma vela na ventania, Henrique. Nem isso. Levante-se por mim, agora. Levante-se e fique firme em sua armadura. Tome sua espada.

Henrique não saiu de onde estava, o corpo frouxo, fitando o nada. Margarida se levantou e o olhou de cima com raiva e desespero. Oito mil homens juraram lutar pelo rei. Seis mil deles eram soldados trazidos por seus lordes. Todos vieram, de Somerset e Northumberland a uma dezena de lordes menores, como João Clifford, tornado barão depois da morte do pai em St. Albans. Mas um quarto do exército do rei era de recrutas novatos, vindos de cidades e aldeias, tão inexperientes quanto os Galantes da Rainha. Margarida sabia que, com sua simples presença, Henrique lhes daria uma determinação de ferro, faria com que se erguessem quando os canhões atirassem, as flechas voassem e as entranhas se dissolvessem de terror. Ela se agarrara à esperança de que vestir a armadura animaria Henrique, qualquer que fosse o estágio da doença que o dominava. Os médicos do rei falaram de poções estimulantes ocultas em bebidas que atiçariam o sangue e o arrancariam de onde quer que ele se escondesse. Margarida esperara não ter de usá-las, mas talvez não houvesse opção.

— Ah, então *fique* aí. Que suas lágrimas enferrujem a armadura — disse ela, a fúria emprestando desprezo à voz. — Vou me ausentar por três dias, quatro, no máximo. Quando eu voltar, os seus médicos lhe ministrarão fogo nas veias. Eles o *obrigarão* a se levantar! Está me ouvindo, Henrique? Mesmo que passe o resto da vida nessa sonolência fraca, você *cavalgará* contra York este mês. Por mim e por seu filho, se não for por você mesmo.

O marido ergueu os olhos para ela, arregalados e inocentes.

— Eu irei, se é o que me pede, Margarida. Como quiser, se é preciso, eu irei.

Ela sentiu a fúria aumentar até ter certeza de que lhe daria um tapa no rosto. Sem mais palavras, saiu a toda do quarto. Os mordomos do quarto do rei aguardavam amontoados um pouco além, no corredor, e Margarida foi até eles.

— Vou me ausentar por alguns dias. A não ser vocês, ninguém falará com o rei enquanto eu estiver fora. Nem uma única alma até eu retornar. Mandem o doutor Hatclyf se preparar para purgar e medicar o rei na próxima terça-feira de manhã. Então ele se levantará para se unir aos seus lordes e aos Galantes do Rei. Entenderam?

Os homens se curvaram e murmuraram que sim, percebendo e temendo a raiva da rainha. Margarida passou por eles, seguindo diretamente para os estábulos, onde havia três cavalos selados à espera. Seus Galantes logo lutariam, o primeiro exército jurado a ela de que já ouvira falar. Tudo mais poderia esperar enquanto assistia àquela batalha para ver o primeiro triunfo de Lancaster, há tanto tempo atiçado nas brasas. Era uma noite de sexta-feira, e Margarida correria para vê-los destruir Salisbury em Blore Heath. Nem mesmo Derry Brewer sabia que ela estaria lá, cavalgando com apenas dois espadachins para mantê-la a salvo de bandoleiros na estrada.

21

Blore Heath era um campo aberto, quilômetros e quilômetros de charneca coberta de tojo e capim marrom. Os três mil soldados de Salisbury tinham avançado bem nos seis dias anteriores, cortando caminho pelo campo e só usando as estradas principais quando elas seguiam em linha reta para o Castelo de Ludlow a sudoeste. Se tivesse apenas soldados de infantaria e cavalaria, aquela distância teria sido percorrida em quatro marchas forçadas, mas as carroças retardaram o avanço, arrastando-se no terreno pantanoso. Ele suspeitara desde o começo de que não seria um único ataque nem um choque único de armas. Até onde Salisbury sabia, ele não veria novamente paz e o lar por um ano ou mais — por isso se deslocava no ritmo das carroças mais lentas, que levavam comida e equipamento, ferramentas, montarias extras e pequenas forjas, tudo o que seria necessário numa campanha. A alternativa era avançar para a batalha despreparado ou depender da ajuda e do material bélico de York. Toda manhã, Salisbury ficava preocupado com o tempo perdido; depois, tomava mais uma vez a decisão e continuava com as carroças na retaguarda. Metade do dia anterior fora perdido fazendo os pesados veículos atravessarem o leito de um riacho, embora centenas de homens tivessem aliviado o trabalho.

Pelo menos a charneca era uma terra seca, com colinas marrons que se estendiam rumo ao sul. Salisbury tinha bons mapas. Escolhera o caminho mais curto para Ludlow, e avançava na melhor velocidade possível. Quando um de seus batedores voltou a galope, as fileiras em marcha já estavam na metade do caminho da charneca, espalhando ovelhas e seguindo para um riachinho sem pontes indicadas no mapa. Os pensamentos de Salisbury estavam na travessia daquele obstáculo, e ele ergueu os olhos com a testa franzida quando o cavaleiro puxou as rédeas. Dois outros vinham correndo logo atrás, e ele sentiu o pulso se acelerar.

— Homens armados à frente, milorde. Vi piques e estandartes num declive do terreno.

— Quantos? — perguntou Salisbury, olhando para a frente como se pudesse ver através dos morros e das ondulações da charneca.

— Não deu para ver, milorde, embora seja um número grande. Avistei-os e voltei com a notícia.

Ambos se viraram para o homem que chegou em seguida. Ele ofegava com a mão na testa.

— Quantos? — perguntou Salisbury outra vez. O terceiro cavaleiro vinha a galope, e a notícia já se espalhava pelas fileiras em marcha.

— O dobro ou o triplo dos homens que temos, milorde.

O segundo batedor apontou enquanto falava.

— Estão escondidos por aquele morro e pela linha de árvores e tojos que o senhor pode ver ali.

Então Salisbury deu ordem de parar, ordem passada de capitão em capitão até toda a massa de homens ficar imóvel no capim da charneca, todos conscientes da falta de cobertura ao redor. O terceiro batedor confirmou os números e Salisbury praguejou em voz baixa. Tivera esperança de que estivessem errados, de que um exército daqueles não pudesse ser reunido pelos que se levantavam contra ele.

— Muito bem. Vão de novo e examinem o terreno entre nós. Encontrem-me um local para atravessar o riacho.

Salisbury se virou para os outros batedores.

— Vocês dois, aproximem-se o máximo que puderem, mas, se forem perseguidos, mantenham-se fora do alcance inimigo. Preciso que os vigiem. Vão!

Os três cavaleiros saíram em disparada outra vez, e Salisbury ficou sozinho para se afligir e se preocupar. Sem os batedores, teria caído direto numa emboscada grande o bastante para matá-lo. Ele queria recuar diante de um efetivo daqueles, mas trincou os maxilares ao pensar nisso, sabendo que não podia. A menos que chegasse a York para lhe dar apoio, os exércitos do rei sitiariam e destruiriam seu aliado mais próximo. Não demoraria para que chegassem a Middleham com seus Decretos de Desonra. Salisbury apertou o alto do nariz, entre os olhos, contraindo o rosto. Nesse momento, seu filho Warwick já deveria ter chegado a Ludlow, e todas as opções de Salisbury desapareceram na brisa. As chances não importavam, *teria* de lutar. Ele murmurou uma oração, quase uma blasfêmia, e convocou os capitães para ouvi-lo.

Sessenta homens foram até o conde na vanguarda, o rosto sério e contraído. A notícia já se espalhara, e Salisbury viu alguns soldados comuns se abaixarem para tocar o chão. Franziu a testa diante da superstição de dizer à terra para se preparar para seu sangue.

— Mandem levar as carroças para nosso flanco direito — ordenou, tentando passar confiança. — Avistamos a armadilha a tempo.

Enquanto falava, ele se lembrou da festa de casamento do filho e do exército de Percy que tentara destruí-lo. Naquele dia, ele vencera ao recuar, levando-os a fracassar. Um pouco da tensão o deixou. Não precisava esmagar o exército que enfrentaria. Só precisava sobreviver ao choque e contorná-lo. As carroças poderiam ser abandonadas, e Salisbury sabia que conseguiria manter uma retirada em combate até Ludlow, no máximo dois dias ao sul. Se enviasse os batedores à frente, York poderia até mandar reforços para encontrá-lo. Haveria uma saída, se conseguisse descobrir o momento certo de se afastar e sair dali.

As carroças vieram da retaguarda fazendo muito barulho, quarenta e dois veículos pesados, carregados de armas e armaduras, alimentos e ferraduras, tudo o que ele achava que poderia precisar. Naquele momento, seu melhor uso seria como bloqueio para proteger o flanco, mas Salisbury sabia que não poderia se entrincheirar. Tinha de chegar a Ludlow. Tinha de continuar. Mas viu os homens se animarem quando a barreira sólida de carroças tomou forma, e fez que sim rapidamente para si mesmo. Durante anos, havia combatido os escoceses nos pântanos do norte. Salisbury travara dezenas de batalhas durante sua vida, suficientes para saber que a vantagem numérica não era o único segredo da vitória. Disciplina e tática tinham a mesma importância. Talvez fosse a hora de ver o tipo de homem que defendia o rei.

— Arqueiros, à frente! — berrou acima do barulho dos homens. — Avanço lento até chegar ao alcance. Mostraremos a esses fazendeiros como um exército de verdade luta.

Os homens aclamaram devidamente, embora, quando voltaram a marchar, Salisbury ainda visse alguns se abaixando entre as fileiras, tocando o capim seco e fazendo o sinal da cruz enquanto murmuravam orações. Os cavalos que levavam as carroças foram forçados a avançar com eles, protegendo seu flanco direito com madeira, rodas e ferro. Os arqueiros encordoaram as armas e prepararam as aljavas nos quadris, passando as mãos pelas penas brancas de ganso e sacudindo o braço livre para relaxar os músculos. Salisbury desamarrou o escudo de onde pendia nos quartos da montaria, enfiou-o no braço coberto pela armadura e sentiu certa satisfação com o peso. Não precisava vencer, lembrou-se. Tinha de passar pelos inimigos. Depois disso, não se importava se os canalhas ficassem com suas carroças e o perseguissem até Ludlow. O riacho ficava maior conforme ele se aproximava, até ser forçado a dar ordem de parar mais uma vez, praguejando consigo mesmo. As terras nas laterais do rio sofreram com a erosão da água só Deus sabia por quanto tempo, de modo que havia um declive de quase um metro e meio das margens às águas que corriam e, em seguida, outra margem íngreme para escalar. Teria sido um obstáculo difícil se estivessem sozinhos na charneca. Então Salisbury ergueu os olhos e viu uma nuvem de flechas se lançar como pardais, vinda detrás das árvores e do morro à frente.

Audley estava satisfeito. A força que enfrentava mal chegava a um terço do seu efetivo. Melhor ainda, ele escolhera o melhor ponto em quilômetros para defender. Apenas para chegar à sua posição, Salisbury teria de atravessar o riacho, escalar um morro íngreme e fazer tudo isso enquanto flechas choviam sobre suas forças. Audley observou as flechas subirem de ambos os lados, parecendo flutuar a princípio e depois se acelerar ao mergulhar e ferir. A maioria caiu longe, e as poucas que atingiram sua posição no alto do morro sumiram nos tojos sem que um único grito de dor subisse de seus homens. Os cantos da boca de Audley se curvaram em sinistra aprovação. Havia uma última carta a ser lançada, e ele havia encontrado o lugar certo para usá-la.

— Guarnição de canhões. Fogo no inimigo! — berrou Audley por sobre o ombro.

Ele se virou imediatamente para observar, encolhendo-se contra a vontade quando estalos estrondosos soaram à esquerda e à direita. Audley viu borrões pretos idênticos cintilarem rumo às forças de Salisbury, desaparecendo nas fileiras de homens de armadura além do riacho. Um deles pareceu não causar nenhum efeito, mas o outro devia ter pulado e ricocheteado, derrubando homens, e seu voo pôde ser visto no colapso súbito de corpos. Audley assoviou para si, só desejando ter uma dúzia daquelas armas pesadas em vez de duas.

— De novo! Atirem de novo! — vociferou. — Mirem no centro!

As guarnições correram como formigas sobre uma carcaça, e ele as fitou com raiva enquanto os minutos se passavam e elas ainda não estavam prontas.

Salisbury não havia ficado ocioso ao ver como estava exposto ao alcance deles. Toda a seção intermediária das forças de Salisbury recuava, deixando os mortos para trás, sozinhos ou em pares, para mostrar onde balas ou flechas tinham caído.

Audley mostrou os dentes quando os canhões atiraram mais uma vez, ribombando no ar parado. O segundo tiro teve menos sorte, com uma bola sumindo no chão e a outra matando um único homem que se virara para correr. Mesmo assim, as forças de Salisbury avançaram com mais velocidade, começando a entrar em pânico. Audley girou num movimento rápido quando os Galantes da Rainha rosnaram com selvageria, levados a um frenesi imediato ao ver os inimigos correndo diante deles.

— Parados! — gritou Audley. — Capitães! Segurem-nos!

Mas, para sua fúria, os capitães nada puderam fazer. Alguns homens já corriam pela borda do alto do morro, descendo às pressas pelo outro lado, em direção ao riacho. Audley praguejou, a voz ficando rouca enquanto berrava para o restante se manter em posição.

Milhares de homens passaram por ele, o rosto ensandecido pela empolgação e pela cobiça do combate.

— Maldição! — exclamou Audley. — Tragam meu cavalo, depressa!

Ele foi atingido pelo turbilhão em que seus homens se transformaram, jogando fora toda a vantagem do terreno com o desejo de matar o inimigo em fuga. Audley ardia de raiva com a estupidez e a irresponsabilidade dos Galantes, mas não havia o que fazer. Eram nove mil homens contra os três mil do inimigo, e ele não podia permitir que se transformassem numa turba caótica contra soldados bem--treinados. Ao montar, viu os primeiros mergulharem no rio, pulando das margens e se chocando com a água corrente.

À frente deles, no terreno que se elevava acima do riacho, as forças de Salisbury pararam e voltaram a entrar em formação. Audley sentiu o coração bater forte quando eles começaram uma marcha constante rumo aos seus homens, que ainda se esforçavam para atravessar a água e subir pela margem.

Numa única corrida louca, seus Galantes abandonaram todas as vantagens, menos uma. Ainda eram mais numerosos que o inimigo, porém os soldados de Salisbury marchavam num declive contra homens cansados.

Audley esporeou a montaria morro abaixo, chegou ao riacho e se lançou nele em uma velocidade perigosa. Gritou para os Galantes pararem e se defenderem, mas o rio era mais largo e mais profundo do que tinham imaginado, e os homens lutavam para sair dele, ficando esgotados enquanto seu número aumentava. Centenas estavam em pé, tremendo de frio, gritando para os da frente avançarem enquanto esperavam para subir pela margem.

À frente, a primeira fileira de Salisbury parou, uma muralha de espadas e machados com escudos à frente. Nos flancos, Audley podia ver os cavaleiros em formação, esperando para enfrentar seus cavaleiros e sargentos montados. Eles desceram até o riacho em lenta procissão, homens mais experientes, imunes à ânsia da perseguição. Audley não poderia deixar sua cavalaria do outro lado, embora amaldiçoasse a sorte e a indisciplina dos jovens tolos que comandava. Ele puxou a trombeta que pendia junto ao joelho e deu o duplo toque para atacar, o que também serviu para acalmar os soldados da infantaria, que se viraram e viram que o barão de Audley estava presente para comandá-los.

As forças de Salisbury avançaram a passos lentos, dominando o morro daquele lado do riacho e matando quem atravessasse para atacá-los. Por um tempo, o massacre foi terrível, e um arrepio de medo passou pelos Galantes, que só viam a morte à frente. Milhares ainda estavam secos, incapazes até de chegar ao rio por causa aglomeração de homens irritados aos berros. Audley forçara a montaria a passar por eles e reuniu uma dúzia de capitães, com quatrocentos ou quinhentos homens que tiveram o bom senso de parar e se defender enquanto o restante saía do rio. Salisbury percebeu o perigo, e suas trombetas puderam ser ouvidas pela charneca quando seus homens atacaram cruelmente os Galantes, com seus arqueiros atirando dos flancos até as águas do rio correrem vermelhas, arrastando corpos.

Os homens ao redor de Audley foram isolados por uma linha contínua de soldados de cota de malha, que matava com terrível eficiência. Ele ouviu o troar dos cascos quando a cavalaria de Salisbury atacou a sua, as duas se golpeando com força suficiente para fazer o chão tremer enquanto os dois exércitos continuavam o combate. Um grupo de cavaleiros atravessou a posição de seus cavaleiros andantes e atacou o flanco dos Galantes, fazendo-os recuar até chegarem ao próprio Audley. Ele mal teve tempo de erguer o escudo e a espada quando foi atingido no peito por um machado, que amassou o metal e o fez cuspir sangue. Ele sentiu a força lhe fugir quando manejou a espada para desferir um poderoso golpe que acertou o adversário na articulação entre o pescoço e o ombro, fazendo o cavaleiro cambalear. Dois outros homens vieram a toda, e Audley viu uma maça erguida. Não conseguiu trazer a espada de volta a tempo, e a pesada arma de ferro caiu sobre seu elmo, quebrando seu crânio e o jogando no chão.

Os Galantes da Rainha eram pressionados por todo lado, ainda com flechas caindo sobre eles. Os que ainda não tinham atravessado o rio perderam o desejo de dar mais um passo contra um inimigo tão terrível e começaram a recuar. Dois mil Galantes ainda lutavam em torno do corpo de Audley, alguns chamando os de trás desesperadamente enquanto os viam partir. Com isso, já sabiam que seriam massacrados se voltassem para o rio, e continuaram lutando, caindo com as flechas ou com os golpes de homens com armas melhores. Em sua fúria, abriram brechas nas linhas de Salisbury, mas nunca era o suficiente, e as brechas voltavam a se fechar com escudos, várias e várias vezes, até que o último deles foi massacrado, rolando pelo chão.

As águas frias do riacho drenaram o sangue de todos os corpos dentro dele, empilhados a tamanha altura em certos pontos que quase seria possível atravessar sobre os cadáveres destroçados. Os homens de Salisbury não chegaram a atravessar o riacho, contentando-se em massacrar todos os que ficaram no seu lado e ignorando o restante.

Quando a luta cessou, Salisbury foi até a beira d'água. O sol começava a se pôr, e ele olhou para o morro que se elevava do outro lado do rio, perguntando-se se os canhões ainda estariam no topo. Não havia sinal de nenhum dos Galantes por lá. Todos fugiram.

Salisbury estalou o pescoço, que estava rígido embora ele não tivesse dado um único golpe durante o combate. Talvez mil homens seus tivessem morrido, perda com a qual não poderia arcar, por mais que lhe tivesse trazido a vitória. O triplo disso, ou mais, jazia morto no riacho e em torno dele. Seus homens já recolhiam braçadas de insígnias do cisne de prata, rindo do saque e chamando os colegas para virem juntar mais.

Ele chamou os capitães para longe da busca, encarando-os com uma expressão soturna enquanto decidia ignorar seus bolsos cheios.

— Levem minhas carroças para o outro lado desse maldito rio antes do anoitecer. Verificaremos o acampamento dos Galantes, mas temos de avançar.

Salisbury sabia que os outros esperavam algumas palavras de congratulação, mas havia perdido um terço de seu exército, homens dos quais ele e York precisavam desesperadamente. Não sentia alegria com aquilo.

— Milorde, teremos tempo de cuidar dos feridos? — perguntou um de seus capitães. Salisbury o fitou com raiva, irritado com as decisões que estava sendo forçado a tomar.

— Não vejo nenhum Percy nem Somerset aqui. Há outro exército em campo, e tenho de chegar a Ludlow. Se puderem andar, que nos sigam mais devagar. Deixe uma boa faca com os que não sobreviverão à noite. Perdemos meio dia aqui, cavalheiros. Não podemos perder mais. Aprontem-se para marchar.

Os capitães assentiram, seus sorrisos se desfizeram, e eles assumiram mais uma vez a responsabilidade de seu posto. Um a um, afastaram--se, olhando para o matadouro em que transformaram a charneca e o rio, que ainda correria rubro durante dias.

Margarida se levantou de onde se agachara, perfeitamente imóvel, durante muito tempo. Fazia horas que havia se instalado naquele ponto, uma colina a leste da charneca que lhe dava uma boa visão das forças de Audley e depois do exército de Salisbury que atravessava o terreno. Estava lívida de horror com o que assistira, uma visão de crueldade e violência que continuava exibindo imagens em sua mente durante o crepúsculo, fazendo-a querer enxotá-las como moscas pousando na pele. Pela manhã, ela havia imaginado formações organizadas, uma diante da outra, e não o caos e os gritos de loucura de homens esmagados e afogados no rio, cortados e atingidos de perto por inimigos que riam e zombavam. Ela balançou a cabeça, tentando em vão apagar as lembranças. Aqueles homens tinham feito um juramento a ela e ao seu cisne. Foram àquele local com confiança e espírito marcial, dispostos a lutar pelo rei e pela rainha contra traidores imundos. Ao desviar os olhos, ela ainda conseguia ver a mancha escura nas águas enquanto o riacho levava o sangue dos homens. Margarida tremeu, sentindo-se pequena e fria com o crepúsculo se aproximando. Não sabia o que aconteceria depois da batalha, se Salisbury pararia para enterrar os corpos ou se avançaria para Ludlow. Ainda havia dezenas de cavaleiros dele percorrendo as encostas, e ela foi tomada pelo medo súbito de que um deles a visse e a perseguisse.

A garganta secou, e ela agitou as mãos com a ideia. Dois homens a esperavam no sopé da colina. Margarida não os deixara subir a encosta para assistir com ela, sabendo que serem vistos por alguém seria um convite ao desastre. Pela manhã, eles pareciam guerreiros fortes e temíveis, mas quando ela desceu pareciam tão frágeis quanto qualquer um dos outros homens que morreram naquele dia.

Margarida montou sem dizer uma palavra, sem confiar em si mesma para falar. Atrás, escutou alguma trombeta soar mais uma vez e se encolheu na sela, as sombras crescentes fazendo parecer que já era perseguida por caçadores. Eles percorreram mais de um quilômetro, deixando a charneca para trás, e ela se virou para olhar mais de uma vez.

Na primeira aldeia pela qual passaram, Margarida viu a forja de um ferreiro acesa, ainda trabalhando em seu ofício apesar da hora tardia. A mente dela estava focada na ameaça de perseguição e no prazer que Salisbury sentiria com sua captura. Ela quase continuou avançando, mas puxou as rédeas bruscamente ao ouvir o som de cravos num casco.

— Busquem o ferreiro — ordenou ela, aliviada ao ouvir que sua voz rouca estava mais firme do que esperava.

O homem que veio atender à sua ordem limpava as mãos num pano engordurado. Ele percebeu a fina capa da beldade que o fitava e preferiu fazer uma profunda reverência.

— Precisa de ferradura, senhora?

Ele estendeu a mão para acariciar o pescoço do cavalo e ficou paralisado quando um dos guardas desembainhou a espada, som que ele conhecia muito bem.

— Preciso que todas sejam retiradas e invertidas nos cascos — respondeu Margarida.

Sua mãe se queixara de caçadores ilegais que faziam o mesmo em Saumur quando ela era pequena. Quem fosse atrás deles encontraria rastros no sentido contrário e iria por outro caminho. Era um truque bastante simples, embora o ferreiro tenha ficado surpreso, dando uma olhada na estrada atrás deles. Margarida pôde ver que ele adivinhara que tinham vindo da batalha travada naquele dia, a confusão e um pouco de medo escritos com clareza no rosto sujo de fuligem.

— Paguem-lhe meia moeda de ouro pelo trabalho — disse Margarida.

Os olhos do ferreiro se arregalaram; ele pegou a moeda de ouro no ar quando lhe foi lançada e a guardou com cuidado. Margarida apeou, e o ferreiro, em silêncio, levantou cada casco e tirou os cravos rápido, com habilidade, jogando os tortos numa bolsa para serem endireitados e substituindo-os por outra dúzia, martelados com força. Não perdeu tempo, nervoso com os olhares lançados pela estrada atrás do pequeno grupo. Em pouco tempo, os três cavalos tinham sido ferrados ao contrário, e os três voltaram a montar. Margarida hesitou, incapaz de resistir a dizer mais alguma coisa antes de deixar aquele homem eternamente para trás.

— O senhor fez um bom serviço à casa real, mestre ferreiro. Em nome do rei, peço que ninguém saiba o que o senhor fez esta noite.

O ferreiro tinha plena consciência dos homens armados que o observavam. Recuou, fazendo que sim com a cabeça e erguendo as mãos até estar a salvo na ferraria, aquecido pela forja.

Margarida fincou os calcanhares nos flancos do cavalo. A noite caíra enquanto aguardava, mas a lua estava alta, a estrada, boa e o céu, limpo. Ela avançou veloz para Kenilworth, lar e segurança.

22

Os homens de Salisbury chegaram mancando a Ludlow, com os pés doídos e extremamente cansados. O conde que seguiam os pusera em marcha forçada por oitenta quilômetros, impelido pelo medo terrível de encontrar o castelo de York sob ataque. Chegaram mal capazes de se manter de pé, muito menos de lutar, mas não havia sinal de um exército sitiante. Salisbury agradeceu aos capitães e lhes permitiu acampar ao lado dos quatro mil que já estavam lá.

Os soldados de York observaram os homens famintos de Salisbury se amontoarem em torno das panelas no fogo ou simplesmente se deitar no capim para dormir. Os recém-chegados não tinham carroças depois da marcha forçada. Quando a lua surgiu baixa no céu, centenas de sargentos de York foram até os grupos amontoados de homens cansados para distribuir cobertores, água, cerveja e carne, o que quisessem, em troca de notícias da batalha.

A chegada do exército de Salisbury aumentou a tensão no grande acampamento em torno de Ludlow. Novas linhas de estacas de madeira afiadas foram instaladas, e muitos homens abençoaram o rio que passava a oeste e sul do castelo, forçando qualquer inimigo a vir do leste.

As carroças de Salisbury chegaram no dia seguinte, permitindo aos homens que armassem barracas e devolvessem as que tinham pego emprestadas. Os feridos que vieram andando chegaram da charneca no outro dia, cambaleando e desmoronando aliviados ao ver os hectares de barracas em torno da fortaleza de York. Um total de oitocentos homens faltaram à chamada, enquanto muitos outros mal passavam de fardos para os curadores e seus suprimentos.

Na noite do terceiro dia, os batedores de York chegaram com a notícia que todos sabiam que viria. Os Galantes do Rei tinham sido avistados a vinte quilômetros dali. Todos os seis mil homens em Ludlow fizeram uma boa refeição, consertaram o equipamento quebrado e afiaram as lâminas. Os que tinham cavalos cuidaram deles, enquanto a hoste de arqueiros assumiu posição nos flancos do castelo. Mais uma vez, as carroças de Salisbury formaram uma barricada, bloqueando o caminho de Ludford, ao sul, do outro lado da ponte.

Quando a noite caiu, o exército de York teve um sono perturbado, agitado por gritos e pesadelos antes de voltarem a dormir e escapar das horas escuras. Ludlow era a fortaleza, mas o rio protegia tão bem sua retaguarda quanto os muros de pedra atrás deles. Todos os soldados sabiam que, no fim, teriam permissão de correr para a proteção das muralhas — mas, se isso acontecesse, a batalha estaria perdida, e sem dúvida o castelo cairia. Eles eram o escudo e a espada, não as ameias de Ludlow. A mudança de guarda foi à meia-noite e, nessa hora, uma leve geada fez o acampamento cintilar. Os guardas agitavam os pés e sopravam as mãos, aguardando a aurora.

A lua sumiu ao sul, seu brilho desaparecendo depressa. Conforme a escuridão e a luz das estrelas desapareciam do céu com os primeiros tons de cinza do dia, Salisbury e Warwick subiam a escada até o ponto mais alto para fitar o leste. York e Eduardo de March já estavam lá, conversando em voz baixa, quando os Nevilles, pai e filho, chegaram ao último degrau.

— Venham cá e os verão — disse York com um gesto.

Salisbury franziu os olhos para a obscuridade e avistou pontinhos de luz minúsculos à distância, mexendo-se e disparando de um lado para o outro.

— Quantos? — perguntou Salisbury, uma pergunta tanto aos mais jovens de olhos aguçados quanto ao próprio York.

— Todos os que você deixou vivos na charneca mais as forças do rei — respondeu York.

Ele gritara e ralhara na primeira noite, ao saber quantos Salisbury permitira que escapassem. O amigo havia suportado a arenga, sabendo que era proveniente do medo. Era verdade que Salisbury poderia ter perseguido e matado os Galantes da Rainha que fugiam dele. Poderia também ter sido vencido por eles quando se reagrupassem e contra--atacassem. Em vez disso, tinha escolhido seguir o plano original e reforçar Ludlow. Não fazia sentido desejar que as escolhas tivessem sido diferentes.

Lá longe, a linha de tochas não parava de aumentar, espalhando--se pelo horizonte até os quatro homens só conseguirem fitar em um silêncio austero. York conhecia melhor que ninguém a terra a leste, e era o mais afetado, esfregando a nuca e balançando a cabeça.

— Ainda pode ser um truque. Talvez homens espalhados para levar as tochas, para que pareçam um exército maior do que realmente são.

Ele não acreditava nisso, e nenhum dos outros respondeu. O sol revelaria a extensão do exército do rei diante de Ludlow.

— Ludlow nunca foi vencida — declarou York depois de algum tempo. — Essas muralhas durarão muito mais que nós todos, não importa quantos fazendeiros e curtidores eles encontraram para marchar contra elas este ano.

O céu atrás do exército que se aproximava se iluminava lentamente, claro e pálido. York enrijeceu quando começou a perceber as formas escuras dos canhões puxados junto do exército. Logo que passou a conseguir discerni-los, tentou ver mais longe, inclinando-se sobre as pedras até Salisbury ficar com vontade de segurar o braço do duque antes que ele caísse. Doze serpes pesadas foram arrastadas na direção de Ludlow, cada uma delas capaz de lançar uma bola de ferro um quilômetro e meio no ar. Contra muralhas de castelos, mesmo as de Ludlow, provocariam uma destruição terrível.

— Vieram para acabar conosco — murmurou Salisbury.

Ele sentiu a raiva de York com suas palavras, mas a luz antes da aurora era forte o suficiente para que todos vissem a extensão das forças do rei. Mal conseguiam distinguir os estandartes nobres no cinza suave, porém o efetivo era assustador, pelo menos o dobro dos homens que estavam reunidos em nome de York.

— Vejo as cores de Percy — disse Eduardo, apontando. — Lorde Grey está lá. Exeter. Buckingham. Somerset à esquerda, estão vendo? Aquele é o estandarte dos Cliffords?

— É — respondeu York. — Uma grande matilha de órfãos e vira-latas, ao que parece. Eu deveria ter matado Buckingham em St. Albans quando estava caído, com o rosto cortado ao meio. Procurem as flâmulas com os leões do rei. Ou o cisne da rainha. Aquela loba estará entre eles, tenho certeza.

O exército real parou a mais de quinhentos metros, tocando as trombetas para despertar os mortos, ou pelo menos qualquer soldado de York que tivesse conseguido dormir com o estrondo e o troar de sua aproximação. As fileiras de tochas foram apagadas quando a aurora enfim chegou, e York e Salisbury puderam apenas observar consternados as dezenas de cavaleiros de armadura que cavalgavam de um lado para o outro na primeira fileira, portando os estandartes desfraldados de todas as casas que representavam, encabeçados por três leões dourados em um campo vermelho. Era uma demonstração que visava chocar e intimidar — e cumpriu bem seu papel.

Na primeira fileira, as guarnições dos canhões ergueram os imensos canos de ferro preto e puseram blocos de madeira debaixo deles. York cerrou a mão direita ao ver braseiros acesos e homens correndo com sacos de pólvora. Diante do exército do rei, filetes de fumaça subiam no ar claro. Os homens nas ameias ouviram a ordem, uma voz única respondida com um trovão estrondeante e uma explosão de fumaça tão grande que metade da força real sumiu atrás dela.

Nenhuma bola de ferro cruzou a distância entre eles. As chamas e a fumaça foram um aviso e uma demonstração de poder. Não restou a quem as viu nenhuma dúvida de que o próximo disparo dilaceraria homens e acertaria os muros do castelo. Mas ele não veio. Em vez disso, um único arauto avançou à frente do restante, acompanhado por seis homens. Dois deles tocavam trombetas enquanto os outros levavam os estandartes reais, os leões adejando. Eles chegaram perto das forças de York, e o arauto declamou a plenos pulmões. Poucas palavras suas chegaram às ameias, embora os quatro homens no alto espichassem o pescoço para escutar. York observou com azedume o arauto terminar seu discurso e continuar fora do campo de visão, seguindo para o castelo. Ele teria permissão de entrar e entregar sua mensagem ao senhor de Ludlow.

York se virou para os condes ali com ele, os olhos pousando por fim no filho que se elevava acima de todos com sua armadura. Como os outros, York estava pálido, a confiança abalada. Sabia que o arauto do rei seria levado até ele, e falou depressa antes que não estivessem mais a sós.

— Não pensei que veria o próprio Henrique vir contra mim. Mas eles o trouxeram, e não sei se os homens resistirão, não agora.

A angústia sentida por aquele pequeno grupo nas ameias inundaria cada soldado lá embaixo. Uma coisa era erguer as armas contra outro lorde, principalmente aqueles que York acusava de serem traidores e manipuladores do rei e da rainha. Outra coisa bem diferente era se levantar contra o próprio rei da Inglaterra no campo de batalha. Todos podiam ver a tenda de bandeiras e estandartes sendo erguida no centro da linha.

— Metade deles são filhos de fazendeiros — comentou Eduardo no silêncio. — Podem ser derrotados, exatamente como aconteceu em Blore Heath. Que eu e Warwick levemos nossos dois mil contra o flanco. Vamos comprimi-los enquanto o restante ataca o centro. Nossos homens são veteranos, senhor. Cada um deles vale dois ou mais daqueles lá.

Enquanto falava, o conde de March sentia o desespero de Salisbury e do pai. Olhou para Warwick em busca de apoio, mas até ele balançou a cabeça.

Salisbury olhou de relance para o alto da escada, avaliando se já poderia ser ouvido.

— As terras de meu pai sofreram muitos ataques — disse, de repente —, todos comandados pelo mesmo *laird*, o mesmo nobre escocês. Ralph Neville era um homem cauteloso, mas em certa ocasião se viu em desvantagem numérica em campo aberto. Ele sabia que, se ficasse e lutasse, perderia tudo.

Os três homens com ele escutavam, enquanto Salisbury espiava novamente a escada.

— Ele mandou à frente seus serviçais, três rapazes grandes com dois cofres de prata, deixando-os sozinhos num prado enquanto os homens do clã se esgueiravam como os lobos que eram. Talvez tenha sido a boa sorte inesperada que os deixou cautelosos ou simplesmente haviam aprendido que o conde era um inimigo esperto. Os escoceses esperavam uma armadilha, e, quando perceberam que não havia nenhuma, meu pai já recuara para a fortaleza e estava fora do seu alcance.

— E a prata e os homens? — perguntou Eduardo.

Salisbury deu de ombros.

— Foram todos levados. Os homens foram mortos, e a prata, levada para a casa do *laird*. Eles beberam até cair com a riqueza que conquistaram, e ainda dormiam quando os homens de meu pai caíram sobre eles na escuridão. Com soldados mais que suficientes para o serviço, ele seguira a trilha dos escoceses que carregavam os cofres pesados, atravessando o campo e a floresta. Os homens de meu pai mataram o *laird* em sua casa e massacraram seus serviçais antes que pudessem se levantar e se defender. Pela manhã, recuperaram os cofres e retornaram para o outro lado da fronteira. Era uma lembrança que meu pai alimentava com carinho em seus últimos anos. Dizia que, no frio, recordar a surpresa deles o mantinha aquecido.

O barulho de passos fez Salisbury erguer a mão em aviso a todos, impedindo-se de dizer qualquer outra coisa. O arauto do rei estava vestido de rosa e azul, um gaio entre os corvos naquele telhado. Ele ofegava e fez uma complexa reverência, cumprimentando os três condes e York por último.

— Milordes, falo em nome de Sua Majestade Real, o rei Henrique da Inglaterra, da Irlanda e da França, protetor e defensor do reino, duque de Lancaster e da Cornualha, que Deus abençoe seu nome.

— O arauto fez uma pausa e engoliu em seco, pouco à vontade sob o olhar frio dos homens com quem falava. — Milordes, devo lhes dizer que o rei perdoará todos aqueles que pegaram em armas contra ele. Demonstrará misericórdia por qualquer homem que aceite seu perdão sem demora. — Ele teve de tomar coragem para continuar, o brilho do suor surgindo na testa. — Com exceção apenas do duque de York, do conde de Salisbury e do conde de Warwick. Esses homens são declarados traidores e devem ser entregues às forças reais e às autoridades do próprio rei.

— E o conde de March? — indagou Eduardo, sinceramente ofendido por não ter sido mencionado.

O arauto olhou, nervoso, para o homem enorme e balançou a cabeça.

— Não me ordenaram que dissesse esse nome, milorde. Eu... não posso...

— Vá, senhor — ordenou York de repente. — Mandarei minha resposta ao meio-dia por um homem meu. O senhor retornará para o lado do rei?

— Sim, milorde. Sua Alteza aguarda a resposta que o senhor desejar que ele escute.

— Então o rei Henrique está com o exército? Está presente em campo?

— Eu o vi com estes mesmos olhos, milorde. Juro. Aguardarei sua resposta, se o senhor desejar.

— Não — respondeu York, mandando-o embora com um gesto ríspido. — Retorne ao seu senhor.

O arauto fez outra reverência e desapareceu, escoltado pelos homens de York.

Salisbury pôde ver que York se preparava para dar ordens furiosas. Quando o arauto saiu, ele falou depressa.

— A história de meu pai é a chave deste cadeado. Não podemos resistir hoje. Não temos homens nem muralhas para resistir a um exército daqueles.

— Quer que eu *fuja*? — indagou York, encarando o amigo mais velho.

— O rei não ofereceu perdão? — retrucou Salisbury imediatamente.

Sem saber, o arauto o ajudara. Mas Salisbury ainda teria de encontrar palavras que aplacassem a honra sensível de York.

— Diga aos seus capitães que aguardem seu retorno. Diga-lhes que o rei não passa de uma marionete dos Percys ou de um peão da rainha francesa. — Ele ergueu a mão e falou mais alto quando York começou a argumentar. — Diga-lhes que voltará na primavera, e que um líder escolhe o lugar onde resistirá... e não permite que os inimigos escolham por ele! Deus sabe que o rei não é popular. Ele mal saiu de Kenilworth nos últimos... Há quanto tempo? Nenhum parlamento convocado em três anos, nenhuma ordem dada. Há pouco amor por ele, e mais por você. Deixe seus homens e os meus receberem seu perdão, Ricardo! Deixe que voltem aos seus lares, sabendo que é apenas uma trégua entre golpes, antes de fazermos essa ralé real em pedacinhos, lorde por lorde, homem por homem!

York o fitava, a boca entreaberta. Parecia que lutava com a traição, e o filho de Salisbury acrescentou sua voz ao argumento.

— Não podemos vencer aqui — disse Warwick em voz baixa. — O senhor sabe que é verdade. Podemos *morrer* aqui, com toda a certeza, mas prefiro lhes dar seu pequeno triunfo e depois voltar e cair sobre eles quando estiverem cochilando, embriagados com o sucesso. A vitória final é que importa, milorde York, não como será obtida.

A raiva de York se esvaiu, e ele deixou a cabeça pender, encostando-se nas ameias de pedra. Ignorou Warwick e seus olhos buscaram Salisbury.

— Acha que podemos retornar depois de uma derrota dessas? — perguntou, a voz rouca de dor.

— Eles nos surpreenderam aqui. Vamos surpreendê-los em troca. Não há desonra nesse curso de ação, Ricardo. Se houvesse, eu mandaria tocar as trombetas com você e resolveria tudo hoje, de um jeito ou de outro. Quer que eu jogue fora minha vida neste lugar? — Salisbury ergueu o queixo. — Se você der essa ordem, lutaremos até o último homem. Golpearemos com força o exército do...

Os passos e o tilintar de homens de armadura o interromperam, e os quatro olharam por sobre as ameias para os exércitos reunidos lá embaixo. Warwick exclamou ao ver as cores dos soldados em marcha.

— O que estão fazendo? — questionou, chocado. — É o capitão Trollope, levando meus homens embora! O que ele...?

Ele se calou quando as fileiras de seiscentos veteranos de Calais ergueram uma bandeira branca e se aproximaram das forças do rei. Eles foram recebidos pelos piques hostis erguidos e por cavaleiros e lordes que foram encontrá-los a cavalo. Enquanto Warwick observava com desagrado, as fileiras se abriram para permitir que a coluna em marcha passasse.

— Pelas chagas de Cristo, é o fim! — exclamou Salisbury. — Precisávamos daqueles homens. — Ele se virou para York. — Não é pouca coisa se levantar contra o rei, meu amigo. Se partir deste lugar, poderemos preparar nossos capitães para nossa volta. Não ficarei ocioso, juro. Mandarei uma carta a cada um jurando minha lealdade ao rei e pedindo apenas que defenda Henrique de homens cruéis.

— Não posso ir embora! — gritou York, calando-o. — Não entende? Se partirmos hoje, cairemos em desonra, cada um de nós! York e Salisbury acabarão! Warwick acabará! March acabará! O trabalho da minha vida, minha casa, meu nome, enegrecidos pelos decretos deles, destruídos, esfacelados! Dane-se você. Dane-se o rei Henrique e sua cadela francesa. Prefiro morrer aqui, com esses muros às costas.

— Eu preferiria continuar vivo — comentou Warwick, falando com firmeza por cima do pesar de York. — Viveria para poder derrubar todas as leis que fizerem. Viveria para tomar o Parlamento e obrigá-lo a derrubar esses Decretos de Desonra. E viveria para me vingar de meus inimigos com homens que compreendessem que York também é uma linhagem real. É o que eu faria, milorde. Mas meu pai falou a verdade. Se desejar, resistirei com o senhor enquanto os soldados despojam seu lar e aqueles que ama. Ficarei ao seu lado quando se puserem a estuprar e torturar, a queimar e estilhaçar tudo o que lhe é caro. Esse é meu juramento e a força de minha palavra. Meu destino está em suas mãos.

York olhou para os três homens ao redor, que aguardavam sua decisão. Estava cercado, preso entre dois caminhos, ambos tão apavorantes que só conseguia ficar parando e tremendo. Depois de um bom tempo, assentiu.

— Ainda tenho amigos na Irlanda. Homens que não dão a mínima a Decretos de Desonra e que me protegeriam em minhas propriedades. Virão comigo?

— Eu, não — disse Salisbury. — Calais me manterá longe das garras das autoridades do rei, mas fica perto de Kent. Perto o suficiente para chegar lá numa noite escura no ano que vem.

— Warwick? — perguntou York.

— Calais — respondeu Warwick com firmeza.

— Eduardo? — perguntou York, virando-se e erguendo os olhos para o filho, ali em pé como uma árvore acima de todos eles.

O rapaz se encolheu, dividido entre lealdades conflitantes.

— Se o senhor permitir, meu pai, preferiria voltar à França. Não há lugar melhor para reunir um exército e voltar.

Se a escolha do filho foi outro golpe, York não deixou transparecer. Assentiu e deu um tapinha no ombro de Eduardo.

— Há um caminho e uma ponte para os prados a oeste de Ludlow. É uma rota tranquila e nos levará longe. Tenho de conversar com minha mulher e com meus capitães antes de partir. Eles têm de saber o que os espera. O que me diz de abril, daqui a seis meses, para o nosso retorno?

— Dê-me nove meses, milorde — respondeu Warwick. — Nove meses e reunirei homens suficientes para reconquistar tudo o que perdemos.

York fez que sim, fingindo confiança em meio a uma desolação gélida que deixava seus membros dormentes.

— Muito bem. Espero saber que desembarcaram no primeiro dia de julho, por suas almas, todos vocês. Jurem a mim que porão os pés em solo inglês em julho do ano que vem ou serão para sempre conhecidos como homens perjuros e sem fé. Com a bênção de Deus, eles pagarão por toda essa desgraça.

Os três condes fizeram um juramento pessoal, segurando o braço de Ricardo de York e ajoelhando-se nas ameias. Com humor sombrio, desceram para organizar a fuga.

Quando a noite caiu, tochas se acenderam no Castelo de Ludlow e em toda a aldeia de Ludford, ao sul. Os grandes portões da fortaleza se escancararam, e as primeiras fileiras de cavaleiros de armadura entraram, portando os estandartes das casas nobres que representavam. Rígida e imóvel, a duquesa Cecily de York os aguardava de pé no pátio ao ar livre, enquanto cavaleiros armados passavam por ela, buscando algum sinal do marido ou o primeiro vislumbre de uma armadilha. Eles percorreram todo o castelo, abrindo portas a pontapés e aterrorizando os criados, que tremiam de cabeça baixa, esperando o golpe de uma lâmina a qualquer momento.

Duas horas se passaram até a rainha Margarida entrar em Ludlow, cavalgando à frente de cem de seus Galantes. Ela montava de lado em seu cavalo, e foi Tomás, lorde Egremont, que a ajudou a apear. O rosto da rainha estava gélido de desdém quando foi até a esposa de York e olhou para a mulher mais velha com frieza e fascínio.

— Então seu bravo marido fugiu — comentou Margarida. — Um covarde no fim das contas.

— E não se vê o seu em lugar nenhum. Estará dormindo ou em oração? — retrucou Cecily com doçura. Os olhos de Margarida se estreitaram enquanto Cecily continuava. — A senhora venceu esta noite, minha cara, mas meu marido *cobrará* o que lhe devem. Nunca duvide disso.

— Ele não terá este lugar — disse Margarida, indicando os muros de pedra em volta e sorrindo para a mulher mais velha que antigamente a intimidava. — O Castelo de Ludlow será vendido, agora que York é um plebeu, junto de todas as outras pedras e terras que já possuiu. Onde descansará então sua cabeça, Cecily? Sem criados para atendê-la, sem nenhum título além de esposa de um traidor? Vi os decretos com o selo de meu marido orgulhosamente sobre eles. A senhora não poderá se abrigar com Salisbury nem com Warwick depois deste mês. Todos estão sujeitos ao Decreto de Desonra, e essa trindade imunda está desfeita.

Cecily de York tremeu como se as palavras fossem golpes. Não muito longe, ambas ouviram gritos e berros quando os soldados do rei invadiram a aldeia de Ludford, obedecendo à ordem de procurar York.

— Eu me casei com um homem, querida — disse Cecily —, não com uma criança. Talvez, se tivesse feito o mesmo, a senhora entendesse por que não estou com medo.

— Eu me casei com um *rei* — retorquiu Margarida, furiosa com a calma da outra.

— É verdade. E em troca ele perdeu a França. Não acho que tenha sido um bom negócio, querida. Não concorda?

Margarida estava com tanta raiva que ficou tentada a bater em Cecily de York. Poderia tê-lo feito se os filhos pequenos da outra não estivessem amontoados em torno dela. Edmundo, o segundo filho de York, tinha um dos braços em torno de duas irmãs menores. Com 16 anos, ele era quase da altura de um homem, embora só usasse uma túnica com cinto, calças apertadas e não portasse armas. Edmundo levava no colo o irmão caçula. Ricardo estava sem jeito ali, agarrado ao irmão como um gato assustado, fitando tudo com olhos arregalados.

Cecily se virou para eles e estendeu os braços para o pequeno.

— Venha comigo, Ricardo — disse, e sorriu quando ele quase pulou do irmão para os braços dela, que cambaleou com o peso.

O menininho fez uma careta enquanto subia até uma posição segura, dando um gemido baixo e animalesco até que Cecily lhe deu um beijo na testa. Então ela se virou para Margarida e ergueu as sobrancelhas numa pergunta calada.

— Agora vou levar meus filhos embora, a menos que a senhora tenha mais a me dizer.

Uma das menininhas começou a chorar e soluçar, ao ver tantos soldados estranhos em sua casa. Cecily a tranquilizou, aguardando que a rainha lhe desse permissão de partir. Margarida mordeu o lábio, mas não teve nenhum prazer ao mandar embora a esposa de York. Ficou observando-a enquanto cruzavam os portões, confusa com sua própria tristeza e inveja.

23

Margarida respirou fundo, apreciando o aroma que preenchia o Palácio de Westminster. O Natal passara havia apenas três dias e, embora fosse o dia de Herodes, quando o velho tirano ordenara a morte das crianças, 28 de dezembro também era o dia em que as cozinhas reais preparariam tortas com o que tinha restado da carne de veado para serem distribuídas. Os cozinheiros usavam os restos — o fígado, o coração, os miolos, os pés e as orelhas —, que eram fervidos num molho grosso antes de serem colocados dentro da massa. Então o pessoal da cozinha real levaria as tortas para fora, com um grito de triunfo dos que se reuniam diante do palácio. As tortas seriam cortadas em fatias grossas e levadas, ainda fumegantes, para serem apreciadas pelas famílias. Margarida havia provado uma fatia e achou que o caldo grosso levava algum tempo para abandonar a boca e os dentes.

Ela fitava a multidão de uma janela alta, contente de observar as pessoas enquanto a fila de cozinheiros saía, cada um deles com uma bandeja e uma torta pesada, com facas na cintura para cortar as porções. Margarida notou que não havia crianças na multidão. No dia de Herodes, era comum elas serem surradas em memória da crueldade daquele rei, e os meninos e as meninas de Londres tentavam passar despercebidos, de cabeça baixa e trabalhando em silêncio, para não lembrar aos senhores aquela tradição. Havia homens e mulheres lá, sorridentes e alegres enquanto se ajuntavam em torno da fila de cozinheiros. Muitos trouxeram toalhas e cestos para levar os pedaços para casa.

Margarida passou a mão sobre a barriga, sentindo o peso de tudo o que comera nos dias anteriores. Havia comparecido à missa do galo na Abadia de Westminster, com o marido cabeceando ao seu lado. Músicos e cantores se reuniram do lado de fora para dançar e cantar pelo nascimento de Cristo, proibidos de entrar na igreja porque atrapalhavam a congregação. Tinham começado um tumulto, brigando na rua até os guardas saírem com porretes e os expulsarem de lá com pancadas e pontapés.

Derry Brewer pigarreou atrás dela, e Margarida se virou, sorrindo ao avistá-lo com suas melhores roupas escovadas. Era difícil conciliar a imagem do homem que havia acabado de entrar com o monge magro e trêmulo que a procurara em Windsor cinco anos antes. Derry tinha engordado naquele período, sua cintura e seus ombros estavam mais largos. Porém ainda parecia forte como um javali que não perde a astúcia com a idade. Ela tocou de leve na própria barriga ao pensar nisso. O pesar e a preocupação tinham-na ajudado a evitar o mesmo destino, talvez porque seu útero permanecera vazio depois de Eduardo. Essa lembrança era uma pontada de tristeza, e ela forçou um sorriso para receber o espião-mor.

— Notícias, Derry? Meu mordomo me disse que haveria crianças espancadas em Londres esta tarde. Acho que ele estava brincando comigo por saber que passei a infância na França. É verdade?

— Já aconteceu, milady, quando os aprendizes eram rudes e os mestres perdiam a paciência. Já houve tumulto neste dia. Mas não todo ano. Se deseja ver uma coisa dessas, posso organizar, é claro.

Margarida riu e fez que não.

— Ah, se todos os meus desejos pudessem ser atendidos dessa maneira, Derry. Era como eu imaginava ser rainha, quando menina, atravessando o canal da Mancha pela primeira vez.

As palavras lhe trouxeram a lembrança do homem que a levara para a Inglaterra, William de la Pole, duque de Suffolk. Seus olhos foram tomados pela tristeza, em memória do duque.

— Como vai seu trabalho, Derry? A frota está pronta?

— Estou com todos os estaleiros do litoral sul trabalhando noite e dia. Embarcações novas ou as antigas reformadas, a frota estará pronta na primavera, milady. Teremos embarcações para levar um exército como a França nunca viu desde 1446. Será suficiente para arrancar Salisbury, Warwick e March de Calais, tenho certeza. Se eles avançarem mais pela França, ficarão sozinhos. O rei francês nunca permitirá que soldados ingleses marchem ou acampem em suas terras. Defenderemos Calais para a Coroa, milady, nunca duvide disso. Negaremos aquele posto aos inimigos do rei, seja lá o que pretendam.

— E depois disso, York, na Irlanda — disse Margarida.

Tinha sido dito quase como uma pergunta, e Derry respondeu como já fizera uma dezena de vezes.

— Milady, a senhora sabe que eu disse que a Irlanda é um lugar selvagem... e York é amado por lá desde quando foi tenente do rei. — Ele pigarreou, pouco à vontade. — Ele tem amigos na Irlanda que acreditam que a casa de York... bem, que ela deveria ser a linhagem real. York resistirá com seus homens. Milady, levar uma frota por trinta quilômetros de mar até Calais não é um grande passo. Podemos cercar aquele porto e desembarcar um exército, canhões, o que quisermos, embora eu espere que eles se rendam antes que sejamos forçados a romper as muralhas. Não quero que o rei francês sinta que tem outra oportunidade nascida de nossa rixa! A Irlanda... é um pouco diferente, milady. Desembarcar um exército no leste daquele litoral selvagem seria uma verdadeira campanha, um ano ou mais longe da Inglaterra, com homens que seriam mais úteis em casa. O povo irlandês é soturno. Seus lordes se ressentirão do desafio à sua autoridade, e basta uma fagulha para provocar uma rebelião. Eu disse que não posso recomendar esse rumo, pelo menos este ano. Por favor, permita que eu pense em York novamente depois que tivermos Calais em nosso poder. Deus ama aqueles que fazem planos a longo prazo, milady. Ele adora lhes mostrar o custo de suas ambições.

Margarida franziu os lábios, fazendo uma careta de frustração.

— Não posso deixar aquele passarinho descansar — disse ela. — Ele fugiu quando o tínhamos acuado, zombando de todos os meus Galantes. Você entende, Derry? Vi Salisbury massacrar bons homens que foram ao campo de batalha com minha insígnia, por amor a mim. Onde está a punição daquele dia imundo? Onde está a justiça, com Salisbury e seu filho a salvo na França, York na Irlanda? Quero-os trazidos para cá acorrentados, Derry! Por tudo o que me custaram, por tudo o que ameaçaram.

— Vossa Alteza, eu sei. Seria Natal outra vez se eu pudesse ver York e Salisbury trazidos de volta para julgamento. Eu estava em St. Albans, milady. Sei em que dívidas incorreram... e que permanecem. Elas serão pagas, juro. Com sessenta barcos, carregados de homens e canhões, vamos desentocá-los como raposas. Só lhe peço paciência.

Margarida assentiu rigidamente, mandando-o embora com um gesto. Derry fez uma reverência, sentindo uma pontada nas costas. Céus, estava ficando velho! Ele pensou em tudo que teria de fazer naquele dia e se conseguiria encaixar uma hora de prática de esgrima com um dos guardas do rei. Afinal de contas, aprendera a cavalgar como um cavaleiro. Havia decidido aprender a lutar como um deles, embora ferisse seu orgulho ser derrubado como uma criança travessa. Ele tomou a decisão, determinado a se exercitar, por mais que isso lhe custasse.

Margarida se virara para a janela quando ele saiu e sorrira outra vez ao ver a multidão de Londres. O ano-novo estava a poucos dias, e a rainha depositava nele grandes esperanças, mais que em todos os que já se passaram. Primeiro Calais, depois York, onde quer que estivesse escondido. Os inimigos do marido seriam caçados, e Henrique poderia viver seus anos em paz. A Inglaterra ficaria mais forte apesar de todo o sofrimento, Margarida tinha certeza, assim como ela ficara mais forte depois dos últimos anos. Ela ainda conseguia se lembrar de como havia sido inocente, um fiapo de menina que falava um péssimo inglês, um mero sopro da mulher em que se transformara.

Para uma noite escura de janeiro, o mar estava calmo. Precisava estar para o que Warwick tinha em mente. Ele e seus homens escolhidos passaram três dias preocupados com uma tempestade terrível que havia assolado o canal da Mancha, e só se consolaram com o fato de que a frota real jamais conseguiria sair do porto com o mar tão revolto.

O ano de 1460 mal havia começado, apenas três meses se passaram desde a fuga de Ludlow. Enquanto York zarpava para a Irlanda, Salisbury, Warwick e Eduardo de March tinham escapulido para a França num barco de pesca de arenque. Tinha sido o ponto mais baixo para todos eles, embora os três condes tivessem se dedicado aos planos do retorno quase assim que puseram os pés na fortaleza de Calais. William, lorde Fauconberg, irmão de Salisbury, visitara-os depois, levando consigo cem homens e duas caravelas sólidas que ficariam atracadas nas docas protegidas. Favorecido entre os partidários de Henrique, Fauconberg também levara notícias de uma frota de Lancaster que estava sendo preparada em Kent, com embarcações suficientes para levar dez mil soldados ou mais na primavera. Se havia qualquer dúvida em sua mente sobre o caminho futuro, essas palavras as dissiparam. Os Decretos de Desonra foram aprovados, e eles não teriam paz em seu exílio.

O porto de Sandwich estava silencioso nas primeiras horas de uma manhã gelada de inverno. Warwick e Salisbury caminhavam juntos pelo cais deserto, com Eduardo de March apenas um passo atrás. Cerca de quarenta homens os seguiam, em grupos escalonados de seis ou doze soldados. No total, duzentos veteranos atravessaram o canal da Mancha para a Inglaterra naquela noite, usando roupas simples e rústicas de lã e couro. Armadura ou cota de malha só atrapalhariam o tipo de serviço sigiloso que planejavam. Na escuridão, teriam a oportunidade de se confundir com tripulações do rei ou pescadores de Kent. No decorrer dos séculos Sandwich fora atacada pelos franceses muitas vezes. Embarcações inimigas já se esgueiraram por aquele canal, e Warwick se surpreendeu ao perceber que os sinos da igreja não haviam começado a soar o alerta pela cidade.

Sua sorte durou bastante tempo. Eles amarraram quatro pequenos barcos em meio às sombras da frota real, cerca de quarenta barcos ancorados, com apenas algumas lâmpadas balançando. A própria cidade estava negra contra o céu noturno, com tantos habitantes acostumados a se levantar antes do amanhecer. Warwick e o pai planejaram a travessia para chegar ao porto enquanto os pescadores dormissem e os marinheiros do rei ainda estivessem adormecidos de cerveja.

Warwick se virou rapidamente ao ouvir um grito estrangulado vindo de uma coca mercante que rangia no ancoradouro. Ele não saberia dizer a fonte. As embarcações atracadas na doca estavam tão próximas que seus homens conseguiam escalar uma delas e passar para a seguinte. Para aquelas ancoradas mais longe, pequenos barcos levaram os soldados de Warwick até escadas nas laterais de madeira, e eles se esgueiraram a bordo o mais silenciosamente possível. Naquele momento, todos corriam descalços por conveses escuros, golpeando ou esfaqueando as pobres almas deixadas para guardá-los da forma menos ruidosa que conseguissem. As tripulações do rei estavam todas em terra, e em cada barco havia apenas alguns rapazes encarregados de cuidar da lâmpada e ficar de olho nos franceses.

Warwick olhava para o mar e deu um pulo quando o pai segurou seu braço. A luz de uma lâmpada se aproximava por uma rua lateral que levava ao mar. Talvez devido à presença de tantos soldados do rei na cidade, os vigias locais estavam menos atentos do que deveriam. Quando saíram correndo, Warwick e March ouviram risadas contidas e conversas, alguma história do último Natal. Warwick conseguia sentir a sombra imensa de Eduardo de March à direita. Vestir o jovem gigante com a lã dos pescadores era uma causa perdida. Quem o visse logo pensaria se tratar de um soldado.

Havia seis homens no pequeno grupo que dobrou a esquina e parou, espantado. Warwick viu que um deles carregava uma grande sineta para despertar a cidade. Engoliu em seco. Os dois grupos ficaram paralisados, encarando-se.

— Os franceses! — sibilou um dos vigias, erguendo a sineta.

— Cale a boca, idiota — disse Warwick com rispidez. — *Parecemos* franceses?

O homem hesitou, como se fosse sair correndo a qualquer momento. O que ia à frente abriu os aparadores da lâmpada e o brilho revelou alguns dos homens sombrios que trotavam atrás de Warwick. O vigia pigarreou com cuidado, sabendo que a palavra errada sem dúvida lhe traria a morte.

— Não queremos problemas, sejam vocês quem forem — disse, tentando pôr alguma autoridade numa voz tensa e abalada.

Os olhos do homem passaram rápido por Eduardo, sentindo sua disposição para a violência.

— Condes Warwick, Salisbury e March — respondeu Warwick.

Não se importava que soubessem que estavam ali. Só queria levar as embarcações embora e sumir quando o sol nascesse. As tripulações reais não conseguiriam persegui-los em barcos de pesca.

O vigia se aproximou, fitando-o. Para surpresa de Warwick, sorriu. Sem se virar, ordenou em voz baixa aos homens que estavam com ele que não corressem.

— Então vocês precisarão nos amarrar. Senão os homens do rei vão nos enforcar pela manhã.

— Pare com isso, Jim! — sibilou o portador da sineta. — Eles vão nos açoitar de qualquer jeito.

— Vocês sobreviverão — retorquiu o vigia. — Se tocar essa sineta, Pete, eu mesmo dou uma surra em você.

Warwick franziu a testa enquanto acompanhava a conversa. Havia esperado uma luta rápida e violenta com os vigias, depois talvez uma corrida até os últimos barcos nas docas enquanto a cidade voltava à vida para repelir os invasores. Enquanto a furiosa discussão sussurrada continuava, Warwick lançou um olhar para Salisbury e March. O filho de York deu de ombros.

Frustrado, o homem que estava com a lâmpada pulou de repente sobre o companheiro, segurou o badalo da sineta e a arrancou da mão dele com um golpe forte.

— Aí está, milorde. Não vamos lhe criar nenhum problema.

— Eu o conheço? — perguntou Warwick.

— Jim Wainwright, milorde. Não nos conhecemos, mas me lembro do senhor correndo atrás de mim num beco há alguns anos. —

Wainwright deu um sorriso esquisito, mostrando falhas nos dentes.

— Eu estava com Jack Cade na época.

— Ah — respondeu Warwick com cautela, por fim compreendendo.

Milhares de homens de Kent voltaram para casa com seu saque depois daquela noite terrível. Ele gostaria de saber quantos ainda se lembravam com carinho da revolta.

— Não foi certo o que fizeram com Cade e seus amigos — continuou Wainwright, erguendo o queixo. — Esses garotos não sabem como foi, mas eu sei. Fomos perdoados pela rainha, milorde, tudo selado e assinado... e depois mandaram o xerife Iden nos perseguir. Perdi bons amigos para aquele canalha. Homens que foram perdoados, assim como eu. — Ele levou um instante observando os companheiros, para se certificar de que não tentavam escapulir. — Todos escutamos as guarnições do rei falando dos rebeldes de Calais. Acho que o senhor estava do lado errado antigamente, mas talvez tenha aprendido agora, não é?

— Talvez sim — respondeu Warwick em voz baixa, fazendo o homem dar uma risadinha.

— Foi o que pensei, milorde.

Wainwright olhou para a esquerda quando uma embarcação negra se afastou da doca, a vela içada nas vergas por figuras silenciosas.

— São os barcos, não é? Os senhores querem os barcos do rei?

Warwick fez que sim, surpreso de ouvir Wainwright rir alto.

— Eles ficarão furiosos pela manhã, disso eu sei. Mas me parece que não vou ficar do lado das guarnições do rei. Não quando tenho a chance de retribuir o que fizeram com Cade. — Wainwright coçou o queixo enquanto pensava. — E, se o senhor precisa de homens, milorde, não seria muito ruim se os procurasse em Kent, é tudo o que digo. Há mais gente que ainda tem uma queixa ou outra daquela noite. Há alguns que também não gostaram do que aconteceu em Ludlow.

— O que houve em Ludlow? — perguntou Warwick em voz baixa.

— Partimos quando não havia mais esperança, não antes.

Ele viu que o vigia ficou sem graça.

— Dizem que os belos e bravos rapazes do rei foram soltos na aldeia de lá. Foi pior que invasores franceses. Foi o assunto do reino no Natal. Estupros e assassinatos de inocentes. Terrível. O rei Henrique não impediu, ou nem tentou, é o que dizem. Estou lhe dizendo, milorde. É só gritar "Kent" quando estiver pronto e veja o que acontece, é isso. Não gostamos de saber de homens do rei matando mulheres e crianças, essa é a verdade. O senhor conseguirá alguns voluntários por uma vaga na vingança... e fomos nós que invadimos a Torre, não se esqueça. Podemos não ter cotas de malha e coisa e tal, mas os homens de Kent não precisam disso. Entramos e saímos bem depressa.

Salisbury escutara sem nada dizer. Ele ergueu os olhos para as estrelas que giravam no alto e deu um tapinha no ombro do filho.

— Precisamos ir — murmurou. — Amarre esses homens e vá para as últimas embarcações.

Enquanto falavam, as filas escuras de cocas e caravelas haviam rareado como dentes arrancados, mais e mais delas com os cabos soltos, avançando para as águas mais profundas e distantes. Apenas seis permaneceram, as lâmpadas apagadas e os conveses limpos.

Warwick assentiu. Ele esperara uma luta nas docas e ainda estava pronto para o som dos sinos de igreja pela cidade. Era hora de ir embora.

— Obrigado, mestre Wainwright. E me lembrarei do que me contou.

— Faça isso, milorde. Kent se *erguerá* por uma boa causa. Por uma ruim também, talvez, mas boa é melhor.

Amarrar os seis vigias levou pouco tempo. Com pedidos de desculpas, Warwick mandou dois soldados criarem alguns hematomas no rosto de alguns, embora tenha poupado Wainwright. Faltava apenas uma hora, ou duas, para o amanhecer, e ele sabia que os vigias logo seriam encontrados, com alguns narizes sangrando para exibir.

Warwick mandou o pai e March para barcos diferentes, cada um no comando de uma pequena tripulação. Esperou o máximo que pôde para pular na última embarcação e assumir posição no leme para levá-la embora. A maré estava virando, e foram necessários apenas seis homens para içar a única vela e aproveitar a brisa da manhã. Eles deixaram a longa e vazia extensão das docas para trás, e Warwick olhou para o porto e riu ao partir.

As ondas estavam mais agitadas para além do abrigo do porto. Os homens de Calais estavam demasiado dispersos pelos barcos que capturaram, por isso usaram os barcos menores para levar cordas entre eles. Uma embarcação bem-tripulada poderia rebocar outra com bastante facilidade com o sol nascente e a França claramente visível do outro lado do canal da Mancha.

Com as velas enfunadas ao vento, Warwick sentiu vontade de cantar uma canção de marinheiros que recordava da infância. Sua voz soou acima do barulho das ondas, e os que a ouviram e conheciam cantaram com ele, sorrindo enquanto trabalhavam com velas e lemes, guiando seu prêmio de volta a Calais.

24

A primavera chegou à costa francesa, trazendo uma brisa suave e um céu azul cheio de cormorões e gaivotas. A frota roubada se mostrara fundamental para subir o litoral da Inglaterra e recolher soldados e lordes leais à causa yorkista. Em junho, a fortaleza de Calais transbordava de soldados ingleses, amontoados em todos os espaços e estábulos vagos. Dois mil deles atravessariam o canal da Mancha para invadir, deixando oitocentos para trás. Como último território inglês na França, Salisbury e Warwick não queriam ser responsáveis pela perda da fortaleza em sua ausência. As muralhas de Calais tinham de ser bem guarnecidas, não importava o que estivesse em jogo.

Warwick não ficara ocioso nos meses transcorridos desde o passeio até Kent. As palavras do vigia o interessaram, e raramente se passava uma noite sem que alguma pequena coca se esgueirasse pelas águas escuras, levando os melhores porta-vozes que conseguia encontrar. No decorrer da primavera, encontravam-se homens de Warwick em todas as cidades e aldeias de Kent, clamando pelos que desejavam vingar Jack Cade e retribuir a selvageria de Ludford. Dez anos antes, Cade invadira Londres com uns quinze mil homens. Embora alguns fossem de Essex e de outras regiões, o rei e seus oficiais eram tão pouco populares em Kent quanto uma década antes. Uma nova geração de meninos havia crescido sob o jugo de punições cruéis e tributação violenta. Depois da triste notícia dos Decretos de Desonra baixados contra York, Salisbury e Warwick, todas as notícias que este recebia ajudavam a reanimar seu espírito.

No fim de junho, eles estavam prontos. Só o mau tempo os mantinha no porto, o mar revolto demais para arriscar a travessia. Preocupado com o juramento que havia feito a York, Warwick se irritava com cada dia perdido, mas era preciso esperar a ventania passar. A frota de quarenta e oito barcos pequenos conseguiria levar os dois mil soldados para o outro lado de uma só vez, com metade da guarnição de Calais utilizada para levar as embarcações de volta à França. Após a deserção do capitão Trollope, que foi para o lado do rei, aqueles homens se esforçavam ao máximo para ajudar os condes.

Enquanto marchavam para os barcos e remavam para as embarcações maiores, Warwick se sentia fascinado ao pensar em homens como César, que fora forçado a construir uma frota para levar suas legiões até Kent, mil e quinhentos anos antes. O alvo era o mesmo: Londres. Além da guarnição real, que não ousavam deixar às suas costas, Londres significava o Parlamento, o único grupo com poder para reverter os Decretos de Desonra. Londres era a chave da Inglaterra, como sempre havia sido.

O vento soprava com força na direção do litoral inglês quando a frota zarpou. Nuvens cinzentas estavam baixas no céu, e a garoa constante gelava os homens amontoados nas embarcações. No entanto era um percurso curto, e eles conseguiram ver o ponto de desembarque após cerca de uma hora no mar. Um a um, os barcos se aproximaram, com o máximo de velas que ousaram içar. Os capitães não podiam levar as embarcações até a praia, temendo romper o casco. Os homens demoraram para se posicionar nos barcos menores e, o tempo todo, a milícia local podia ser vista correndo pelo cais e pelas docas, reunindo soldados para rechaçar a invasão. Eram pouquíssimos para enfrentar tantas embarcações cheias que desembarcavam ao mesmo tempo. Um breve combate se desenrolou antes que a milícia desistisse, deixando corpos no cais e mais homens fugindo.

Warwick desembarcou um pouco mais abaixo no litoral; estabeleceu uma posição defensiva numa longa praia de cascalho e colocou os arqueiros em formação. Sem combate, ele e seus homens marcharam de volta ao porto de Sandwich e o ocuparam, observando as embarcações darem meia-volta e içar as velas, seguindo para o mar revolto e o vento que ficava mais forte. Mesmo então, havia centenas de pequenos barcos ainda remando para a margem, em número tão grande que ondulavam juntos, como madeira à deriva. Alguns tiveram pouca sorte e a embarcação frágil virou ao ser pega por uma onda. Os homens que caíram no mar com cota de malha não voltaram a ser vistos.

Perto do ponto onde Warwick tocara sua terra natal, duas cocas mercantes foram levadas até o cascalho. Quando os barcos se inclinaram e pararam, os capitães lançaram pranchas do ponto mais baixo do convés para que doze cavalos de guerra vendados fossem a passo até terra firme. Aqueles barcos apodreceriam onde estavam, mas homens como Salisbury estavam velhos demais para marchar os cem quilômetros até Londres.

O sol se punha quando a última embarcação da frota desapareceu na neblina e nas nuvens sobre o canal, deixando-os a sós. Na garoa fina, os homens se instalaram junto de fogueiras na praia e nas docas. Comeram, beberam e se cobriram o melhor possível, tentando aproveitar algumas horas de sono.

Com o retorno do sol, uma coluna de homens entrou marchando na cidade. Soldados pularam em torno de Warwick, prontos para um ataque. Mas não era a milícia local que voltava para repelir seus homens, nem mesmo parte das forças do rei. A notícia do desembarque já havia se espalhado, e centenas de homens de Kent chegavam com machados, piques e clavas. Eles pararam junto às docas, e Warwick só conseguiu sorrir ao aceitar a seu serviço, por quatro centavos ao dia, o vigia Jim Wainwright. O exército dos condes começou a se deslocar para oeste, e aquelas primeiras centenas se tornaram milhares, e seu efetivo aumentava a cada cidade por onde passavam.

A cavalo, Warwick e o pai cumprimentavam a multidão que os aclamava em cidades e aldeias, famílias de Kent os saudando como salvadores e não como inimigos da Coroa. Era estonteante, e Warwick mal podia acreditar no sucesso de seus recrutadores. Os homens de Kent tinham se erguido novamente, e desta vez *ele* era a fagulha. Não pôde deixar de pensar em quantos saberiam que os havia combatido na última noite escura em que entraram na capital.

Ele não deixou de notar a ironia da situação. Nos mesmos passos de Jack Cade, ele teria de reuni-los em Southwark e atravessar a Ponte de Londres, seguindo para a Torre, a única força capaz de impedir seu avanço.

Eles chegaram à margem sul do rio de Londres na tarde do terceiro dia, depois de três marchas forçadas. Warwick ordenara a contagem e descobrira que mais de dez mil homens de Kent tinham se unido a ele. Talvez estivessem sem armadura e não fossem treinados, mas Cade usara homens como aqueles com bastante competência. Warwick se recordava muitíssimo bem daquela noite de sangue e caos.

Com seu pai e Eduardo de March, Warwick rumou diretamente para a extremidade sul da Ponte de Londres, ignorando a multidão da cidade que assistia a tudo como se fosse um dia de feira.

— Não vejo homens do rei — comentou Salisbury. — Os nossos estão cansados, embora os mais fracos tenham ficado para trás ainda ontem. Eu os levaria para dentro.

Seu orgulho ficava evidente ao olhar para o filho, aceitando que a decisão seria de Warwick.

A imensa hoste de homens de Kent tinha vindo por causa dos recrutadores de Warwick. Eles esperavam ordens do jovem conde, não do pai. O filho de York fez o mesmo. Salisbury tivera uma revelação ao ver os grupos no desembarque. Podia confiar no comando do filho. Exigia certo esforço, mas ele nunca fora idiota de assumir uma autoridade além do quanto devia. Apesar de toda a experiência em combate, Salisbury havia descoberto que recuaria e cederia o comando ao seu herdeiro, embora não a outros homens.

Warwick sentiu a satisfação do pai e agradeceu por dentro pelos anos que passara em Calais. Todo pai se lembra de quando o filho roubou, mentiu ou se fez de idiota com algum amor juvenil. A possibilidade de se distanciar por alguns anos havia permitido que o caráter de Warwick fosse construído longe daqueles olhos exigentes.

— As melhores informações que temos calculam a guarnição da Torre em mil homens — avisou Warwick. — Eles podem se render, embora eu tenha pouca esperança de que isso vá acontecer. Só sabemos que não podemos deixar que saiam de Londres para investir contra nós. Forçaremos a entrada ou os manteremos atrás de suas muralhas. Os senhores conhecem o plano. Rapidez é tudo, se quisermos ter alguma chance de sucesso. Cada dia que perdemos aqui é mais um dia para as forças do rei crescerem e se prepararem.

Ele não mencionou os Atos de Desonra, que haviam sido sancionados. Naquele momento, 5 de julho de 1460, todos os seus títulos e propriedades lhes foram arrancados. Embora não falassem daquilo, todos sentiam a perda como uma ferida aberta que sangrava até empalidecerem. Mas, depois de Ludlow, o exército do rei teria se dispersado e voltado a fazendas e outras propriedades. Warwick e o pai apostavam num único ataque ao reino, em chegar ao rei Henrique antes que seus lordes pudessem se reunir outra vez. Depois disso, quando tivessem o rei e seu selo real, tudo o que tivesse sido definido poderia ser revertido.

Eduardo de March escutara, observando o orgulho entre pai e filho. Ali ficou como uma estátua de armadura, sem o elmo. Ele também havia cavalgado desde a costa, o cavalo mais adequado a puxar arados do que a carregar homens. O animal pastava o capim a alguma distância, enquanto o mar inquieto de homens de Kent batia os pés e esperava entre as fileiras cobertas de armadura. Havia uma sensação de expectativa no ar; todos podiam senti-la. Assim que atravessassem aquela ponte, a marcha agradável pelo campo terminaria.

— Não vou passar outra noite no chão frio quando posso descansar numa boa cama, com carne e cerveja — declarou Eduardo. — Hoje os homens chegaram até aqui. Cansados ou não, marcharão mais um quilômetro.

Comparado a Salisbury, Eduardo ainda estava descansado, sua força e resistência quase sem limites. Havia sido o primeiro a acordar em toda aurora, levantando rápido e mijando alegremente antes de vestir as partes da armadura e gritar para os criados lhe levarem comida. Warwick não podia condená-lo pelo entusiasmo, embora, na verdade, a energia do jovem conde pudesse ser cansativa caso se ficasse tempo demais em sua presença.

— Muito bem — disse Warwick. — Vejo que vocês dois não ficarão satisfeitos enquanto não estivermos na cidade. Traga os cavaleiros e os homens de armadura para a vanguarda, Eduardo. Cade enfrentou arqueiros, e quero os escudos prontos.

— Parece bastante seguro — comentou Eduardo, espiando entre as casas e os estabelecimentos de seu lado da ponte. — Eu poderia atravessar agorinha mesmo.

Ele deu um passo, e a expressão de Warwick se fechou.

— Quando estiver no comando, Eduardo, faça o que quiser. Até então, fará o que eu mandar.

O jovem conde enfrentou seu olhar sem constrangimento, deixando o momento de silêncio se alongar.

— Então mande outra pessoa buscar os cavaleiros. Acho que serei o primeiro a entrar na cidade. Pela honra de meu pai.

Warwick se retesara sob o olhar fixo do gigante. Ele enrubesceu de leve, trincou os dentes e assoviou para que um mensageiro levasse a ordem. Sua autoridade havia sido questionada diante de seu pai, mas a verdade era que seriam necessários muitos homens para deter o conde de March caso ele decidisse defender sua posição. Não era hora de brigar, e Warwick escolheu a prudência, embora sua voz estivesse tensa quando passou a ordem de entrar em formação.

Os soldados vieram correndo, com armas e escudos prontos. Atrás deles, a hoste de seguidores de Kent se reuniu, os veteranos do exército de Cade contando a quem quisesse escutar histórias da última vez. O estado de espírito era alegre, e só Warwick avançou rigidamente quando as trombetas soaram e as primeiras fileiras pisaram na rua larga que corria pelo meio da Ponte de Londres.

Tinham entrado na cidade, e a multidão ainda acenava e dava vivas enquanto atravessavam o rio e chegavam às ruas além. Warwick vociferou uma ordem, e a vanguarda de homens de armadura se virou para a direita, seguindo para a Torre e para a guarnição real.

25

Lorde Scales estava rubro com a emoção sufocada enquanto andava ao longo das muralhas da Torre de Londres, olhando para as ruas lá embaixo. Daquela grande altura, conseguia ver o exército que se reunia mais de um quilômetro depois do rio. Sentiu um arrepio percorrer seu corpo com o som das trombetas que assinalava terem entrado em Londres. Naquele momento, daria tudo por mais mil homens.

A lembrança da rebelião de Jack Cade ainda estava viva, embora tivesse acontecido havia uma década. Durante muito tempo ele sofrera com o fracasso na defesa da cidade, e mais ainda com sua participação nele. Sem nenhum esforço, Scales conseguia se lembrar de ter testemunhado centenas de mortes quando os homens revoltados transformaram a cidade num matadouro. A ordem se desfizera completamente naquela noite apavorante. A ideia de ver algo parecido outra vez fazia seu velho coração doer, e seus punhos se cerraram até dar cãibra. Ele sabia que acabaria sofrendo uma apoplexia e o risco de ter um colapso. O médico o havia alertado para sua cor, seus humores desequilibrados conforme a velhice acabava com suas forças. Mas só a raiva controlaria o medo terrível que o fazia suar em bicas.

A recompensa por aquela noite, dez anos antes, fora uma pensão de cem libras por ano e o uso de uma embarcação mercante real. Scales havia enriquecido com o comércio, comprando e vendendo pequenos carregamentos de lã e tecido. O comando da guarnição da Torre era o último posto antes da aposentadoria, uma sinecura com pensão generosa e uma casa cheia de criados para servi-lo. Aos 63 anos, o lorde sabia que não era mais homem de sair e enfrentar com espada e escudo uma revolta ensandecida. Sentia a fraqueza nas articulações doloridas e no chiado baixo de cada respiração.

Ao longo das muralhas, a guarnição dos canhões aguardava sua ordem. O único consolo era as defesas terem sido bastante reforçadas desde a rebelião de Cade. Se uma força inimiga tentasse romper o portão, havia canhões pesados para cobrir a rua com trapos ensanguentados. Ao longo das ameias, também havia catapultas de torção, um projeto que qualquer legionário romano reconheceria, prontas a lançar por cima das muralhas a arma mais aterrorizante que ele controlava, muito pior que os canhões de bronze e ferro. Scales fez o sinal da cruz e beijou o anel em seu dedo que exibia o escudo da família. Ele não permitiria que a Torre fosse invadida. E quase sorriu com a ideia do que poderia lançar contra os homens de Kent dessa vez.

— Pois que venham — murmurou, fitando a névoa obscura do outro lado do rio, onde tantos ainda aguardavam para atravessar.

À distância de mais de um quilômetro, podia ver a turba de Kent como uma mancha no terreno que se encolhia conforme entrava em sua cidade. O povo de Londres não fazia esforço nenhum para detê-los, pensou, fervendo por dentro. Seria de se esperar que se lembrassem do terror e dos prejuízos da última vez, mas não; ele conseguia ouvir aclamações na brisa, tolos agitando o chapéu para homens que deixariam a capital em chamas. Pois bem, não teriam a Torre, mesmo que Londres ardesse completamente ao redor, jurou Scales a si mesmo.

Era um pobre consolo. Seu serviço era defender da turba a boa gente da cidade, mas não podia ajudá-la. Além de alguns poucos vereadores com sua guarda pessoal, sabia que comandava os únicos soldados de Londres. Ele trincou os dentes, os olhos frios e calmos. Os nobres do rei estavam todos no norte, em suas grandes propriedades ou perto de Coventry. Scales dispunha de pouquíssimos homens para sair numa investida, por maiores que fossem os horrores que visse das muralhas. O máximo que poderia fazer seria honrar a descrição exata de seu cargo e defender a Torre até o momento em que reforços chegassem à cidade. Mais uma vez, olhou lá embaixo para a linha de canhões voltada para oeste, acima das ruas. O rio corria pelo sul da muralha, sem nenhuma ponte naquela direção que o fizesse temer um ataque pelo flanco. A Torre era uma fortaleza, e falaria com fogo com quem se aproximasse.

— Preparem-se para minha ordem — gritou, ouvindo a voz ecoar pelas antigas pedras.

Seus oitocentos homens se retesaram à espera. As guarnições dos canhões verificaram os braseiros e as mechas uma última vez, as balas de ferro e os sacos de grãos de pólvora já no lugar. A torre branca se elevava acima de todos eles. Scales se lembrou da carnificina e do chão respingado de sangue que vira por toda parte na outra vez e meneou a cabeça. Não voltaria a acontecer.

Warwick, Salisbury e March cavalgaram lado a lado pela Thames Street, seguindo para leste, rumo à Torre. O avanço lento ajudou a bloquear a multidão que os seguia, embora mais e mais pessoas se lançassem correndo sob os cavalos e em torno deles. Os três estavam com as espadas desembainhadas e prontas, levados numa maré de londrinos aos gritos que pareciam estar à espera de uma oportunidade para descarregar a própria raiva, não importando o que pretendessem os condes ou os homens de Kent. Warwick viu centenas trazendo porretes ou facões, correndo de rua em rua. Seu cavalo foi detido pelos que tentavam forçar a passagem, e ele se esforçou para entender o que estava acontecendo. Quisera ser a fagulha da rebelião, isso era verdade. Não sabia que estava sentado num barril de pólvora quando acendeu o fósforo.

Não havia mais condição de comandar a multidão. Todos sabiam onde a guarnição do rei estava, e corriam rumo à Torre com o exército de Warwick, acenando para que avançassem. Mulheres e crianças seguiam com a turba, e o ritmo se acelerava a cada momento, até que Warwick e o pai se viram trotando para manter Eduardo de March à vista. Sir Robert Dalton e a grande silhueta de Jameson corriam ao lado do jovem conde, de olho em qualquer perigo. Eduardo cavalgava despreocupado, claramente satisfeito com o caos enquanto acompanhava a maré.

Fazia mais de três anos que nenhuma reunião do Parlamento era convocada. Muito atrás deles, o Palácio de Westminster estava trancado e úmido, sem ser aquecido por lareiras nem pelas palavras dos homens. Warwick sabia que o rei Henrique havia ficado escondido em Kenilworth, mas não sabia como o restante do reino vivera sem que o governo se mobilizasse. Parecia que os representantes do rei tinham sido cruéis ao serem deixados para impor as leis por conta própria. Havia uma fúria irracional por todo lado, e Warwick começou a se perguntar se conseguiria controlar o que tinha provocado. Quando Cade entrara em Londres, os bons cidadãos construíram barricadas em casa. Dessa vez, eles iam à frente.

A turba crescia sem parar, enchendo ruas secundárias, pátios e becos com pessoas prontas para o combate, todas convergindo sobre a Torre e sua guarnição de odiados soldados do rei. A terra estava limpa em torno daquelas muralhas, um vasto espaço de lajes de pedra que Warwick reconheceu como um campo de morte enquanto era forçado a entrar lá. A multidão guinchava e berrava com raiva para as ameias da Torre, olhando para os homens de Kent como se esperassem que marchassem diretamente para o portão e, com um pontapé, o derrubassem.

Warwick parou sua montaria junto do pai, criando uma área imóvel na confusão de pessoas correndo antes que fossem empurrados contra a própria Torre. Mesmo assim, os cavalos de guerra bateram os cascos e tentaram girar para a direita e para a esquerda, nervosos com o barulho e a multidão em volta.

Salisbury observava o ponto mais alto das muralhas e estreitou os olhos ao ver figuras escuras e fumaça subindo. As bocas negras dos canhões assomaram acima da multidão, apontadas para ela. Ainda assim, as pessoas afluíam mais e mais, em uma confusão descontrolada, enchendo a área aberta até que mal houvesse espaço para se mexer.

— Está vendo os canhões? — berrou Salisbury ao filho, apontando

Warwick fez que sim, o barulho alto demais para responder. Era o caos, e ele viu alguns dos seus capitães surrando homens com bastões para que recuassem e abrissem espaço para eles. Aqueles homens estavam ficando com medo da confusão de pessoas, com gente demais amontoada ao redor. Já estavam roucos e vermelhos de tanto gritar e empurrar os homens para longe.

— Entreguem machados aos homens de Londres! — gritou Salisbury a plenos pulmões. Algumas pessoas da turba o ouviram e comemoraram. — Que abram caminho pelos portões!

Warwick só conseguiu escutar uma de cada três palavras, mas fez um gesto para que seus homens avançassem até o ponto mais vulnerável da fortaleza da Torre. Cade abrira caminho à força uma vez. Eles o fariam de novo.

Lá no alto, Warwick ouviu uma única voz dar uma ordem e dezenas de outras responderem. Ergueu os olhos, de repente com medo.

Scales olhava com raiva para a multidão que aumentava no terreno aberto em torno da Torre. Via uma verdadeira turba, gente comum ensandecida com a oportunidade de quebrar e destruir. A vida inteira ele defendera a ordem e a estabilidade, e agora ali estava uma horda de loucos com olhos arregalados que vinham dilacerar tudo aquilo. Soldados armados com cota de malha lutavam no meio deles como seixos jogados num rio. Centenas de homens de Kent berravam o nome de Jack Cade, como se pudessem trazê-lo dos mortos apenas com sua fúria.

Mais e mais pessoas chegavam, e Scales sentia o suor escorrer das axilas debaixo da túnica. Conseguia *sentir* o ódio dos despossuídos que uivavam para ele. Homens que não viam valor na lei do rei da Inglaterra, que poriam tudo de lado numa orgia de violência. Ele temera os danos que poderiam causar longe de seu alcance. Em vez disso, foram até ele.

Ele se inclinou para a frente, apoiando-se no muro de pedra e olhando para baixo. Dezenas de homens com machados se reuniam numa formação em cunha, sua intenção óbvia enquanto abriam caminho pela multidão, seguindo para o portão da Torre. Scales praguejou ao ver dois homens a cavalo na retaguarda, uma ilhota no redemoinho de loucura. Achou que podia sentir o olhar daqueles cavaleiros sobre ele. Balançou a cabeça com descrença ao reconhecer nos tabardos as cores de Salisbury e Warwick. Uma pontada de fúria o fez tremer com o tamanho da traição dos condes do rei. Não, lembrou-se de repente. Eles agora eram plebeus.

Três canhões das muralhas foram carregados sem balas redondas. Quando a turba encheu o terreno aberto lá embaixo, Scales encheu o pulmão.

— Canhão de aviso! Sem bala! — ordenou, a voz ecoando na Torre Branca atrás de si.

Um estalo triplo soou, lançando longas labaredas dos canos e amortalhando as guarnições com uma fumaça arenosa. Scales não conseguia mais ver a turba lá embaixo enquanto a nuvem se desfazia. Ouviu gritos, mas, quando o ar clareou, eles avançaram num espasmo. Machados se erguiam e caíam sobre o portão externo, e ele praguejou, sem se importar com quem ouvisse.

Não. Ele não perderia a Torre. Scales estava pálido quando ergueu os olhos e viu o rosto das guarnições de artilharia à espera da ordem. Estavam com medo, com todo o direito. Ninguém sobreviveria à loucura se ele permitisse que ela entrasse.

— Tragam o fogo grego — ordenou Scales.

Homens desceram correndo os degraus largos ao longo da muralha, foram até o paiol e voltaram com passo muito mais lento. Cada um deles trazia um grande vaso de barro, com ambos os braços o envolvendo. Aninhavam-nos como crianças e suavam, morrendo de medo de deixá-los cair nas pedras.

Scales sentia o coração bater forte no peito, tão rápido que ficou tonto, a visão borrada. Encostou-se nas ameias e berrou para a multidão recuar. As pessoas riram e o amaldiçoaram. Os golpes de machados e martelos continuaram, e ele se afastou da beira, incapaz de olhar.

— Canhão. Carregar bala e atirar! — disse, baixo demais.

As guarnições não conseguiram escutá-lo, então ele caminhou pelas ameias, repetindo a ordem, e todos passaram a agir rapidamente. Scales não voltou a olhar para baixo quando os primeiros canhões dispararam, seguidos imediatamente por gritos. Mais e mais canhões nas muralhas despejaram tiros sobre a multidão amontoada, dilacerando-a.

Scales parou junto de uma das pequenas catapultas, descansando a mão na mola feita de crina de cavalo, mais grossa que a coxa de um homem. As bolas de barro estavam posicionadas, com trapos saindo do alto de cada uma. Havia três delas espaçadas ao longo das muralhas, e Scales fez o sinal da cruz, murmurando uma oração enquanto assentia para os homens que o observavam.

Cada um dos trapos foi aceso, e as catapultas liberadas quase ao mesmo tempo. Ninguém nas muralhas queria estar perto daquela substância depois que se inflamasse. Até a guarnição dos canhões se afastou das bocas de fogo, pronta para correr caso algum dos recipientes se quebrasse e derramasse o conteúdo.

A fumaça ainda estava densa no ar, e Scales observou as pesadas bolas de barro saírem voando, caindo rapidamente como riscos de luz na neblina. Ele fechou os olhos.

O som da multidão pareceu despencar para um espanto silencioso por um momento. Então a gritaria recomeçou, e dessa vez aumentou e aumentou, o ruído da insanidade. As chamas inflamaram a fumaça de pólvora e subiram com um calor de uma fornalha, queimando todas as coisas vivas que tocavam. Scales tremeu. Ele supervisionara pessoalmente a produção do fogo grego, uma mistura imunda de nafta e nitro, enxofre e cal extinta. Ela grudava no que tocasse e consumia toda a carne. A água simplesmente alimentava as chamas e não conseguia extingui-las. Ele acreditou ter ouvido o barulho de água quando homens em chamas se jogaram no Tâmisa e depois se afogaram aos berros, vendo que o fogo do inferno ainda comia sua pele.

Scales levantou o queixo. As guarnições dos canhões o fitavam, aguardando novas ordens. Ele não enfrentou seus olhares e voltou ao seu lugar na muralha. Cerrou o punho direito ao ver as pessoas fugindo como ratos. Alguns ainda ardiam, cambaleando e gemendo, pondo outros em chamas com seu toque, até que suas vozes foram sufocadas pelas chamas. O cheiro era enjoativo, e Scales ouviu alguns artilheiros vomitarem ao perceber o que era. Ele respirou fundo e com satisfação. Por mais feio que fosse, a turba já sabia o que a aguardava em sua loucura. A Torre seria defendida a ferro e fogo. Não cairia.

Warwick viu as primeiras chamas vazias serem lançadas por sobre as cabeças da multidão. Olhou de novo o número de canhões diante deles e se virou para o pai, o rosto lívido.

— Faça os homens recuarem! Não precisamos romper o portão, só manter a guarnição em Londres. Se dispararem por conta própria, não teremos escolha.

Salisbury, espantado, viu quantas mulheres e crianças havia naquela multidão agitada. O conde ergueu os olhos com desagrado para as ameias, incapaz de acreditar que o comandante massacraria as pessoas que havia jurado proteger.

Por ignorância ou medo, a vasta turba se aproximava ainda mais das muralhas da Torre. Salisbury viu homens com machados atacarem o portão, e sabia que teriam de ser chamados de volta. Levou a trombeta aos lábios e viu que ofegava demais para usá-la. Então a lançou ao filho e observou Warwick soprar uma nota descendente, repetindo a ordem de retirada.

Acima deles, a fumaça branca subiu de novo e um trovão contínuo soou. Bolas de ferro capazes de atravessar mais de um quilômetro no ar foram lançadas contra a multidão, matando dezenas de cada vez e deixando grandes manchas sangrentas. Então o som do povo mudou para um gemido, um som animalesco de angústia, quando as pessoas começaram a se afastar da Torre, buscando qualquer caminho para sair do espaço aberto. Os estalos ondulantes continuaram a soar, e ninguém estava a salvo.

Warwick virou a cabeça para cima quando algo esbarrou nele, deixando uma linha de sangue em sua bochecha, como se tivesse sido atingida por uma lâmina. Uma bola de ferro rasgara a multidão perto dele, rápida demais para ser vista. Ele agradecia a Deus pela sorte quando o cavalo tossiu, expelindo sangue pelo focinho. Warwick jogou a perna por cima da sela e pulou quando o animal caiu de joelhos. Onde quer que as bolas de ferro batessem na pedra, lascas enchiam o ar, dilacerando a multidão amontoada. Em desespero, Warwick tocou a retirada de novo e quase foi derrubado quando um homem e uma mulher passaram correndo às cegas por ele, seguindo para longe.

Acima dos sons de dor e fúria, ninguém ouviu as catapultas. Warwick viu três bolas pretas pularem das ameias, movendo-se muito mais devagar do que as balas de canhão, de modo que seus olhos confusos se fixaram nelas. Ele as viu desaparecer na multidão e um sopro quente desabrochar, atravessando o espaço aberto. Três poças de fogo explodiram, labaredas líquidas que saltavam e respingavam na multidão que se debatia.

Todos fugiram do calor, em pânico absoluto, e os gritos dos que foram pegos era bruto e patético de se ouvir. Warwick ficou junto ao cavalo do pai, mas ambos foram empurrados para trás. Ele avistou Eduardo de March, desmontado no rio de homens correndo. Embora Jameson e Sir Robert ainda o protegessem, nem aqueles três conseguiriam resistir à maré de pessoas forçando o caminho para fugir. March atacou os que o cercavam, abrindo espaço. Naquela corrida ensandecida, quem caísse nunca mais se levantaria, os corpos pisoteados e esmagados conforme a turba se afastava das muralhas.

Vozes duras e ofendidas gritaram à beira da praça, berrando para que outros os seguissem. Até onde Warwick e o pai podiam ver, eram os próprios moradores de Londres, acenando de volta para a ponte. Milhares dispararam na corrida e deixaram a Torre para trás, e tudo o que Warwick conseguiu fazer foi se grudar num muro com o cavalo do pai e deixá-los passar. O campo da morte se esvaziou tão rapidamente quanto se enchera, deixando manchas de carne rasgada, anéis de corpos queimados e fumaça preta. Lá em cima, homens se inclinavam sobre as muralhas, apontando e gritando.

Warwick viu Eduardo de March passar por ele cambaleando. O ferreiro Jameson vinha atrás, e Sir Robert Dalton havia sumido em algum ponto do empurra-empurra. Warwick estendeu a mão para segurar o peitoral de Eduardo e o arrancou das garras da multidão. Jameson veio com ele e descansou o braço no muro, ofegando pesadamente.

Com a cabeça e os olhos arregalados, March agradeceu a Warwick. Sua grande força de nada lhe valera naquela multidão, e ele havia sentido medo pela primeira vez na vida. A multidão ainda corria, passando por eles, e os três condes só puderam ofegar e ficar olhando a cena. Mais homens seus lutaram para chegar àquele local, até que quarenta se reuniram contra o muro. Dezenas estavam na base da Torre quando o fogo grego caiu no meio deles. Aquelas chamas ainda ardiam, tremulando sobre corpos e pedras como coisas vivas.

— Devíamos recuar mais — sugeriu Salisbury.

Ele estava pálido e parecia exausto, esgotado pelo medo e pelos golpes da multidão.

Havia uma rua lateral a uns dez metros apenas do espaço aberto em torno da Torre, e os três condes abriram caminho até lá, vendo o Tâmisa cinzento na outra ponta. Seus homens foram com eles, lançando olhares nervosos para trás enquanto avançavam.

— Continuem — disse Salisbury, conduzindo o cavalo.

Estavam a salvo dos canhões da Torre pelo menos. Com seis ou sete casas de comprimento, a ruela terminava no rio, e todos puderam ver corpos enegrecidos flutuando na superfície quando pararam. Alguns soldados começaram a apontar, e Warwick ergueu os olhos e viu uma massa de homens em movimento do outro lado do rio. Os moradores de Londres já haviam atravessado a ponte e voltado pela margem oposta. A princípio, pensou que ainda corriam de terror. Não fazia sentido, e Warwick acompanhou o que acontecia.

Havia muitas construções do outro lado do rio, estabelecimentos comerciais e casas que tinham transbordado da cidade, ocupando terra valiosa em torno da única ponte. Armazéns e açougues prosperavam por lá. Warwick vislumbrou a torrente de homens que passava entre casas de madeira e tijolo.

— O que eles estão fazendo lá? — ouviu March perguntar.

Warwick pôde apenas dar de ombros. Os moradores conheciam sua cidade melhor que ele, que via os homens correndo e se reunindo num único lugar, onde usaram as armas para invadir um prédio baixo de tijolos que ficava às margens do Tâmisa.

— Devem querer armas — arriscou Salisbury. — Há um arsenal ali?

De repente, um dos soldados próximos praguejou. Warwick se lembrou de que ele era de Londres e o chamou à frente.

— Eu sei o que é, milorde — disse o homem, o rosto assombrado. — É um paiol real, onde se fazem canhões.

Todos os homens se viraram cada vez mais espantados a tempo de ver o reparo preto com um canhão ser levado pelo caminho da margem, empurrado por uma grande aglomeração de londrinos. A boca de fogo que carregava era como uma das armas que dilaceraram a multidão. Apesar do peso respeitável, a turba que rugia não parou de empurrar o canhão até ele ficar diante da muralha sul da Torre, onde não havia artilharia.

Eles encontraram sacos de pólvora, e outros homens vinham cambaleando com balas redondas nos braços. Warwick espichou o pescoço o máximo que pôde e avistou figuras correndo sobre as muralhas altas da Torre. O rio tinha quase quinhentos metros de largura, mas a água corrente não ofereceria proteção.

A primeira bala saiu com um estrondo, acertando as muralhas da Torre e caindo com pedaços de pedra e alvenaria nos caminhos abaixo. As águas do Tâmisa se encheram de ondinhas quando mil pedaços menores bateram na superfície e afundaram. Gritos selvagens subiram daquele lado do rio, mas não era um som alegre, e sim um uivo de lobos, com a intenção de aterrorizar. Entre um disparo e outro o tempo era enorme, mas um segundo canhão fora trazido das oficinas reais e apontado para o outro lado do rio. As bolas de ferro arremeteram várias vezes contra as velhas pedras, até que se pôde ver uma imensa rachadura e parte da muralha externa desmoronou.

Warwick assistiu, espantado, aos homens de Londres ajustarem a mira e darem um único disparo com outra peça de artilharia do tamanho de um cavalo. Fumaça e pó esconderam a extensão dos danos por algum tempo, mas, quando o ar ficou limpo, a vista agradou aos que tanto trabalharam por ela.

Eles abandonaram os canhões onde estavam e começaram a voltar pela margem até a Ponte de Londres. Warwick não tinha dúvida de que voltariam àquele ponto e balançou a cabeça, imaginando o massacre que, sem dúvida, se seguiria.

— Por enquanto é isso — disse ao pai. — Eles abriram sua brecha. O senhor ficará para manter a ordem? Já perdi bastante tempo aqui, e meu objetivo vai além de uma Torre, ou da própria Londres.

— Vá, por Deus — disse Salisbury, olhando do filho para Eduardo de March. No mínimo, Salisbury se sentiu aliviado com a oportunidade de ficar em vez de tentar forçar os velhos ossos durante mais cento e trinta ou cento e quarenta quilômetros até Coventry. — Deixe-me algumas centenas de soldados e ficarei de olho na turba, embora ache que sua fúria queimará tão depressa quanto o fogo grego. Pelos ossos de Cristo, nunca pensei em ver aquele lixo imundo ser usado contra meu próprio povo. Alguém pagará por isso.

O velho conde se recostou enquanto o filho e March saíam correndo com vinte e quatro homens, já erguendo a trombeta para chamar o restante. Salisbury sabia que seria preciso um tempo enorme para reunir os rapazes de Kent em ordem e levá-los pela estrada do norte. Nisso, orgulhou-se do filho. Apesar de todo o caos, Warwick não havia perdido o foco do caminho. Quaisquer que fossem os horrores a que assistiram, Londres era apenas um passo, e só o começo.

A escuridão se aproximava quando Warwick e March conseguiram reunir o exército outra vez no lado norte das muralhas da cidade. Durante as horas do crepúsculo, certa calma fora restaurada entre eles, embora vários homens de Kent tivessem saqueado cerveja e outros fedessem a fumaça e parecessem estupefatos com o que tinham visto.

Os capitães tinham se ocupado reunindo os homens, e tiveram de bater em alguns para que concordassem em sair da cidade. Eles viram o tipo de violência contra inocentes que os fazia clamar por vingança. Mulheres e crianças foram queimadas naquela multidão junto à torre, e em troca eles queriam sangue. Warwick discursara para vários grupos mal-humorados, lembrando-lhes que tinham ido a Londres para golpear o rei em pessoa. Isso bastou para a maioria, e Warwick viu que seguravam os machados com força e se imaginavam usando-os, retribuindo parte do que viram. Ele não duvidou do fervor dos homens de Kent, assustador em sua intensidade.

Os sinos tocavam em todas as igrejas de Londres, encabeçados pela nota abafada do Velho Edward, no Palácio de Westminster, a um quilômetro e meio dali. O ar estava quente e espesso com a escuridão que cercava dez mil homens. A estrada jazia a seus pés, boas pedras romanas. Warwick gostaria de ter tempo para levar consigo alguns daqueles canhões de Londres, mas aquelas coisas pesadas ficariam muito para trás. A velocidade era o segredo, ele sabia. Seus homens encontraram duas carroças puxadas a cavalo num estábulo junto à muralha da cidade. Os animais bufaram e relincharam, nada satisfeitos com o peso de homens de armadura nas costas.

— Cento e trinta quilômetros! — gritou Warwick de repente aos homens em volta. — Apenas cento e trinta quilômetros em uma estrada boa e vocês verão o exército do próprio rei tremer de medo. Homens que me tiraram tudo... e homens que tirarão tudo de vocês. Gritem Warwick, gritem March! Gritem York e Jack Cade! Vocês marcharão comigo?

Eles vociferaram e bateram os pés em resposta, e Warwick os comandou rumo ao norte.

26

Tomás, lorde Egremont, preferiu olhar para as botas a enfrentar a raiva da rainha. Ele estava debaixo de um grande toldo de lona, consciente do príncipe de 6 anos que puxava a saia da mãe e exigia sua atenção, fazendo perguntas e mais perguntas enquanto Margarida encarava Egremont furiosa e ignorava o filho.

— Vossa Alteza — tentou Tomás outra vez. — Mandei meus batedores mais velozes ao meu irmão. Não posso lhes dar asas, mas ele já estará marchando para cá com seu exército para defender seu marido. Além disso, tenho os homens comigo e minha própria guarda pessoal.

— Não basta! — exclamou Margarida. Ela se virou de repente para Eduardo, segurando-o pelo braço. Pôde ver que assustara o filho, e suavizou a voz com evidente esforço. — Eduardo, meu *querido*, você não teria outra coisa a fazer além de me perguntar tudo isso? Vá procurar lorde Buckingham. Ele queria lhe mostrar a armadura nova.

O menininho saiu correndo empolgado, deixando Margarida diante do filho mais novo da família Percy. Tomás já sentia falta do garoto pela distração útil que oferecera.

— Milorde Egremont, se não pode me prometer o efetivo que reunimos em Ludlow, não tenho opção. Tenho de levar meu marido de volta a Kenilworth e esperar para ser atacada! O rei da Inglaterra, Tomás! Forçado a fugir de uma ralé de traidores!

Egremont meneou a cabeça. Desconfiava de que Margarida dizia aquelas coisas para chocá-lo e envergonhá-lo, embora não discordasse da avaliação dela. Batedores reais tinham partido de Londres para o norte com a notícia de um exército Neville assim que fora avistado na margem sul do Tâmisa. Os cavaleiros chegaram exaustos ao acampamento real de Northampton dois dias depois. Só Deus sabia quanto tempo haviam ganhado, chegando a trocar de cavalo nas tavernas e quase matando os animais que montavam. Mesmo que os condes yorkistas perdessem pouquíssimo tempo na capital, ainda teriam de vir no ritmo de homens em marcha. O acampamento real havia entrado em pânico desde a chegada da notícia, e todos os cavaleiros disponíveis tinham saído em disparada para convocar nobres e soldados em suas propriedades.

— Milady, compreendo sua raiva, mas, se a senhora recuasse para Kenilworth, teria tempo suficiente para trazer mais Galantes de seus lares e fazendas. Meu irmão e lorde Somerset já estão a caminho. Em dois ou três dias, dobraremos o efetivo que temos conosco agora. Então não importará se essas forças de York tiverem sitiado seu castelo. Cercos podem ser rompidos de fora.

— Então esse é seu conselho, lorde Egremont? — perguntou Margarida com descrença. — Depois do Decreto de Desonra contra York, Salisbury e Warwick? Depois da morte daquelas casas nobres e da distribuição de seus títulos e terras? Depois de uma grande vitória real em Ludlow e de ver os inimigos do rei fugirem na noite, você quer que eu recue?

Tomás desviou o olhar.

— Milady — disse, por fim. — Não, não quero. Temos tempo, e temos cinco mil homens. Lorde Buckingham, o barão Grey e eu somos proteção suficiente para o rei em campanha. Mas, se a senhora decidir levar seu filho e o rei Henrique para um lugar seguro, eu ficaria mais contente. Não posso prever o resultado na situação atual. Salisbury e Warwick já podem estar marchando para o norte. Não sabemos quanto tempo ficaram em Londres nem se foram para suas antigas propriedades engrossar suas fileiras. Não conhecemos seu efetivo nem a qualidade de seus homens, embora espere que seja má. Envergonha-me sugerir, mas Kenilworth fica a apenas cinquenta quilômetros. Eu não ficaria tão preocupado se soubesse que a família real está em segurança.

Antes que Margarida pudesse responder, lorde Grey entrou na tenda de lona atrás de Egremont e fez uma profunda reverência diante da rainha. Mais velho que o filho de Percy, ele inclinou a cabeça apenas um pouquinho em saudação. Margarida não sabia se lorde Egremont conhecia o apetite desagradável de Grey. Qualquer que fosse a razão, nenhum dos dois achara no outro muito de que gostar.

— Vossa Alteza, lorde Egremont, meus cavaleiros anunciam as forças de Warwick e March. — Grey parou um instante, calculando quanto teriam percorrido no tempo necessário para que seus batedores voltassem com a notícia. — Estão a pouco mais de... quinze quilômetros ao sul, e avançam rapidamente. O rei Henrique me dará ordens?

Apesar do choque da notícia, Margarida, por sobre o ombro, olhou de relance para onde Henrique estava sentado, recostado num divã nos fundos da tenda. Seus olhos estavam abertos e ele usava armadura de campanha, mas não se movia nem dava mostras de perceber o interesse dos outros. Um breve espasmo de desagrado percorreu o rosto de Grey quando os olhos da rainha se afastaram dele. O barão tinha vindo servir a um rei recuperado de sua fraqueza. Em vez disso, encontrara uma criança aturdida, totalmente incapaz de perceber o que acontecia em volta.

Margarida sentiu a irritação do barão e falou com mais rudeza do que pretendia.

— Quinze quilômetros? — Ela olhou para Egremont e viu que ele estava tão consternado quanto ela. — Quantos homens estão vindo, lorde Grey? Isso o senhor sabe?

— Oito a doze mil, Vossa Alteza. Alguns com armadura e cota de malha, a maioria sem. Meus rapazes falaram de uma turba encabeçada por soldados que pareciam ter um mínimo de qualidade.

— Então suas ordens não mudaram, milorde. Defenda o rei. Mantenha a posição. Está bem claro?

Grey contraiu os músculos do maxilar, fazendo que sim com rigidez. Mais uma vez, lançou um olhar à figura sentada atrás deles, a armadura do rei cintilando nas sombras.

— Sim, milady. Bastante claro. Obrigado — disse, virando-se e sumindo ao sol.

— Velho sodomita imundo — murmurou Egremont entre os dentes.

Ele ainda pensava em como resistir àquele número, os olhos vagos enquanto mordiscava a parte interna do lábio inferior.

— E então, Tomás? — indagou Margarida. — O que devemos fazer? Mando meus criados buscarem Buckingham?

— Eles estão muito mais próximos do que imaginava, milady. Devem ter subido a Grande Estrada do Norte em marcha forçada, quase sem perder tempo na cidade. Sem dúvida estarão cansados, e isso é bom. Mas o número... — A voz dele sumiu, e a cabeça balançou mais uma vez. — Esse exército está quase sobre nós. Agora não haverá tempo para meu irmão trazer seus homens, ou Exeter, ou Somerset, ou qualquer um dos outros. A menos que cheguem em uma hora, teremos apenas os que estão conosco neste momento, e, milady, eles não são suficientes.

Ele quis chamar Grey de volta para saber quantos homens montados havia no exército que se aproximava, a mão se fechando no ar enquanto pensava depressa.

— Vossa Alteza deve partir agora. Leve seu filho e seu marido para Kenilworth.

— Quando não está bem, meu marido não consegue cavalgar, Tomás.

A tensão se revelou na resposta de Egremont, e a raiva a espantou.

— Então salve-se e salve seu filho, milady. Salve alguma coisa! Leve uma das carroças de suprimentos e deite nela o rei Henrique! A senhora entende? Eles têm vantagem numérica em campo aberto. Podemos preparar uma estacada e podemos segurá-los por algum tempo, mas será difícil e sangrento, sem que nenhum homem saiba o resultado antes do final. Quer que o príncipe Eduardo assista a uma coisa dessas? Sou seu homem, Vossa Alteza, e tenho minhas contas a acertar com os Nevilles. Deixe-me lutar pela senhora e pelo rei.

Margarida empalidecera enquanto ele falava, desacostumada àquele tom de voz. Seus olhos se arregalaram com o medo e a tensão que viu no barão de Egremont.

— Tudo bem, Tomás. Procure meu filho e mande que o tragam a mim. Precisaremos de três cavalos selados. Cuidarei de meu marido.

Como se libertado de uma armadilha, lorde Egremont saiu correndo. Margarida foi rapidamente até onde Henrique parecia observá-la. Devagar, abaixou-se ao lado dele, olhando profundamente em seus olhos. Num impulso, pegou o braço do marido e sentiu o metal frio escorregar sob os dedos.

— Você escutou? Consegue se levantar, Henrique? Não é seguro aqui. Temos de partir.

— Como quiser — sussurrou ele, pouco mais que a respiração atravessando os lábios. Mas não se mexeu.

— *Henrique*! — exclamou ela irritada, sacudindo-o. — Levante-se agora, para montar. Vamos.

— Deixe-me aqui — murmurou ele, soltando-se dela.

Alguma vida voltou aos seus olhos, e Margarida se perguntou outra vez quanto ele realmente compreendia.

— Não deixarei.

A cabeça dela se virou em choque ao ouvir trombetas soando a distância. O pânico aumentou e a fez tremer. Como podiam estar tão perto? Lorde Grey dissera quinze quilômetros! Margarida se afastou do marido e saiu ao sol, vendo ao longe a coluna de homens que se aproximava do acampamento real. Ou Grey se enganara ou os homens de Kent correram os últimos quilômetros. Margarida balançou a cabeça com a confusão e o terror crescentes, olhando para a penumbra da tenda. Tremeu ali de pé, presa entre necessidades que a dilaceravam.

O som de cascos e arreios anunciou um criado que chegava à tenda com os cavalos. Margarida teve vontade de chorar de alívio quando o filho Eduardo correu para dentro, os olhos brilhantes.

— Bucky disse que tem um exército chegando! — gritou o menininho, pulando de pé em pé. — Diz que são um bando de canalhas!

Ele engrolou de propósito a última palavra, imitando a fala arrastada do homem que tivera o céu da boca perfurado em St. Albans e não conseguia mais falar com clareza.

— Eduardo! — ralhou Margarida na mesma hora. — Lorde Buckingham não deveria ter lhe ensinado palavras como essas, e ele é um homem bom demais para ser ridicularizado.

Ela falou quase sem pensar conscientemente, distraída com o problema de levar o marido para um lugar seguro. Margarida fechou os olhos um instante e sentiu que tremia. Lá fora, o barulho de homens em marcha ficava cada vez mais alto, pisando e tilintando. Gritos eram dados pelo campo, mandando as forças do rei se aprontarem. Ela correu de volta para o marido e o beijou no rosto.

— Por favor, Henrique. Levante-se agora. Há soldados chegando, e haverá luta. Venha comigo, por favor.

Os olhos dele se fecharam, embora Margarida achasse que Henrique ainda conseguia ouvi-la. Não havia mais tempo. Ela escolheu entre o marido e o filho, o coração dilacerado.

— Então a resposta é não — disse ela. — Desculpe. Tenho de manter Eduardo a salvo. Que Deus o proteja, Henrique.

O cavalo de Warwick havia sofrido sob o peso de um homem com armadura. Ele o açoitara e esporeara até deixá-lo em carne viva para chegar a Northampton, e sabia que teria de apear para lutar. O animal estava mais acostumado a puxar carroças de cevada maltada para os cervejeiros de Londres. O estrondo de armas e o cheiro de sangue sem dúvida o fariam fugir.

Ao seu lado, Eduardo de March cavalgava em um animal ainda mais desafortunado. Para não ver a montaria desmoronar, March fora forçado a despir a armadura. Cada parte havia sido levada com orgulho pelos homens ao redor, que dividiram entre si o peso do ferro enquanto o jovem conde cavalgava vestido de lã marrom. Seu rosto estava tão corado que ninguém ousava dizer uma palavra.

Um grito subiu da vanguarda quando as fileiras avistaram o exército do rei. Tinham marchado muito para chegar àquele lugar, mas a recompensa estava à vista. Os estandartes com o leão do rei Henrique adejavam em campo aberto, no terreno de uma abadia. O exército real parecia pequeno comparado à grande coluna que viera para o norte, mas Warwick podia ver que os soldados inimigos vestiam cota de malha e seu coração se apertou ao ver centenas de cavaleiros e arqueiros. Seus homens de Kent não tinham piques para resistir à cavalaria, e a vantagem numérica era relativa contra soldados bem-treinados. Ele sentiu suor brotar novamente na pele e, dessa vez, desejou que o pai estivesse presente. Tinha decisões a tomar que significariam vitória ou destruição completa. O sol ainda não chegara ao meio-dia, e ele não conseguia afastar a sensação crescente de temor.

— Acreditará na palavra do barão Grey? — perguntou Eduardo de March, aproximando seu cavalo.

Como lorde mais elevado, o comando do exército era de Warwick. Ele não esquecera a desobediência súbita de Eduardo na Ponte de Londres, mas não havia mais ninguém.

— Esse é o maldito espinho, Eduardo — respondeu ele, inquieto. — Como confiar nele?

Os batedores de lorde Grey o acompanharam durante toda a manhã e parte do dia anterior. Um deles se aproximara com as mãos erguidas e abertas, para mostrar que não pretendia nenhuma traição. Havia trazido uma proposta extraordinária, e Warwick ainda não sabia se não seria algum truque para atraí-lo à ala mais forte dos homens do rei.

— O que temos a perder? — respondeu March dando de ombros. — Ele queria uma bandeira vermelha erguida, então mande erguê-la. Ele cumprirá a palavra ou o mataremos com os outros.

Warwick não permitiu sua irritação transparecer. Eduardo era muito jovem e ainda não vira toda a vilania dos homens.

— Se ele for fiel à sua palavra, atacaremos sua força pelo flanco. Consegue vê-los daqui? Mas, se seu homem mentia e for uma armadilha, Buckingham terá todos os seus melhores guerreiros naquele lugar, prontos para nos dilacerar.

Para sua irritação, Eduardo de March deu uma risadinha.

— Pois que venham! Comandarei o ataque quando vestir minha armadura. De um jeito ou de outro, vamos passar por eles.

Warwick deu ordem de parar e apeou, guiando o cavalo exausto para o lado enquanto a coluna se alargava. Ele havia mandado seus capitães imporem alguma disciplina aos recrutas de Kent. Podia ouvi-los berrando ordens a plenos pulmões, conscientes de que os dois condes observavam. Pouco a pouco, a linha em marcha assumiu nova estrutura, em longas fileiras e quadrados, diante do exército do rei a menos de um quilômetro em campo aberto. Warwick ouvia as trombetas de aviso soarem naquele acampamento, com criados e cavaleiros correndo por toda parte. Pouco mais de oitocentos metros os separavam, o suficiente para avistar os largos estandartes de Buckingham ao centro. Havia uma abadia a curta distância, e Warwick avistou a silhueta escura dos monges observando suas manobras.

Atrás das forças do rei, um rio corria veloz com as chuvas de verão. Warwick não fazia ideia da existência de alguma ponte, mas aquilo significava que a retirada não seria fácil para os homens de Buckingham. Os estandartes do rei ainda adejavam em sua tenda, e, se sua presença não bastasse, o rio os forçaria a ficar e lutar até o último homem. Warwick teve vontade de saber se a rainha estaria por perto. Sua lembrança dela era mais carinhosa do que tudo o que sentia pelo rei que manchara sua família. Ele balançou a cabeça, recordando a certeza do pai de que a rainha era a serpente enrolada em torno de Henrique, mais que qualquer um de seus lordes.

— Marcha lenta até quinhentos metros! — ordenou Warwick quando estavam prontos.

Levaram muitíssimo tempo para entrar em formação, mas estavam em boas condições e ansiosos para enfrentar os homens do rei. Deram um passo à frente, irmãos e filhos de Kent juntos nas linhas. Mil e seiscentos soldados com cota de malha formavam as duas primeiras fileiras, um martelo de ferro com o cabo de carvalho dos rebeldes de Kent atrás. Warwick conseguia sentir o desejo de atacar que crescia neles. Ele ia à frente com ordens ríspidas, mantendo-os na linha e caminhando a passos lentos. Precisava se aproximar e observar as posições inimigas.

A ideia se fixou em sua mente e o fez hesitar. Ele marchava rumo ao rei da Inglaterra, e o homem, de certo modo, era seu inimigo. Apenas um ano antes, ele riria se alguém imaginasse uma cena daquelas. Mas os Atos de Desonra foram aprovados, e não havia mais Warwick. Seus homens tomavam o cuidado de usar o título quando lhe falavam, mas ele perdera tudo, junto de Salisbury e York. Eduardo de March caminhava ao seu lado, segurando a espada com força e claramente imaginando o combate sangrento.

Eles pararam mais uma vez, com a abadia muito mais perto, no flanco direito. Além do rio, Warwick podia ver a cidade de Northampton, suas muralhas e igrejas visíveis, meio indistintas. Ele forçou o olhar em todas as direções, vendo uma floresta de estacas em torno das forças reais, além de arqueiros nas laterais. No silêncio terrível, Eduardo de March se sentou no capim e permitiu que Jameson lhe enfiasse as últimas peças da armadura. Sir Robert Dalton não era visto desde Londres. March só se recordava de que ele fora arrastado pela turba, sumindo de repente sem dar sequer um grito. O jovem conde sentia a ausência dele ao seu lado, o que o deixava inquieto.

Warwick viu fumaça subir de braseiros entre os soldados do rei e praguejou em voz baixa. Os homens com ele viram o efeito de grandes canhões na multidão, a lembrança ainda recente e terrível. Enfrentar tais armas sem temor exigia certo tipo de loucura combinado à crença que todo jovem tem de que sempre seria outro a cair. Não fazia sentido nenhum, mas ele podia ver que os rapazes de Kent desdenhavam das forças à frente. Sem medo nenhum! Warwick olhou com mais atenção para os homens de Kent e viu que estavam dispostos a avançar correndo a uma única palavra, muitos o observando, aguardando que abrisse a boca. Queriam correr e começar a matança. De repente ele entendeu por que os franceses perderam tantas guerras para esses exércitos. Podia ver o porquê nos xingamentos e nos movimentos bruscos de Eduardo, no modo como os homens de Kent seguravam o cabo dos machados, esfregando as mãos na madeira como se estrangulassem crianças. Eles *queriam* lutar. Queriam que começasse. Warwick faria a vontade deles.

— Avançar!

Todos os seus capitães conheciam a primeira manobra contra os homens do rei. Com exércitos tão próximos, não adiantaria gritar ordens pelo campo, deixando Buckingham saber suas intenções. Em vez disso, Warwick marchou direto pelo centro, reduzindo a distância com bom passo.

Nuvens de flechas subiram de ambos os lados, e Warwick sentiu o terror que elas causavam. Somente as primeiras fileiras tinham escudos, e os arqueiros do rei lançavam flechas acima da cabeça, ferindo ou matando dezenas a cada saraivada que zunia. Quase pior era o estrondo como um trovão quando os canhões lançavam chamas. Borrões acertaram seus homens, e flechas se afundaram na terra diante de seus pés. Mais e mais delas voavam, zumbindo e atingindo carne e ferro. Havia gritos de choque e agonia mais além, porém ele não olhou para trás. A duzentos metros, todos os instintos gritavam para atacar e matar. As fileiras da vanguarda se lançaram numa corrida lenta e ofegante.

— Bandeira vermelha! — gritou Warwick, aguardando o arauto erguer o pano escarlate no cabo de um pique, segurando-o bem alto por dez passos antes de baixá-lo.

Aquilo nada significaria para Buckingham, mas era o sinal que lorde Grey solicitara. Em instantes, Warwick saberia se o homem zombara dele.

A cem metros, Warwick deu novas ordens para virar à esquerda. Nisso, as flechas derrubavam homens a curta distância, perfurando cotas de malha e acertando escudos. Warwick se viu aliviado por não estar a cavalo e, com isso, não ser um alvo óbvio. As duas fileiras da vanguarda mostraram a experiência ao entrar em formação. Os rapazes de Kent foram atrás, fazendo um ângulo agudo pelo campo e rumando para o flanco de Buckingham. Eles deixavam para trás um rastro de mortos e feridos gritando.

Os arqueiros do rei estavam protegidos por um campo de estacas que deteria a cavalaria, mas não homens a pé que simplesmente passaram por entre os pedaços de madeira. Os arqueiros não estavam preparados para resistir ao melhor de dez mil homens. Os soldados de Warwick avançaram sobre eles gritando, numa corrida súbita, passando entre os arqueiros enquanto estes disparavam suas flechas e tentavam sair do caminho. A investida sob as flechas fora aterrorizante, com o preço de centenas ou até de milhares de mortos e feridos. Os soldados do rei foram engolidos por uma maré de fúria rubra, dilacerados por espadas e machados de homens movidos pela raiva que chegaram longe demais para ter alguma cautela.

Quem comandava a cavalaria naquele flanco externo preferiu recuar a manter os homens em posição para enfrentar o ataque. Enquanto os arqueiros eram feitos em pedaços, a intenção do oficial seria contornar e atacar o flanco das forças de Warwick, encurralando-as entre o exército principal e os cavalos do rei. Sem cavaleiros montados, Warwick não poderia bloqueá-los. Seus homens tinham de ignorar os cavalos em movimento, arremetendo contra escudos em vez de investir contra homens montados, abrindo caminho rumo ao centro.

Warwick havia cumprido a palavra. Aguardou, e seus homens pararam à espera de novas ordens. Por algum tempo, satisfizeram-se em arremeter com uma linha de escudos. Nos dois lados, alguns foram mortos. No calor da batalha, os homens ficavam enlouquecidos e não podiam ser impedidos. Mas as duas fileiras da vanguarda mantiveram a disciplina, e a linha de escudos aguentou.

À frente, Warwick viu lorde Grey girar o cavalo no meio de seus homens, fazer um gesto para longe das forças de Warwick e assinalar um ataque ao centro. Todas as gargantas no campo de batalha emitiram um grande rugido. Os homens de Warwick gritaram num triunfo selvagem, enquanto as forças de Buckingham berravam de horror com a traição. O centro fraquejou, e Warwick se viu avançando numa corrida rápida, quase caindo no espaço deixado pelos homens do rei pressionados pelos seus soldados. Lorde Grey também cumprira sua palavra.

Eduardo de March correu por mais dez fileiras de aliados para se chocar contra o centro das forças inimigas, onde a batalha fervilhava, transformando escudos em lascas com golpes poderosos. Warwick quase parou para observar com assombro a imagem do guerreiro imenso lançando homens para trás com movimentos ágeis, fazendo de si e de Jameson a ponta de uma cunha de soldados, cortando profundamente as fileiras em torno de Buckingham.

Warwick olhou para trás, de onde vinha a cavalaria que ele ainda temia, mas a viu parada, num grupo compacto, a alguma distância. Homens de Grey, percebeu, respirando aliviado. Eles não participariam do combate.

Diante da traição de lorde Grey, os soldados de Buckingham cederam. Tentaram recuar em ordem, atrapalhando-se e morrendo aos montes ao serem pressionados e cortados a cada passo. Warwick viu os homens de Kent se despejarem sobre os adversários, atacando quem conseguissem alcançar e enfiando os machados nos que se viravam e fugiam. Era loucura e massacre, mas nesse momento os dez mil não poderiam ser contidos. Tinham viajado muito para combater os soldados do rei, e sabiam que os haviam vencido.

No centro do exército real, Warwick viu Buckingham sem cavalo. Eduardo de March correu na direção dele, arremetendo com espada e escudo contra um amontoado de cavaleiros. Com o olhar fixo no duque caído, March os tirou do caminho com golpes amplos, e dois ou três inimigos caíram. Estes começaram a se levantar com sangue nos olhos, mas Jameson estava ali, ao lado do conde, com a espada pronta, e ninguém desafiou o jovem gigante que os tratara de forma tão despreocupada. Warwick ainda estava a doze passos de distância quando Buckingham ficou de pé e ergueu a espada mais uma vez. O rosto arruinado do duque estava oculto atrás da viseira, e Warwick notou que ele mantinha o braço esquerdo na lateral do corpo, protegendo costelas quebradas.

Eduardo de March lhe fez um sinal com a cabeça, aguardando com ambas as mãos no punho da espada.

— Está pronto, milorde? — perguntou March, a voz ecoando no ferro.

Buckingham fez que sim em resposta, e morreu um instante depois. March cravara a grande lâmina entre as placas da ombreira do duque, atravessando o ferro e desferindo um corte profundo. Warwick deixou Eduardo arrancando a espada enfiada em Buckingham empurrando o peito do duque com pé. Alguns homens do rei tentavam se render, mas Warwick vira os estandartes azuis e amarelos dos Percys e não levou a trombeta aos lábios. O massacre continuou em torno dele, e March veio correndo para o lado de Warwick, a armadura coberta de sangue e seu companheiro sorrindo com orgulho sinistro. Warwick ergueu os olhos para os dois quando o jovem conde tirou o elmo e passou a mão nos cabelos.

— Você me viu matar Buckingham? — perguntou March.

— Vi — respondeu Warwick.

Ele gostava de Humphrey Stafford, e lhe passou pela cabeça que o homem merecia um fim melhor por seu serviço fiel. Mas a vida era assim. Warwick achava que não haveria um único homem na Inglaterra aquele ano que pudesse resistir a March com uma espada.

— Egremont é meu — avisou Warwick.

March fez um gesto, como se permitisse que o outro atravessasse primeiro uma porta, depois se virou de repente quando Jameson se lançou com a espada contra um homem que corria para eles, atravessando a cota de malha do sujeito. March riu, dando um tapinha no ombro do grande ferreiro e fazendo Warwick pensar mais uma vez nos mastins de Calais. Poderia ter falado, mas atravessara uns cem metros de corpos e, à frente, as cores de Percy de repente tremularam e caíram. Warwick praguejou, empurrando os homens de Kent.

— Egremont! Meu! — gritava Warwick enquanto avançava, com medo súbito de lhe negarem a vingança contra o inimigo da família.

Seus homens recuaram e revelaram seis cavaleiros protegidos por armaduras em torno de seu senhor.

Tomás Percy estava em pé, com as mãos descansando no punho da espada, furtando um momento para respirar e descansar. Ele ergueu a viseira.

— Ricardo Neville! — gritou. — Que já foi conde. Quem é esse troll enorme ao seu lado, Ricardo?

— Deixe que eu o mato — vociferou March.

— Se eu cair, sim. Até então, não — respondeu Warwick.

Warwick ainda estava descansado, protegido da luta pelas fileiras da vanguarda. Percebeu que havia perdido o escudo em algum lugar e aceitou o que lhe foi entregue por um de seus homens, enfiando-o no braço. A armadura parecia leve e ele estava confiante, embora Tomás, lorde Egremont, fosse famoso pela habilidade.

O lorde Percy avançou para enfrentá-lo. Os cavaleiros cansados ao seu lado não pareciam ter pressa de continuar a luta, cercados daquele jeito. A imobilidade daquele ponto central se espalhou pelo campo, e os combatentes se afastaram uns dos outros, e os homens do rei lançaram as armas ao chão para não serem mortos.

— Vai se render, Tomás? — perguntou Warwick. — Parece que o dia é nosso.

— Você o permitiria, se eu o fizesse?

Warwick sorriu e fez que não.

— Não, Tomás. Não permitiria. Só queria ver se você tentaria.

Egremont baixou a viseira em resposta e avançou. O primeiro golpe se chocou com o escudo de Warwick e foi seguido por outros três, forçando o conde a recuar. Lorde Percy era rápido, mas o quarto golpe parecia ter sido mais fraco e ele cambaleava. Warwick atingiu e derrubou o escudo do outro e fez uma grande mossa na lateral de sua armadura.

Egremont caiu sobre um joelho, arfando de forma audível dentro do elmo. Warwick esperou. Quando Egremont se levantou, a espada veio rápida de baixo, chocando-se com a borda do escudo de Warwick e quase o arrancando do braço do conde. O contragolpe atingiu o mesmo ponto da armadura do outro, rompendo as placas.

Mais uma vez, Egremont caiu sobre um joelho, a respiração chiada. Com um gemido, obrigou-se a se levantar uma segunda vez, protegendo o flanco quando Warwick levou a espada num golpe violento contra seu pescoço. Então Tomás Percy desmoronou, o corpo mole, o rosto voltado para baixo, com o elmo enfiado no capim. Pela primeira vez, Warwick pôde ver o cabo de couro de uma adaga que havia sido enfiada entre as placas das costas da armadura do homem. O sangue escorrera dele a cada momento da luta, e sem dúvida Egremont sentira suas forças se esvaírem. Ele não se levantou outra vez, e foi March quem arrancou o elmo de Tomás Percy e revelou o rosto sem vida, marcado e lívido.

Warwick olhou ao redor e viu as espadas lançadas ao chão e os corpos por todos os lados. Sentiu o sangue pulsar e tirou o elmo, lançando-o para o ar enquanto bramia pela vitória. Milhares de homens de Kent fizeram o mesmo, um grande grito rouco que podia ser ouvido a quilômetros de distância.

Warwick se virou para March, sentindo, dessa vez, que nada que o jovem conde dissesse estragaria seu bom humor.

— O rei? — perguntou March, rindo da cara do outro.

— Isso. O rei — respondeu Warwick.

Os dois se viraram juntos para enfrentar a tenda real atrás deles.

Eles encontraram o rei Henrique sentado na penumbra da tenda. Ele despira a armadura e estava ali sentado, usando apenas pano preto, uma túnica comprida e calças tingidas da mesma cor, sem anéis nem joias além do escudo real bordado em fio de ouro no peito. Quando se abaixou para entrar sob o toldo, March tremeu com a ideia do rei sentado o tempo todo em silêncio enquanto milhares morriam ali perto.

— Vossa Majestade? — chamou Warwick. Ele embainhou a espada ao ver que não havia guardas por perto nem sequer criados para cuidar do rei. Todos tinham fugido. Henrique ergueu os olhos, franzindo a testa.

— Vão me matar? — perguntou. Warwick pôde ver que ele tremia. — Haverá sangue?

— Deveríamos — respondeu March, dando um passo à frente. Olhou para o lado, irritado, quando Warwick segurou seu braço com força. Era como segurar um tronco de árvore, e ambos sabiam que March conseguiria se soltar.

Warwick falou depressa, a voz baixa.

— Se o rei morrer aqui, seu filho Eduardo de Lancaster herdará o trono. Um menino que não teria nenhum amor por nós.

March rosnou, com raiva, e os olhos de Warwick se arregalaram ao ver que o jovem conde empunhava um longo punhal na mão direita.

— E por que eu me importaria com isso? — vociferou March, fitando o homem magro que observava os dois. — Ele é de uma linhagem fraca. Não tenho medo.

Warwick sentiu a raiva crescer.

— Então pense em seu pai! Ele só será York se o Decreto de Desonra for anulado. Com o rei Henrique vivo, seu selo e o Parlamento devolverão a nossas famílias tudo o que perdemos.

Para seu alívio, March resmungou e guardou a lâmina.

— Muito bem, mas ainda acho que isso virá a acontecer. Não tenho utilidade para um rei que me tiraria minha herança.

Warwick deixou a mão cair, sentindo-se mal ao perceber que March chegara perto de matar o homem que ainda os fitava com olhos escuros e arregalados. A possibilidade de violência permanecia em cada olhar raivoso de March.

— Obtivemos o que esperávamos, Eduardo — declarou Warwick devagar, como se falasse a um cão perigoso que pudesse se tornar selvagem a qualquer momento. — Levaremos o rei de volta a Londres e encontraremos seu pai lá. Fique em paz. Vencemos.

27

York passou a mão sobre um quadrado branco e liso, vazio e pronto para ser pintado novamente. Os painéis daquela sala já haviam sido um esplendor ininterrupto de cores, as armas de todas as casas nobres da Inglaterra. Um dos prazeres de sua juventude era ir ao Palácio de Westminster e ver o escudo de sua família descansar com orgulho ao lado de todos os outros. Não mais. Os painéis pintados se espalhavam pelas quatro paredes da sala, emblemas e histórias escritos nos símbolos das casas antigas. Três quadrados brancos estragavam a série ininterrupta. Três que haviam sido arrancados e cobertos com o mais claro tom de creme. Os escudos de York, Salisbury e Warwick foram removidos pelos arautos do rei. Dava algum consolo ver que o do condado de March ainda estava ali, com seus quartos azul, amarelo, vermelho e branco. Parecia que os agentes dos tribunais reais ficaram incertos sobre a inclusão daquele título no decreto, uma vez que já fora transmitido.

Salisbury observou o duque passar a mão sobre a massa vazia, perdido em pensamentos.

— Logo serão substituídos, Ricardo. O selo do próprio rei desfez todas as mentiras da rainha. Deu-me grande prazer ver todos aqueles homenzinhos do Parlamento correndo para fazer o que mandávamos.

York soltou o ar, os lábios retorcidos.

— Foi uma coisa imunda e não deveria ter sido feita. Nossas famílias *são* a Inglaterra, até os ossos. Mas vi seu escudo e o meu serem arrancados de pedra e madeira, retirados e alisados por limas e formões. Aqueles malditos arautos trabalharam enquanto eu estava na Irlanda. O Castelo de Ludlow foi despido, você soube? O Castelo de Sandal tinha tapeçarias e estátuas do tempo de Roma, mas todas sumiram, levadas embora quando eu não podia defendê-las. Levarei o resto da vida para recuperar os prejuízos desse decreto.

— Vi isso também, embora tenha me dado algum prazer recuperar minhas propriedades daqueles que as compraram. Agora algumas terras minhas estão nas mãos dos Percys, imagine só! Pelo menos você foi capaz de recuperar todas as suas. Enquanto Henrique Percy viver e me odiar pela morte do pai e do irmão, nunca recuperarei algumas das minhas sem derramamento de sangue.

Com isso, York se afastou da parede.

— Confiei em você em Ludlow. E você cumpriu sua palavra. Não me esquecerei disso. Você e seu filho me resgataram do desespero e do desastre, e um sentimento desses não voltarei a suportar por ninguém. Sempre estarei em dívida com vocês.

Ele estendeu a mão, e Salisbury aceitou o cumprimento, mão no cotovelo, segurando o antebraço.

Em Londres, todos os sinos começaram a dar meio-dia, um longo clamor que fez York e Salisbury se virarem para a porta.

— Como está o rei? — perguntou Salisbury quando saíram para o corredor.

— Bem o suficiente — respondeu York. — O bispo Kempe diz que ele é o hóspede mais agradável que já teve. Henrique passa o tempo na capela ou lendo, pelo que me contaram. Têm de lembrá-lo de comer.

— Já pensou no que fará com ele, agora que os Decretos de Desonra foram removidos dos livros?

— Já *pensei* nisso muitas vezes — respondeu York com rigidez. — Mas ainda não cheguei a uma decisão.

Os dois subiram uma escada, passaram pela sala onde se reuniam os Comuns e entraram na câmara da outra ponta. Já estava tomada por vozes, mas todas se calaram quando York foi avistado.

A Câmara Branca mal passava de uma sala de debates, muito menor que aquela no andar de baixo onde se reuniam os integrantes do Parlamento. Tinha bancos que se estendiam pelas laterais e um atril para quem se dirigisse aos presentes. De um lado, posicionado para ver a sala de cima, o assento do rei permanecia vazio, um simples trono de carvalho esculpido com três leões, com as bordas douradas.

O pensamento de York ainda estava nos próprios prejuízos, e ele mal cumprimentou a assembleia de lordes. Eram de número e posto bastante modestos. Nenhum Percy tinha vindo, nenhum Somerset, nenhum Clifford, nenhum dos outros que lutaram pelo rei. York reconheceu uma dúzia de barões menores, Cromwell dentre eles. Parou no degrau elevado e inclinou a cabeça para lorde Grey. York notou que o barão havia engordado muito desde a batalha perto de Northampton, desenvolvendo uma papada mais adequada a um bispo. Pelo filho e por Warwick, York soubera todos os detalhes do papel de Grey naquela vitória. Agradava-lhe imaginar as forças do rei sendo informadas de que os inimigos estavam a quilômetros de distância quando estavam quase sobre eles. O mais importante fora Grey ter cumprido a palavra e voltar seus homens contra Buckingham no momento certo. Engordar com a nova riqueza e se tornar Tesoureiro da Inglaterra era uma pequena retribuição por uma traição tão importante.

Enquanto York se posicionava de pé junto ao atril, Salisbury veio andando e se uniu a Warwick, Eduardo de March e mais uns vinte nobres. Eles ergueram os olhos para o duque, e os de Salisbury se arregalaram quando York pousou a mão no assento real, como se o reivindicasse. Ele fez um sinal brusco com a cabeça, e York sorriu.

A expressão durou apenas um instante, enquanto os outros homens ali viam onde estava sua mão e o que isso poderia significar. York franziu a testa quando alguém sibilou e outro proferiu palavras furiosas. Ele ergueu os olhos para um grupo de rosto fechado e viu que só March, Grey, Salisbury e Warwick levantavam a mão em apoio. Quatro lordes espirituais estavam presentes e, com irritação, ele viu o bispo Kempe menear devagar a grande cabeça de um lado para o outro. York pensou em se sentar no assento real e zombar deles todos pelo desagrado e pelos suspiros. O chanceler William Oldhall entrou pela lateral e olhou com horror a cena que se apresentava.

York afastou a mão. A tensão na sala desapareceu no mesmo instante, e o chanceler veio falar, a voz quase um murmúrio enquanto os outros conversavam como passarinhos.

— Milorde York, o rei está vivo — murmurou Oldhall em seu ouvido. — Assim como seu herdeiro. Esses homens não ousam aceitar o senhor na atual situação, mas tenha certeza de que meu trabalho produziu frutos. Os bons integrantes do Parlamento discutiram o melhor curso para avançar. Se o senhor ocupar seu lugar, milorde, prometo-lhe que ficará satisfeito com o resultado.

Com má vontade, York se afastou do atril e do assento real, descendo para os bancos. Salisbury fez uma grande saudação ao recebê-lo, como se não tivesse visto nada de inconveniente.

Oldhall os conduziu pela oração de abertura e depois agradeceu com floreios pela suspensão dos Atos de Desonra sobre as casas de York, Salisbury e Warwick. Esse anúncio formal provocou aclamações dos lordes reunidos, servindo para aliviar um pouco o estado de espírito irritado de York.

— Milordes, tenho o prazer de lhes transmitir a vontade dos Comuns nessa questão. Os membros buscaram algum modo de demonstrar sua gratidão a Ricardo Plantageneta, duque de York, pelos serviços prestados ao rei, por manter o rei Henrique a salvo e por resgatar Sua Majestade das mãos de traidores. Foi proposto um Ato de Consentimento para nomear York herdeiro do trono da Inglaterra. A votação acontecerá ao pôr do sol de hoje. Se for bem-sucedida, a nova lei será redigida amanhã para receber o selo real.

York relaxou e se aprumou no banco, mal escutando os parabéns de todos os homens que franziram a testa para ele pouco antes. Os covardes de ambas as câmaras não lhe permitiriam reivindicar o trono, mas se dispunham a pôr o destino de Henrique em suas mãos e deixar que ele agisse. Naquele momento, sentia apenas nojo por todos eles, embora tivessem atendido à sua maior ambição. Ele olhou para o banco de trás e encontrou os olhos do filho. Eduardo sabia o significado daquilo, e sorria, segurando a madeira com as manzorras.

York se instalou de volta em seu lugar, sentindo uma onda de vitalidade e novas forças. Tinha sido obrigado a fugir em Ludlow. Vira seus castelos e suas terras serem distribuídos ou vendidos a homens sem direito de tomá-los. Até seu nome e seu escudo foram arrancados de cadeiras e tapeçarias, cortados da madeira e raspados do ferro e da pedra em todo o reino. Mas, se no fim ele se tornasse rei, tudo não passaria de uma temporada amarga. York sabia que a presença de um exército infestando Londres explicava por que os homens do Parlamento de repente ficaram tão dóceis e solícitos. Lorde Scales sobrevivera ao rompimento da muralha da Torre, fazendo uma barricada no interior e escapando da vingança sanguinária da multidão de Londres. Ele aguentara por tempo suficiente para se render a Warwick quando trouxeram o rei de volta. Isso não o havia salvado da vingança que merecia. Levara apenas dois dias para alguém chegar até ele em sua cela na Torre. York tinha visto o corpo, embora não sentisse pena do homem depois das ordens que ele dera. Ainda havia sangue nas ruas. O mais importante era que naquele dia só havia uma força em Londres, e era leal a York. Ele tinha o rei e a cidade nas mãos, e o Parlamento sabia disso.

York fechou os olhos um instante, sentindo uma antiga dor. Visitara Henrique no Palácio de Fulham, mais abaixo no rio, e rezara durante horas com ele, tentando entender o rapaz e sua fraqueza. Em todos os anos de disputa, York nunca passara tempo suficiente com Henrique para verdadeiramente conhecer o caráter do rei. Ele sentiu os olhos se estreitarem com a ideia de matá-lo. Seria o assassinato de um verdadeiro inocente, o mais terrível dos pecados, qualquer que fosse o meio utilizado. Estaria condenado, sem dúvida alguma, embora ser condenado o tornasse rei. York buscou a força de vontade de ir até o fim e se lembrou novamente de como a misericórdia quase lhe custara a vida e a casa. York abriu os olhos mais uma vez, a decisão tomada. Por decência, não faria nada por algum tempo. O Parlamento faria dele o herdeiro e, antes do fim do ano, Henrique dormiria em silêncio para nunca mais acordar. York seria rei, como seu bisavô Eduardo. O filho seria rei depois dele.

Outra ideia lhe ocorreu enquanto respirava, enchendo-o de alegria. O filho não seria condenado pelo assassinato de um inocente. Eduardo governaria a casa de York e toda a Inglaterra — e que pai recusaria dar um presente desses, custasse o que custasse? York disse consigo mesmo que naquele mesmo dia escreveria a Cecily, ocupada em Ludlow com a reforma e com a supervisão de centenas de artesãos. Ele sorriu ao imaginar a reação dela. Mais um ato do Parlamento e teriam tudo o que sempre quiseram. O mundo seria endireitado após tantos anos com uma linhagem fraca no trono. Ele poderia até recuperar as terras perdidas na França. Quem lhe recusaria esse direito quando fosse rei? York sentiu a mente se encher de imagens gloriosas, e foi preciso o cotovelo pontudo de Salisbury na lateral de seu corpo para trazê-lo de volta e fazê-lo escutar William Oldhall e a discussão que ainda se desenrolava.

— ... ainda não há notícias da rainha Margarida nem de seu filho, não, lorde Grey. Ouvi relatos de que foram vistos passando para Gales, mas seu paradeiro agora é desconhecido. — Oldhall mostrou seu desconforto enquanto olhava de relance para York. — Há ausências hoje nesses bancos, espaços vazios que falam com bastante ênfase. Se lorde York se tornar herdeiro, não duvido de que receberemos notícias desses nobres que não vieram a Londres, a esta câmara.

York baixou os olhos, sem se importar em escutar. Sabia muito bem o nome dos que apoiariam a rainha: Percy, Somerset, Clifford, Exeter. Dava-lhe mais prazer pensar em homens como Buckingham e Egremont, que não poderiam mais incomodá-lo.

A notícia de um novo herdeiro do trono faria Margarida arrancar os cabelos de fúria quando soubesse. Essa imagem fez seus lábios se contorcerem, depois de tudo o que sofrera com o Decreto de Desonra. Pensar em seus torturadores sofrendo era um prazer tão simples quanto um verão na infância. Margarida havia perdido o marido. Quando a lei fosse aprovada, perderia também a herança do filho. Ele riu em voz alta com essa ideia, interrompendo um barão idoso, que parou de falar e o fitou. Salisbury também riu. Tinha observado atentamente York devaneando, quase capaz de seguir os meandros de sua mente e adorando cada momento.

Margarida corou, feliz com a atenção e os elogios. Jasper e Edmundo Tudor haviam se tornado condes pela mão do marido dela, mas ainda mantinham um silêncio respeitoso na presença do pai.

Owen Tudor segurou a mão dela para ajudá-la a entrar, sorrindo com malícia porque Margarida talvez acreditasse que ele já encantara uma rainha francesa. Era trinta anos mais velho que ela e, embora fosse calvo, com poucos fios brancos, mantivera rara vitalidade, a boa saúde se revelando na pele bronzeada, nos olhos límpidos e na mão firme. Parecia um cavalheiro do campo, com poucos sinais do soldado que já fora.

O príncipe Eduardo passou correndo por todos eles e soltou gritinhos animados com o banquete posto à mesa. Ele corria e pulava enquanto Margarida se sentava à cabeceira da mesa, e foi para sua cadeira com enorme relutância. Tinha quase 7 anos, e via a viagem a Gales como uma aventura. Como crescera em Kenilworth, não se assombrara muito com o Castelo de Pembroke. Havia passado a manhã correndo a toda e incomodando os criados, que já pareciam mimá-lo.

Pembroke fora um presente do rei Henrique a Jasper Tudor, mas este não se sentou à cabeceira, cedendo o lugar ao pai com elegância e alegria. Margarida podia ver que os três galeses se gostavam, e sentiu algo relaxar dentro dela enquanto bebericava seu vinho e olhava para o cordeiro fumegante trazido à mesa como prato principal.

— Faz bem ao meu coração ver uma família cujos membros não querem se matar — comentou ela. — Se eu não conseguisse vir para cá, não sei o que faria.

Owen Tudor olhou para Margarida, os olhos apertados de prazer por ter uma beldade daquelas em sua presença. Não podia resistir a sorrir para a rainha, apesar dos desastres que a levaram para as terras do filho.

— Vossa Alteza... — começou ele.

— Margarida, por favor.

— Muito bem. Margarida. Fico contente por ter se lembrado de que tem amigos aqui. Minha família tem uma grande dívida com seu marido, que não pode ser paga com vinho e cordeiro... mesmo que seja um cordeiro galês, o melhor de toda a criação.

Ela sorriu, e Owen Tudor fez um sinal para que outra grossa fatia, pingando caldo, fosse posta no prato da rainha.

— Margarida, quando minha esposa faleceu, a notícia de nosso casamento e de meus garotos se espalhou. Fui capturado, sabia? Pois é. Passei um tempo na prisão de Newgate, por ordem do orador William Tresham. Foram poucos meses, mas vou lhe dizer: nunca fiquei mais feliz de sentir o sol na pele do que quando me deixaram sair.

— Por que o senhor foi preso? — perguntou Margarida, interessada apesar das próprias preocupações.

Owen Tudor deu de ombros.

— Irritei pessoas porque me casei com a noiva do rei Henrique V. Foi o que bastou para mandarem soldados atrás de mim. Acho que poderia ter sumido nas montanhas, mas eu não conseguia entender por que me prenderiam por desposar uma rainha, não depois de o primeiro marido dela estar debaixo da terra. Mas acredito que eu ainda estaria lá se seu marido não assinasse minha ordem de soltura, que Deus lhe abençoe. Ele foi correto comigo e não guardou rancor de quem amou sua mãe tanto quanto ele. — O velho balançou a cabeça com a lembrança. — Ela foi a melhor parte de minha vida. Minha Catarina me deu esses patifes como filhos, e seu marido os transformou em condes. Fui abençoado além de todos os sonhos que tive quando jovem e tolo, embora ainda sinta saudades dela.

Para sua surpresa, Margarida viu lágrimas iluminarem os olhos dele, que as secou rapidamente. Era difícil não gostar daquele homem.

— Gostaria de tê-la conhecido — comentou ela.

Owen Tudor concordou.

— E eu gostaria que seu marido tivesse mantido as forças. Fico mais que triste de saber de sua doença. Cada ano traz notícias piores.

É cruel o que ele tem de suportar, uma situação difícil para qualquer homem, mas muito pior para um rei. Eu sei como os cães se juntam em torno de um veado ferido, Margarida. Eles sabem ser cruéis.

Foi a vez de Margarida sentir os olhos arderem com lágrimas. Ela os desviou, brincando com a taça de vinho para não permitir que, com a pena que via em Owen Tudor, seu pesar se transformasse em choro.

— E têm sido — acrescentou ela em voz baixa. — Henrique foi capturado, e bons homens foram mortos tentando salvá-lo. Agora York está com ele, escondido em algum lugar. Isso me parte o coração... — Ela se obrigou a parar antes que o pesar tomasse conta.

— Mas a senhora poderia ter ficado em Kenilworth, milady — continuou Owen.

Margarida sentiu os filhos dele se aproximarem, o interesse se aguçando.

— Fico feliz e mais honrado do que pensa com a vinda da senhora para cá, mas ainda não sei por que nos procurou.

— O senhor sabe — disse Margarida, limpando os olhos com um pano. — Se tivesse ficado onde estava segura, seria como desistir. Seria o fim. Em vez disso, vim lhe pedir um exército, Owen. É como um ferro em brasa em minha pele ter de pedir, mas, se sente que tem uma dívida, posso solicitar o pagamento.

— Ah, eis o cerne da questão — murmurou Owen Tudor, sem piscar. — Embora não haja opção, para mim ou para meus filhos, milady. Já conversamos antes, e nunca houve dúvidas, não se a senhora pedisse. Houve, rapazes?

— Nenhuma — respondeu Jasper Tudor, convicto.

O irmão Edmundo repetiu a concordância, os três homens soturnos com a tristeza da rainha. O príncipe Eduardo se calara, fitando em volta as vozes sérias dos adultos. Um dos criados se aproximou com frutas cortadas para ele, que puxou a manga da mãe para lhe mostrar. Margarida sorriu para o filho, entre lágrimas que não paravam de escorrer.

— Sou muito grata a todos os senhores — disse ela. — Esperava por isso quando pensei em vir para cá, mas os senhores devem saber que York e Salisbury, Warwick e March, todos ameaçam minha família. Precisarei encontrar e convocar todos os homens da Inglaterra e de Gales, e além, para resistir a eles.

— Além, milady? — perguntou Owen Tudor.

— Se me conseguir uma embarcação, pensei em ir à Escócia e conversar com o rei Jaime. No passado ele apoiou a causa de York, mas creio que posso lhe fazer uma oferta à qual ele achará difícil recusar.

Os filhos Tudors esperaram o pai considerar esse desenrolar. Por fim, ele falou, assentindo.

— Não gostaria de ver os escoceses descerem de suas montanhas, milady. São uma raça feroz, com toda certeza, e sem dúvida um terror no campo de batalha. Mas a senhora deve saber que o rei deles cobrará um preço alto pela ajuda. Seja lá o que a senhora tem em mente, e não perguntarei algo tão particular, ele há de querer tudo e mais um centavo, se é que a senhora me entende.

— Não há preço alto demais a pagar para ver os inimigos de meu marido destruídos — respondeu Margarida.

— Eu não diria isso a ele, milady, senão o rei Jaime pedirá Londres e mais um centavo — respondeu Owen Tudor.

Ela viu os olhos dele cintilarem e sorriu de volta, a contragosto. Não teve dúvida então de que a rainha Catarina o havia amado, aquele galês simples e sólido que aliviara sua tristeza pela morte do primeiro marido.

— Mandarei aprontar uma embarcação para a senhora, milady — avisou Jasper Tudor. — As tempestades podem ser terríveis mais para o fim do ano, mas, enquanto é verão, a senhora provavelmente estará a salvo. Mandarei também vinte de meus guardas com a senhora, para impressionar os escoceses.

— Bom rapaz — elogiou o pai. — Não podemos deixar a rainha e nosso príncipe aparecerem sozinhos nas terras selvagens da Escócia. O rei Jaime esperará uma bela demonstração de poder. Agora, não se preocupe. Levarei os homens de Gales, milady. Talvez até vá com eles para mostrar a esses filhotinhos o que um cachorro velho sabe fazer.

Jasper resfolegou, e Margarida ficou emocionada com a afeição evidente entre eles. Era algo que nunca havia conhecido, e cada momento parecia quase levá-la às lágrimas, até que ela se exasperou. Provavelmente, ter chorado à mesa dos Tudors não reduzira a chance de conquistar seu apoio, isso Margarida entendia. Alguns homens moveriam o mundo para ajudar uma mulher que sofre.

— Você me dá esperanças, Owen — comentou ela, a respiração ainda trêmula. — Rezo para que meu marido seja capaz de lhe agradecer como merece.

— A honra é toda minha — respondeu Owen Tudor. — Ele é um bom homem. O mundo não precisa de mais diabos espertos, Margarida. Desses já temos bastante. Está ouvindo, rapaz? — Ele dirigiu a pergunta ao príncipe Eduardo, que fez que sim com a cabeça, os olhos arregalados. — Eu disse que precisamos de bons homens para governar. Algum dia será você como rei, sabia disso?

— É *claro* — respondeu o menino com desdém, fazendo o velho sorrir.

Margarida estendeu a mão e deu um puxão na orelha de Eduardo, que gritou.

— Tenha mais respeito, Eduardo — disse ela. — Aqui você é um hóspede.

— Perdão, senhor — respondeu o menino, esfregando a orelha e olhando para a mãe com raiva.

28

Derry Brewer se perguntou se o conde de Northumberland sofreria um ataque apoplético. O vento subia e emitia um som triste nas paredes do Castelo de Alnwick, assoviando notas descendentes como uma trombeta anunciando a retirada. Na cabeceira da mesa de jantar, Henrique Percy ficara cada vez mais sombrio, o rosto inchando como o de uma criança que prende a respiração até desmaiar.

— Lorde Percy, temos uma causa em comum — lembrou-lhe Derry. — A rainha tem de encontrar um exército onde puder, se quisermos ver a paz restaurada.

— Mas os escoceses! É como se ela tratasse com o diabo em pessoa! — exclamou Henrique Percy.

Sua boca estava aberta enquanto ele balançava a cabeça, dando-lhe um aspecto bobo que deixou Derry com vontade de sorrir. O espião-mor simplesmente esperou o jovem conde voltar a ficar calmo. Para sua surpresa, foi Somerset quem falou, um homem que mal conseguiria entender o ressentimento ancestral daqueles que protegiam as fronteiras.

— Milordes, mestre Brewer, eu aceitaria qualquer força de homens, ah, até os franceses, se nos desse a oportunidade de endireitar esses malfeitos. Aceito minha parte de culpa por Northampton. Se soubesse que os aliados de York viriam para o norte, estaria lá para combatê-los. Todos assumimos uma dívida naquele dia, a responsabilidade pela captura do rei Henrique.

— Meu irmão Tomás *morreu* lá — retorquiu Henrique Percy. — Acha que não sinto essa dor? Por causa de York, perdi meu pai. Por causa de traidores desonrados, perdi também meu irmão. — Ele parou por um momento. — Talvez eu tenha sofrido o suficiente para suportar os escoceses na Inglaterra, mestre Brewer. Embora fique muito agradecido por meu pai não ter vivido para ver uma coisa dessas. — Ele meneou a cabeça com amargura e comentou ironicamente: — Acho que isso mataria o velho.

— Não sei se chegarão a vir — argumentou Derry. — Embora eu realmente fosse negociar com o diabo se achasse...

Para sua irritação, o barão de Clifford deu uma resposta repentina, interrompendo-o antes que terminasse de falar.

— Não diga isso, Brewer. Nem mesmo de brincadeira ou bravata. O diabo escuta esses ares e promessas... e age de acordo.

Derry trincou os dentes.

— ... se achasse que nos traria a vitória. Milordes, vi York, Salisbury e Warwick transformarem desastre em triunfo. Vivi para ver o rei Henrique capturado e mantido como prisioneiro. — Ele incluiu o barão de Clifford no olhar que lançou a todos. — Os senhores perderam o pai em St. Albans, e depois irmãos e amigos. Enquanto isso, esses traidores se fortaleceram, e toda moeda lançada caiu a favor deles. Os Decretos de Desonra foram rasgados pelo Parlamento. York se transformou em herdeiro do trono... e quanto tempo o rei Henrique viverá, agora que é uma pedra no sapato de York? Estou lhes dizendo, milordes, esse é o amargo cerne da situação. Precisamos de todos os homens leais e, se fracassarmos, a casa de York reinará para sempre. *Não* haverá Northumberland, Somerset nem Clifford. Eles não perdoarão os Decretos de Desonra, se em algum momento os tiverem à sua mercê. Misericórdia não é uma característica dos Nevilles, milordes, quando estão fortes. Os senhores sabem que é verdade. Portanto, eu *daria* boas-vindas a escoceses e galeses, até a franceses... por Deus, até a *irlandeses* nessas costas, se pudessem devolver ao trono os legítimos rei e rainha! Arriscaria minha alma e meu último suspiro para ver York derrotado. *Nada* mais serviria.

Os três lordes só puderam observar a forte emoção revelada no homem diante deles. Derry Brewer estava imundo depois de passar semanas na estrada. Sabiam que ele fora a Gales e percorrera toda a região, espalhando a ordem para os homens se reunirem. Havia sido educado e divertido durante toda a discussão, mas, por um momento, permitira que vissem sua raiva e determinação.

— Já sabe onde eles mantêm o rei? — perguntou Somerset.

— Não está na Torre — respondeu Derry. — Ela ainda está em obras depois que aquele idiota do Scales deixou a turba derrubar uma muralha. Fico surpreso que Salisbury lhe tenha permitido se render, com Londres inteira clamando por seu sangue. Eis um homem cuja morte não chorarei, embora tenha lutado ao seu lado uma vez. Usar canhões e fogo grego contra o povo de Londres! Disseram que Scales foi encontrado na cela com a garganta cortada. Eu pagaria uma cerveja ao homem que fez isso, se é que o encontrarão. — Ele balançou a cabeça com desagrado. — Não, milorde, eles devem estar com o rei preso em algum lugar próximo. Tenho rapazes procurando, mas há mil casas e nenhum modo de descobrir qual delas.

Uma lembrança lhe ocorreu. Ele correndo pelo Palácio de Westminster em busca de William de la Pole, há muitos anos. Não a revelou aos presentes, sabendo que não a entenderiam nem lhe dariam importância.

— Milordes, às vezes penso que dediquei toda a minha vida ao cordeiro, a manter Henrique a salvo dos inimigos. É como um espinho em minha pele saber que eles o têm e que sua vida é frágil como um cristal. — Derry fechou os olhos um instante, franzindo o cenho. — Talvez não consigamos salvá-lo agora. Mas verei York morto no fim, mesmo que tenha de escalar suas torres e esfaqueá-lo durante o sono!

O conde Percy deu uma risadinha, gostando do rancor na expressão de Derry Brewer. A postura do espião refletia perfeitamente seus sentimentos sobre a questão, e ele segurou o braço do espião-mor do rei para mostrar seu apoio. Uma nuvem de poeira da estrada se levantou entre os dois.

— Temos doze mil homens, mestre Brewer. Soldados de verdade, com lanças, cavalaria e canhões. Se a rainha conseguir trazer mais alguns escoceses grandes e cabeludos, acho que o senhor não precisará escalar nenhuma torre. Poremos a cabeça de York numa muralha da cidade.

— Rezo por isso, milorde — declarou Derry.

Margarida apertou mais a capa em torno dos ombros, sentindo o vento frio fustigando sua pele, algo pelo que nunca havia passado. A princípio, ao sol do fim do verão, a viagem marítima fora quase agradável, uma semana bordejando o litoral sem nada a fazer além de planejar e observar o príncipe Eduardo correr descalço pelo convés. A pele dele havia ficado vermelha e depois dourada com a exposição ao sol, mas ela mantinha a sua bem coberta. Conforme avançavam para o norte, o tempo parecia esfriar a cada quilômetro. Margarida se espantara ao ver granizo respingando nas ondas quando atracaram.

Ela encontrou um reino de luto, sem nenhuma alegria com sua chegada. Os *lairds* de três clãs a receberam nas docas, fazendo uma profunda reverência e explicando que o rei Jaime fora assassinado havia apenas uma semana. Margarida não recebeu mais detalhes enquanto a escoltavam para as terras baixas, com a tropa de soldados de Jasper Tudor guardando a retaguarda em cota de malha polida. Os escoceses não pareceram impressionados com aqueles homens, embora ela achasse que não era por acaso que tinham uma vantagem numérica de quatro para um sobre sua pequena força, um grupo de mais de cem cavaleiros vindos da fronteira com a Inglaterra.

Eles levaram três dias para chegar a um imenso castelo no litoral, ainda em construção, com penhascos negros de um lado e gaivotas gritando no ar ao redor. Margarida se sentiu mais forte, embora as costas doessem depois de tanto tempo na sela. Todas as noites ela comera com *lairds*, em estalagens à beira da estrada, mantendo conversas leves que nunca se desviavam para as razões de sua vinda. Eles olhavam para Margarida com pena, e em consequência ela ficara irritada com os escoceses, sentindo-se quase como se fosse para o combate. Várias vezes perguntou sobre o rei Jaime, e fora engabelada com educação, suspiros e dar de ombros, enquanto os *lairds* se calavam e pediam uísque para brindar ao grande homem que havia partido.

Margarida apeou com rigidez quando a chuva começou a cair, trazida do mar. Puxou o capuz da capa sobre os cabelos e correu para se abrigar, empurrando Eduardo à frente. Havia guardas no portão e em todas as portas internas, homens de túnica negra que a fitavam com fascínio. Ela manteve a cabeça erguida e seguiu os *lairds* até chegar a um cômodo de aparência confortável, bem no interior do castelo. Aquela parte já estava pronta, embora alas e paredes inteiras ainda estivessem em construção. O príncipe Eduardo correu para uma janela. Fitou o mar lá fora, enquanto a mãe alisava as saias e arrumava um grampo solto no cabelo.

Não sabia o que esperar, mas com certeza não a bela moça de cabelos pretos que entrou no quarto e foi até ela sem nenhum anúncio formal. Margarida se levantou rapidamente e viu suas mãos serem tomadas e seguradas.

Maria de Gueldres tinha a cor dos portugueses, mas quando falava seu sotaque era levemente escocês.

— Gostaria de tê-la conhecido em tempos mais felizes. Mas não importam as razões, a senhora é bem-vinda aqui. Esse belo menino é seu filho?

— Eduardo — disse Margarida, totalmente desarmada. Ela esperara ferozes líderes escoceses e não uma mulher mais nova que ela, com os olhos ainda vermelhos de chorar.

— Que rapazote! Que belo e adorável rapazote! — exclamou Maria, ajoelhando-se e abrindo os braços.

Eduardo se aproximou com muita relutância, permitindo-se ser abraçado, embora se encolhesse.

— Agora, Eduardo, você encontrará meu filho se descer até a cozinha. O pequeno Jaime tem mais ou menos a sua idade, mas não brigue com ele, entendeu? A cozinheira lhe servirá um caldo, se você pedir com educação.

Com isso, Eduardo sorriu. Ficou imóvel quando ela lhe deu um beijo no rosto e depois saiu correndo do quarto.

— Jaime cuidará dele — avisou Maria, sorrindo com o som dos passos se distanciando. — Sente-se, Margarida. Quero saber de tudo.

Margarida se sentou num divã comprido, rearranjando os pensamentos que se espalharam.

— Soube da triste notícia pelos *lairds*, milady. Eu...

— Pode me chamar de Maria! Não somos ambas rainhas? Meu marido também era apaixonado por seu canhão, Margarida. Eu o alertei muitas vezes sobre essas coisas horríveis, mas ele não me deu ouvidos. Já os viu? São feitos para matar, e sua aparência é cruel. E eles explodem sem aviso, arrancando bons homens do mundo cedo demais.

Os olhos dela se encheram de lágrimas e, sem pensar, Margarida estendeu os braços e a puxou para um abraço. Maria chorou em seu ombro, recompondo-se com dificuldade. Por fim se afastou e secou as lágrimas.

— Para os homens de meu marido, tenho de me manter fria, entende? Não posso deixar que me vejam chorar, com todos eles duvidando de que eu seja forte o bastante para ser regente enquanto meu filho cresce. Psiu, me escute! Uma desconsolada com minha tristeza. Você conheceu essa dor, Margarida. Seu pobre marido aprisionado por inimigos! Acho que eu não suportaria uma coisa dessas, acho mesmo.

Margarida hesitou com surpresa, a culpa subindo pela garganta. Ela não falaria da sensação de vergonha que a *corroía* a todo instante, como uma mosca no verão. Havia salvado o filho antes do marido. Não, salvara-se e o abandonara. Não permitiria nenhum consolo com mentiras. Havia despeito também, por um homem que não se levantara, por mais que ela implorasse. A vergonha daquilo tinha deixado Margarida desesperada para tirar Henrique das garras dos inimigos. Ela sabia que faria qualquer coisa, *daria* qualquer coisa para vê-lo de novo.

Margarida sentiu muralhas desmoronarem quando Maria segurou suas mãos. Ela havia pensado em se mostrar dura e fria, mas não tinha defesas contra a gentileza daquela mulher estranha, capaz de ir das lágrimas ao riso num só fôlego, sem parar de falar. Maria a viu tremer e fez um gesto como se afastasse a tristeza.

— Soubemos de tudo, querida. Meu marido era favorável a York, mas nunca concordei com ele! Acho que Jaime pensaria diferente se um de *seus* lordes marchasse contra ele, não é? Não, eu e você somos iguais. Trazidas a novos lares para sermos rainhas, casadas e vendidas por um belo dote. Lembro-me de como fiquei orgulhosa quando William Crighton foi me buscar, meu próprio guerreiro escocês, para me trazer a Jaime. Ah, olhe só isso, estou chorando de novo. É tudo muito recente.

— William de la Pole foi me buscar para me levar à Inglaterra — acrescentou Margarida em voz baixa.

Em reação, seus olhos se encheram de lágrimas. Ela e Maria limparam o rosto com as costas da mão. De repente, ver a própria ação refletida na outra fez com que ambas rissem.

— Olhe só para nós com nosso pesar — comentou Maria. — Os homens de meu marido arrancariam as barbas de desgosto se soubessem. Bom, não vamos lhes contar. Diremos que nos enfrentamos e conversamos como se tivéssemos gelo no sangue. Não acreditarão, mas diremos mesmo assim. Uma rainha francesa da Inglaterra, uma rainha portuguesa da Escócia. Somos duas flores raras, Margarida; dois brotos de urze.

— Então não me envergonho em dizer que espero sua ajuda, Maria — respondeu Margarida. — Preciso de homens para ir ao sul comigo, se eu quiser libertar o meu marido.

Maria fungou e fez que sim, passando a mão pelo cabelo preso.

— Eu soube disso quando seu homem Brewer mandou a Jaime a notícia de sua vinda. Acho que meu marido a mandaria de volta de mãos vazias, Margarida, mas não eu! Não abandonarei uma irmã, mas gostaria de ter alguma coisa em troca para mostrar aos meus *lairds*.

Margarida fez que sim, questionando-se se as lágrimas e a afeição da outra não seriam fingidas, pelo menos em parte. A dúvida deve ter aparecido em seu rosto, porque Maria se inclinou e apertou a mão em seu braço.

— Não vou barganhar com você nem contar moedas. *Ajudarei* com o que puder. Você deve ter pensado nos termos durante a viagem. Diga-me o que pretendia, Margarida, e concordarei com tudo. Você terá quatro mil homens, um excelente grupo de rapazes fortes para lutar por você.

Mais uma vez, Margarida foi assaltada por dúvidas e suspeitas. Se aquilo era uma negociação, parecia simples demais ou muito mais complicada do que esperara. Naquele momento, sentiu falta da franqueza rude de Owen Tudor, apesar de toda a camaradagem demonstrada.

— Eu esperava que seu marido concordasse com o noivado de meu filho com uma de suas filhas. Os filhos deles se sentarão no trono da Inglaterra.

— Aceito! — exclamou Maria. — Pronto! Minha filha se chama Margarida por sua causa. Tem 5 anos e, quando crescer, será uma bela rainha para o seu rapaz.

— Por minha causa? — perguntou Margarida, os olhos se arregalando.

— A rainha francesa da Inglaterra que manteve o marido a salvo de lobos por tanto tempo? Que nome melhor para minha filha? Só lamento não termos nos conhecido antes. Eu poderia tê-la ajudado, se meu Jaime deixasse. Ele era um homem raro. Nunca mais verei outro como ele.

Uma sombra atravessou o rosto de Maria com a lembrança do marido. A cabeça dela se inclinou, quase como se conseguisse ouvir sua voz.

— Recordo que ele sempre falava de um lugar, um espinho em sua grande pata, que queria e não podia ter. Talvez em homenagem à sua memória eu pudesse acrescentar isso ao nosso acordo, mas não, não o farei. Eu lhe disse que a apoiaria com quatro mil homens, e o noivado é suficiente, mais que suficiente.

— De que lugar você fala? — indagou Margarida baixinho.

— Berwick, no rio Tweed. É quase Escócia, ele dizia. Bem na fronteira. Significaria deslocar a fronteira menos de dois quilômetros, mas agradaria à sua sombra, e devo homenageá-lo. Seus *lairds* me considerarão esperta se eu puder lhes dizer que consegui isso.

— Tenho certeza de que já consideram — murmurou Margarida.

Nisso ela já tinha certeza de que a moça levara a conversa exatamente aonde queria, mas mesmo assim o preço não era alto demais. Perder Henrique era uma culpa e uma vergonha que Margarida não suportava mais, não importava a que custo. Bastava a ideia de que homens como York poderiam machucá-lo para fazer seu útero e suas entranhas se contorcerem como se tivesse levado um chute. Margarida baixou a cabeça.

— Berwick é sua, Maria. Meu marido não lamentaria perder menos de dois quilômetros comparado a todo o seu reino.

Mais uma vez, Maria de Gueldres pegou suas mãos e as segurou com força.

— Então está combinado. Você terá os melhores combatentes da Escócia para levar para o sul. Meu marido era o chefe dos *clãs*, entende? A palavra é *clanna*, filhos. Eram todos seus filhos, e ele era um bom pai. Escolherei pessoalmente barbas, músculos e habilidade com a espada. Você fez de mim sua aliada, Margarida, se eu já não fosse. Anunciaremos o noivado imediatamente. Jantaria comigo agora? Quero saber muito mais sobre Londres e França.

York ouvia a chuva tamborilar nas janelas do palácio do bispo. O quarto do rei estava iluminado pelo fogo que ardia baixo numa parede e por uma única lâmpada de cobre e ferro polido, posta junto ao rei para que ele pudesse ler. Além do ruído da chuva, os únicos sons eram o sussurro da mão de Henrique passando pelo papel e o murmurar suave de sua voz enquanto proferia as palavras, os lábios se movendo constantemente.

Estavam sozinhos. Todos os criados do bispo foram mandados rio abaixo até Londres durante a noite, para escoltar seu senhor, de modo que ninguém vira York chegar e tirar a capa encharcada. A porta principal se abrira com seu toque, e ele havia andado por corredores vazios levando a própria lâmpada, ouvindo apenas os próprios passos.

York se sentou ao lado da cadeira do rei, diante do fogo, e suficientemente perto para qualquer observador acreditar que estavam profundamente envolvidos numa conversa particular. Embora os troncos ardessem com fogo baixo, o quarto estava quente, as paredes revestidas com a cor dourada do carvalho antigo. York se perguntou quem seria o rei quando aquelas árvores foram derrubadas. Sem dúvida, as tábuas de carvalho tinham sido cortadas muito antes da invasão normanda, já velhas então. Æthelstan? Antes mesmo dele. Talvez tivessem secado e recebido polimento quando os reinos de Wessex e da Mércia ainda não estavam unidos sob um único trono inglês. York achou que conseguia sentir o peso da história naquele quarto. Ele inspirou os odores de cera e fumaça como se fossem o mais fino incenso.

Havia uma mesinha redonda entre eles com uma taça, um frasco de vinho e uma garrafa de madeira muito menor com tampa de vidro. O olhar de York foi atraído por esses objetos, e em seguida observou as gotas de chuva da capa escorrendo, cintilando com o reflexo das brasas como gotas de ouro respingadas.

O murmúrio parou, e York ergueu a cabeça devagar, vendo que Henrique o olhava com leve interesse.

— Sei por que está aqui — disse Henrique de repente. — Suportei essa doença, essa loucura por muito, muito tempo, acho que anos inteiros me foram roubados. Mas não sou tolo. Nunca fui tolo.

York desviou o olhar, inclinando-se mais sobre os cotovelos apoiados nos joelhos, ali sentado, fitando o assoalho de madeira polida. Não levantou a cabeça quando o rei voltou a falar.

— Tem notícias de minha esposa e de meu filho, Ricardo? Os criados se movem à minha volta com o rosto vazio, como se eu fosse um fantasma, como se fossem todos surdos. Mas você me vê, não é? Você me ouve?

— Eu o ouço, Vossa Majestade. Eu o vejo — disse York num só fôlego. — Tenho certeza de que sua esposa e seu filho estão bem.

— Margarida chamou meu menino de Eduardo, assim como você o fez, Ricardo. É um belo rapaz, sempre rindo. Que idade tem o seu garoto agora, 13 anos? Mais?

— Tem 18 e é mais alto que a maioria dos homens.

— Ah, sinto muito. Perdi tanta coisa. Dizem que o filho é o maior orgulho do pai, e a filha o seu consolo. Gostaria de ter filhas, Ricardo, embora talvez ainda venha a tê-las.

O olhar de York passou rapidamente pelas garrafas sobre a mesa.

— Talvez, Vossa Majestade.

— Meu pai morreu antes mesmo que eu o conhecesse — continuou Henrique, olhando para longe pela luz tênue e dourada do quarto. — Não se orgulhava de mim, não poderia. Às vezes gostaria de o ter conhecido. Gostaria que ele me conhecesse.

— Seu pai foi um grande homem, Vossa Majestade, um grande rei. — A cabeça de York baixou ainda mais. — Se tivesse vivido alguns anos a mais, muita coisa seria diferente.

— Sim. Eu gostaria de conhecê-lo. Mas devo ficar contente. Eu o verei de novo, com minha mãe. Isso me traz consolo, Ricardo, quando a doença cai sobre mim. Haverá um dia em que estarei diante dele. Direi a ele que fui rei por algum tempo. Descreverei Margarida e meu filho Eduardo. Ele ficará desapontado, Ricardo? Não venci nenhuma guerra como ele venceu. — Os olhos dele estavam grandes na luz fraca, as pupilas como poças negras de tristeza quando se virou para York. — Como ele me reconhecerá? Eu era apenas uma criança quando ele morreu.

— Ele o reconhecerá, Vossa Majestade. Ele o abraçará.

Henrique bocejou, olhando ao redor em busca dos criados que não estavam presentes e franzindo a testa.

— É tarde, Ricardo. Agora me levanto muito cedo, antes do sol. Estive lendo tempo demais, agora minha cabeça dói.

— Quer que lhe sirva vinho, Vossa Majestade?

— Quero, obrigado. Ele me ajuda a dormir sem sonhos. Não devo sonhar, Ricardo. Vejo coisas tão terríveis...

York quebrou o selo de cera do vinho e removeu a rolha, enchendo a taça com o líquido vermelho-escuro que parecia negro à luz fraca. Henrique pareceu tê-lo esquecido, a atenção atraída pelas brasas reluzentes do fogo que se apagava. A sensação de York era de estar sozinho, mal percebendo a presença do rei. O silêncio dominou o quarto como ar quente, espesso e lento, quando a mão de York se estendeu para a segunda garrafa. Ele abriu a tampa de vidro com uma minúscula dobradiça, mas não depositou seu líquido na taça. O rosto de Henrique estava iluminado em ouro e sombras, os olhos cobertos enquanto fitava o carvão.

York fechou os olhos, apertando o punho contra a testa, a garrafa aberta ainda na mão.

Levantou-se de repente, espantando Henrique, que ergueu os olhos para ele.

— Que Deus lhe abençoe, Vossa Majestade — disse York, a voz rouca.

— Não ficará comigo? — perguntou Henrique, o olhar caindo sobre a taça de vinho.

— Não posso. Há exércitos se reunindo no norte. Exércitos que devo encontrar e vencer. Seus criados terão voltado quando o senhor acordar.

Henrique pegou a taça e a levou aos lábios, inclinando-a. Seus olhos permaneceram em York enquanto bebia e a baixava, vazia.

— Desejo-lhe boa sorte, Ricardo. Você é um homem melhor do que pensam.

York emitiu um som rouco, quase um grito de dor. Saiu depressa do quarto, a garrafinha ainda na mão. Henrique se virou de novo para o fogo, encostando a cabeça no tecido da cadeira e sentindo o sono se instalar sobre ele. Os passos de York pareceram ecoar naquele lugar vazio por muito tempo, até não serem mais ouvidos.

29

O inverno caía rigoroso enquanto York cavalgava de volta ao longo do rio até o Palácio de Westminster. A chuva batia em sua pele até ele sentir que usava uma máscara. Não havia lua nem se avistavam estrelas sob o manto baixo de nuvens sobre a cidade, de modo que York foi forçado a levar o cavalo a passo por oito quilômetros, aquecido apenas por sua raiva fervilhante. Mas nem ela suportaria o frio intenso, e ele chegou aos aposentos reais rígido e encharcado, batendo o queixo, até os pensamentos reduzidos a pedaços de gelo à deriva na mente. York se aproximou do fogo crepitante e ficou de pé, mudo, diante dele, poças se formando nos tapetes aos seus pés. A aurora ainda demoraria um pouco, e ele estava morto de cansaço, a ponto de seu corpo oscilar de leve quando fechava os olhos e estendia as mãos para o calor.

Salisbury entrou no cômodo quando a capa de York começava a soltar vapor. O conde claramente fora tirado da cama, pois os cabelos estavam eriçados em tufos grisalhos e ele parecia dez anos mais velho. Ainda assim, seus olhos estavam atentos ao se deparar com a silhueta alta e escura fitando as chamas que bufavam e crepitavam. Salisbury sabia muito bem aonde ele tinha ido naquela noite, e morria de vontade de perguntar. Quando se virou para o conde, os olhos de York estavam furiosos e vermelhos. As perguntas morreram na garganta de Salisbury.

— Notícias? — perguntou York. Suas mãos estavam rubras e leve-mente inchadas enquanto as mantinha na direção do fogo. Salisbury sentiu o olhar atraído para os dedos estendidos.

— Mais nada sobre quantos se reuniram. Com este tempo, muitos homens estão aconchegados em barracas ou atrás das muralhas da cidade.

York olhou para ele de cara feia.

— Precisamos saber.

— Não posso fazer milagres, Ricardo — retrucou Salisbury, enrubescendo. — Tenho seis bons homens bem estabelecidos em Coventry, três na cidade de York, mas só dois agora em Gales... sem notícia nenhuma deles há um mês.

Ele levara anos para instalar informantes nas principais propriedades dos inimigos. Depois da batalha de St. Albans, Salisbury se dedicara a isso com vontade, decidido a igualar Derry Brewer no alcance e na profundidade das informações. Com o tempo, começara a perceber a dificuldade de criar um grupo desse tipo — e a qualidade do adversário, muito mais experiente. Com frequência, vira seus homens assassinados, quase sempre como se tivessem sofrido um terrível acidente. Mas alguns sobreviveram, calados e esquecidos, até serem capazes de informar que uma força imensa se formava no norte.

Não fazia muito sentido. Ninguém lutava no inverno. Exércitos em marcha não encontrariam alimento pelo caminho. A chuva arruinava os arcos e fazia os homens escorregarem na imundície, reduzindo à metade a distância de marcha por dia. Mãos dormentes deixavam cair as armas, e exércitos inteiros poderiam passar um pelo outro nas noites escuras e ventosas sem jamais saber até que ponto se aproximaram.

Apesar disso tudo, vários lordes poderosos estavam levando soldados para o mesmo local, erguendo estandartes na lama e no frio cortante. Pior ainda, um dos homens de Salisbury viera falar de recrutadores de Gales, com centenas se reunindo sob os estandartes encharcados dos Tudors. Ninguém jamais lutava no inverno. A única coisa que poderia levá-los a marchar sobre Londres seria o fato de Henrique estar preso, desesperados para salvar o rei.

— Soube de seu filho Warwick? — perguntou York.

Salisbury fez que não, irritado.

— Ainda é cedo demais. Uma coisa é convocar os homens de Kent em pleno verão. Outra bem diferente é tirá-los das aldeias com o Natal se aproximando.

— Londres fica muito ao sul — murmurou York, virando-se de novo para o fogo. — Longe demais para eu ficar de olho no que estão fazendo.

Ele viu Salisbury corar como se tivesse sido repreendido, e fez que sim para si.

Fora ideia de Salisbury transformar Londres em sua fortaleza enquanto os Atos de Desonra eram anulados. Havia feito sentido por algum tempo, com tantos moradores da cidade dispostos a acorrer a seus estandartes para serem treinados e equipados. Depois da defesa selvagem da Torre por lorde Scales, milhares de rapazes de Londres se voluntariaram para ajudá-los, desde as famílias das casas grandiosas da Wych Street aos rapazes de casas no fundo de cortiços. Tinham passado o outono inteiro marchando pelos campos ao sul, do outro lado do rio, aprendendo a usar piques e escudos.

York cerrou os punhos e abriu os dedos mais uma vez, sentindo que o calor aliviava a dor conforme o sangue lhes voltava. Enquanto ele e Salisbury montavam um exército, parecia que a rainha também estivera em ação, pingando veneno nos ouvidos de homens como os condes Tudors. York poderia até admirar aquela mulher se ela não estivesse tão inabalável em sua luta contra ele desde o princípio. Enquanto Margarida vivesse, enquanto o filho dela vivesse, o duque sabia que nunca estaria a salvo.

York se perguntou onde ela estaria naquele momento e se soubera de sua ascensão a herdeiro do trono. Era um pequeno consolo no péssimo humor que o inundava. Sua mente não parava de voltar ao rei Henrique no quarto do palácio do bispo, temendo o momento em que Salisbury fizesse perguntas.

— Marcharemos — anunciou York de repente no silêncio. — Não esperarei que venham a mim. Levaremos todos para o norte, com exceção de três mil homens. Se estão reunindo exércitos, quero vê-los. Quero saber quantos são. Pelo que sabemos, aguardam a primavera, e podemos pegá-los desprevenidos. Isso. É melhor que ficar aqui para que outros decidam nosso destino.

— Três mil podem muito bem manter a ordem — respondeu Salisbury. Ele pôs no fogo duas achas, ocupando-se com o atiçador.

— Talvez consigam, mas não podemos abrir mão deles — disse York. — Não deixarei bons soldados em Londres. Precisamos de uma grande força para lidar com os Tudors, para que mudem de ideia sobre deixar Gales. Meu filho pode posicionar três mil em torno de Ludlow para defender a fronteira. Ele conhece aquela terra. Manteremos uma linha de cavaleiros entre nós, para que qualquer mensagem possa ser transmitida rapidamente. E outra linha até Warwick, em Kent, enquanto ele os traz para o norte. Não precisamos de Londres agora. As tavernas estão sem nada, de qualquer modo.

York deu um sorriso irônico, contente ao ver se aliviar a expressão do homem mais velho.

— Eu gostaria de voltar para casa — continuou York em voz baixa. — Passei tempo demais no sul, e estou cansado disso. Farei 50 anos daqui a poucos meses, e estou cansado. Você também sente isso? Eu veria minhas terras outra vez, mesmo que o exército de uma rainha esteja à minha espera lá.

— Entendo. Na verdade, sinto o mesmo. Eles perderam seis mil homens este ano. Safras demais apodreceram nos campos, sem ninguém para fazer a colheita. O pão custa o dobro agora, sabia? A cerveja está a quatro centavos o litro, com a cevada tão escassa. Eles deixaram o norte na miséria. Há gente passando fome em alguns lugares, tudo por batalhas que perderam. Acho que aqueles Galantes aprenderam o preço de belas promessas e uma insígnia de prata. Não podem se dar ao luxo de mais um ano como este.

Durante todo o tempo que conversavam, uma única pergunta tremulava nos pensamentos de Salisbury. Ele desconfiava já saber a resposta pelo mau humor de York, mas preferiu dizer as palavras em voz alta mesmo assim.

— No rei Henrique eles têm um talismã para obter apoio, um nome para atrair homens que, de outro modo, passariam o inverno em seu lar. Você... o encontrou doente?

York respirou fundo, a língua sondando o buraco em um dente que doía.

— Ele estava muito bem quando o deixei.

York não afastou o olhar do fogo, enquanto Salisbury bufava irritado, insatisfeito.

— O homem mais doente da Inglaterra ainda está "muito bem"? Ninguém se surpreenderia se Henrique falecesse dormindo, mas você tem certeza de que ele está bem? Pelo *amor* de Deus, Ricardo! Você é herdeiro do trono! Esperará que ele morra de velhice?

— Você não entende — retorquiu York, irritado. — Enquanto ele viver, pareceremos agir em seu nome. Ainda existem alguns poucos homens, mais que alguns poucos homens, na verdade, que só lutarão conosco porque *defendemos* o rei. Você estava lá em Ludlow. Viu Trollope levar seus homens de Calais para o lado do rei assim que avistou os estandartes dos leões! Se Henrique morresse, jogaríamos fora parte de nosso exército. Vivo, Henrique nos deixa do lado *certo*.

Estupefato, Salisbury encarou o duque, ouvindo a mentira sem a entender. Achou que nem o próprio York a entendia.

— Se *de algum modo* Henrique morresse hoje, como discutimos e temíamos que acontecesse, você seria rei. Seria coroado em Londres amanhã e assumiria o mesmo estandarte dos leões. Todos os lordes e plebeus que sentem tanto respeito pelo rei Henrique se ajoelhariam e lutariam por você! Jesus Cristo, eu soube disso quando vi sua carranca.

Apesar da raiva, Salisbury olhou em volta, para verificar se não entrara algum criado que poderia ouvi-los. Sua voz baixou para um sussurro ríspido.

— Foi você quem insistiu que não havia outro caminho. Você disse que não permitiria que algum ladrão invadisse o quarto dele. Disse que não poderia ser feito com sangue. Ainda tem a garrafa ou a deixou ao lado dele para que os médicos farejem e reconheçam?

Ferido pela raiva do amigo, York enfiou bruscamente a mão no bolso sob a capa e jogou a garrafinha no fogo, onde ficou sem se quebrar, enegrecendo lentamente. Puderam ambos ouvir o chiado começar por dentro e uma língua de fogo verde tremular em torno da tampa.

— Ele é como uma criança — comentou York —, um inocente. Acho que entendeu o que fui fazer e me perdoou por isso. Seria monstruoso condenar minha alma por um menino daqueles.

— Você seria rei *hoje à noite* — retrucou Salisbury, furioso e amargo. — Você e eu teríamos assegurado nossos destinos, nossas famílias e nossas casas por um século. Por isso, eu condenaria mil almas, a minha entre elas, e depois dormiria como uma criança.

— Ah, guarde seu desdém — retorquiu York. — Isso aqui não é nenhuma brincadeira, mas uma guerra com desfechos reais e sangue de verdade. Eu me pergunto como você me tornaria rei e mesmo assim tenta me controlar. É tão terrível eu não conseguir assassinar uma criança? Será que não o conheço direito?

Sob o olhar penetrante de York, Salisbury fitou o chão, inspirando e expirando, até se sentir vazio.

— Você me conhece — disse ele, por fim. — E não é tão terrível. Eu teria sentido a perda se você me trouxesse a notícia de sua morte, principalmente por amor ao pai dele. — Salisbury ergueu ambas as mãos, as palmas para fora, vazias. — Tudo bem, Ricardo. Não perguntarei mais nada. Mande Eduardo para Gales e irei para o norte com você, embora meus ossos já se queixem da ideia. Encontraremos outro caminho que não venha da morte de Henrique.

Margarida olhou por sobre o ombro, os olhos se animando ao ver o filho. O menininho cavalgava todo orgulhoso, com escoceses andando ao redor. Os *lairds* o puseram num cavalo para que os acompanhasse, embora eles caminhassem. Nos primeiros quilômetros, Margarida temera por sua segurança. Mas na única vez que Eduardo escorregou um rapaz o pegou com facilidade, devolvendo-o à sela, com uma risada do menino.

Aqueles guerreiros dos clãs que Maria escolhera para ir à Inglaterra poderiam tê-la assustado. Não eram homens grandes, com algumas

exceções notáveis. Usavam barbas espessas, ruivas, pretas ou castanho-
-escuras, às vezes compridas e trançadas com amuletos entretecidos
nos pelos. Conversavam em sua língua estranha, embora um bom
punhado deles soubesse francês. Pouquíssimos falavam inglês, ou pelo
menos admitiam falar, embora sorrissem e olhassem de soslaio entre
si com a mais simples pergunta, e caíam na gargalhada de repente
sem nenhuma razão que ela conseguisse entender.

Eram bastante ferozes, isso podia ver. Maria de Gueldres não havia
mentido quando dissera que os escolheria pela força e pela habilidade.
Todos os homens usavam um *léine*, uma longa túnica amarela que
deixava os braços nus e chegava aos joelhos. Ela logo percebera, pelo
cheiro, quais tiveram condições de comprar tintura de açafrão e quais
usaram urina de cavalo. Sobre essa túnica de guerra, eles prendiam um
pano sem forma — um *brat*, como diziam — preso com um broche
no pescoço servindo como capa ou mesmo como um cobertor para
dormir. Alguns desses eram azul-escuros ou vermelhos, enquanto
outros eram tecidos num estranho padrão verde e castanho.

Ela se surpreendera ao ver quantos andavam de pernas nuas debaixo do *léine* e do *brat*. Um pequeno número usava *trews* como seus
conterrâneos na França: calças justas de tecido enviesado, moldadas
nas pernas pelos anos de uso e por toda a gordura que conseguiam
esfregar para afastar o frio. O restante caminhava com as pernas
peludas de fora quase até a coxa, com os *brats* formando pregas de
tecido ao serem presos na cintura para marchar.

Os dias eram curtos e escuros quando atravessaram a fronteira.
Eles andavam durante todas as horas do dia, depois descansavam e
comiam, com quatro mil homens embrulhados nos *brats* como casulos
no chão úmido. Havia pouquíssima comida, embora eles esvaziassem
os estoques de todas as aldeias ou cidades por onde passavam e pu-
sessem alguns bons arqueiros à frente de olho em coelhos ou cervos.
Margarida se sentiu mais magra após uma semana com eles, embora
sua energia parecesse aumentar, contra toda compreensão, com aquela
alimentação pobre de aveia com algumas tiras de carne seca.

Dezembro estava bem avançado quando chegaram à cidade de York e ao imenso exército que se reunia em seus arredores. Os escoceses pareceram se empertigar ao ver as tendas e os cavaleiros de armadura à espera, e deixaram Margarida preocupada. Ela levara à Inglaterra um inimigo antigo, apesar de todas as promessas de serviço leal que lhe fizeram. Era muito fácil imaginar uma ação imprudente ou uma piada dita em voz alta, e então os rapazes da Escócia lutariam contra o próprio exército que vieram ajudar.

Batedores corriam à frente de seus quatro mil para transmitir a notícia. Margarida disse a si mesma que não devia se preocupar, mas ela viu o *laird* que eles seguiam reduzir a velocidade do cavalo pela linha de homens em marcha, vindo em sua direção.

Andrew Douglas sabia falar francês e inglês, embora murmurasse em gaélico ao mesmo tempo, quase como se conversasse consigo mesmo. Margarida não sabia qual era sua posição formal na corte do rei escocês, embora Maria tenha lhe dito que confiava no homem. O *laird* era grande e robusto, um dos poucos que haviam preferido cavalgar, embora controlasse o cavalo principalmente com força, sem nenhuma graça nem delicadeza. Ele parecia sempre encará-la com raiva, embora Margarida soubesse que, em parte, era o fato de ser tão peludo, com uma barba capaz de esconder um ninho de passarinhos somada às sobrancelhas eriçadas ao cabelo preto e espesso que chegava aos ombros. Além do nariz e de um pedaço de pele exposta no alto da face, Douglas fitava o mundo através de um matagal, os olhos azuis sempre cobertos por sombras. Ele demonstrava bastante respeito em sua presença, embora o murmurar em gaélico talvez não fosse respeitoso, até onde ela sabia.

— Milady, é melhor eu parar os homens antes que eles assustem os cães, se é que a senhora me entende — disse ele, acrescentando um murmúrio de palavras que ela não entendeu. — Preciso encontrar um bom lugar para descansarem, perto de um rio, a montante daqueles rapazes lá embaixo, para que não bebam seu miji.

Margarida piscou para ele, sentindo que talvez não tivesse entendido exatamente o que Andrew queria dizer, mas sem vontade de lhe pedir que repetisse. Para quem tinha o francês como língua natal, às vezes ela achava quase impossível compreender o sotaque escocês. Margarida inclinou a cabeça, como se concordasse com a ideia geral, e ele gritou aos homens em volta em seu próprio idioma, de modo que eles pararam e desafivelaram espadas e machados. Margarida voltou a se preocupar.

— Por que estão se armando, Andrew? Não há inimigos aqui.

— É só o jeito deles, milady. Eles gostam de ter ferro na mão quando há ingleses por perto. É só um hábito, não dê importância.

Margarida chamou o filho, observando com carinho Eduardo apressar a montaria batendo os calcanhares nos flancos dela, seu rosto corado com o olhar de tantos homens sobre ele até chegar ao lado da mãe, ofegante e sorridente. À distância, talvez quase quarenta homens se reuniram fora das fileiras do exército que os aguardava, erguendo os estandartes ao se aproximar num trote leve.

— Aquele lá é o duque de Somerset — avisou Margarida, virando-se para o *laird*.

— É, e o conde Percy — acrescentou ele. — Conhecemos muito bem seu estandarte.

— E fico grata porque a honra de sua rainha e do filho dela farão com que não haja luta entre vocês — declarou Margarida com firmeza.

Para sua surpresa, ele riu.

— Ah, entendemos a trégua e quem são nossos aliados. Se a senhora conhecesse um pouco mais sobre os clãs, saberia que pode confiar nesses rapazes.

Apesar das palavras tranquilizadoras, Margarida viu que ficava cada vez mais nervosa conforme os cavaleiros se aproximavam. Ela sentiu uma onda de alívio ao ver Derry Brewer cavalgando junto deles, seu prazer evidente.

Como lorde em posição mais elevada, Somerset foi o primeiro a apear e se ajoelhar diante de Margarida, seguido rapidamente pelo conde Percy e pelo barão de Clifford. O restante dos homens ficou parado em silêncio enquanto seus senhores saudavam a rainha e o filho, observando as fileiras de guerreiros escoceses com uma expressão fria e a mão no punho da espada.

— Vossa Alteza, é uma alegria vê-la — anunciou Somerset enquanto se levantava. — Príncipe Eduardo, receba minhas boas-vindas.

— Mal posso imaginar o preço que a senhora pagou por tamanho contingente, milady — acrescentou Henrique Percy, franzindo a testa. — Rezo para que não seja um fardo grande demais.

O jovem conde tinha o nariz dos Percys, observou Margarida, aquela grande cunha que dominava o rosto e o fazia se parecer com uma versão mais nova do pai.

— Acredito que esse é um assunto da Coroa, milorde Percy — respondeu ela com azedume, fazendo-o enrubescer. — Agora quero lhes apresentar lorde Douglas, comandante desses bons guerreiros.

O conde Percy sentiu a hostilidade quando Andrew Douglas se aproximou. O escocês fez questão de estender a palma vazia e depois trocar um aperto de mão com Percy como se lhe fizesse uma grande concessão. Depois do cumprimento, o conde se virou para o outro lado, olhando para a ralé de escoceses com desaprovação, sua boca se contorcendo enquanto mordiscava uma úlcera na parte interna do lábio. Margarida podia ver que Derry Brewer se divertia observando a conversa.

— Montei acampamento um pouco afastado da força principal — avisou Somerset, franzindo a testa com a tensão no ar. — Lorde Douglas, o senhor e seus homens ocuparão o flanco esquerdo se formos atacados, ao lado de Clifford e dos meus homens.

— E onde ficará o senhor, lorde Percy? — perguntou Andrew Douglas inocentemente.

— No flanco *direito* — respondeu Percy de imediato, o rubor se aprofundando nas faces. — Meus homens e os seus têm uma longa história e contas que não serão acertadas aqui. — A voz e a expressão se endureceram sutilmente. — Não espero nenhum problema, e foi o que eu disse aos meus capitães. É claro que tenho de proibir a entrada de seus homens na cidade. Já dei essa garantia ao conselho da cidade.

— Aceitamos os termos, milorde — respondeu Douglas. — Que Deus não permita que assustemos o povo de York.

O escocês murmurou algo entre os dentes que fez Percy corar até ficar quase roxo.

Margarida se perguntou se o conde compreendia aquela língua estranha depois de proteger as fronteiras durante tanto tempo de homens iguais aos quatro mil que ela levara. Ela reservou um momento para fazer uma oração silenciosa para que não tivesse trazido lobos para a Inglaterra.

— Vossa Alteza — disse Somerset, rompendo a concentração dela. — Com sua permissão, reservei acomodações para a senhora descansar na cidade, numa rua boa. O barão de Clifford concordou em mostrar a esses homens seu lugar.

Andrew Douglas deu uma risadinha, apreciando algum significado que podia ou não estar implícito. Antes de ser levada embora, Margarida apeou e abraçou o escocês, surpreendendo a todos e os deixando paralisados, fitando à média distância.

— Obrigada por me trazer de volta, Andrew. Sejam quais forem as razões, sou grata a você e aos seus homens. São bons rapazes.

Ela deixou o escocês quase tão corado quanto o conde Percy, que a fitava. Derry Brewer ajudou a rainha a montar outra vez. Ele sorria ao subir na cela de Represália, e foram embora a trote, levando consigo metade dos nobres e dos porta-estandartes reunidos. Acima de todos, a chuva voltou a cair, com força suficiente para pinicar o rosto dos que olharam para cima e suspiraram.

30

O Natal viera e se fora, um dos mais estranhos que York e Salisbury já passaram, longe da família. Embora marchassem para o norte, para a guerra, nenhum deles podia ignorar o dia do nascimento de Jesus, mesmo que seus homens o permitissem sem considerar esse ato o pior agouro possível.

A presença de oito mil soldados em sua diocese espantara o bispo de Lincoln, e era gente demais, mesmo para aquela vasta catedral no alto da colina. Um número enorme de homens se amontoou de bom humor em torno da congregação local, enquanto o restante se empilhou do lado de fora, olhando com assombro para a torre mais alta da Inglaterra. Para variar, a chuva dera um alívio. Não ventava, e o frio aumentou, de modo que a cidade faiscava com o gelo. Logo as pessoas que ficaram do lado de fora tremiam e sopravam ar quente nas mãos. Durante algumas horas de silêncio e de hinos sendo cantados com o som abafado, o mundo inteiro parecia prender a respiração.

Eles perderam quase dois dias para abrir caminho pelo campo até a catedral, mas York podia ver que a experiência renovara os homens, que andavam com menos peso nos ombros. Sem dúvida muitos tinham confessado seus pecados naquela imobilidade vasta e gelada, pedindo perdão para que, se morressem, tivessem pelo menos uma oportunidade de chegar ao paraíso. Ele fizera o mesmo, e, naquele momento, ajoelhado, sentiu-se grato porque a morte do rei não pesava sobre sua alma. Teria sido peso demais para carregar, coisa demais a perdoar.

York se surpreendeu ao descobrir que apreciava a lenta viagem para o norte. As estradas romanas eram feitas de lajes de pedra sólidas que cortavam as charnecas e as densas florestas de carvalhos, bétulas e freixos. Os soldados em marcha subiam ao topo dos morros e podiam ver, a quilômetros de distância, uma paisagem verde-escura antes de descer aos vales cobertos de florestas e continuar.

A chuva e o vento tempestuoso foram quase incessantes, pingando pelas árvores nos dois lados da estrada, amortecendo o espírito dos homens e deixando roupas e capas tão pesadas quanto as armaduras. Mas, quando York inspirava, era um ar que conhecia bem, às vezes levado aos pulmões com dificuldade. Toda a política e os problemas de Londres haviam ficado para trás, e ele gozava da companhia de Salisbury sem nenhuma preocupação além de cobrir muitos quilômetros por dia. A comida era escassa e, após oito dias comendo pouco, York conseguia dar tapinhas na barriga e se alegrar com o músculo retesado depois de perder um pouco da gordura que atormentara os anos anteriores. Ele se sentia forte e alerta, tanto que era quase uma vergonha levar seus homens contra um exército hostil. Com toda a boa vontade que sentia, esse fato era como uma mortalha envolvendo seu bom humor.

Ele e Salisbury recolheram outros quatrocentos homens em suas propriedades ao passar perto delas, muitas vezes áreas isoladas que pertenciam havia muito tempo às suas famílias e que foram restauradas depois da revogação dos Decretos de Desonra. Edmundo, conde de Rutland, segundo filho de York, estava entre eles, com 17 anos e orgulhoso como o diabo por ter a oportunidade de marchar e lutar ao lado do pai. Edmundo não tinha a altura nem a compleição do irmão mais velho, mas se parecia com o pai, de cabelos pretos e olhos escuros, e era uns dois centímetros mais alto que York. O pai saudou sua chegada com um grito de alegria, embora dissesse em particular a Salisbury que sentia que Cecily matinha seus olhos sobre ele por meio do garoto.

York e Salisbury usavam quaisquer montarias livres como cavalos batedores e posicionavam homens ao longo das estradas para Londres e para oeste, rumo às fronteiras de Gales. Outros cavalgavam quinze quilômetros à frente, em grupos de três cavaleiros de cada vez, para que pelo menos um sobrevivesse às emboscadas e pudesse voltar correndo

Em terreno hostil, fazia todo o sentido ter cavaleiros distantes à frente, como libélulas que iam e vinham o tempo todo, recebendo ordens e transmitindo notícias sobre as terras adiante. A cada dia as linhas se estendiam, de modo que, quando Warwick chegou a Londres, no sul, a notícia levou seis dias para alcançar Salisbury. Warwick ia para o norte atrás deles com os homens de Kent, tirados de suas famílias e resmungando o caminho todo, a julgar pelas poucas linhas concisas que enviou ao pai.

Eduardo de March foi ainda mais lacônico quando sua mensagem lhes chegou. Não deu nenhuma notícia do Castelo de Ludlow e simplesmente avisava que estava a postos e transmitia o amor de sua mãe. York havia sorrido consigo ao ler a única linha assinada "E. March", imaginando o filho dividido entre a responsabilidade de comandar um exército e a necessidade de aguentar as instruções da mãe. Ainda assim, York estava satisfeito. Estavam todos a caminho. Apesar da chuva, da escuridão e do frio, ele tinha três exércitos em campo, prontos para esmagar qualquer força que a rainha Margarida pudesse reunir. Estava quase disposto a abençoar os inimigos por se reunirem num único lugar, mesmo no inverno, onde poderia vencê-los todos de uma vez. O ano terminava, e York sentiu que era justo. Quando a primavera chegasse, ele teria toda a Inglaterra em suas mãos.

Então ele pensou num rapaz solitário no palácio do bispo, sem dúvida lendo à luz da lâmpada. Balançou a cabeça para afastar a imagem. O destino de Henrique era uma ponta solta, e ele sabia que ainda não terminara com o rei. Mas, por enquanto, só olharia para a frente.

Ter batedores tão distantes fazia com que fosse impossível surpreender York e Salisbury. Nenhum deles viu nada de incomum no cavaleiro a galope que agitava as rédeas para levar o cavalo açoitado até suas fileiras. Quando passaram pela cidade de Sheffield, sede do conde de Shrewsbury, York entrou em terras que conhecia particularmente bem desde a infância. A grande cidade de York estava a apenas dois dias ao norte, e ele sentia que voltara para casa. Seus homens deixaram o batedor passar, como fizeram muitas vezes. A maioria não tinha nada de novo a contar, e York o recebeu com um sorriso quando o rapaz apeou e se curvou. O batedor estava estranhamente pálido e molhado de suor, mas York apenas ergueu as sobrancelhas, aguardando que ele se acalmasse.

— Milorde, há uma grande hoste junto à cidade de York, à frente. Um exército como nunca vi.

Eles passavam por um trecho de floresta escura, a estrada apenas uma linha interrompida, com metade das pedras faltando. As árvores invadiam ambos os lados, às vezes crescendo bem no meio das lajes romanas. York viu Salisbury virar o cavalo e se aproximar o suficiente para ouvir.

— Parece que esse rapaz encontrou nossa presa — avisou York, forçando leveza na voz. — Onde estão seus companheiros?

— Milorde, n-não sei. Vimos que eles tinham batedores à frente, e depois disso foi tudo uma correria. Eu os perdi de vista.

Sem pensar conscientemente, o rapaz deu um tapinha no pescoço da montaria com a mão trêmula, o animal coberto de espuma, com longos fios de saliva balançando do focinho.

— A que distância você chegou antes de voltar? — perguntou York. Para sua surpresa, o rapaz corou, como se sua coragem tivesse sido questionada. — Basta me contar o que viu.

Ele e Salisbury faziam questão de escolher apenas batedores que soubessem contar ou, pelo menos, estimar grandes números. York observou com impaciência o rapaz torcer os dedos e murmurar entre os dentes.

— Estavam em três batalhões, milorde. Três grandes quadrados, acampados perto da cidade. Cada um tinha coisa de s-seis mil homens, se pude avaliar bem. Um pouco menos, talvez, mas eu diria que são dezoito mil, contando tudo.

York engoliu em seco, sentindo um arrepio na espinha. Enfrentara quase tantos em Ludlow, mas os nobres do rei tinham perdido milhares desde então, assim como a liderança de homens como Buckingham e Egremont. Ele sentiu um toque de desespero ao pensar num exército daqueles. A rainha e seus nobres pareciam reunir exércitos como enxames de gafanhotos aonde quer que fossem. York olhou de relance para Salisbury e viu o homem mais velho fitá-lo de cara feia. O nome do rei era um auxílio poderoso ao recrutamento em sua ausência, ou mais provavelmente devido a ela. York não encarou Salisbury, pensando depressa enquanto o batedor o olhava.

— Eles saberão que estamos vindo se os batedores se cruzaram — comentou Salisbury de repente. — Há quanto tempo foi isso?

O jovem cavaleiro pareceu aliviado por desviar o olhar da dor no rosto de York.

— Eu os vi ontem de manhã, milorde. Tive de dar uma grande volta para ultrapassar os cavaleiros que vinham atrás de mim, mas não podem ser mais de trinta, talvez quarenta quilômetros. Não avancei mais.

— E eles tiveram um dia inteiro para virem para o sul, se marcharam assim que nossos batedores foram avistados.

— Não — interrompeu York. — Temos outros batedores a dez e vinte quilômetros. Nenhum deles voltou com notícias. O exército da rainha não se moveu, ou pelo menos não tão depressa.

— Ainda assim são muitos, Ricardo — disse Salisbury em voz baixa.

York olhou para o conde irritado, e levou algum tempo para dispensar o batedor ofegante e mandar outro partir atrás dele. Naquele instante, precisava mais que nunca de suas libélulas com tamanha multidão contra ele.

— Não, não são — retrucou York com firmeza. — Mesmo que o inverno roube o coração de metade dos homens de Kent, Warwick trará seis mil... ou muito mais. Meu filho tem três mil com ele.

York falava devagar, pensando nas probabilidades. Se chamasse Eduardo de volta, não haveria ninguém na fronteira galesa para resistir aos Tudors. Tudo dependia de quantos marchavam com Warwick — e a que distância estariam. York praguejou sozinho, e Salisbury assentiu.

— Precisamos de uma fortaleza — declarou Salisbury. — Algum lugar seguro onde esperar. Middleham fica longe demais e é pequena demais para oito mil homens.

— Sandal, então — sugeriu York. — Fica a menos de vinte quilômetros de onde estamos.

— E talvez já tenha sido ultrapassada pelo exército da rainha — contrapôs Salisbury. — Prefiro ir para oeste ou para o norte, talvez mesmo de volta a Ludlow.

— Eles nos alcançariam antes de chegarmos lá. — York esfregou o rosto, como se quisesse trazer um pouco de vida de volta à carne. — E não farei a história se repetir. Não. Nenhum de nossos outros batedores voltou. Podemos chegar ao Castelo de Sandal. É quase uma ilha, uma fortaleza numa colina, e simples de defender. Servirá.

— Não gosto do risco — comentou Salisbury com firmeza. — Você vai me fazer cair de cabeça sobre um inimigo com o dobro de nosso efetivo.

Ele levou um susto quando York riu e respirou fundo, enchendo o peito.

— Estou em *casa*. Eles me fizeram marchar por chuva e tempestades, e só me fortaleci com tudo isso. Este ano está acabando, e com ele esta última grande caçada. Sandal fica a poucos quilômetros daqui. Não temo seu "risco" nem os movimentos de meus inimigos, não importa quantos soldados eles trouxeram. — York balançou a cabeça melancólico, mas se divertindo. — *Não* fugirei. Não hoje nem em dia nenhum. Ser forçado a sair de Ludlow já bastou pela vida inteira. Estou lhe dizendo, eles não verão mais minhas costas.

Seus olhos estavam frios enquanto aguardava uma resposta, sem saber se Salisbury continuaria a discutir enquanto o tempo de que precisavam se esgotava.

— Vinte quilômetros até Sandal? Tem certeza? — questionou Salisbury, por fim.

York sorriu para o amigo.

— Não mais que isso, juro. Costumava cavalgar de York até o mercado de Sheffield quando menino, viajando com seu pai. *Conheço* estas terras. Estaremos a salvo dentro das muralhas de Sandal antes mesmo que o sol comece a se pôr.

— Então apressemos o passo — ajuntou Salisbury. — Não podemos fazer o sol parar.

O exército acampado perto da cidade de York era o maior que Derry Brewer já vira. Mesmo assim, ele continuava nervoso, remexendo com os dentes o arranhão infeccionado no dedo, pressionando a região ao redor com os dentes e cuspindo quando o amargor escorria para a boca. Nuvens de tempestade jaziam sobre os vastos campos de homens e tendas, todos sofrendo na umidade constante. Tinham cavado valas para seus dejetos, mas viram-nos transbordar numa única noite de chuva forte, produzindo uma torrente de imundície que corria pelo campo, misturando-se à água estagnada. Doenças também se espalhavam entre eles, de modo que, a qualquer momento, haveria algumas centenas de homens gemendo enquanto esvaziavam o intestino com as meias ou as calças gaulesas baixadas até o tornozelo. Por alguma razão, os escoceses sofriam mais que os outros homens, reduzidos a uma situação de dar pena pelo estranho expurgo e fracos como crianças enquanto aquilo ardia por dentro.

Derry apeou à beira da tenda da rainha, a maior estrutura isolada na planície. Passou as rédeas de Represália a um criado e levou algum tempo para explicar o desejo intenso do cavalo por uma maçã murcha de inverno, caso tal coisa pudesse ser encontrada. Derry mostrou ao menino um centavo como promessa e foi para o conselho de guerra, ouvindo as vozes de Margarida e seus lordes enquanto ainda estava a passos de distância.

Lá dentro, o barulho da chuva era muito mais alto. A tenda tinha mais de dez goteiras pingando em panelas de cor baça e tornando o ar espesso de umidade. Braseiros de campanha se erguiam sobre a lona encharcada do chão, fazendo subir fios de névoa e somando à atmosfera a fumaça pungente de carvão e lenha verde crepitante. Quase sem ser notado, Derry deixou a capa num banco para secar e se aproximou para ouvir.

Lorde Clifford estava no meio da discussão, um homem baixo de ossos frágeis com um bigode delicado que precisava ser aparado todos os dias para manter o desenho. Embora fosse apenas um de uma dúzia de baronetes naquela multidão, ele havia ousado utilizar a morte do pai em St. Albans com homens como Somerset e Percy para garantir estar presente. Por aquela perda em comum, eles concederam a Clifford um lugar à mesa e autoridade bem além da que merecia pela sua posição.

Derry não gostava nem um pouco daquele homem. O jovem barão tinha a tendência de lhe falar de cima, como se a opinião de Derry não tivesse valor nenhum. Sempre fora difícil respeitar homens assim, mas, na verdade, Derry não tinha feito nenhum esforço especial para aprender o truque.

Em pé no canto, Derry se perguntou se tinha sido intencional o grupo inteiro de nobres estar de frente para a rainha, como se ela fosse o fogo que aquecia a todos. Ele notou o enorme escocês de barba ruiva em pé ao seu lado, como um guarda. O homem estava impassível, mas escutava com atenção suficiente o que diziam aqueles que acabariam comandando seus companheiros na batalha.

Derry absorveu todos os detalhes numa olhada rápida, instalou-se e ignorou o cheiro de doença e intestino fraco que impregnava o ar, juntamente com lã molhada e couro apodrecido. Pelo menos estava quente, pensou com gratidão.

— Se York trouxe o rei para o norte, foi como prisioneiro — dizia Clifford. — Instruí meus capitães a ignorar quaisquer estandartes reais, caso os vejam. Eles sabem que o rei Henrique nunca marcharia contra sua esposa e seu filho, portanto não temo deserções. Como sabem, esses homens ficam mais contentes quando as instruções são simples. Mas são resolutos, milady. Acho que ver leões no campo de batalha animará seu espírito e lhes confirmará que estão resgatando o rei Henrique. Vamos rezar para que York o *tenha* trazido! Dará coragem aos homens.

Margarida notou Derry Brewer se aproximando aos poucos. Acenou para que se aproximasse mais, ignorando o resmungo exasperado de Clifford quando Somerset e Percy permitiram que chegasse à frente do grupo.

— Notícias, mestre Brewer?

— Ainda há doença no acampamento, milady, mas menos homens afetados hoje do que ontem. Vi coisas assim na França, mas até agora só perdemos alguns soldados mais fracos. Acho que vai acabar em vez de se espalhar mais, se Deus quiser. Mandei os cerca de sessenta piores descansar na cidade, com ordens para lhes darem caldo e cerveja. Tive de insistir que "um entra, outro sai", senão teríamos o exército inteiro descansando num lugar quentinho. — Ele ergueu os olhos para a cara impassível do escocês ao lado da rainha. — Os rapazes escoceses se recusaram a ir, milady. Parece que preferem cuidar sozinhos de suas enfermidades.

Inexpressivo, o homenzarrão lhe fez um sinal de cabeça, bem leve, levando Derry a sorrir.

— Esse homem não tem nada mais importante a relatar? — interveio lorde Clifford de repente, a voz alta demais para o espaço confinado. — Sabemos que há doença no acampamento, Brewer. Imagino que também haja ladrões furtando o equipamento dos amigos. E daí?

Ele olhou para os outros em volta como se esperasse que expulsassem Derry para a chuva.

Somerset balançou a cabeça, preferindo ignorar a explosão em troca de questões mais prementes.

— Aguardamos a ordem de marchar, milady. Será hoje? Leva algum tempo para desmontar acampamento, e a luz já está acabando. Gostaria que os homens estivessem prontos para avançar.

O silêncio caiu sobre a tenda enquanto todos os homens ali se viraram para receber a resposta de Margarida. Duas rugas idênticas surgiram entre seus olhos, e Derry notou que ela cutucava a unha do polegar com o dedo médio enquanto permanecia parada. Ele entendia a preocupação dela, com tantos lordes importantes observando-a. Margarida *insistira* em sua obediência, fazendo com que engolissem à força sua condição e seu direito. Era esse o preço: ter de dar uma ordem que poderia mandar todos eles para a morte. Todos os homens ali tinham alguma razão pessoal para ir a campo contra York, mas a responsabilidade era dela, pelo marido e pelo filho.

Margarida começou a falar e depois estrangulou o som que saiu, transformando-o numa longa inspiração. Ela havia assistido a um terrível massacre em Blore Heath e vira exércitos inteiros serem dilacerados por Warwick e March em Northampton. Viajara centenas de quilômetros para reunir homens suficientes para marchar sobre Londres e salvar o rei. Muito antes de estarem prontos, York viera para o norte.

A decisão fora forçada pela presença dele. Margarida só precisava arriscar tudo. O dedo que cutucava a unha do polegar ficou mais agitado, de modo que Derry conseguia ouvir seus estalidos. Seu coração se condoeu por ela enquanto o silêncio continuava. Margarida se aliara aos Tudors e aos escoceses para conquistar seu apoio. O próprio filho estava prometido em casamento, e o futuro da rainha dependia de um único golpe. Derry conseguia entender como ela devia temer estender o braço e lançar os dados outra vez. Se York arrancasse outro triunfo dos homens naquela tenda, ela não teria mais nada para dar.

— Milorde Somerset me afirma que a cautela não vence guerras — respondeu Margarida, por fim. Algo se aliviou em sua expressão, alguma tensão terrível desapareceu de seu corpo. Os dedos pararam de se cutucar febrilmente e relaxaram. Ela respirou fundo, quase arfando. — Passem a ordem de levantar acampamento, milordes. Iremos ao campo de batalha contra o exército de York e quem estiver ao lado dele. Lembrem-se de que os senhores lutam para salvar o rei de Inglaterra, aprisionado por traidores imundos. Os senhores estão do lado justo. Que a bênção de Deus e minha gratidão acompanhem todos.

Ela baixou a cabeça ao terminar, parte da ferocidade eriçada se esvaindo, de modo que pareceu novamente triste e cansada. Os lordes reunidos se curvaram e lhe agradeceram num coro rouco, liberados da situação embaraçosa e já saindo para se unir aos seus homens.

Derry não ficou sozinho com a rainha, pois o escocês havia permanecido na tenda, observando-o com atenção. Depois do trato que ela fizera além da fronteira, eles claramente tinham decidido protegê-la tempo suficiente para que fosse cumprido. Derry piscou para o homenzarrão, fazendo-o pousar a mão no punho do grande facão em seu cinto como resposta.

— Eu devia ter perguntado se a senhora tinha alguma instrução especial para mim, milady, embora talvez não estejamos suficientemente a sós. — De modo teatral, ele inclinou a cabeça para o austero guerreiro.

O homem simplesmente o fitou.

Margarida torceu um fio de cabelo entre os dedos, cada vez mais apertado. Sua voz estava lúgubre quando respondeu.

— Você sempre disse que seu trabalho termina quando a batalha começa, Derry. Você já me ajudou mais do que posso dizer, mas a batalha chegou. Suponho que agora tudo será resolvido por arqueiros, cavaleiros e homens de armas. — Ela fechou os olhos com força por um instante. — Derry, já vi Salisbury comandar. Vi quando destruiu um exército três vezes maior que o seu em Blore Heath. Não conheço o suficiente para temer York no campo de batalha, mas temo Salisbury. Você ficará perto de mim?

— É *claro* que ficarei! Quanto ao resto, a senhora tem bons homens em Somerset e Percy, milady. Não precisa se preocupar. Somerset é um bom comandante. O pai o educou direito e os rapazes confiam nele. Pelo que posso ver, ele tem o dom, e não se recusa a aceitar conselhos. Nenhum deles gosta de York, Margarida. Sabem o que está em jogo, e posso jurar que não hesitarão. Nem os escoceses, provavelmente.

O grandalhão ao lado de Margarida soltou um grunhido de irritação e a fez dar uma risadinha.

— Não cutuque o homem, Derry. Ele o cortaria ao meio.

— Ora, ele tem metade da minha idade e o dobro da minha altura, quase — disse Derry. — Mas acho que antes eu conseguiria dar um pouco de trabalho.

O escocês deu um sorriso lento, mostrando que havia pensado na sugestão.

— Mandarei trazerem meu cavalo, Derry — avisou Margarida. — O seu está por perto?

— Represália? Mal preciso amarrá-lo de tanto que ele me ama. É tão leal quanto um cão, milady.

Margarida sorriu, apreciando o esforço do espião para alegrá-la.

— Esperemos então que seu nome seja um bom presságio.

31

O Castelo de Sandal ficava no centro de uma propriedade de quarenta e oito mil hectares, quase quinhentos quilômetros quadrados de terra. Além de fazendas e floresta, cidades inteiras e mais de dez paróquias ficavam dentro dos limites, e cada igreja, fazenda ou mercador pagava tributos ao seu lorde suserano. Era verdade que York preferia o Castelo de Ludlow como lar da família, mas ainda se sentiu relaxar quando ele e Salisbury chegaram aos limites das terras e percorreram os últimos quilômetros de estrada até a fortaleza.

Como em todas as suas propriedades distantes, em sua ausência o Castelo de Sandal era administrado por um mordomo de confiança e a fortaleza, mantida preparada para recebê-lo. Havia muito era hábito de York visitar cada uma de suas grandes casas pelo menos duas vezes por ano, passando nelas tempo suficiente para contar a renda e avaliar todos os custos de pessoal e suprimentos, desde novos estábulos até a dragagem de um rio local para prevenir enchentes. Quase ao mesmo tempo que o exército de York e Salisbury atravessou os limites externos, a notícia correu adiante, e Sir William Peverill foi incomodado em seus aposentos particulares no interior do castelo, para que o mordomo saísse e assumisse o comando. Peverill estava longe de ser jovem, mas a rotina do retorno do duque fora estabelecida havia tanto tempo que não lhe causava preocupações especiais. Em Sandal Magna, a aldeia mais próxima, os criados que tinham ido passar o Natal em casa foram convocados de volta com a máxima velocidade, correndo pela estrada do castelo em grandes grupos ofegantes para estar lá e dar boas-vindas a York.

Antes que o duque chegasse ao sopé da longa colina que levava diretamente a Sandal, Peverill revisara três vezes a estimativa de carne necessária, fazendo perguntas aos gritos aos que entravam correndo com notícias num tom de descrença crescente. Açougueiros e meninos foram mandados com cutelos aos estábulos mais distantes da muralha principal. Porcos em cercados cobertos de palha, galinhas e até gansos sonolentos estavam abrigados lá contra o frio do inverno. Com a notícia de milhares de soldados a caminho, todos teriam de ser mortos para o espeto. Os doze dias do Natal ainda não tinham se passado, e Sir William sabia que York esperaria algum tipo de banquete. O mordomo do castelo mandou atiçar o fogo da cozinha principal, além de duas outras nos depósitos do porão, só usadas em comemorações. Em toda a fortaleza, moças e meninos corriam em todas as direções, limpando e tirando pó, esfregando janelas e lutando para vestir as melhores roupas.

York e Salisbury cavalgavam juntos à frente da coluna, embora mantivessem os batedores à distância de quilômetros em todas as direções, mesmo ali. Salisbury nunca visitara Sandal, e ficou impressionado com a ordem tranquila da propriedade vista de fora. Ele não podia ver o frenesi de preparativos dentro das muralhas. Os caminhos e campos estavam bem-cuidados, e dezenas de carvoeiros saíram de suas cabanas de inverno na floresta para ver a coluna passar e tirar o gorro para seu lorde.

Conforme as fileiras marchavam lentamente morro acima, a velocidade do vento pareceu aumentar a cada passo, castigando mãos e rostos até que todos passaram a tremer e ficaram dormentes. Salisbury podia ver figuras minúsculas no nível mais alto da torre, bem acima do restante da fortaleza. Ele fez uma careta com a ideia de passar a noite lá em cima vigiando inimigos. A terra fora limpa em torno de Sandal, quase um quilômetro em todas as direções. Além daqueles campos abertos, começava a floresta densa que se estendia pelos morros a distância, por todo lado.

Havia uma única entrada na fortaleza propriamente dita, por sobre um fosso profundo projetado para frustrar cavaleiros ou homens em marcha. York deu uma olhada lá dentro com interesse quando se aproximaram do portão, ao ver alguns centímetros de água das chuvas incessantes do inverno. A ponte levadiça fora baixada para sua aproximação sob os estandartes, e ele e Salisbury chegaram à pequena abertura ao mesmo tempo, passando sob o portal para atravessar a muralha com mais de três metros de espessura na base.

Com York, Salisbury conduziu o cavalo para o lado, e as fileiras em marcha passaram pelo portão como se nunca fossem acabar. O espaço além tinha o formato de uma ferradura com no máximo um hectare cercando outro declive íngreme até um antemuro de pedra cinza escura, um bloco parecido com um punho, uns dez metros abaixo do pátio principal. Em tempos de guerra, era um segundo obstáculo, cheio de soldados e ligado por uma ponte levadiça própria. O antemuro guardava o único caminho até a torre, que se elevava acima de todo o resto. Essa torre fora construída no alto de seu próprio morro, a última defesa caso algum dia o castelo fosse invadido. Para chegar a ela, qualquer força ofensiva teria de abrir caminho por dois fossos, subir o morro e cruzar uma terceira ponte levadiça. Quando esta era erguida, a torre ficava totalmente isolada do resto.

O Castelo de Sandal não tinha nada da elegância que Salisbury vira em Ludlow ou em seu lar em Middleham. Ele havia sido construído para a guerra, embora nunca com a expectativa de oito mil homens amontoados no interior das muralhas. No lado mais distante da ferradura, havia uma fila de construções de madeira junto à muralha externa, com portas abertas e criados a postos para receber seu lorde suserano. Os soldados passaram por eles, indo rapidamente se abrigar do vento e do frio, de modo que os retardatários encontraram todos os cômodos e corredores lotados e tiveram de voltar para procurar onde descansar no pátio. Mas soldados continuavam a chegar, até não haver espaço na fortaleza que não tivesse um homem sentado, procurando por comida ansiosamente. Muito acima das cabeças, os estandartes da casa de York estavam içados na torre, adejando ao vento forte para mostrar que ele estava mais uma vez em casa. O duque observou suas cores subirem praguejando em voz baixa, e mandou um homem ao antemuro e até o ponto mais alto para baixá-las.

Conforme a noite caía, lâmpadas e velas se acenderam ao longo de todas as muralhas internas, e alguns braseiros foram levados para fora, para que os homens tremendo de frio se amontoassem em torno deles no pátio. Além das carcaças trazidas por açougueiros sujos de sangue, todos os porões e armazéns de inverno foram vasculhados atrás de presunto, cerveja, grandes peças verdes de bacon com a ponta do osso aparecendo e até potes de mel e frutas em conserva, tudo o que pudesse ajudar a satisfazer o apetite de tantos soldados famintos.

Salisbury foi um dos que receberam aposentos. Edmundo, o filho de York, assumiu a tarefa de lhe mostrar o caminho, mantendo uma conversa bem-educada e levemente pouco à vontade pela trilha interminável de salões e corredores. Dois criados foram com eles e pararam rigidamente, um de cada lado da porta.

— Este está vazio, milorde — disse Edmundo. — Estes dois lavarão ou consertarão o que o senhor precisar.

— Só precisava saber onde vou dormir — respondeu Salisbury. — Dê-me um minutinho e volto a me encontrar com seu pai.

Ele sumiu lá dentro, e Edmundo esperou com impaciência, preso pelas exigências da cortesia a um hóspede, mesmo em circunstâncias tão incomuns.

As carroças de bagagem ainda estavam sendo descarregadas fora do castelo, e Salisbury tinha pouca coisa consigo. Fiel à palavra, ele voltou depois de pouco tempo. Tirara a espada e o boldrié, além do casaco pesado. Claramente encontrara tempo para mergulhar as mãos numa bacia d'água, e as passou pelo cabelo enquanto Edmundo e ele voltavam pelo mesmo caminho.

— Você me lembra seu pai quando rapaz — comentou Salisbury de repente.

Edmundo sorriu.

— Embora eu seja mais alto, creio, milorde.

Ambos pensaram em Eduardo naquele momento, e Salisbury ficou curioso ao perceber o rapaz franzir o cenho brevemente.

— Seu irmão Eduardo é o segundo homem mais alto que já vi, depois de Sir John de Leon, quando servi na França. No entanto, Sir John não tinha compleição tão boa, ele não era... há... bonito.

— Bonito, milorde? — questionou Edmundo com um meio sorriso.

Salisbury deu de ombros, velho demais para se envergonhar.

— É como eu diria. Sir John foi ao mesmo tempo o homem mais alto e o mais feio que já encontrei. Um pobre coitado, na verdade. Conseguia lançar um barril que pesava o mesmo que ele pelo dobro de sua altura no ar. Um belo teste, e que jamais vi superado. Infelizmente, apesar da grande força, ele não conseguia correr. Andava com dificuldade, Edmundo, devagar demais, como se percebeu no fim das contas, ao menos quando se tratava do fogo dos canhões franceses.

— Ah, sinto muito ouvir isso, milorde. Gostaria de ver meu irmão encontrar um homem que o fizesse olhar para cima.

Edmundo falava com humor irônico, e Salisbury percebeu que gostava do rapaz.

— Tenho certeza de que já ouviu dizerem, mas, sabe, o que importa não é o tamanho do cão na luta...

— ... mas a vontade de lutar do cão — completou Edmundo, deliciado. — Sim, milorde. Já ouvi.

— Há verdade nessas palavras, Edmundo. Seu pai, por exemplo, não é nenhum gigante, mas não desiste, não importa o que aconteça. É bom ele ter velhos como eu para aconselhá-lo, não é?

— Ele o admira muito, milorde. Disso eu sei.

Eles tinham chegado à porta do salão principal, e Edmundo a abriu. Estava mais iluminado que o corredor, e ele conseguiu ouvir a voz do pai repentinamente mais alta.

— Deixo-o aqui, milorde. Tenho de ver o pessoal da cozinha, para que a comida seja servida.

Salisbury parou na soleira da porta.

— Se por acaso... você encontrar um frango frio, digamos, ou um pedaço de pão ou bolo de arroz, se lembrará de onde estou?

Edmundo deu uma risadinha e fez que sim.

— Verei o que consigo encontrar, milorde.

Salisbury entrou, sentindo o calor da enorme lareira e da multidão ali dentro. A chaminé não funcionava muito bem, e a fumaça era espessa na sala, de modo que os mais próximos tossiam. Três cãezinhos corriam de um lado para o outro com uma empolgação louca, e um deles parou para urinar na perna de um homem, e uma grande gritaria se elevou entre seus companheiros quando ele gritou e tentou lhe dar um chute. Salisbury ficou grato pelo calor e se aproximou do fogo enquanto abria caminho até York.

— Seu filho é um bom rapaz — comentou Salisbury.

York ergueu os olhos da mesa coberta de mapas.

— Quem, Edmundo? É, embora eu preferisse que a mãe dele não o tivesse mandado comigo. Fico tentado a lhe ordenar que volte para Ludlow até isso acabar.

— Ele, há... Ele não gostaria disso, creio. Ele quer impressioná-lo.

— Todos os filhos querem — concluiu York, um pouco mais brusco do que pretendia. — Sinto muito. Minha cabeça está em várias outras coisas. Permita que lhe sirva o vinho.

Assim que a taça de Salisbury se encheu, York traçou uma linha no pergaminho com o dedo.

— Aqui. Mandei um cavaleiro para Warwick, ao sul, num cavalo veloz.

— E a oeste? Seja lá o que os Tudors pretendem, os três mil de Eduardo seriam úteis.

York remexeu nas taças e na jarra outra vez antes de menear a cabeça.

— Não, ainda não. Nosso segundo exército nos alcançará em... três dias, quatro, no máximo. Se Warwick trouxer seis mil, sim, talvez precisemos esvaziar Gales. Mas ele poderá trazer até doze ou quinze! Seu garoto é popular em Kent, Ricardo... e Scales lhes deu novas contas a acertar. Acho que virão contra o exército do rei. Mesmo no inverno.

Os olhos de York estavam temerosos, e Salisbury se perguntou se o duque pretendia manter o herdeiro fora de perigo. Com tantos ouvidos atentos em volta, Salisbury não podia perguntar. Enquanto tentava formular a questão com delicadeza, as portas se abriram e bandejas imensas de comida foram trazidas por criados suados. Vivas subiram dos homens reunidos, ecoados por todo o castelo e pelo terreno conforme o pessoal da cozinha encontrava bocas para alimentar.

Eles tinham marchado trezentos quilômetros com rações magras, e caíram sobre os pratos como os homens famintos que eram, limpando-os e depois passando os dedos pela borda das travessas em busca dos últimos vestígios de gordura. Salisbury olhou ao redor com desalento até sentir um toque no ombro e ver que Edmundo tinha voltado com uma travessa de madeira com carnes frias e meio pão.

— Sem bolo de arroz? — perguntou Salisbury. — Estou brincando. Abençoado seja, rapaz, por se lembrar.

Sua barriga roncava. Edmundo sorriu, fez uma reverência e voltou à sua refeição na cozinha.

York mal notara a conversa enquanto examinava os mapas. Salisbury se uniu a ele, dividindo a travessa enquanto ele e York comiam e bebiam de pé. Ambos ouviam a chuva batucando no telhado, aumentando de intensidade até virar um rugido sibilado.

— Não invejo os homens lá fora — disse York, de cara feia —, mas Sandal é pequeno demais para tantos. Warwick terá de acampar em campo aberto quando vier. Acho que não conseguiríamos espremer nem mais um soldado dentro dessas muralhas.

— Fará bem aos homens de Kent ver como é o clima de verdade — falou Salisbury com alegria. — Só espero que estejam trazendo comida. — Com um gesto, ele indicou os pratos, e notou que já estavam todos vazios. — Céus, Ricardo. Espero que tenha mais armazenado para o inverno. Esses cães comerão até expulsar você de casa.

Ele se virou, esperando que o amigo sorrisse. Para sua surpresa, York parecia pouco à vontade.

— Mandei os cozinheiros alimentarem o máximo possível, mas oito mil! Bastou uma única refeição para esvaziar todos os depósitos e todas as despensas. Mandarei grupos à caça amanhã, se a chuva ceder um pouco.

Salisbury se viu bocejando e sorrindo ao mesmo tempo, e seu maxilar estalou.

— Você precisa dormir um pouco, Ricardo. Com ou sem fome, tem de descansar. Não somos mais tão jovens quanto antes.

— Você está alguns anos à minha frente, meu velho — argumentou York. — Seja como for, duvido que consiga dormir com tanta preocupação.

— Pois eu não consigo ficar acordado — disse Salisbury, soltando um grande bocejo mais uma vez.

A mão que levou à boca foi copiada pela sala inteira, e muitos homens começaram a se instalar onde estavam, acotovelando-se e praguejando pelos melhores lugares perto do fogo. Os cães já tinham se enrolado e o castelo se aquietara em torno deles, de modo que o silêncio da noite de inverno caiu sobre todos.

— Vou para a cama, então — avisou Salisbury. — Se meus ossos não estiverem doídos demais amanhã, lhe trarei um belo cervo. Faremos um assado no pátio para todos os que não comeram bem hoje à noite.

York ergueu os olhos dos mapas um só instante, sorrindo enquanto o amigo mais velho piscava e seguia pelo chão lotado.

Na escuridão, Derry Brewer praguejou consigo mesmo, murmurando entre os dentes enquanto andava com dificuldade pelas folhas secas e sentia a capa se enganchar em gravetos pela milésima vez. Ele ergueu a lâmpada, mas, sem abrir a cobertura, ela mal iluminava o suficiente para que visse os próprios pés. A capa lhe puxou outra vez a garganta, estrangulando-o. Num ataque de mau humor, Derry continuou como um cavalo arreado até o tecido se rasgar e o fazer cambalear. Uma das botas afundou numa poça d'água até o tornozelo.

A floresta era um lugar assustador à noite, ainda mais para quem nascera e crescera na cidade. Derry nunca havia caçado ilegalmente, a menos que roubar açougue contasse. As árvores, mais que pretas, ficavam totalmente invisíveis, com samambaias e espinheiros tão amontoados entre elas que ele sentia sua pele completamente arranhada. Havia parado diversas vezes para lamber feridas nas mãos. Encontrara mais de uma vez pequenos espinhos, arrancando-os com os dentes. O pior era quando assustava algum animal adormecido, que explodia contra suas pernas, puro terror, pelo molhado e olhos enlouquecidos, mal vislumbrados à luz da lâmpada antes de se enfiar pelo mato baixo, uivando como aviso. Tão longe dos caminhos dos homens, Derry também não conseguia entender por que os pássaros fariam ninhos no chão, só para assustá-lo batendo as asas de repente quando ele passava. Se pudesse escolher, preferiria os cortiços de Londres.

Ele olhou para a esquerda e para a direita, verificando mais uma vez se acompanhava a linha de lâmpadas. Elas se estendiam, até onde conseguia enxergar, em ambas as direções, conforme o exército abria caminho cada vez mais fundo na floresta. Do lado de fora, Somerset ordenara silêncio, mas os homens ainda praguejavam e amaldiçoavam quando galhos batiam no rosto, curvados pelos que iam à frente. Os que estavam de armadura eram os únicos que conseguiam andar pelo mato mais denso, embora até eles prendessem o pé e, quando caíam, fizessem ruído suficiente para acordar os céus. Derry revirou os olhos com desagrado quando um deles fez exatamente isso a menos de quarenta passos, algum cavaleiro que xingava a plenos pulmões ao torcer o tornozelo. Se a missão não fosse tão grave, Derry acharia graça naquilo. Mas naquela situação ele avançava cambaleando e irritado com os outros, sentindo que cada espinho, cada galho que o espetava, cada buraco ou monte de folhas úmidas sugavam um pouco de sua força. O meio do inverno acabara de passar, e as noites eram muito longas, mas aquela parecia não ter fim.

A linha de lâmpadas avançou. Muita água ainda pingava das árvores, encharcando-os. A chuva parara havia algum tempo, mas sob as copas o pinga-pinga continuava por muito mais tempo, aumentando o sofrimento. Para Derry Brewer, o único vislumbre de prazer era que homens como Clifford, aquele imbecil pomposo, tinham sido forçados a apear e se arrastar como os outros. Ele torcia para o homem cair numa toca de texugo ou, melhor ainda, que fosse picado por algo cruel.

Não fora a sorte que havia posicionado batedores em torno do Castelo de Sandal para vigiar as forças de York. Derry Brewer tinha mandado aqueles homens para lá dias antes e, mesmo assim, quando dera a sugestão, Clifford meramente bufara e o olhara por cima do nariz. Quando os batedores voltaram com a notícia da chegada do exército de York, o barão não estava em lugar nenhum, e Derry não havia podido se divertir com o embaraço do outro.

Nuvens espessas tornavam impossível qualquer vislumbre da lua ou das estrelas, mesmo que pudessem ser vistas através de copas que deviam ser as mesmas desde a vinda dos romanos. Conforme se cansava, Derry temia que os homens se perdessem totalmente da fortaleza no escuro ou, pior, saíssem em campo aberto assim que o sol nascesse. Na verdade, ele nunca vira o Castelo de Sandal, e era difícil planejar sem o conhecimento detalhado.

Ele aproveitou um momento para espiar dentro da lamparina para verificar se a vela não estava prestes a acabar. Viu que o pavio descansava numa poça de sebo e vasculhou os bolsos em busca de uma vela substituta. Era muito mais fácil acender a nova vela na velha em vez de tentar usar a pederneira no escuro ou avançar até o próximo homem. Sem parar, Derry abriu a lateral da caixa de estanho com cuidado e enfiou a mão lá dentro. Conseguiu ver os homens ao redor com mais clareza quando o fez, avistando uma linha de escoceses em marcha, todos se virando para ver quem os iluminava. Então o vento soprou e sua vela se apagou, fazendo-o praguejar.

— Parem com esse barulho! — exclamou alguém com rispidez, uns vinte passos atrás.

Derry reconheceu a voz de Clifford e, na escuridão total, ficou tentado a recuar e bater no homem com o cinto enquanto não podia ser visto. Em vez disso, trincou os dentes, deslocando-se pela linha até a próxima lamparina que balançava. Centenas de homens caminhavam atrás dele e precisavam de seu ponto de luz para se manter no rumo. Sem ele, se perderiam e sumiriam na floresta densa para nunca mais serem vistos.

32

Salisbury acordou se sentindo velho. Os quadris e a região lombar estavam praticamente travados, e ele teve de se sentar e alongar as pernas enquanto o sol nascia, gemendo baixinho quando a dor se aguçou e voltou a ficar leve. A bagagem fora desembarcada na véspera, e os criados de Sandal trabalharam muito tempo depois de o castelo adormecer. Ele não se lembrava de ninguém ter entrado no quarto, mas uma nova bacia com água e meias e roupas íntimas limpas foram dispostas ali para ele. Salisbury usou uma toalha de linho para se limpar, removendo da pele o suor velho e o cheiro de cavalo. As mãos vasculharam embaixo da cama e encontraram um penico grosso de cerâmica, que colocou cuidadosamente sobre a cômoda para esvaziar a bexiga, suspirando de olhos fechados antes de se vestir.

Uma leve batidinha soou na porta e Salisbury gritou "Entre!", permitindo a entrada de dois criados.

Um deles trazia um estojo de couro com equipamento de barbear, e o outro, uma tigela de água fumegante, esquentada na cozinha do castelo. Ele esfregou o queixo, sentindo os pelos brancos. Alice dizia que ficava com cara de velho quando os deixava crescer. O criado que afiava a navalha numa tira de couro parecia bastante firme, mas Salisbury ainda lamentava Rankin não estar ali. Era preciso certo nível de confiança para deixar outro homem se aproximar de sua garganta com uma faca. Salisbury resmungou com seus botões e ergueu os olhos, divertindo-se com a própria cautela ao se sentar. Enquanto o barbeiro esfregava óleo morno em sua pele, Salisbury escutou o estômago roncar, tão parecido com uma voz que o fez rir. Oito mil homens acordariam com a mesma fome, e não havia nada para comerem.

O sol ainda nascia quando Salisbury chegou ao pátio principal. Ele parou à porta e observou o terreno lotado, ainda sob a sombra das muralhas, de modo que a geada cintilava em todas as superfícies. Muitos homens já estavam de pé, balançando os braços, soprando ar quente nas mãos e batendo os pés, fazendo o possível para levar alguma vida de volta aos membros dormentes. Outros jaziam encolhidos, gemendo e roncando em grupos muito unidos, como cães adormecidos. Um capitão importunava e atraía alguns dos soldados que dormiram do lado de dentro, ignorando seus xingamentos sonolentos e mandando rapazes semicongelados entrarem para se aquecer. Salisbury aprovou. Bons oficiais cuidavam de seus homens.

O conde tremeu com a ideia de passar a noite do lado de fora. É claro que eram todos rapazes, mas com dezembro quase no fim o frio era simplesmente brutal. A ideia fez Salisbury erguer os olhos para a torre, já iluminada em ouro. Três homens estavam de pé no ponto mais alto, observando a terra limpa em torno da fortaleza, sendo fustigados por um vento de congelar os ossos. Não puderam sequer acender um braseiro antes que o sol nascesse, por medo de que a luz atrapalhasse que vissem os inimigos. Os homens se viraram devagar enquanto Salisbury os observava, passando o olhar de um lado para o outro, sem sinal de alarme.

O conde pegou um capitão pelo colarinho e lhe passou a responsabilidade de organizar um grupo de caçadores. Uma das vantagens de sua posição social era que só precisava ficar ali e esperar, expirando longas baforadas de névoa nas mãos, enquanto o homem mandava alguns soldados correrem até o estábulo e convocava voluntários que quisessem escolher o primeiro pedaço das carnes que encontrassem. Cerca de trinta homens ergueram a mão se prontificando, e o número triplicou rapidamente quando a notícia da caçada se espalhou.

Salisbury atravessou o campo aberto quando os homens começaram a se reunir junto aos portões, prendendo a capa no pescoço e se envolvendo no tecido grosso. Quando jovem, ele se considerava mais forte que as pessoas que se queixavam do frio. Naquela época, não o sentia como os outros, embora a passagem dos anos tivesse roubado boa parte de sua imunidade. O vento parecia subir pela muralha, cutucando e atormentando os homens, que cambaleavam com sua força. Ao menos o céu estava claro, uma pequena bênção. Antes que a luz do sol se espalhasse por todo o pátio, Salisbury, acompanhado de três cavaleiros, e duzentos homens a pé estavam à espera da caçada. Ele ficou satisfeito ao ver que uma dúzia levava arco e flechas. Precisariam de tudo o que encontrassem para alimentar tantos no castelo, de pássaros e coelhos a raposas ou lobos azarados que cruzassem seu caminho. Os espetos da cozinha aceitariam qualquer ser vivo para assar, embora Salisbury torcesse para que levassem de volta uma boa corça ou um veado.

Os soldados ao portão assoviaram para os que estavam na torre. Os homens que tremiam de frio olharam para longe uma última vez antes de gritar "Podem ir!". A imensa porta de madeira foi empurrada para fora e a grade, erguida. Seis soldados empurraram a ponte levadiça, deixando-a cair em seus sulcos sobre o fosso.

Salisbury olhou para o campo encharcado além do fosso externo, com poças de água brilhando ao sol da manhã. Avançou com seu cavalo quando as primeiras fileiras de arqueiros saíram marchando, conversando e rindo entre si enquanto avançavam. A floresta estava diante deles, no fim de meio quilômetro de campo aberto, uma linha artificial marcada pelos jardineiros e guarda-caças de séculos antes para que nunca crescesse até perto demais do castelo.

Com o portão aberto, todos os homens lá dentro pareceram se retesar, de repente vulneráveis; mãos se esgueiraram para o punho das espadas e centenas que estavam deitados se levantaram. Salisbury saiu, sentindo o coração bater mais rápido de pura alegria quando o esforço levou vida aos membros e fez o sangue correr pelo corpo. Os quadris voltaram a doer, mas ele os ignorou, procurando à frente, com expectativa, o melhor ponto para entrar na linha das árvores. Ao seu lado e atrás, duzentos homens começaram a marchar, respirando mais forte enquanto encordoavam os arcos e chamavam os amigos. Atrás deles, a ponte levadiça foi erguida, deixando um grande abismo até o fosso. A grade foi novamente baixada em seus sulcos na pedra e o portão do castelo voltou a ser fechado e trancado. Salisbury olhou para trás, para o castelo, e viu um dos guardas da torre erguer a mão para eles. Ele respondeu com o mesmo gesto quando sua tropa de caçadores atravessou a terra limpa e se aproximou da linha das árvores, ainda sob sombras profundas.

York acordou de repente, com um solavanco na cama, perguntando-se vagamente o que o tirara do sono. Havia ficado acordado até muito tarde, marcando seus mapas e tentando se planejar para qualquer combinação possível de forças contra ele. Por um momento, virou-se e começou a adormecer de novo, mas outra trombeta soou bem alto.

A torre.

York pulou da cama, tirou a camisola, enfiou a túnica e as meias sem pensar e praguejou ao descobrir que uma das botas sumira debaixo da cama durante a noite. A capa pendia sobre uma cadeira, e ele a agarrou junto da espada e do boldrié, tropeçando pelo corredor e prendendo a arma nos ombros e na cintura pelo caminho. A trombeta soou de novo, várias vezes, o chamado às armas, para despertar a fortaleza contra uma força inimiga. York começou a correr, jogando para trás o cabelo comprido que lhe caía sobre o rosto.

Ele escorregou nas pedras geladas ao sair no pátio. No telhado da torre, os guardas apontavam por sobre as muralhas. Os soldados já se reuniam junto ao portão, preparando armas e enfiando a cota de malha por sobre a túnica. York atravessou a segunda ponte levadiça sobre o fosso interno e correu pelo antemuro, ouvindo vozes que transmitiam a ameaça aos gritos. O conde Salisbury estava fora de Sandal, isso ele entendera. Sua mente estava nublada, ainda se esforçando para compreender o que acontecia.

Ele subiu correndo os degraus de pedra e entrou na torre propriamente dita, subindo pela escada interna até o telhado, aonde chegou ofegante. York fitou o campo gramado até a linha mais escura da floresta a distância. Era uma cena tranquila, e ele se voltou confuso para os guardas que o observavam.

— O que vocês viram?

O capitão da guarda retesou a mandíbula, o olhar passando rápido para um rapaz que não tirava os olhos das próprias botas.

— Milorde, eu olhava para o sul. O jovem Tennen aqui disse que viu uma perturbação nas árvores quando os caçadores entraram na floresta. Talvez não passasse da caça correndo do esconderijo, mas minhas ordens...

— Não, ele estava certo — interrompeu York. — Prefiro ser tirado do sono por nada do que ser surpreendido na cama. Olhe para mim, rapaz. Conte o que viu.

O rapaz gaguejou na resposta, os olhos vidrados enquanto olhava para qualquer coisa, menos para o duque de York.

— As fileiras da frente entraram sem um sussurro, milorde. Tudo em silêncio. Então eles deram um grito, e achei ter ouvido luta. O restante deles correu à frente, todos de uma vez, então sumiram e toquei a trombeta. É tudo o que sei, milorde. Foi mais o barulho do que algo que vi. Caçadores não gritam, milorde, não que eu saiba.

York se virou, observando a floresta densa que, de repente, parecia possuir uma ameaça sombria enquanto ele espiava.

— Quantos saíram?

O capitão da guarda respondeu:

— Vi quando se formaram junto ao portão, milorde. Duzentos, pelo menos. Alguns com arcos.

— Então não são bandoleiros. Duzentos soldados seriam demais para alguns ladrões esfarrapados.

York estalou os dedos, as mãos se entrelaçando.

— Não ouviu mais nada? — perguntou ao guarda mais novo.

O homem fez que não, mudo.

— Fique aqui, então, de olho. Avise se vir qualquer coisa. Há um exército a um dia de marcha desta fortaleza. Se estiverem em meu bosque, quero...

York se calou quando um grupinho de homens saiu correndo das árvores, disparando pelo campo aberto. Não podia haver mais de quarenta deles, correndo como lebres. O duque ficou boquiaberto, vendo que tinham os olhos na torre e faziam gestos. Alguns apontavam para as árvores sombrias atrás.

— *Meu Deus*! — soltou York, correndo escada abaixo o mais depressa que podia.

Ele conseguiu se manter de pé, embora a escada fosse um borrão debaixo dele e os passos trovejassem quando atravessou a ponte levadiça interna até o pátio principal.

— Formem-se junto ao portão! — vociferou em campo aberto. — Preparem-se para o ataque! Meu cavalo! A mim!

Parecia que um piscar de olhos se passara desde que estivera quente e adormecido debaixo dos cobertores. York balançou a cabeça, forçando-se a se acalmar, pois o pânico o destruiria. Salisbury estava lá fora e havia sido atacado. A única resposta seria sobrepujar quem lutava nas árvores, lançar sobre eles todos os homens do Castelo de Sandal.

York viu o filho Edmundo entre os que estavam prestes a atravessar o portão principal. Seu coração bateu forte o suficiente para que sentisse vertigem; ele estendeu o braço e puxou o rapaz para perto, baixando a cabeça dele para falar.

— Edmundo, saia pela porta dos amantes no lado oeste. Você sabe onde fica. Afaste-se daqui e espere o fim do dia.

A portinha minúscula ficava escondida no alto da muralha externa, invisível para qualquer atacante. Mas York a mostrara aos filhos, abrindo a hera espessa para lhes mostrar por onde um homem de cada vez conseguiria escapar. Chamá-la de porta dos amantes escondia seu verdadeiro propósito: uma saída secreta quando a fortaleza estivesse prestes a cair.

O filho pareceu chocado com a sugestão.

— É um ataque, então? As forças da rainha?

— Não sei — retorquiu York. — Seja como for, você não faz parte disso, Edmundo. Leve dois homens com você e use a porta. Não posso me preocupar com você hoje.

York se esticou e beijou o rosto do filho, dando-lhe um breve abraço.

— Vá!

Edmundo queria argumentar, mas o pai lhe deu as costas quando lhe trouxeram o cavalo e a armadura. York se sentou num tamborete alto, colocado debaixo dele, para os criados prenderem e afivelarem as placas das coxas e enfiarem as botas com esporas em seus pés. Ele viu que o filho ainda estava ali de pé, parecendo ansiar o portão principal, que se abria, revelando os homens desesperados tentando retornar ao castelo.

— Vá! — gritou York, assustando Edmundo para que se movesse.

York desceu do tamborete num movimento súbito quando os caçadores passaram correndo. Pegou um deles pelo gibão, quase o derrubando com a interrupção violenta da velocidade.

— Quem nos ataca? — perguntou York.

— Não vi as cores, milorde. Acho ter ouvido gritarem "Percy", mas vinham de todas as direções e eu estava...

— Quantos? Onde está Salisbury? — berrou York, fazendo o homem se encolher de medo.

— Não o vi, milorde! Havia muitos homens, mas as árvores! Eu não...

Com um rosnado, York o jogou para o lado. Seus homens se despejavam pela ponte levadiça e formavam fileiras fora da fortaleza como trigo se derramando pela terra, deslocando-se para os lados para deixar mais e mais saírem à luz.

York foi até eles assim que terminaram de lhe vestir a armadura, levando a montaria a passo e segurando o elmo e a espada numa das mãos. Fora das muralhas, conseguia sentir o vento que soprava pelo campo aberto, trazendo consigo o cheiro de gelo. Ele enfiou o elmo e prendeu a correia na garganta. Fez um sinal de cabeça ao soldado que lhe ofereceu as mãos com os dedos entrelaçados, apoiou nelas a bota de metal e montou num único movimento rápido. Ouviu o homem praguejar quando a espora fez um corte em seu polegar, mas York não olhou para baixo. Em vez disso, ergueu e depois baixou rapidamente a mão.

Os capitães vociferaram a ordem de marchar enquanto metade do efetivo ainda estava dentro da fortaleza. O Castelo de Sandal não fora projetado para milhares tentarem sair, mas York imaginava Salisbury sendo vencido como cães atacando um urso. Sentia uma pontada de medo e fúria a cada segundo que passava, e não esperaria mais. Fez o cavalo acompanhar a linha, observando as árvores escuras com algo parecido com pavor. Olhou para cima quando uma trombeta soou em algum ponto daquela massa de verde e sombras, um som agudo e fraco, bem distante.

— Comigo! — gritou York para a linha.

Ele fincou as esporas na montaria e o cavalo se lançou num trote, as rédeas seguras como barras de metal ao lado do pescoço do animal.

Os homens dobraram o passo, correndo pelo campo com ele, deixando o castelo e a segurança para trás.

Salisbury gritou de dor quando algo passou zunindo por seus olhos, atingiu o ombro e sumiu no mato. O cavalo empinou, pisoteando algo abaixo que tentava segurar suas rédeas. A floresta havia ganhado vida com homens que, em silêncio, vinham correndo de todas as direções. Salisbury se virara mais de uma vez, agradecendo a Deus por ter trazido a espada e desferindo golpes amplos que os mantinham a distância. Os homens que o acompanhavam lutavam com selvageria para protegê-lo e se manterem vivos. Com isso, Salisbury não tinha mais certeza de que lado ficava o Castelo de Sandal, mas sabia que teria de se libertar se quisesse sobreviver.

Eles mal tinham entrado na mata fechada quando o ataque começou. Salisbury ainda não sabia se o inimigo estivera aguardando por ele ou se surpreendera numa emboscada antes que estivessem prontos. Nada disso importaria se não conseguisse voltar, mas a probabilidade minguava diante de seus olhos enquanto seus soldados eram derrubados. A maior parte do grupo de caça usava cota de malha, vestimentas tão valiosas que nunca seriam deixadas para trás. Mas não tinham escudos, e eram pouquíssimas as lâminas pesadas;

havia apenas adagas e machados pequenos que um homem pudesse levar ao cinto. Os que pularam sobre eles na escuridão entre as árvores empunhavam machados de guerra e espadas longas e usavam elmos e cotas de malha.

Na outra ponta, alguns homens de Salisbury se separaram e fugiram, amaldiçoados pelos que ficaram para trás. Salisbury entendia, só Deus sabia como entendia. Para onde quer que olhasse, homens se esgueiravam para cima dele, e o braço da espada estava se cansando. Os inimigos pareciam brotar do mato denso, com rostos arranhados, cortados, manchados de verde, os dentes à mostra enquanto agarravam seus homens e golpeavam sem parar até que respirassem sangue e caíssem.

Um de seus caçadores havia tentado tocar a trombeta, o som mal começando quando uma flecha se enfiou em seu peito e ele caiu. Outro homem a pegou e tentou correr e soprar. Foi detido por um braço coberto de cota de malha, erguido como uma barra, e ele caiu de costas, jogando a trombeta para um terceiro. Esse homem soprou uma nota longa e, de certo modo, perdeu a coragem ao fazê-lo, e saiu correndo pelo mato rasteiro com três soldados inimigos atrás.

Salisbury olhou em volta, com terror e uma sensação de desamparo. Eles não tinham fim, e seus homens estavam sendo assassinados por todos os lados. Ele fincou os calcanhares na montaria e o cavalo pulou um arbusto, bufando e gritando, a respiração densa e ofegante. O conde viu um homem correr entre duas árvores e se jogar sobre ele com um grande salto. Ele girou a espada e sentiu a lâmina desferir um corte antes de ser jogado de costas no chão. Então o cavalo disparou, e Salisbury só pôde observá-lo partir, os estribos esvoaçando loucamente.

Um homem barbado caiu sobre ele, surgido do nada. Salisbury lutou, mas era muito mais fraco que o adversário. O homem rosnava em gaélico escocês ao elevar o machado acima de sua cabeça.

— *Pax*! Resgate! — berrou Salisbury, vendo cada poro e cada arranhão no rosto selvagem do homem.

Para seu alívio, o agressor saiu de cima dele e recuou, com a respiração pesada e apoiando-se no cabo comprido do machado, observando-o. Quando Salisbury se sentou e tentou falar, o jovem escocês desferiu um golpe súbito e o fez cair na escuridão.

York ouviu o cavalo antes de vê-lo. Sua própria montaria lutava para atravessar a floresta sem trilhas, forçada a seguir longe das linhas sinuosas dos caminhos de animais pela necessidade de acompanhar seus homens. Ele puxou as rédeas com o troar de cascos, e seu coração se apertou quando reconheceu o cavalo de Salisbury, correndo enlouquecido e já ferido por todos os espinhos e galhos que tivera de atravessar. O animal em pânico não viu passagem pela linha de homens, que ergueram os escudos contra ele, forçando-o a parar de repente e girar, escoiceando.

— Deixem-no passar! — gritou-lhes York, querendo avançar. — Agora eles não podem estar longe.

Ele podia ver parte do caminho que o animal abrira e tentou segui-lo, embora fizesse tantas curvas que era quase impossível. Acreditou ter ouvido um ruído à frente e abriu os braços até que seus capitães viram e repetiram o gesto, detendo as linhas de homens em silêncio.

A floresta ficou imóvel, todos os animais e pássaros já tendo fugido há muito. York espichou o pescoço para descobrir a direção que deveria seguir e então notou o som de homens em movimento, os chamados e as vozes de inimigos em sua floresta. Em sua terra.

Ele apontou para a fonte do som, e, quando voltaram a avançar, seus homens viram a floresta se mover diante deles, uma linha de soldados que parecia se estender até onde conseguiam enxergar. As fileiras que estavam com York foram avistadas ao mesmo tempo, e um grande urro subiu dos dois lados. York ergueu o escudo e baixou a viseira, levantando a espada para o primeiro golpe.

Os exércitos se chocaram, não havia espaço para manobras nem formações. Uma linha se atracou com a outra, e cada morte envolvia muito suor e gemidos, tão próximos que respiravam o mesmo ar e se respingavam com o sangue do homem que caía. York golpeava sem parar quem chegasse ao seu alcance, usando a altura da montaria e a espada longa com efeito terrível. Mas, nos momentos entre cada golpe, podia ver uma hoste de soldados chegando à direita e à esquerda. Estava sendo flanqueado por uma força maior. Deu um grito de pesar por Salisbury, mas não tinha opção.

— Recuar em boa ordem! De frente para eles, mas recuem para o castelo.

Ele vociferou a ordem outra vez e ouviu seus capitães a repetirem a plenos pulmões, já dando passos para trás. Era uma situação difícil, e alguns deles eram apenas rapazes de Londres, maltreinados e vencidos por uma selvageria que não tinham aprendido a esperar.

Os soldados inimigos ouviram a ordem e avançaram. York trincou os dentes ao ver que alguns usavam azul e amarelo. Homens de Percy, dispostos a se vingar da queda de todos os senhores que perderam. Ele recuou em círculos, fazendo a montaria girar e trotar alguns passos antes de se virar de novo e enfrentar os homens que avançavam. Não conseguia recordar a que distância chegara do castelo, não com certeza. Cada passo era difícil, com homens que corriam para cima deles rosnando e empunhando machados, passando as lâminas como se ceifassem cevada. Os soldados de York caíam e se punham de pé enquanto recuavam, tentando formar uma parede de escudos, mas ainda vigiando os pés para evitar raízes e espinhos. Não podiam evitar que se amontoassem no centro, em busca do apoio dos números, embora isso permitisse que os homens nos flancos se distanciassem e fossem abatidos.

York se virou mais uma vez e viu algo brilhando à frente. Rezou a Deus para que não fosse uma simples clareira na floresta. Fez o sinal da cruz e deu a ordem que os homens queriam ouvir.

— Agora, corram! Entrem em formação de novo em campo aberto!

Seus homens já corriam em disparada enquanto ele ainda gritava, e York teve de trotar para se manter ao lado deles, o cavalo pulando arbustos e saindo ao sol e ao vento de inverno. Ele não se enganara.

O Castelo de Sandal estava à frente, e havia milhares de homens correndo para formar fileiras em campo aberto, ofegantes, as mãos no joelho e a fúria no rosto.

A sensação de espaço e ar fresco restaurou a confiança dos homens, fazendo com que quisessem enfrentar os soldados que os aterrorizaram na floresta sombria. Eles ergueram as armas e rugiram em desafio, enquanto soldados se lançavam do meio das árvores por toda a extensão do campo.

Os primeiros foram recebidos por uma linha de escudos e espadas em riste, porém mais e mais saíram da floresta, flanqueando mesmo as fileiras próximas que se reuniram diante de Sandal e se despejando em torno deles. York virou o cavalo, vendo guerreiros escoceses correrem pelo terreno, mantendo as espadas baixas até saltar e fazê-las cair sobre os escudos e a cota de malha de seus homens. Seu coração se apertou ao avistar arqueiros correndo pelos flancos, protegidos por outras centenas que ficavam parados com espada e escudo diante deles, para que não pudessem ser atingidos.

As flechas começaram a voar pouco depois, e a batalha avançou e recuou diante do castelo. Todas as forças de York estavam engajadas, sem reservas, sem ter como romper a enchente de soldados que ainda vinha das árvores em número cada vez maior. Centenas de atacantes foram mortos, no entanto havia sempre mais para avançar sobre suas linhas, gritando e empurrando-as. As flechas voavam como bandos de pássaros, derrubando os homens ou forçando-os a erguer o escudo, ficando assim vulneráveis a um golpe vindo de baixo.

York foi forçado a recuar cada vez mais com seus homens até parar o cavalo na terceira fileira, a menos de cinquenta metros do portão do Castelo de Sandal. Não conseguiria recuar sobre aquela pequena ponte levadiça. Assim como retardara sua saída, a entrada estreita ficaria abarrotada de corpos se eles tentassem retornar à segurança das muralhas. O duque respirou fundo, fechou os olhos e encheu o peito com o ar que conhecera a vida inteira. Quando abriu os olhos, viu Margarida.

A rainha cavalgava em uma égua castanha, com doze escoceses barbados como guarda pessoal. Eles formaram uma aglomeração na retaguarda do campo de batalha, mal se afastando das árvores, enquanto ela assistia. York estava a menos de trezentos passos dela, e via seu sorriso. Achou ter reconhecido Derry Brewer ao lado dela, e balançou a cabeça.

Por um longo tempo, York analisou o campo de batalha, em busca da mais leve esperança. O combate prosseguia em torno dele, e a cada momento seus homens se aproximavam ainda mais da derrota completa. Estava acabado, e ele se preparou para falar. Com cuidado, embainhou a espada e ergueu a mão direita.

— Paz! Eu me rendo. Em nome de York, baixem as espadas.

Ele teve de repetir as palavras a plenos pulmões para ser ouvido.

Seus homens o observaram em choque, talvez mais de alívio. Também podiam prever o destino batalha. Os soldados da retaguarda largaram as lâminas no chão e levantaram as mãos para mostrar que o tinham feito. York conseguiu ouvir a mesma ordem repetida do outro lado. Os sons do combate desapareceram lentamente, substituídos pelos gritos dos feridos e dos moribundos, repentinamente desagradáveis e chocantes naquele silêncio maior.

33

Não era pouca coisa desarmar um exército. Homens que portavam espadas e machados durante anos desenvolviam afeição por eles. Os donos relutavam em abrir mão das armas, que seriam jogadas numa pilha para enferrujar ou dadas a algum idiota sem valor. O vento empurrava e açoitava todos eles, fazendo-os tremer e fechar os braços em torno do corpo, agora que o calor do combate terminara.

Lorde Clifford levou um grupo de cavaleiros até a fortaleza de Sandal, em busca de quaisquer homens armados de York que ainda pudessem estar à espera numa emboscada. No campo gelado, soldados ofegantes de ambos os lados se examinavam, a si e ao equipamento, em busca de ferimentos que ainda não tivessem sentido. Muitos praguejaram ao encontrar cortes e até perfurações de flecha, fitando os machucados com espanto enquanto rasgavam tiras dos tabardos para atá-los.

Todos os homens de York foram revistados. Quando não tinham mais armas, Somerset mandou os soldados tirarem as cotas de malha deles. Os soldados resmungaram e praguejaram, é claro, embora soubessem que era melhor não recusar. Debaixo das árvores, as pilhas de equipamento aumentavam: elmos e escudos, cotas de malha, armaduras e machados, todos misturados. Os mortos foram despidos de tudo que tivesse valor, e até suas botas foram arrancadas e empilhadas. Depois de algum tempo, todos os cadáveres estavam descalços, e os soldados carrancudos passaram por eles mais uma vez, levando os mortos para serem dispostos no solo duro, dobrando seus braços sobre o peito.

O trabalho levou horas, e o sol já estava no horizonte quando os primeiros sobreviventes tiveram permissão de partir. Em grupos de doze, os soldados da rainha apontaram o sul para os que conseguiam andar e lhes deram a ordem de seguir caminho. Alguns usavam máscaras de sangue congelado ou exibiam novas bocas abertas onde as lâminas lhes cortaram. Outros apertavam com a mão perfurações que sangravam ou ninavam tocos e se balançavam onde estavam, pálidos e enjoados de tanta dor. Os que não conseguiam andar foram deixados ali para morrer ao vento, fitando o nada.

Derry Brewer fez questão de falar com alguns capitães de York que se preparavam para partir. Muitos homens espancados e tremendo voltariam para casa a pé, furtando no caminho e passando fome até estarem longe de Sandal e de todas as lembranças daquela derrota. Ele não duvidava de que alguns sobreviventes seriam encontrados mortos pela estrada no mês seguinte, enquanto uns poucos seriam capturados e enforcados por roubar comida. Derry meramente mencionou que os fortes, os incólumes, talvez quisessem aguardar perto de Sheffield. Disse-lhes que talvez tivessem a oportunidade de entrar para as fileiras do exército da rainha, que voltaria para o sul. Riram do espião-mor, mas o caminho de volta era longo, e eles não tinham comida. Derry sabia que alguns se lembrariam do que ele disse e esperariam. Não gostava de ver bons homens desperdiçados, não sem saber onde estavam os exércitos de March e Warwick.

O sol se punha nos morros a oeste, manchando o céu. A espada de York fora tirada dele, embora tivessem deixado sua armadura. Seu cavalo havia sido levado, e suas mãos estavam amarradas com firmeza às costas. Dois soldados foram postados perto dele, rosnando para quem se aproximasse para cuspir ou bater. Nada lhe disseram, e ele esperou, sozinho, enquanto seus inimigos limpavam os detritos da batalha.

O pôr do sol se afundava em ouro, e o duque o fitou até seus olhos arderem. Por todo lado, os remanescentes de seu exército iam embora pela estrada do sul, uma grande torrente de figuras curvadas que lhe recordavam os refugiados da França uma década antes. Ele manteve a cabeça erguida, pálido e ereto enquanto passavam. Alguns murmuraram xingamentos para ele ao passar, enquanto muitos outros sussurraram desculpas. York não respondeu a ninguém, dando as costas para o sol e se virando para a rainha e seus lordes.

Quando o campo diante de Sandal estava quase vazio, Derry Brewer foi até ele.

— Há alguns que querem lhe falar. Vamos.

Ele pegou York pelo braço e o puxou pelo campo em direção à rainha.

York fez uma careta com seu toque.

— Sou de sangue nobre, Brewer. Tenha cuidado.

Derry deu uma risadinha, embora o som não fosse agradável. Ele puxou York até a borda da floresta, onde uma dúzia de nobres e a rainha em pessoa se viraram para observar sua aproximação. York levantou a cabeça mais um pouquinho, recusando-se a ser intimidado por eles. Seus olhos caíram sobre uma figura amarrada, de joelhos e balançando no chão. York sorriu de alívio ao ver Salisbury vivo, embora a cabeça do velho estivesse ensanguentada e os olhos, baços.

Derry levou o duque até Salisbury e lhe deu um tapinha no ombro para lhe dizer que devia se ajoelhar. Por um momento, York se manteve em pé, mas sentia a corda áspera nos pulsos e sabia que não tinha opção senão aguentar.

York se ajoelhou no chão enlameado, com água fria se infiltrando na armadura. Quando se posicionou, Margarida se aproximou dele, a cabeça inclinada enquanto o observava com intensidade pouco natural. Somerset e Henrique Percy estavam ao lado dela, parecendo tão arranhados e desgrenhados quanto York se sentia.

— Devo congratulá-la, milady? — perguntou York. — Parece que sou seu prisioneiro.

— Não preciso que me diga isso — retrucou Margarida. Seus olhos cintilaram de maldade para o homem que capturara seu marido e deserdara seu filho. — Onde está o rei, milorde? Isso é tudo que quero ouvir do senhor.

— Longe... e a salvo — respondeu York. Ele pensou um instante. — Se sua intenção é nos exigir resgate, talvez o rei Henrique possa ser o preço.

Margarida fechou os olhos, uma das mãos se fechando.

— Não, milorde York. Não. Falei e *falei* o ano inteiro. Não farei outro acordo agora. Acabou. Se o senhor não me disser onde está meu marido, não tenho mais utilidade para o senhor. — Ela se virou para Somerset, em pé, de armadura, com a espada desembainhada. — Corte a cabeça de Salisbury, milorde. Encontrarei um lugar para ela.

York se enrijeceu de choque e fúria.

— Como a morte dele serviria à sua causa? Fique longe dele, Somerset!

Ele se virou desesperado e viu que Salisbury o observava, os tendões do pescoço destacados como arames. Quando seus olhos se cruzaram, Salisbury deu de ombros. Seu rosto estava inchado, cheio de hematomas. O conde ergueu os olhos quando Somerset ergueu a espada e ficou ao seu lado.

— Deus tenha piedade de minha alma — murmurou Salisbury.

Ele fechou os olhos e esticou o pescoço, tremendo. Somerset levantou a espada o máximo que pôde e depois a fez cair com uma imensa força, cortando a cabeça do conde, que caiu na lama. O corpo amoleceu e caiu de lado, enquanto York arfava de horror e pesar. Ele ergueu os olhos para Margarida e viu sua morte nos olhos dela.

Um grito soou ali perto, e os nobres em torno da rainha levaram a mão às espadas e depois a deixaram pender ao verem que era lorde Clifford voltando. O barão sorriu ao avistar o corpo de Salisbury e York amarrado e de joelhos. Fez o cavalo trotar até eles e apeou, caminhando os últimos passos para olhar York de cima.

— Sinto alegria ao vê-lo tão reduzido — declarou Clifford. — Agradeço a Deus por ter voltado a tempo. Peguei um mocinho junto às muralhas, dois rapazes com ele. Disse que era seu filho antes que eu o matasse.

York fitou Clifford, que levantou a mão direita, mostrando uma adaga com sangue vermelho vivo.

O prazer desdenhoso de Clifford pareceu azedar o momento de Margarida.

— Cuide de seus homens, barão — disse ela com rispidez.

Clifford pareceu ofendido, mas obedeceu e se afastou.

Margarida balançou a cabeça, cansada e enjoada.

— Você causou *tanta* dor, Ricardo — disse ela. — Tantos pais e filhos morreram, tudo porque você não quis aceitar Henrique no trono.

— Era uma cadeira boa demais para ele — retorquiu York. — Acha que obteve a vitória?

A voz dele se fortalecia a cada palavra. A morte de Salisbury e o assassinato do pobre Edmundo o atordoaram por algum tempo. Como vinho forte, algo no ódio mesquinho e cruel de Clifford restaurou seu orgulho e fez seu coração bater forte. York endireitou as costas quando o duque de Somerset chegou ao seu lado. Ele pôde sentir a espada ensanguentada se erguer acima dele, e viu o sinal de cabeça de Margarida.

— Tudo o que a senhora fez foi liberar nossos *filhos*! — berrou York. — Deus salve minha alma!

A espada desceu e a cabeça de York rolou. Margarida soltou um suspiro lento e trêmulo.

— É o fim — sussurrou. — Bons homens foram vingados. — Ela ergueu a voz para os lordes em volta. — Peguem as cabeças e as espetem nas muralhas de York.

Margarida observou, com fascínio e enojada, os itens sinistros serem reunidos, o sangue escorrendo pelo braço do homem que os segurava. Ela foi até bem perto e estendeu a mão para tocar a expressão frouxa de York. Sua mão tremia como se ela estivesse sofrendo um ataque epilético.

— Ponham uma coroa de papel nesta, que desejava usar a coroa real. Que o povo de York saiba o preço de sua ambição.

O soldado assentiu e levou as cabeças embora.

O conde Percy se aproximou de Margarida, pálido com o que vira.

— E agora, milady?

— Agora? — disse ela, virando-se para ele. — Agora para Londres, para recuperar meu marido.

Epílogo

Eduardo de March remoía seus pensamentos. Sua armadura estava respingada de sangue e lama seca, e ele estava cansado, embora sentisse que os braços doídos tivessem sido bem-usados. A escuridão caía, e ele ouvia os gritos dos feridos pelo campo coberto por sombras, silenciados conforme eram encontrados e tinham a garganta cortada. Seus homens marchavam em fileiras, com armaduras e cotas de malha tilintando. Não havia gritos de vitória nem risadas. O humor grave do conde manchara a todos. Eles se mantinham calados ao passar pelo ponto onde ele descansava sobre uma árvore caída, olhando ao longe, a grande espada sobre os joelhos.

O pai e o irmão Edmundo estavam mortos, derrubados por cães e homens vis. A notícia viera poucos dias antes com a fileira de cavaleiros entre eles, enquanto um exército galês se aproximava o suficiente para atacar. Então March se perdera por algum tempo. Recordava-se de organizar seus homens em fileiras, e do jeito como o olharam, com medo no rosto. Eles enfrentaram quatro mil soldados, entre os quais os melhores arqueiros do mundo, mas Eduardo ordenara que avançassem mesmo assim. O resultado estava em volta dele, um campo de cadáveres afundando na lama. Com sua fúria, ele jogara fora aquelas vidas. Golpeara e golpeara até embotar o fio da espada, e continuou a esmagar e quebrar a cada golpe. Quando a loucura passou, a batalha havia sido vencida, com os últimos deles fugindo do gigante em lágrimas vestido de ferro que os jogava longe como folhas secas.

Ele não sabia quantos homens seus jaziam entre os mortos. Não importava que tivesse perdido quase todos. Owen Tudor fora morto, seu exército de galeses massacrado, seus filhos forçados a fugir. Eles tinham escolhido se levantar contra Eduardo e fracassaram. Isso era tudo o que importava.

Eduardo se levantou com esforço, sentindo dores e machucados que não havia notado antes. O sangue escorria na lateral da armadura, e ele fez uma careta quando apertou o local e sentiu as costelas se mexerem. A noite seria longa, e ele ergueu o rosto para o céu escuro, desejando sentir a luz do sol mais uma vez. Vivia, pensou espantado. Esgotara as paixões sombrias que o consumiram, esvaziando-se até se sentir oco. Cobrara em sangue o preço do pai.

Ele respirou fundo e se lembrou da estranha visão que tivera na manhã anterior à batalha. Assistira ao sol começar a nascer, embora não houvesse mais nenhuma alegria nisso. Quando o astro rompeu o horizonte, dois outros sóis tinham aparecido, um de cada lado, brilhantes olhos de ouro que formavam sombras estranhas e nauseantes nas fileiras à espera. Seus homens apontaram e arfaram de medo. A escuridão ainda estava enrolada no interior dele naquele momento. Eduardo permanecera observando até achar que ficaria cego, sentindo o calor no rosto nu.

Eduardo não sabia se aquela visão fora a última bênção de seu pai. Sentia ter renascido sob a luz daquela estranha trindade. Havia sido renovado. Tinha 18 anos. Era o duque de York. Era o herdeiro do trono.

Nota histórica

Parte I: 1454-1455

A emboscada de uns setecentos soldados e criados de Percy contra a festa de casamento dos Nevilles aconteceu em agosto de 1453, pouco antes do que descrevi aqui — mais ou menos na mesma época que o rei Henrique VI foi acometido por sua doença. Foi um acontecimento importantíssimo em meio a anos de batalhas menores entre as famílias que lutavam para controlar o norte e aumentar suas posses.

Aquele ataque de Tomás Percy, barão de Egremont, foi uma das ações mais violentas daquela guerra particular, provocada pelo casamento do filho de Salisbury com a sobrinha de Ralph Cromwell, união que punha em mãos dos Nevilles propriedades reivindicadas pela família Percy.

A "Batalha de Heworth Moor" fracassou na meta principal de matar Ricardo Neville, conde de Salisbury. Não incluí várias escaramuças menores, mas aquele combate teve papel fundamental na decisão de que lado ficaram os Nevilles e os Percys na primeira batalha de St. Albans, em 1455, e em seu resultado.

Por medo de apresentar personagens importantes demais, reduzi o papel de Exeter no norte, aliado forte e violento dos Percys, embora casado com a filha mais velha de York. Essa era verdadeiramente uma guerra civil, com famílias dilaceradas dos dois lados. Um dos primeiros atos de York como lorde protetor foi mandar prender o genro Exeter no Castelo de Pontefract e entregar as chaves a Salisbury. Quando o rei Henrique se recuperou, em 1455, Exeter foi libertado de Pontefract. Somerset também foi libertado da Torre e, rapidamente, voltou ao lado do rei como seu principal conselheiro.

Não há registro dos presentes ao nascimento de Eduardo de Lancaster, único filho de Margarida e do rei Henrique. No entanto, até bem recentemente era prática comum haver numerosas testemunhas nos partos reais. Por exemplo, Alberto, filho da rainha Vitória, nasceu em presença do arcebispo de Canterbury, dois duques e sete outros lordes. No caso de Eduardo de Lancaster (às vezes chamado de Eduardo de Westminster, onde nasceu), houve mesmo boatos de que Somerset seria o pai, embora provavelmente fosse uma calúnia espalhada por defensores de York. Não há dúvida de que Somerset e York se odiavam com amarga intensidade.

Quando acordou de seu estupor no Natal de 1454, Henrique VI tinha passado quase dezoito meses num estado semiconsciente. Não se recordava de nada do que acontecera naquele período, embora não estivesse em coma e sim num devaneio passivo e dissociativo. Não se lembrava de terem lhe mostrado o filho Eduardo, príncipe de Gales. Embora, em teoria, ele estivesse acordado e presente na cerimônia do beijo de honra de um novo arcebispo de Canterbury, também não se recordava disso.

Na verdade, passaram-se mais dois meses de 1455 antes que o rei Henrique estivesse em condições de viajar até Londres. Lá, ele dispensou York e Salisbury de seus cargos e se pôs a recuperar sua autoridade sobre o reino atravessando seu território com um tribunal que partiu de Londres rumo ao norte. Foi um período de energia sem igual para o rei, completamente diferente de sua personalidade antes do colapso. York e Salisbury viajaram para o Castelo de Ludlow.

York governara com um estilo próprio e bom senso em seu período como protetor e defensor do reino. Embora não estivesse acima de favorecer os aliados Nevilles, ele reduziu o tamanho da criadagem real e eliminou das despesas um número imenso de criados, cavaleiros e até cavalos. É verdade que ele confirmou Eduardo de Lancaster como herdeiro real, talvez porque o reino ainda fosse simpático ao rei doente. No século XXI, talvez seja um pouco difícil compreender o nível de lealdade impensada ao rei Henrique, inspirada simplesmente pela linhagem e pelo cargo. O rei era ungido por Deus, com direito divino de governar as casas menores. Desafiar isso era, literalmente, uma blasfêmia e um caminho a ser trilhado com imensa cautela.

Nota sobre os títulos: embora "Vossa Majestade" não fosse o tratamento mais comum dado à realeza no reinado de Henrique VI, diferente de "Vossa Alteza" ou "Vossa Graça", ainda assim era usado, como prova a carta de York de maio de 1455 em que se queixava ao rei dos boatos espalhados sobre sua "*faith, lygeaunce and dewtee*" (fé, lealdade e dever) por inimigos "*under the whinge of your Magestee Royal*" (sob as asas de vossa Majestade Real).

Nota sobre o conde de Warwick, depois chamado de o "Influente": nada se sabe de sua infância nem de como era fisicamente. O Ricardo Neville mais jovem teve um afortunadíssimo matrimônio com Anne Beauchamp, filha do conde de Warwick. Quando o conde morreu, seu filho Henrique se tornou conde e morreu com apenas 23 anos, deixando uma filha de 3 anos que também morreu.

O direito ao título passou então para Anne — e para o marido Ricardo Neville. Com apenas 21 anos, ele se tornou conde de Warwick, Newburgh e Aumarle, barão de Elmley e Hanslape, lorde de Glamorgan e Morgannoc. Suas novas propriedades eram as seguintes: terras no sul de Gales e em Herefordshire, com os castelos de Cardiff, Neath, Caerphilly, Llantrussant, Seyntweonard, Ewyas Lacy, Castle-Dinas, Snodhill, Whitchurch e Maud. Caerphilly sozinho era uma fortaleza capaz de resistir a dez mil homens. Em Gloucestershire, mais sete propriedades valiosas. Em Worcestershire, três grandes propriedades, o Castelo de Elmley e vinte e quatro propriedades menores. Em

Warwickshire, além do incrível castelo e da própria cidade, mais nove propriedades, entre elas Tamworth. Em Oxfordshire, cinco propriedades, além de terras em Kent, Hampshire, Sussex, Essex, Hertfordshire, Suffolk, Norfolk, Berkshire, Wiltshire, Somerset, Devon, Cornualha, Northampton, Stafford, Cambridge, Rutland e Nottingham — no total, mais quarenta e oito propriedades. No norte distante, uma única posse: o Castelo de Barnard, às margens do rio Tees. Portanto, doze grandes castelos, cento e quarenta e três propriedades, da fronteira da Escócia a Devon, tornando sua união com Anne Beauchamp uma das mais compensadoras em termos materiais da história inglesa. Talvez não surpreenda que o testamento do pai só tenha lhe deixado duas travessas grandes, doze pratos menores, uma jarra, uma bacia de prata e quatro cavalos não treinados.

A Batalha de St. Albans, em 1455, foi precedida por algumas cartas enviadas ao rei por Ricardo de York, pelo menos duas das quais recebidas em trânsito. Embora não ousasse citar o nome da rainha Margarida, York pedia ao rei que resistisse à influência maligna de "traidores próximos do rei" — homens como o duque de Somerset. Ele estava convencido de que o rei Henrique se cercara de gente mal-intencionada. Várias vezes declarou sua total lealdade, mas não adiantou.

Com as forças de Salisbury e Warwick, cerca de três mil soldados acamparam em Key Field, a leste de St. Albans, para aguardar o rei. As forças do rei Henrique chegaram por volta das nove ou dez da manhã e atravessaram o riacho de Halywell para subir a colina até a praça. Trocaram-se arautos, e Henrique recusou todas as exigências de York. Não se sabe exatamente quando o combate começou, embora o lado do rei claramente tivesse tempo de fechar as três ruas a leste.

Há muitos exemplos na história em que duas forças que se enfrentam interagem e começam um conflito sangrento, qualquer que seja o desejo dos líderes. Ou então Salisbury pode ter dado a ordem.

Ele pelo menos tinha um desejo claríssimo de conflito, tanto com Henrique Percy, conde de Northumberland, quanto com Tomás, barão de Egremont, por fim ao seu alcance. Para Salisbury, o momento de retribuir o ataque ao casamento do filho e acertar contas antigas estava à mão.

Foi o conde de Warwick, com 26 anos, que rompeu a barreira pelos quintais com uma pequena tropa e correu colina acima até a praça da feira. Os arqueiros de Warwick dispararam da St. Peter's Street, e tanto o rei Henrique quanto o duque de Buckingham foram atingidos e feridos nos primeiros momentos. É verdade que Buckingham foi atingido no rosto, embora tenha sobrevivido.

Com Warwick rompendo a barreira, o impasse nas barricadas chegou ao fim. York e Salisbury fizeram uma entrada rápida na cidade assim que os defensores das barricadas as abandonaram para proteger o rei. Em pouquíssimo tempo, a praça da feira e as ruas que a circundavam se encheram com cinco mil combatentes, amontoados e em pânico. A descrição da cena pelo abade Whethamstede, escrita depois da batalha, é vívida: "... um homem com o cérebro para fora, outro com o braço arrancado, lá um terceiro com a garganta cortada, ali um quarto com o peito perfurado, e toda a praça mais além cheia de cadáveres da matança."

O próprio York deu a ordem de levarem o rei ferido para a abadia. A batalha poderia ter acabado com isso se os únicos atores principais fossem Lancaster e York. A sequência exata dos acontecimentos nesse momento é desconhecida. Segui o roteiro que considero mais provável: que, depois de levarem o rei para a abadia, a verdadeira razão da batalha foi levada à conclusão: a morte de Somerset e do conde Percy.

É verdade que Somerset morreu sob a placa da taverna Castelo, cumprindo a antiga profecia de que "morreria sob o castelo". Durante anos, ele evitou o Castelo de Windsor para que a profecia não se cumprisse. Um relato da batalha diz que Somerset saiu da taverna e matou quatro homens com um machado antes de ser derrubado.

Como informação secundária, o conde de Wiltshire, tesoureiro de Henrique, decidiu fugir da briga despindo a armadura, indo até a abadia e se disfarçando de monge. Não resisti a dar esse papel a Derry Brewer.

A procissão em Londres em que York andou de mãos dadas com a rainha Margarida atrás do rei e entregou a coroa a Henrique na Catedral de São Paulo é uma combinação de dois fatos reais. Historicamente, a primeira procissão ocorreu poucos dias depois da Batalha de St. Albans, em 1455, e nela Henrique cavalgou por Londres com York à direita, Salisbury à esquerda e Warwick à frente, levando a espada do próprio rei. Essa ocasião "alegre" terminou na Catedral de São Paulo, onde aparentemente o rei insistiu em receber a coroa das mãos de York. Supondo que ele entendesse o que estava acontecendo, a humilhação deve ter sido dolorosíssima para Henrique. A segunda procissão foi depois, quando York caminhou por Londres de mãos dadas com Margarida como exibição pública de rixas sanadas. A triste verdade é que, nessa época, o rei era um mero títere nas mãos de York. Os lordes mais poderosos da Coroa foram mortos em St. Albans, e quatro anos se passariam até que a casa de Lancaster estivesse novamente em condições de revidar.

Parte II: 1459-1461

Os anos que faltam no romance não se passaram totalmente sem incidentes. O rei Henrique sofreu outro colapso, aliado ao medo de ver sangue que desenvolveu e nunca mais perdeu. York foi nomeado protetor uma segunda vez — e, pela segunda vez, o rei voltou a Londres e o removeu do cargo. A repetição não gera boas histórias, embora seja verdade que a diferença aqui foi que Henrique não recuperara totalmente a força de vontade e a sanidade mental. Embora fosse dispensado, York pôde continuar com vários cargos de autoridade no governo. Em certo momento, York, em nome do legítimo rei, foi enviado para combater os escoceses rebeldes ao norte! Bastou sua presença para acabar com a revolta, como se pode imaginar.

O rei Henrique passou grande parte daqueles anos dormindo ou rezando, com a saúde sempre frágil. Coube a Margarida enfrentar a ameaça à família, e é desse período que vem sua fama de arquimanipuladora — acusação e ponto de vista histórico que sempre considerei exagerado. É verdade que ela levou o marido para Kenilworth e mandou fortificar o castelo com vinte e seis serpes e uma colubrina. Essas armas tinham um alcance máximo (extremamente impreciso) de cerca de um quilômetro e meio, mas eram devastadoras a quatrocentos metros. O que mais Margarida poderia fazer além de lutar para proteger o marido e o filho?

As estimativas do efetivo recrutado pela rainha Margarida como "Galantes da Rainha" variam. Em Blore Heath, o exército estava na faixa de seis a doze mil homens. Cerca do mesmo número assumiu o compromisso de lutar pelo rei Henrique em caso de ameaça. A única dificuldade, então, era criar a ameaça. O Ato de Desonra usado para forçar York e Salisbury a agir foi empregado com esse propósito, um aspecto poderosíssimo da legislação inglesa raramente posto em prática e capaz de dar fim a uma casa nobre e remover todas as suas proteções e títulos. O conselho de homens de confiança de Margarida incluía Sir John Fortescue, o juiz mais importante da Inglaterra. Ele teria sido fundamental na criação do projeto de lei. A mera possibilidade de usar uma coisa dessas foi suficiente para levar York, Salisbury e Warwick de volta ao campo de batalha, como Margarida desejava.

Nota sobre Blore Heath: às vezes descrita como verdadeiro início da Guerra das Rosas; os Galantes da Rainha foram derrotados pelo melhor uso da tática e do terreno por Salisbury. Seus batedores perceberam a emboscada de lorde Audley; então ele parou e reforçou o flanco direito com uma proteção de carroças. O riacho de Hempmill ficava entre eles; Salisbury encenou uma falsa retirada para fazer os cavaleiros Galantes avançarem e depois atacou, matando centenas. O barão de Audley comandou o contra-ataque e foi morto em combate. Dizem que três mil homens de Lancaster perderam a vida e cerca de mil de Salisbury, embora sobreviver contra tamanha hoste não fosse pouca coisa. Salisbury continuou sua marcha para o sul até Ludlow, embora tivesse pago um frade local para disparar um canhão na charneca a noite inteira confundindo possíveis reforços de Lancaster. Diz a lenda que a rainha Margarida assistiu à batalha, e não há razão para duvidar, ainda mais por conter o detalhe interessante de que ela mandou um ferreiro pôr as ferraduras de seu cavalo de trás para a frente, de modo a confundir quaisquer perseguidores. Afinal de contas, os Galantes foram seu primeiro exército, jurados a ela. Faz sentido que ela quisesse vê-los em ação contra seus inimigos.

Nota sobre Eduardo, conde de March: em tempos modernos, um metro e noventa de altura não é tão raro assim, e encontram-se exemplos na maioria das reuniões de cem pessoas ou mais. A altura masculina média moderna (inexplicavelmente baixa a meu ver) fica por volta de um metro e setenta. No século XV, quando a altura média estimada dos homens ficava entre um metro e sessenta e um metro e setenta, o conde de March, aos 18 anos, seria um Golias no campo de batalha. O equivalente hoje seria um guerreiro de armadura com dois metros ou dois metros e dez (altura do escritor Michael Crichton, aliás), capaz de lutar e se mover com velocidade e força enormes. O efeito de um guerreiro desses em combate corpo a corpo dificilmente seria superestimado.

É socialmente interessante notar que a alimentação é um fator fundamental para a altura. Os nobres medievais comiam peixe e carne com frequência bem maior que os plebeus. Como grupo, seriam mais altos que a maioria das outras classes do reino, vantagem de força e potência que seria aumentada pelo treinamento constante desde tenra idade.

*

Eduardo de March voltou com Warwick de Calais para a Inglaterra no fim do verão de 1459, como reação à ameaça do Ato de Desonra, e marchou rapidamente para se encontrar com as forças de York e Salisbury. Eles sofreriam um desastre total em Ludlow, com todas as esperanças frustradas e todos os principais atores forçados a fugir. É verdade que o capitão Andrew Trollope se recusou a lutar contra um exército aparentemente comandado pelo rei. Sua deserção com seiscentos homens da guarnição de Calais foi o ponto de virada da batalha e a causa da queda de York. Mais tarde, Trollope foi feito cavaleiro por seus serviços.

Depois dessa deserção, a "batalha" da ponte de Ludford praticamente não teve derramamento de sangue. O exército do rei havia cercado uma tropa muito menor, e mal houve escaramuças com os defensores. York, Salisbury, Warwick e March tomaram a decisão extraordinária de partir. Talvez valha a pena ressaltar que não passaria por ninguém a ideia de matar a esposa e os filhos de York. York foi para a Irlanda, e Salisbury, Warwick e March escaparam de volta a Calais, e lá chegaram em novembro de 1459. Qualquer que seja o padrão, foi um desastre completo, e deveria ter sido o fim da causa de York. Portanto, o fato de não ter sido serve de prova de sua energia e talento.

Quando se pesquisa para escrever uma ficção histórica, uma das alegrias é encontrar cenas simplesmente maravilhosas — e melhor ainda quando são pouco conhecidas. Numa ação que encaixaria bem em qualquer história do fictício oficial da Marinha Horatio Hornblower, do escritor C. S. Forester, em janeiro de 1460, Warwick furtou a frota real em Kent, amarrando os navios uns aos outros para levá-los de volta à França.

Em 2 de julho, ele usou essa frota para desembarcar um exército em Sandwich, no litoral inglês. Com o pai e Eduardo de March, eles marcharam mais de cem quilômetros em Kent e recolheram pelo caminho cerca de dez mil moradores locais. Sem dúvida alguns deles já tinham trilhado esse caminho com Jack Cade.

Está no registro histórico que lorde Scales comandou a guarnição real da Torre e que foram usados canhões e fogo grego contra a multidão londrina revoltada. Um arsenal real do outro lado do rio foi invadido, e os canhões usados contra a muralha externa da Torre, derrubando-a. É verdade que Scales conseguiu fazer uma barricada na muralha rompida e sobreviveu o suficiente para se render. Depois, foi assassinado na prisão.

Warwick e March deixaram uma pequena força em Londres sob o comando de Salisbury e correram para o norte. Sua velocidade deu certo, e eles interceptaram o rei Henrique com apenas cinco mil homens, antes que as principais forças reais conseguissem reforçar a posição do rei. O ataque foi auxiliado pela traição súbita do barão Grey de Ruthin. Ele trocou de lado num momento fundamental: abandonou o rei Henrique e apoiou Warwick e March em troca da promessa de se tornar tesoureiro real.

Apenas oito dias e duzentos e quarenta quilômetros depois do desembarque em Kent, Henrique foi capturado e Margarida, forçada a fugir para Gales com o filho Eduardo de Lancaster. Foi uma façanha extraordinária de tática, armamento e resistência. É verdade que Warwick e March encontraram Henrique sozinho em sua tenda.

Foi interessante incluir Owen Tudor nessa história, principalmente devido aos descendentes mais famosos. Ele se casara com Catarina de Valois, viúva de Henrique V. Seus dois filhos Jasper e Edmundo teriam seu papel na Guerra das Rosas e no período Tudor que se seguiu.

É verdade que o rei Jaime II da Escócia morreu em agosto de 1460 quando um canhão explodiu durante um cerco. Seu filho tinha 10 anos, e a rainha Maria de Gueldres teria de receber Margarida e negociar com ela sem o marido, o pesar ainda recente. Margarida obteve seu apoio talvez por tratar com outra rainha estrangeira que havia sofrido uma grande perda.

O número exato de escoceses que foram para o sul é desconhecido, embora devessem ser milhares para que valesse a pena. O acordo era que o príncipe Eduardo se casasse com uma princesa da Escócia — e que Berwick-upon-Tweed fosse entregue como pagamento. Margarida obteve seu exército e uma força imensa se reuniu naquele inverno perto da cidade de York. É verdade que os meses frios costumavam tornar impossíveis os combates. Só as circunstâncias extremas da captura de Henrique teriam levado tantos ao campo de batalha enquanto o ano terminava.

No fim de dezembro de 1460, York e Salisbury descobriram que estavam com imensa desvantagem numérica quando chegaram ao alcance das forças de Lancaster. Segundo as melhores estimativas, eles tinham cerca de oito mil homens contra dezesseis a dezoito mil sob o comando de Somerset, Northumberland e Clifford. Esses três homens tinham perdido os pais em St. Albans.

York e Salisbury se enfiaram no Castelo de Sandal para aguardar reforços, amontoando os homens na pequena fortaleza. Não se conhecem as razões de sua saída. Dado o tamanho reduzido do castelo, pode ter sido por causa do esgotamento da comida ou por terem sido atraídos ao ver uma pequena força hostil, e depois foram emboscados. Como quer que tenha acontecido, eles saíram do castelo e foram derrotados em 30 de dezembro de 1460. York foi morto em combate. Salisbury foi capturado e decapitado, e Edmundo, o filho de York, morto por lorde Clifford quando tentava fugir do campo de batalha.

Ninguém sabe se Margarida estava mesmo presente na Batalha de Wakefield, mas há algo muito pessoal no fato de a cabeça de York ter sido decorada com uma coroa de papel. Shakespeare escolheu colocá-la na batalha em *Henrique VI, Parte III*.

Margarida de Anjou conseguira sua vingança. Sobrevivera, contra todas as probabilidades, para ver seus dois inimigos mais poderosos vencidos e decapitados. Mas fiquei impressionado com a tragédia de York. Apesar de toda a sua ambição, o rei Henrique passou meses indefeso em seu poder, preso no Palácio de Fulham, residência do bispo de Londres. Nunca conheceremos as razões mais íntimas de

York, mas é fato que ele não fez Henrique desaparecer quando isso lhe daria a coroa. O duque era um homem complexo, não um simples vilão. Não consegui fugir da forte sensação de que nem York nem a casa de Lancaster queriam tanto assim a luta. As duas casas foram forçadas à guerra por medo uma da outra.

Com a morte de York e Salisbury no Castelo de Sandal, Margarida parecia ter vencido. Mas no fim o que ela realmente fez foi fazer com que os filhos deles assumissem a causa.

O fenômeno avistado em fevereiro de 1461 por Eduardo de March, então duque de York e herdeiro do trono, chama-se "parélio" ou "para--hélio". Envolve reflexos do Sol, e três sóis parecem nascer. Na época, Eduardo convenceu seus homens de que era o sinal da Santíssima Trindade e um bom augúrio para a Batalha de Mortimer's Cross, na qual Owen Tudor foi morto. Mais tarde, Eduardo adotaria o símbolo, cercando a rosa branca de York com as chamas do Sol.

Conn Iggulden
Londres, 2014

Este livro foi composto na tipologia Adobe
Garamond Pro, em corpo 12,5/16, e impresso
em papel off-white no Sistema Cameron da
Divisão Gráfica da Distribuidora Record.